杨卓理 ◇ 著

波粒二象猫

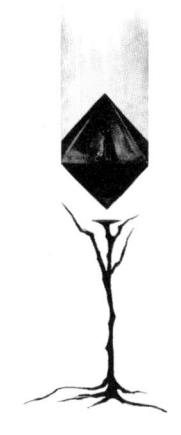

四川科学技术出版社
成都

图书在版编目（CIP）数据

波粒二象猫 / 杨卓理著 . — 成都：四川科学技术出版社, 2024.4
ISBN 978-7-5727-1322-4

Ⅰ.①波… Ⅱ.①杨… Ⅲ.①幻想小说—中国—当代 Ⅳ.① I247.5

中国国家版本馆 CIP 数据核字（2024）第 072175 号

BOLI ER XIANG MAO

波粒二象猫

杨卓理 著

出 品 人	程佳月
责任编辑	兰　银
助理编辑	陈室霖
封面插画	悠拉悠
封面设计	木余设计
责任出版	欧晓春
出版发行	四川科学技术出版社
地　　址	四川省成都市锦江区三色路 238 号新华之星A座 传真：028-86361756　邮政编码：610023
成品尺寸	155mm × 235mm
印　　张	21.75　字　数　360 千
印　　刷	四川华龙印务有限公司
版　　次	2024 年 4 月第 1 版
印　　次	2024 年 7 月第 1 次印刷
定　　价	53.00 元

ISBN 978-7-5727-1322-4

■ 版权所有　翻印必究 ■

邮购：四川省成都市锦江区三色路 238 号新华之星 A 座 25 楼
邮购电话：028-86361770　邮政编码：610023

目录
Contents

楔子：土卫二来信 ……………… 1

第一章　油十三和洛维 ……… 10

第二章　地下城 ……………… 16

第三章　天兵选拔 …………… 21

第四章　脑卡测试 …………… 26

第五章　睡梦城 ……………… 31

第六章　天堂航班 …………… 36

第七章　机械天堂 …………… 42

第八章　沙小猫 ……………… 48

第九章　你带多少电 ………… 53

第十章　镜面巡游 …………… 60

第十一章　射线暴 …………… 66

第十二章　彗星的撞击 ……… 74

第十三章　火种计划和睡梦城计划 …… 79

第十四章　强制睡眠 ………… 82

第十五章　沙小猫的地下城战争 ……… 85

第十六章	脑卡攻击	90
第十七章	睡眠判决	96
第十八章	密会	103
第十九章	洛维的抗争	107
第二十章	融合	110
第二十一章	最后一封信	116
第二十二章	天堂的降落	123
第二十三章	漫长的飞行和洛维的信	131
第二十四章	深井	138
第二十五章	生死之间	142
第二十六章	星际失踪案件	148
第二十七章	应聘者	152
第二十八章	金鱼人的记忆	158
第二十九章	人工智能调查局	162
第三十章	到金星去	166
第三十一章	降落	172
第三十二章	曾落入过的地方	178
第三十三章	小猫的睡梦轮回	185
第三十四章	气象局	192
第三十五章	布林的身份	202
第三十六章	早餐	210

第三十七章	微观科技危机	214
第三十八章	睡梦管理局	221
第三十九章	不愿苏醒的人	231
第四十章	雪山上的索迪	238
第四十一章	罗素	244
第四十二章	傅里叶解析塔	250
第四十三章	意外	255
第四十四章	油十三的往事	261
第四十五章	争夺算法的世界	268
第四十六章	波粒二象猫	274
第四十七章	苏醒	292
第四十八章	数字湍流和空间塌陷	298
第四十九章	那扇门的后面	309
第五十章	何处是归乡	314
第五十一章	元宇宙	323
第五十二章	终不似、少年游	330
第五十三章	我的爱在太阳系	338

楔子：土卫二来信

罗素的来信

爱妻云帆：

今天是我们到达土卫二的第三十五天。

在这个灰暗阴冷的土星卫星上，地质探索异常艰辛。所有的队员都疲惫不堪，再加上远离故土、思念家乡，大家都心情低落，我也一样。

厚厚的冰层覆盖了整个星球表面，冰层下是坚硬的岩石。此刻，我正操纵一台钻地机，在北极点附近的一个阴暗黝黑的岩洞里奋力挖掘。

就在刚才，钻头触碰到了一些奇特的岩石层，那些岩石呈鲜艳的粉红色，和钻头彼此摩擦，顿时在黑暗的岩洞里激起一束束明亮的红色火花，如节日的礼花炮忽然绽放在我眼前。

如此生动鲜艳的色彩，顿时让我呆住了。

你知道，在过去几十年漫长的星际旅行中，我所能见到的，只有飞船舷窗外那无尽的沉闷的黑。我驾驶飞船和金星的大地分离，穿越广漠的太阳系，在许多星球上留下足迹。我四处寻觅，却距离内心深处的殿堂越来越远。

眼前的绚丽火花瞬间击穿了我的灵魂，我回到了过去，想起了中央公园里盛开的樱花和漫天飘舞的花瓣。

对，就是我们第一次见面的那个中央公园。

那是金星纪7607年，6月6日上午11点，树木和花草在阳光下发出芬芳的气息，彩羽鸟在唱歌，蜜蜂在郁金香花坛四周忙乱地采蜜，一切都是那么美丽。

可我只看到了更美丽的你。

你穿着黄裙子，坐在樱花树下的长凳上，比满园的花更艳。

旧日的回忆温暖了我，我那阴暗冰冷了很久的心终于闪现出光亮，四周灰暗的色调瞬间被重新点燃。我立刻停下手开始给你写信。

"爱妻"这个昵称，自然而然地流露在笔下，没有任何滞涩。连我自己都有点意外。

我上一次这么称呼你是多久之前？一百多年前了吧？

那实在是很久了啊。

回首往事，这几百年来，我们经历了无数风雨。从起初的亲密合作、灵魂交融，视彼此为宇宙中的唯一；到后来的意见分歧、愈行愈远，最终形同陌路。

这真是个悲剧。

我曾反复思考，我们为什么会走到这一步，但每次思考的结论都是一样的，我找不出自己犯了什么错误，也无法断言你犯了什么错误。

普通人和机人，是人类的两个截然不同的进化方向，孰优孰劣，确无定论。

我一直认为，人和机器的融合不应该有任何预设的界限。未来是属于碳基生命还是硅基生命，或者是二者的某种结合体，那是完全由科技导向的物种进化趋势，是无法阻挡的。

你则坚守着人类大脑神圣不可亵渎、绝不能被彻底改造的底线。

既然你我分别代表这两种人类的进化方向，那我们的结局就注定是悲哀的。或许，这不是我们的悲哀，而是科技的悲哀，是整个金星人类的悲哀。

无论如何，今天对我来说，太珍贵了。

我很珍惜这一刻，很珍惜这些久违的回忆。

我非常希望我此时的思念能够感染到你，希望此刻的你也有同样的感觉。

我希望，在金星和土卫二这几十亿公里的空间距离上，你和我的灵魂能够共舞，能够像两个彼此纠缠的量子，息息相通、心心相印。两根思念之弦，能在这无尽的黑暗宇宙中泛起同样的波澜，荡起同样的火花，照亮我们那叵测的前程。

热爱你的，罗素

云帆的回信

罗素舰队长：

当我读到你的信件时，一种强烈的不安和不适感笼罩了我。

请立刻去检查你的生物电路程序，包括生物脊髓、脑机接口、脑卡芯片，以及所有电子线路和神经突触的连接点。

务必全面彻底检查。请注意，这是来自金星的官方要求。

你的思维程序系统显然出了问题。你的信件中显露出了反常的情绪，这些东西，对于一个人类来说当然是正常的，但从一个机器人嘴里说出来，简直令人毛骨悚然。

虽然我们曾经是夫妻，但我们现在已经属于两个物种，我是人，你是机人。或者说，我依然是人，而你已经变成一台机器。

你居然说什么灵魂共舞？

我有人类的灵魂，你有吗？你是被彻底改造过的机人，你的脑子里只有芯片和算法而已，你是一台机器，你打算怎么和我共舞？

我的身体结构是"原装人类"，没有掺杂任何机械或生化系统。当你这些古怪的言辞出现在我眼前时，强烈的心理不适让我的皮肤细胞的跨膜电位瞬间就升高到一个异常层次，电势差由皮下组织蔓延到真皮、表皮。我起了一身鸡皮疙瘩。

我觉得你肯定是出故障了。

请你时刻牢记，金星星际舰队的任务是为整个金星人类寻找避难场所。这支庞大的星际舰队，耗费了我们这个星球五分之一的自然资源。所有金星人类都在翘首企盼，盼着你们有所发现。你作为整个舰队的领导人，出了任何故障，都将给本星球造成巨大的损失。

立刻去做检查。然后发一份全面的测试报告给我。

波粒二象猫

如果你一切正常，请尽快发给我们最新的太阳系探索报告，全体金星人都在翘首企盼这些新信息。在上一封信里，你除了展示你的情绪障碍，没有提供任何有价值的科研情报。作为舰队长，这是严重的渎职。

别忘了，现在有一亿人留在金星上，在勉力抵抗着这个越来越热的太阳。

太阳的内部活动依然没有任何减弱的征兆，辐射和热量与日俱增，我们的人造磁力卫星系统和镜面保护系统正饱受摧残。这些系统还能坚持多久，谁也不知道。

一百年或者最多二百年之后，我们肯定会被笼罩在太阳的烈火下，金星会成为一个大火球，一切都将化为灰烬。

我希望，在那可怕的末日到来之前，星际舰队能给我们带来一些好消息。

云帆

罗素的第二封来信

尊敬的云帆城主：

很抱歉这么久才回复。星舰的通信系统出了点故障，花了几天时间才修好。

如您在上封信中所要求的，我对躯体和大脑进行了全面检查，总的来说，除了几年前在木星降落时巨大的重力对我的金属骨骼造成的一点旧伤，其他一切正常。我对脑卡微电极和大脑中所有轴突、树突之间的连接都进行了详细检查，没有任何神经元受损迹象，数据函数运算正常、工作状态良好。

我向你保证，我神经正常，我没有疯。

很抱歉上一封信给你造成的困扰。

根据我的反思，那大概是由于我的脑机融合完成得不够彻底，某些被大脑皮质牢固记忆的成年往事，没有被及时清理掉，在这个数十亿公里之外的星球莫名其妙地冒了出来，所以才出现那种局部短时的情绪故障。

虽然那确实是故障，但你不必对此过于担忧。毕竟，在很多年前我也是人类。虽然经历了很多改造，但我起源于人类，偶尔出现一点旧日的人类情绪也算正常。要知道，目前的科学还没完全弄清楚人类大脑的工作模式，脑机改造和记忆革新从来都不是百分之百彻底的。

无论如何，我很惭愧。

我已经要求舰载 AI 医学系统尽快安排一个手术，完全清除我回想起的那部分记忆，并且不进行额外的电子存档。关于你我之间的旧事，将被彻底移除我的大脑，我将会永远忘记，并且再也不会想起。从今往后，你再也不用担心这件事了。

下面我来汇报一下这次土卫二探索之旅的进展：

土卫二，是我们围绕土星及其卫星寻找宜居点的重要目标之一。因为这个星球存在水源。

在我们抵达这个星球的上空时，看到了令人恐惧的巨型蓝色风暴。那是大气层内的风暴和气流卷起的、数千米高的巨大气旋，就像是一个正在爆发海啸的蓝色海洋。

为了找到合适的降落时机，星际舰队在土卫二上空盘旋了整整一周时间，但最后的降落过程中，还是有两架穿梭机受损了。

我们的降落点处在星球的北极冰盖上，这里的地表完全被厚厚的冰层覆盖，冰层下都是坚硬的花岗岩。我们花了九个多月的时间进行钻探，试图搞清地下能量源的深度。但到目前为止，只钻出了几个四五公里深的洞。

初步的探索结果显示，这个星球不太合适作为避难地。主要原因是这里没有能轻易获得的热源。

我们曾经期盼，钻探到一定深度就能找到合适的地下热源，能支持我们在地下构建完整的生物循环系统。但几公里的深度还没触及能量源的话，继续深入也没什么意义了。

这里的地面温度是零下二百摄氏度左右，冰冻层很厚。在如此寒冷的温度和如此坚硬的地质条件下建立地下避难空间，能量的损耗是惊人的。能量的获得和消耗比例，决定了在此地不可能建立可以容纳数百万人的大规模避难所。

几十年前，我带领舰队从金星出发，已经先后到过地球、火星、木星、木卫二、木卫三及土星。土卫二是我们的第七站。

我们抱着巨大的期望去探索每一个星球，每到一处都花费数年时间研究地质、钻探，尝试建立能量循环体系、水和空气的局部循环体系，但每一次都以失望结束。

那几个存在水源的星球都无法建立起合适的热循环系统。地热资源或者矿石资源无法在那里被有效利用，改造大气的工程难以实现。

所有我们经过的星球里面，或许只有地球能在百万年或者千万年之后变成人类宜居的星球。那个星球离太阳的平均距离比我们金星离太阳的平均距离远4 000多万公里，虽然那里目前是冰冻荒原，但如果太阳一直像目前这样持续变热，地球的冰层迟早会融化，冰川会变成海洋，变得更适宜生物生存。

可惜的是，百万年，千万年，我们根本等不了那么久。

我们在地球的冷冻层下保藏了一些遗传物质，也许那个星球文明兴起之时，会带有我们金星生命的印记。但无论如何，我们是看不到那一天的。那会是在很久很久以后。

现在，经过在太阳系内多年的探索之后，我有着越来越不好的预感。虽然还有几个目标行星尚未探索。我觉得以我们目前的技术，改造太阳系中的任何一个行星作为一亿金星人类的移民场所，都是不可能的。

我知道这个结论会让你很失望。我很抱歉。

目前这种危机下，金星人类要活下去，恐怕只有一个办法了。

我再次请你考虑我的建议：利用现有的星球资源，把尽量多的金星居民改造为机人。

当然，我知道，你不会轻易同意这件事。人类向机人的转化、碳基生命向硅基生命的转化，应该进行到哪一个地步，哪里是界限，还是根本不存在界限，我们已经争论了两百年。出于让金星物种能延续的目的，你可否再考虑一下？我们不从孰优孰劣的角度辩论。只考虑怎么活下去。

人类的身体太脆弱了。不能太冷，不能太热，不能挤压，不能泡水，不能没有空气，不能有高频辐射，不能没有能量摄入，不能不排泄。水、糖类、蛋白质、脂肪、维生素……缺一个都不行。

无论是留在金星抵御太阳风暴，还是在地球、火星、木星、土星中的哪一个上建立避难基地，人类依靠原本的羸弱躯体，都没法活下去。只有拥有机械躯体的机人，才有机会在严酷的自然环境中继续生存。

为了文明的延续，你可否再次认真考虑我的提议？

我知道你依然想要依靠"睡梦城计划"，但那个计划的成功需要运气。金星人或许能在地底躲避数万甚至数百万年，但百万年之后呢？太阳活动周期以千万年甚至亿年为单位，我们能等到下一次太阳辐射衰减吗？当金星的表面被烈火笼罩，金星人能够在地底坚持那么久吗？

星际舰队的探索还在继续，我们会坚持到底。

但你真的要早点做其他的准备了，形势非常不乐观。

金星星际舰队舰队长，罗素

云帆的回信

罗素舰队长：

很遗憾收到星际探索任务失败的信息。

既然其他星球都没法进行大规模移民，恐怕我们只能留在金星抵抗这个日渐活跃的太阳了。

关于避难策略，我依然决定使用"睡梦城计划"，而不是把人类都改造为机人。我当然明白，在目前的危机下，机人凭借改造过的机械躯体比普通人类的存活率更高。可这种存活和延续有什么意义呢？我们要延续的不是科技或者工具，而是人类这个物种。而机人，只能算一件科技产品，早已脱离了人类生物的概念。

人类和机械、和 AI 的融合，不应该改变人脑本身。一旦改变了，一个人就会从生物变成科技产品。这一直是我的观点。就比如你，我曾经的丈夫，金星最聪明的男人。你经过了这么多次的机人改造后，已经彻底变成一台机器，早就脱离了人类的范畴，即使你从不愿意承认这一点。

如果人类不能活下去，仅仅留下一些死板的机器在世间，那有什么意义呢？

况且，经过多年消耗，金星的自然资源已经极其有限。机人改造需要大量的机械肢体、仿生器官和脑卡芯片，即使把所有剩余资源都用于机人改造，也只够把一小部分人改造成机人，其余的人又该怎么办？

我必须考虑所有的人，而不是一小部分人。

我决定把星球剩余的资源用于建立睡梦避难区，让所有人都有一个活下去的机会。就算这个机会很渺茫，但至少对每个人都是公平的，人人都可以享有这个渺茫的机会。

我知道，从你们机人那严谨的逻辑思维角度看，我这个决定再愚蠢不过了，对吧？但这是人类的决定。人类不是机器，人类有伦理和道德，人类就是这么考虑事情的。

在这个大宇宙中，我们这个处于偏远星系的小小行星，只如一粒微尘，停留在伟大的黑暗之中，悬浮在无尽的浩瀚里，渺小得如同不存在。

在这渺小中，最珍贵的东西就是人类的记忆和悲欢，那是我们的一切，是我们存在的意义。如果不能延续我们的悲欢，只把科技延续下去，那有什么用？

科技是一种工具，历史是一种情绪。后者才是重要的。

金星上有每个人，每个我认识的人，每个我听说过的人，每个在这世上存在过的人。

这里有人类的欢乐和痛苦，有成千上万人的宗教信仰，是意识诞生之地。

这里有每个猎手与觅食者，每个英雄与懦夫，每个文明的创立者与毁灭者。

这里有每对年轻的爱侣，每一位母亲与父亲，以及充满希望的孩子们。

还有人类史上的每一位圣人和罪人。

他们都是人，不是机器。机器不会留下悲欢和历史。

感谢你带领星际舰队进行了几十年的艰苦探索。

既然我们没办法去往太阳系内的其他星球避难，那我们就留在这里，面对这末日灾难。

这是我的决定。

最后，得知你删除了那些无用的、关于你我的记忆，我很欣喜。从此以后，你的心将再无波澜。从此以后，你将作为一台永生不死的机器，永远地游荡在浩渺的宇宙中。作为彻底的硅基生命，你终将到达那没有情绪、只有数据之地。那正是你多年来追寻的目标。

恭喜得偿所愿。

云帆

第一章　油十三和洛维

洛维四脚朝天地被铐在金属床板上，像一块砧板上的肉，动弹不得。

油十三站在旁边冷冷地看着他。

油十三是半机人，有两米多高，烧13号汽油，所以名为"油十三"。他留着板寸头，额头上有一道深深的疤痕，斜着跨过整个右脸，显然是某次激烈打斗留下的痕迹。他肌肉虬结的四肢都进行过生化改造，骨骼里掺入了合金材料，手掌的外表面还特意涂成金色。金光闪闪的手指中夹着一支粗大的"地火"牌雪茄，不时深吸上一口，然后喷出袅袅青烟。

烟雾缭绕的房间里，油十三神色肃穆，仿佛是站在云端裁决凡人命运的神。

"洛维，这是我最后一次催你了。"嘴里的雪茄让油十三的吐字很不清晰，但语气中的凛冽寒意却再明白不过了。他指了指挂在墙上的钟表，"还有半小时到晚上十点，到时候你还拿不出那二十个矿币的话，我会把你拆开，所有能卖钱的器官都会被回收，包括心脏、肾脏、骨骼、眼球，还有整个脑结构。你知道，这些东西在黑市可都是紧俏货，很多改造失败的人等着器官移植呢。"

"等我拆卸完了，你会彻底变成一堆碎肉，甚至更糟。"他俯下身瞪视洛维，"你真的想那样？"

"老兄，我说了很多遍了，我记不起来我的矿币账户了。"洛维的块头比油十三块小得多，此时的他像被一大团乌云遮住的羔羊，

第一章 油十三和洛维

慌乱而无奈。"经历了这么复杂的改装,我大概是大脑受损了。你能不能让我休息几天?或许过几天我就想起来了。"

洛维口干舌燥。他已经解释了十几分钟,除了遗忘,暂时还没想到更新鲜的理由。他悄悄挪动了下手脚,金属床板上的合金镣铐材质坚硬,使劲儿拽也纹丝不动。

"你有必要在我面前装傻充愣吗?"油十三的嘴角布满嘲笑,"咱俩认识多久了?十年?二十年?我还不知道你?"

"装失忆?要是连你这种专业脑卡贩子都会失忆,这个星球上就没人能记得住事儿了!"油十三把烟灰抖到地上,用脚狠狠地搓了几下,"三天以前,你带着一张脑卡来让我给你安装。说好的费用是四十个矿币,二十个预付,另外二十个安装完成后三小时内付清。现在脑卡装好了,后面的二十个矿币呢?

"你拿来的那张脑卡不是星球联邦的制式产品,那不是蓝2、蓝4,或者蓝6,我不知道那是个啥鬼东西,反正那是违禁品。安装违禁品,我是要冒着被地下城逮捕的风险的!看在多年交情的分儿上,即使有风险,我还是给你装了。

"四十个矿币贵吗?一点都不贵!费了三天劲儿才给你装好。手术完事儿了,脑卡装好了,现在你睁开眼说你不记得付款账户了?你把我油十三当猪吗?!"

洛维无声地叹了口气。他没招儿了,黔驴技穷。本来想拖延个一两天。毕竟自己刚睁眼醒过来,油十三如果能允许晚个一两天交钱,这中间再找机会逃出去就容易了。没想到这家伙这么硬,说三小时就三小时,不给一点点喘息的时间。油十三从小就是个莽汉,变成半机人以后,脑子显然是更二了。不付钱就把自己拆成一堆碎肉,绝不是开玩笑。

"不要以为我担心赔钱就不会动手拆你!"洛维的不吭声进一步激怒了油十三,他的声音开始高亢,"就算我亏二十个矿币,但是从你身上回收的这些二手心肾之类的东西,总也能补偿点费用!我不会亏太多!不要怀疑我的风格!十点,我只等到十点!"

"兄弟,你能不能多点耐心?"洛维试图找到一个能拖延油十三的说法,"我只是忘了我的矿币账户信息,但我肯定有钱,二十个矿币不在话下。这样吧，再等一两天，我想起来了，付你二十五个也行！"

"现在就要！"油十三怒道，"别和我玩拖延时间这一套！"

"你先把我放开！让我起来活动活动，没准很快就想起来了！"洛维努力用真诚的眼神看着油十三，"我们认识二十年了！我没在骗你！我只是忘记了我的矿币账户信息！"

"正因为我认识你足够久，才知道你有多滑头。"油十三用惋惜的眼神看了他一眼，终于失去了最后一丝耐心，"看你这固执的样子，是账户里没矿币了吧？上次那二十个矿币是你最后的资产喽？"

他用手揉了揉额头，叹着气做出了最后决定，"既然你已经破产了，那我就没必要继续等了，现在就得开始回收二手器官。这些东西的价值可是和使用时间直接相关的，器官在你身上多运转一分钟，我的亏损就会增加一分。"

"现在这世道，矿币就是一切。吃的穿的用的，还有睡梦城那些人，都靠矿币活着呢。"油十三掐灭了手里的雪茄，略带惋惜地看洛维一眼，打开门走了出去，"不要怪我，你死得不冤。"

看到自己的狡辩彻底失败，洛维在心里暗骂了一句。不能再拖了，只好冒冒险了。时间不多，他紧张地思考着。油十三高大威猛，四肢都是经过改造的，就算自己没被锁住，正面对敌也未必是对手。他既然是半机人，薄弱之处一定在脑卡仓。

几分钟后，油十三和一个身穿白大褂的高大男子拖着一辆输液车走进来。

输液车上挂着一瓶麻醉剂，工具箱里放着林林总总的拆卸工具，钢锯、刀子、锤子、斧子什么的，每一样东西都在灯下闪烁着嗜血的寒光。另外还有一个很大的冷藏箱，看来是预备存放器官用的。

"洛维老弟，说再见吧。半个小时后，你就会变成一堆生物器官配件，彻底从这个世界中消失了。"油十三面无表情，显然已经打定主意。

他们真的要拆解他了……洛维的脑门上立刻冒出一层细密的汗珠。

"等一下！"他高声叫道，"我想起来了！我想起来矿币的账户

第一章 油十三和洛维

了!我马上付!现在就付!"

"哦?真的?想起来了?"油十三的语气有些嘲笑,"真是不见棺材不落泪啊。"

"好了哥们儿,别和我开玩笑了。"洛维冲手上的镣铐努努嘴,"你得先解开我。这样的话,我什么也干不了。"

"不着急,先说说看,你打算怎么付钱?"油十三冷冷地看着他。

"给我一台脑机,我得亲自操作,几分钟后你就会收到矿币。就这么简单。"

油十三示意白大褂男子出去拿脑机,然后从兜里掏出钥匙给洛维打开了手腕镣铐,"早点付不就结了吗?难道你以为我会容忍拖欠?"

洛维双手扶着床板,慢慢地坐起来,苦笑道:"没想到你的规矩这么严格。"他揉了揉手腕,指指双脚上的镣铐,"把这个也解开吧?"

"不急。等你付了钱再说。"油十三收起钥匙,冷冷地道,"钱到账之后,就算你求我,我也绝不再多留你一分钟。地下城的物价一直在上涨,待在这儿我还得供你吃喝,我这里又不是救助机构。"

那个白大褂男子拿着一台脑机进来了。洛维打开它,开始搜索信息。

"你这个脑卡贩子,这些年存了多少矿币?"油十三在旁边看着,有点好奇。

洛维的公开职业是矿工,但那只是挂在地下城政府的一个虚职,他主要是靠倒腾各种脑卡挣钱。正如油十三挂在地下城的虚职是农夫,但他从来都没进过臭乎乎的农田,这间躯体生化改造黑店才是他的主营业务。

"你别管我有多少矿币,反正够付你二十个就行。"洛维遮住脑机屏幕,不想让油十三看见,"把脑机线给我。"

油十三从白大褂男子那里接过一根脑机线,走到床边。

那是一根银色的线,一端连接人脑的脑卡接口,一端连接脑机。很多人把支付密码链接在脑卡里面,不链接脑卡无法转移支付。

"二十个……"洛维低着头盯着屏幕,小声嘟囔。

油十三举着脑机线，弯腰低下头，想看清洛维的账户里到底有多少矿币。

这时候他已经距离床边很近了。

洛维的左手伸出，似乎是去接那根线，但忽然闪电般转向，抓住油十三的手腕猛地一拉。油十三一个趔趄，不由自主地弯下腰来，头正好凑到洛维面前。洛维右拳雷霆般地甩出，在空中划出一个圆弧，拇指关节准确击中了油十三后脑中央，那是脑卡仓的位置。

咔嚓！洛维清楚地听到了软骨质的脑卡仓碎裂的声音。

油十三一声不吭地瘫倒在床边，没发出任何喊叫。脑卡和脑神经有无数连接点，脑卡仓碎裂，他的大脑电路循环瞬间短路了。把脑机送进来的白大褂吃了一惊，嘴里叫骂了一句，一只手慌慌张张地伸进腰间去掏枪。这时候洛维手里的脑机已经甩了出来，三四米的距离，脑机夹着一股劲风，好像一个旋转飞盘，准确地飞过来击中了他的喉结。白大褂男子双手捂着喉咙，一脸不可思议的神色，慢慢地跪倒在地。他的嘴角溢出血沫，喉结已经被击碎。他想叫救命，但什么也叫不出来。等他慢慢滑倒在地，吞下最后一口气的时候，洛维已经从油十三身上摸出钥匙，打开脚镣，彻底解放了自己。

洛维扫了一眼躺在地上的油十三和白大褂男子，轻轻嘘了口气。这时候他才感觉到了手指上的痛。刚才那一击，他的右手拇指骨节和油十三的脑卡仓同时碎裂了。好险。油十三这种机械改造人，除了脑卡受损，就算你把他的脖子拧断，他也没那么容易倒下来。还有白大褂腰里别的那支大号手枪，估计一枪就能把自己轰成肉渣。

洛维如狸猫般轻盈地跳到门后，侧耳倾听门外的动静。似乎没人被惊动。他把门扒开一条缝隙看出去，走廊的另一端有三个守卫正站在楼梯口一起抽烟闲聊，身上都有配枪。这些地下城做黑市生意的家伙们，总是能弄到违禁武器。就这么冲出去的话，万一对方有机会拔出枪，那就够呛了。

洛维回过身，走到了房间另一边的窗户旁轻轻拉开窗帘。窗户镶嵌着拇指粗细的金属栏杆，距离地面有四五米高，这应该是二楼或者三楼。他双手抓住那些金属栏杆，猛地用力一拉，栏杆向两侧弯曲，中央形成一个孔洞。他刚从栏杆中央的孔洞中钻出去，屋里就警报声大作,看来是跳出窗户时触发了什么报警装置。

外面走廊上的几个守卫听到警报,纷纷拔出枪冲进了房间。他们进来的时候,只看到倒在地上双手捂着喉咙的白大褂男子和旁边昏迷不醒的油十三。窗户外面,洛维早就不见了踪影。

第二章　地下城

地下城的夜，黑得很彻底。

洛维从窗户落到后巷，那里丝毫不见光亮，他只能凭借嗅觉和触觉摸索向前，一路上似乎到处是肮脏的垃圾和臭水坑。好不容易钻出了巷子，隐约看到前面昏暗的机械街，他全速向那个方向冲了过去。

机械街是个五六条街组成的杂乱平房区，他在这里的胡同和岔路中急速穿行，很快钻进了这片拥挤的破旧房子的深处。在一条小巷的尽头，他打开了黑暗角落里的一个杂物桶，跳进桶里，再把桶盖从里面盖上；强行平定自己的喘息，仔细听着外面的动静。

不多一会儿，隐约有杂乱的脚步和叫骂声在远处经过，那肯定是油十三派出的追兵。油十三吃了亏是绝不会善罢甘休的，尤其是在晚上——晚上街面上很少有卫兵。

洛维凝神屏气，把自己藏得像一块石头。这个角落，是他早就找好的。在他进入油十三的店里开始安装脑卡前，他就已经计划好了改造手术后的逃亡路线。安装违禁脑卡的黑市行价一般是四十个矿币，他这几年千辛万苦，总共只攒了三十一个矿币，赖账和逃亡都是预料中的。

外面的嘈杂持续了半个小时，然后终于没有动静了。

洛维爬出桶，蹑手蹑脚往外挪，到了路口，小心地探出头，用一只眼睛观察四周。街道上没有什么人。他想了想，又悄无声息地返回藏身的杂物桶，重新爬进去，继续耐心地待着。直到过了后半

第二章 地下城

夜，他才爬出来，沿着街边小巷的避光处迅速地小跑起来。

狭窄的胡同里，林立着各种名称古怪的店铺，"脑卡插件维修""摄像眼球快速换装""3D打印仿生面具立等可取""暧昧虚拟世界打折出售"。一家家小型的生化电子产品店铺鳞次栉比，各种招牌拥挤杂乱，散发出一种古怪的廉价生物工业气息。这条机械街是地下城唯一的黑市交易场所。人体的机械改造受联邦法规的管制，但在这里，你可以得到各种各样的违禁品，只要你有矿币。

矿币是地下城的通用货币，买食物、付房租、生化器官改造、脑卡升级……都得用矿币，更重要的还能给睡梦城的人充值。所以人人都视矿币如生命。油十三这二十个矿币的欠账没那么容易了结。放在平时，洛维也不敢招惹这种麻烦，但是现在的情况顾不了这么多了。

洛维一直向东，走出机械街之后，道路两侧很快就彻底没有光了。空气有点闷热。地下城的通风系统在夜间会减弱风力。没有流动的风，他出了一身汗。人造光源没有亮起的时候，地下城只有黑暗和死寂。他快步疾走，索性闭上了双眼，仿佛一个被深埋于地下墓穴中的幽灵，彻底和暗黑融为一体。

机械街的东边是矿区，那里连通着外面的一座地下煤矿，是矿工们上班的地方；再往东是一座水厂，然后就是居住区了。居住区被叫作"蜂巢"，格子般的小房间层层叠叠摞在一起，每间五平方米，放两张上下铺，住四个人。蜂巢是地下城居民的标准住所。洛维的住所就在这一片区域中。

早上五点的时候，洛维终于赶到了蜂巢附近的摆渡车车站。到了五点半，他找了一处矮墙爬上去，向着东边的远处张望。在那个方向，在地下城的穹顶边际，一缕光芒正沿着整个地下城的穹顶边缘出现。那是一线苍青朦胧的光，把穹顶边际渲染得仿佛是一道地平线。

时间一点点过去，从黑暗中涌出的光越来越多，光线中有了红色，天际变得通红。一个圆形的人造太阳逐渐露出了整个形状。它爬上了地下城的穹顶，把整个地下城笼罩在淡淡的红光之下。

洛维舒展了腰，张开四肢，深深地呼吸。这种光明初现时的生机感，驱散了黑夜覆盖的疲惫。他觉得自己重新活了过来。

天亮了，现在不怕油十三的人追来了。地下城的卫兵会在天亮后开始巡逻，黑市的势力在白天只能乖乖地躲起来。

头顶这个圆形的人造光源会在白天照亮整个地下城，然后于傍晚消失在西边的穹顶之下。据说这模拟了太阳对金星表面的实际照射过程。

洛维从没见过真正的太阳。他出生在地下城，没有到地表去过。真正的太阳会是什么样呢？据说，这个不停地散发光热、哺育万物生长的燃烧恒星，现在是金星最大的麻烦制造者，是金星人被迫移居地底的罪魁祸首。但无论如何，对于从未见过太阳的人来说，那依然是个传奇。

天彻底亮了。

远处开过来了一辆摆渡车。摆渡车是一辆中型客车，可以坐二三十个人。车表面的漆皮几乎全掉了，露出锈迹斑斑的钢结构；车身发出吱吱呀呀的响声，仿佛随时都会散架，像一头吭哧吭哧的老牛。没办法，地下城的工业生产能力有限，所有从地表转移下来的老物件，都得物尽其用，用到彻底坏掉为止。洛维上了车，这是最早的一班车。车里已经有好几个年轻人了。

"去哪里？"司机眯起眼睛从后视镜里看着洛维。这个小伙子个头中等，头发和衣服上沾了好多灰土，整个人看上去脏兮兮的，但宽阔的额头下一双眼睛乌亮有神，其中透露出敏锐和果断。这个人像是一只站在泥泞里的鹰。

"中央广场。"

"中央广场？"摆渡车司机问，"也是要去选天兵喽？"

洛维没吭声。

摆渡车不紧不慢地行进着。一路上，不断地有和洛维一样缺乏日照、脸色苍白的年轻人从地下城那蜂巢般的层叠小屋里面钻出来，上了摆渡车，朝着中央广场进发。

车上的人几乎都闭着眼，陷入半沉睡状态。时间还很早，地下城的生活很劳累，大家都没太睡醒。

车外的街道千篇一律，没什么值得看的。无论是培育粮食的农业区,还是采矿区、工业区、居住区,所有的建筑都是灰扑扑的。

司机有五十多岁了,是个爱说话的。

"你们这些年轻人啊,选天兵这种亡命的事情,为啥要这么着急去做呢?"他嘴里絮叨着,"没钱更换机械硬件,就凭这一副肉身,上了天空城也是死路一条啊,何必呢?住在地下城有吃有喝,时间一到,去睡梦城舒舒服服一躺,有啥不好?这么想不开,非要爬到机械天堂上去看日出啊?"

后排的一个年轻人好像嫌司机聒噪,抬起头闷声说了一句:"人各有志,你不懂。"

司机嘲笑地摇摇头,不以为然。

金星的太阳危机是在二百多年前爆发的,那时候,车上这些年轻人都还没有出生。他们的曾祖父辈赶上了那次危机,然后全体人类就搬进了地下城。现在的地表据说是被高温和辐射笼罩的危险之地,不适合人类生存,所以联邦不允许人们随意到地面去。但地下城出生的人,对走出地下到外面去看看,有天然的好奇。想出地下城到外面去,合法的途径只有一条:入选天兵。

天兵,就是机械天堂的士兵。机械天堂,是飘浮在金星太空中的一座钢铁堡垒、一座空中城市。太阳危机爆发之初,星球联邦为了抵挡越来越激烈的太阳风、保住本星球的大气层,在太空中建造了人造磁力卫星系统和镜面防护系统。为了建造和维护这些规模巨大的太空工程,联邦建造了一个太空工作站,就是机械天堂。最初,机械天堂只供少数航天技术人员居住,后来规模不断扩大,逐渐变成一座巨型的天空城市,现在有数十万居民,而且还在不断招收新人。

一年一度的机械天堂新人招募,被称作"天兵选拔"。

这是个很有难度的选拔,有时候甚至会死人,但地下城的很多年轻人还是十分向往。这危机末世中,经历风霜的老人能做到在地下城中苟延残喘。但对世界尚懵懂不知的年轻人们,心中总有一团要去闯荡的火,想去看看外面的天空。他们在各种影像资料中见过了昔日金星的碧空如洗、白云如絮,见过海洋的波涛万里和海鸟的自由翱翔。虽然明知外面的世界早已不是当初那个世界,但依然有很多人想要出去看一眼。

  离开地底,到地面去!

  到天上去!到机械天堂去!

  这几乎是地下城每个年轻人的愿望。

第三章 天兵选拔

天兵选拔在中央广场进行。这次的天兵选拔会持续三天，今天是第一天。

当摆渡车到达中央广场的时候，这个平日里大门紧闭、被高墙围绕的地方已经完全开放。很多人比洛维来得更早，广场上已经排起了长长的等候队列。做矿工的，大都邋遢肮脏；做农夫的，身上都有点人造肥料的臭味；刚值完夜间岗的卫兵，眼圈发黑。

为了维持地下城的能源体系、食物体系正常运转，需要所有人都辛勤工作。大家都活得不容易。地下城人人都可以参加天兵选拔，但每个人只有两次机会，通不过的话，就彻底和天兵无缘了。

洛维今年二十六岁，这是他第二次参加测试，也是最后一次机会。

队列里有几个洛维认识的人，有同一矿区的工友，也有住同一个公寓的朋友。大家彼此点点头示意，都有点紧张，没人有心情交谈。长长的队列安静地等待了几十分钟之后，开始出现小声的骚动。广场里出现了一列黑色制服的卫兵，他们穿的是天兵的标准制服。

看样子测试要开始了。

一位身形高大的军官登上了广场中央的高台，那是来自机械天堂的赫哲将军，地下城的人都熟悉他的脸，每次天兵选拔他都会出现。

"各位，我是赫哲。"他的声音低沉有力，清楚地传进了广场中每个人的耳朵里，"天兵选拔稍后就会开始，和以往一样，今年依然是测试脑卡频率。有一件事要特别提醒：今年的测试标准和以往不同，测试者的脑机运转频率要能达到 1 MHz，才能获得天兵资格。本次测试难度要比以前大很多，危险性也会增加，各位要慎重考虑是否继续参加。现在退出还来得及。"

1 MHz？

广场上的众人都很意外，洛维心里也顿时一凉。以前的天兵选拔，测试标准不过是 1 kHz 而已，那和 1 MHz 之间还差着很多个数量级。脑机运行到 1 MHz 是一种什么体验，洛维完全没有概念，但他知道那一定很可怕。

"赫哲将军，为什么要给我们提升测试标准？"队伍前排的一个小伙子问，"往年不都是 1 kHz 就可以获得天兵资格么？"

人群立刻起了骚动，广场的气氛瞬间变得激烈起来。

"对啊，这些难道不应该提前通知吗？为什么现在才说？"

"是不是天堂反悔了！！！不想再招收新的地下城居民了！"

"难道机械天堂要变成特权者的专有领地吗？"

"我们抗议！！！"

…………

关于机械天堂，一直有一些传说。官方公开的说法一直是，机械天堂的存在是为了维护人造地球磁场，那里聚集的大部分都是技术人员。这些技术人员生活得很辛苦，每天要完成大量针对磁力卫星系统和镜面防护系统的维护工作。但人人都知道，这说法并不完全准确。这年头，凡是有点门路的人，都想办法往机械天堂挤，这和他们是不是技术人员无关。很多脑满肠肥、腰缠万贯、善于走关系的家伙都挤进去了，这是大家亲眼看到的事情。这充分说明，机械天堂的日子比地下城好过。

太阳风暴一直在持续，留在地底并非永远安全。这是显而易见的。机械天堂多好啊。它其实就是一艘巨大的太空飞船，万一有事，开着飞船总是能跑得远一点，说不定还能找到个什么其他星球定居。

地下城最流行的一个谣言就是：当太阳光的能量强大到挡不住的时候，机械天堂的人就会驾驶那个天空城市飞向外太空，寻找别的星球居住；地下城的人，只能进入睡梦城碰碰运气，也许就是等

第三章　天兵选拔

死而已。

为了平息这些谣言，机械天堂的管理层从几十年前就制定了一条规定：每年从地下城吸收三千名新的居民进入机械天堂。数千万人口中选取三千人，比例不算高，连杯水车薪都算不上，但有点希望总比没有强。

难道今年，连这点希望也不给了？

"如何进行天兵选拔，由机械天堂决定。"赫哲的语气冰冷淡漠，显得很不近人情，"如果不满意，那就放弃参加选拔。没人强迫你们参加选拔。"

看着下面队列中年轻人那不服气的眼神，赫哲抛出了一个新信息："除了测试标准提高，另外还有一件事要通知，今年的选拔人数将从三千人提升到一万人，选拔人数增加二倍多！所以各位，天堂只是想选拔更优秀的人员，并不是想限制地下城人员向天堂流动！"

赫哲用阴沉的眼神环顾整个广场，"该说的我都说完了！不参加的请立刻退出并在五分钟内离开广场！"

人群中的躁动安静下来，大家面面相觑，没有人挪动脚步。选拔人员从三千提升到一万，说明机械天堂确实是在招揽人才，提高测试标准并不是限制人员流动的意思。但是，这个难度实在是太离谱了。

片刻安静之后，人群中冒出新的问题："赫哲将军，这种 1 MHz 的测试，危险性究竟有多大？能详细说说吗？"

"简单说，以往的 1 kHz 脑机运转频率测试，就算通不过，受试者最多就是头疼难受而已。"赫哲的语气里充满毫不掩饰的警告意味，"但 1 MHz 的测试，受试者的死亡概率会大幅增加。"

人群中再次发出一阵惊呼。

"怎么会这么危险！"

"居然可能死人！"

"怎么能把测试搞得这么危险？这不合理啊！地下城的人命就这么不值钱吗？"

……

"我重复通知一次，现在退出还来得及！"赫哲显然早就料到会有这种反应，斩钉截铁地给众人下了最后通牒，"你们有五分钟时间考虑，五分钟之后，不退出者要立即进入测试机位！我再提醒一句，脑卡级别低于蓝4的，基本是没有机会通过的，就不要冒这个险了。"

人们开始窃窃私语，互相认识的小声地商量对策。

"你走不走？"

"我只是蓝2啊，你……走吗？"

"我也是蓝2。要不……咱们走吧？弄不好会死的！"

两人这么商议着，却是谁的脚步都没挪动。

"今年扩招二倍多啊。机会难得。"

"去不了机械天堂，难道就这么一直留在地底？等着到了六十岁进入睡梦城吗？我可不愿意！"

"这辈子就留在地下城吗？不是说好一起去外面看天空吗？"

"可我的脑卡只是蓝2啊，会不会很危险呢……"

广场上的骚动持续了一会儿，大概五分之一的人离开了广场，大部分人还是决定留下来碰碰运气。

毕竟，只是可能会死，不是一定会死。很多人为了去机械天堂，宁愿冒这个险，即便是脑卡级别不够高。

脑卡这东西，早在二百多年前就出现在金星了。那时候太阳危机还没爆发。

罗素，金星最著名的科技怪胎，率先发明了"大脑缝纫机"。他找到一种能将数千万柔性纳米电极材料"刺入"人类大脑皮质之中的办法。他还破译了一部分大脑神经元的运算编码方式，并把这些编码规则和AI算法结合起来，制成脑芯片，植入大脑。这就是脑卡的由来。

在这个星球上，人们都想通过安装脑卡让自己变得更聪明。运算速度快的芯片，当然对智商提升也大。蓝2、蓝4、蓝6是不同档次的脑卡，运算频率逐档升高，蓝6可以达到兆赫。但安装脑卡存在一个问题：芯片运算速度和人脑运算速度存在很大差别。没有改造过的人脑，正常工作频率不超过 50 Hz，这和芯片动辄几千兆赫的频率相比，速度严重不匹配。这等于是一辆牛车忽然要安装一台火箭发动机,要让二者同步运行,得先改造牛车。

为了让人脑运行频率快起来,跟上芯片的节奏,科学家们想了很多办法。比如发明了改善脑神经纤维宽度的各种基因蛋白试剂,训练人脑工作强度的各种脑机程序,等等。但经过多年的实践后发现,这些手段效果都有限。一个人的大脑运算频率能提高到多高、能适应的脑卡频率有多高,很大程度上是个天赋问题。大部分普通人,即使经过数年的艰苦训练,使用各种不同的改造方法,也只能把脑工作频率提高到 1 kHz,此后就再难前进一步了。这些人安装蓝 6 脑卡的话,那简直就是找死,超高的芯片频率会直接损毁人脑神经纤维。普通人能安装蓝 4 的,也属于凤毛麟角。赫哲刚才的提醒表明,脑卡至少要达到蓝 4 的地下城居民,才有机会通过这次筛选。

"一分钟倒计时开始!决定不参加的,请马上离开广场!"赫哲的话就像半空中响起一个炸雷,把犹犹豫豫的人们吓了一跳。大家都很恼火,但是没有一个人出声。

赫哲也出自地下城,他从一介平民开始,一步步向上攀爬,一直爬到了机人的顶峰层次。这家伙据说安装了蓝 6 脑卡。到了蓝 6 的地步,人类躯体的原装货所剩无几,人类的思维也没剩下多少了。他看上去还是一个人,实际上早变成了一台机器。

谁会和一台机器叫板呢?

第四章 脑卡测试

洛维决定不退出选拔。虽然心里忐忑不安，但他还是决定留下来赌一赌。他的脑卡当然不是蓝4，而是老洛留给他的。这张脑卡根本不属于蓝色系列，它是老洛自己研制的东西，具体功能比蓝色系列脑卡如何，他也不知道。

测试者们陆续进入了测试机位，那是广场上事先标定好的一个个圆圈标记。洛维做了几个深呼吸，让自己镇定下来，然后跟着一个卫兵进入了其中一个机位。所有人在圆圈中央站好之后，沿着每个圆圈的边缘线，从地下升起来一道道透明的环形合金墙，把众人一个个隔开。数千个合金墙在广场上形成了一片环形隔间的丛林，好像被砍伐过的森林留下的一大片树桩。

地基在微微抖动，每个隔间的角落都升起了一组电磁线圈，这个线圈组会在这个小隔间当中产生一个局部磁场。环形隔间的顶部也开始合拢，完全闭合之后，隔间顶部伸出了机械手。机械手把每个人的脑机接口打开，接入一根数据线。

颅骨传来微微的震动，洛维知道那是脑卡正在引导纳米电极和大脑神经元连接。半分钟之后，震动停止了，数据线已经和大脑连接完毕。洛维的手心里全是汗。他知道自己的大脑即将被这根线引导进入高频率运转模式，那将是从未经历过的疯狂。

"磁力室内的超频系统将直接与你们的脑卡相互作用，引导大脑增加工作频率。磁场频率将由 1 kHz 开始，然后逐渐提升至 1 MHz！"赫哲大声说道，"整个测试将持续二十分钟，其间无法提前离开测试机位！测试开始！"

　　磁场启动的一瞬间，洛维立刻感觉到脑机接口处好像有一根烧红的火针插进来。火烧火燎的感觉顺着头部一直向全身扩散。灼热感起于大脑和中枢等所有神经元密集之处，逐渐扩展到内脏。

　　他的体温急剧升高，立刻就蹿升到了四十多摄氏度，他觉得口干舌燥。

　　脑机内的纳米电极和大脑内的数千万个神经元互相连接，一旦超频体系启动，纳米电极就会带动神经元以极快的频率运作，神经运行电位会骤然升高，化学突触的轴突末端释放的化学物质瞬间增加，使颅脑内的温度急剧升高。

　　普通人的脑电波频率范围在每秒 1～30 次，也就是不超 50 Hz 频率的范围；但考核一开始，全脑神经电活动的综合频率就达到了 1 kHz，直接提升了几十倍，并且还在不断增强。

　　如果大脑不适应这种频率强度的话，最常见的反应就是发狂、抽搐等，还可能导致脑内出血。此外，脑电流的高强度波动还会由中枢神经蔓延到外周神经，整个身体的生物电流强度都会骤然增大，所以这绝不仅仅是大脑要适应的问题，全身都要适应。

　　洛维两手撑着测试隔间的合金墙，努力站直，眼角的余光看到了旁边的其他测试者。显然大家都不好受。不少人表情狰狞，身躯颤抖，两眼如同充血般变得通红无比，并且隐约现出疯狂之色来。有的已经开始手脚抽搐，四肢不听使唤。

　　在这种运行频率下，大脑结构要能维持而不崩溃，原有的神经元工作模式必须迅速改变。人类中枢神经系统传导有化学性突触和电突触两种工具，现在，那些原本由化学性突触负责的信息传导必须改由电突触负责，否则不可能跟得上这种超快的运行频率。

　　但显然不是每个人都能做到这一点。

　　在地下城，黑市有一些脑卡训练程序号称专门为天兵选拔测试设计，据说能反向训练大脑神经，让大脑尽快放弃更多的化学性突触传导模式，转为电突触的工作模式。除了这些，手头矿币多的，还会去买一些昂贵的脑神经蛋白改进试剂，据说可以增加一点点神经纤维对超强电流传导的适应能力。但无论怎么提前准备，面对这次超高强度的测试，都有点白费心机了。这个时候，只能靠天赋和运气了。

  罗素曾经把适应高频率脑卡的天赋归结于每个人神经纤维弹性应变量的不同。神经纤维直径越大，内阻越低，局部承载电流的强度才能增大，传导速度才能变快。除了少数天才，大部分普通人的神经纤维直径不能随着承载电流的增加而增大。当普通人的神经冲动中出现超高速度传导，只会让神经纤维结构崩溃，就像是承载超过极限的高强电流的电路一样，被彻底烧毁。

  "频率将由 1 kHz 提升至 10 kHz！"五分钟之后，广场上的声音再次提示道。

  生物电再次瞬间增强，五脏六腑像要烧起来一样，洛维开始站立不住了，只好斜靠着侧面的合金墙壁。

  他浑身的肌肉开始跳动抽搐，神经节点们似乎要脱离控制自由独立。从脑卡插口处涌入体内的热量越来越多，他好像忽然被一个巨大的火炉笼罩，又好像一条被放在油锅里的鱼，从里到外都是要烧焦的感觉，血管里面的血液都要沸腾了。

  "频率将提升至 100 kHz！"广场上的声音不住地提示着频率的升高，仿佛魔鬼催命一般。

  砰！一声闷响传来，洛维侧前方的一个隔间内，一个少年的脑袋突然爆裂开，无头尸体晃了几晃，直接倒在地面上。如此血腥的一幕，让边上的其他几个测试者都失声尖叫起来。

  砰！砰！砰！炸响声接二连三地响起来。

  测试机位中，开始不断有头颅炸裂的尸体倒下，一些人见此情景开始使劲儿敲着合金墙壁，大声喊叫。

  "放我出去！我要回家！"

  "我要出去！不测试了！"

  "开门！开门！我不当天兵了！我要回去！"

  …………

  但测试机位纹丝不动，远处高台上的赫哲不动声色，没有发出任何指示。

  测试依然在继续，不断有人倒下。

洛维几乎失去意识了,仿佛是在地狱中煎熬。广场上的扩音器又开始提示:"最后五分钟,频率将提升至 1 MHz!"

随着频率的不断升高,这一批参加测试的几千人,只剩下不到一百个还在勉力支撑。

偌大的广场上情形凄惨,脑袋爆裂而死的、昏迷的、吐血的、口吐白沫倒地抽搐的,让人不忍直视。还能保持清醒的测试者,已经没有几个了。几乎每个测试机位都被呕吐物或血腥混合物弄得一片狼藉。

站在广场中央的赫哲,始终只是冷冷地看着眼前的一切,无动于衷。

一个天兵走到赫哲身边低声道:"将军,如果测试人员死亡率太高,我们可能会被星球联邦责怪。万一云帆城主要处罚我们,那就麻烦了。"

"我们是机人派,云帆城主是原人。"赫哲对手下的提醒不以为然,"这两派是两个物种,对立是根本,合作只是假象,即便在这末日时期也是这样。我们做什么或者不做什么,都改变不了这种对立,又何必在乎她高不高兴?"

"可是——"手下还想说些什么。

"别啰嗦了!出什么事,我来负责。"赫哲不耐烦地挥挥手打断他,"地下城的粮食早就不够用了,人口减少一点没什么坏处。末日本来就是一场淘汰赛,生死各安天命吧。"

时间变得极慢,似乎在一秒一秒地流逝。

洛维早已经听不到广场上扩音器的声音了。灼热感早已蔓延全身,并伴随着一种撕扯的力量,似乎有某种力量在把身体的血肉一寸寸撕开。那是脑卡带动的强生物电流正在灼烧他的每一处神经、肌肉、骨骼、血液。那种剧痛好像是身体被扔进搅拌机里,混着泥沙、碎石,搅了几个钟头,皮肤像被剐掉,肌肉纤维也跟着被撕裂了一样。到最后,洛维的毛孔都往外渗出了血。

就这样死了吗?恐惧伴随着痛苦笼罩了他,真是不甘心啊……

出生在这个地下世界,甚至还没见过真正的天空。狭小的住所、乌黑肮脏的煤灰、单调的波罗蜜饼干,那就是他二十六岁生命所经历过的全部了。

　　洛维的身体逐渐变得麻痹，心跳越来越快，呼吸越来越困难，就像被别人扼住了喉咙。他感觉自己仿佛是被粘在一根无法甩脱的高压电线上，当电流强度突破了他最后的忍耐防线后，他终于昏死过去，像一摊烂泥一样靠着墙壁缓缓滑倒。

第五章　睡梦城

去往睡梦城的班车每周只有一班。今天这趟空荡荡的班车上，只有洛维一个乘客。

睡梦城，就是人们躺在睡眠舱里睡觉的地方。谁也不会有很多话要和沉睡的人说，睡梦里的人当然更没有话要和别人说，所以很少有清醒的人会去睡梦城。

太阳危机爆发后，原本在地面种植的粮食只能转移到地下，靠着人造光源照射生长。人造光源给农作物的能量远不能和正常的太阳相比，这导致粮食产量剧烈下降，星球的粮食供应开始紧张。

星球联邦很快推出了一个在极低的资源消耗模式下维持人类生存的办法，就是把人浸泡在睡眠舱的营养液里，然后迅速冷冻，让待在那里的人们一直陷入"沉睡"。这样一个人在睡眠舱里消耗的能量，只相当于正常状态下的百分之一。

它们还在地下城中挑选了地质结构稳固的区域，继续向更深处挖掘，建成了几处可以大规模集中存放睡眠舱的区域。很明显，这是星球联邦为金星人准备的后路之一。

睡眠舱刚刚推出的时候，很少有人愿意进去"睡觉"。

好好的，我为啥要变成一块冻肉？那和死了有区别吗？类似这些想法，都是人之常情。

为了吸引居民进入睡眠舱，星球联邦很快为所有睡眠舱接入一个虚拟世界系统——睡梦系统。系统中设置了一个物产丰富、风光秀丽、秩序井然的世界。睡梦系统的电子信号和睡眠者的脑卡链接后，进入"睡眠"的人会做一个长长的美梦。

星球联邦的宣传语很具诱惑力：

去睡梦天堂吧！在那里感受明媚的阳光！舒适的阳光！奢侈的大餐！

地下城没有的，那里都有！

和地下城那每日的辛劳以及口味永远不变的食物相比，舒服的虚拟生活立刻就有了一些优势。因为这个美好的梦境，接受睡眠舱的人逐渐多了起来。

二百年里，金星上有百分之七十的人已经自愿进入睡梦城中去沉睡，但还是有百分之三十的人不愿意进去。有一些人是因为自己的观念，他们无法接受虚拟生活。还有一些人，是一个家庭中被选出来的、留在外面做看守的。公众们对睡眠舱依然抱有警惕，全家都进睡眠舱的话，万一外面有事怎么办？总得有个醒着的放哨吧。

对这些无论如何都不进入睡眠舱的死硬派，星球联邦也想了办法，制定了睡眠法律：每个达到或超过六十岁的地下城居民，都要强制进入睡梦城"睡觉"。

所有不愿意进入"睡眠"的死硬派，都会在六十岁时被强制征召。老洛，就是在六十岁那年被强制征召去"睡觉"的。

洛维这次去睡梦城，就是为了看一眼老洛。

老洛把洛维从小带大，但不是他爹。洛维是老洛捡来的弃婴，俩人一直以叔侄相称。老洛进入睡梦城前，他们有约定：如果洛维选上天兵了，那么在他要离开地下城的时候，两人得见一面。

洛维还记得老洛进入睡梦城那天，他最后的那句话，以及非常不甘心的语气。

"你一定要选上天兵！那是唯一的出路！我没有成功，你一定要成功！我绝不想几十年之后在虚拟世界里见到你！"

漫长的摇晃和颠簸过后，班车终于到达了睡梦城入口，洛维下了车，在接待窗口给调度员递上了预约单。

"睡眠舱 11981 号，预约会见。他是我的叔叔。"

"你需要在会客室等待两个小时。"调度员审查了单据，"洛海先生三天前已经按照约定出舱，但他已沉睡了六年，从睡眠舱出来

第五章 睡梦城

后身体恢复需要时间,你还要等一会儿。"

"明白。"洛维点点头,在警卫的带领下,经过一个长长的甬道,进入了一个会客室。

两个小时后,洛维看到一个穿着白大褂的医生扶着老洛从另外一边的门进来了。

他走路有点摇晃,眼窝深陷,苍白的皮肤还带着一种诡异的透明感,那可能是长期浸泡冷冻的结果。洛维甚至感觉他的个子都变矮了,这个原本一米八多的大汉,整个人似乎都小了一圈。

"选上天兵了吗?"老洛在医生的搀扶下慢慢地在椅子上坐下,迫不及待地问出了第一句话。

"选上了,过几天就要去机械天堂了。"洛维点点头,"你还好吗?"

两人之间隔着一道玻璃幕墙。会客室不允许见面者进行肢体接触,担心让醒来的人染上外来细菌或者病毒等致病物。

"选上就好。"老洛咧嘴一笑,似乎十分高兴,"不用担心我,我很好。

"自从我进入这里睡觉,你可没少给我充矿币。现在我在梦里算是个小富翁,住大房子、吃好的,还雇了佣人。

"每次去了餐馆,我总是把脑子里能想到的美食全点一遍,上十几道菜,那吃得真是痛快啊,终于不用啃地下城那些饼干了。"

"都是假的啊,虚拟的。"话一出口洛维就后悔了。

这是什么屁话啊。

在这样的睡梦世界里,除了借假为真,努力接受虚拟的欢愉,人们还能怎样?

老洛沉默了几秒钟,然后嘿嘿地苦笑了几声,"到了我这样的年龄,无非是活个感觉而已。既然每道菜都色香味俱全,当作真的又何妨?"

洛维低下头,无言以对。

老洛是不愿意进去睡梦城的。一直都不愿意。

他是因为年龄达到限度,实在避无可避才去的。

沉睡者每五年可以申请醒过来一次,出来透透气、见见外面的亲人。老洛把这五年一次的苏醒机会都留给了见洛维。

看洛维面色沮丧，老洛开始自言自语，似乎在安慰他，"真的让我苏醒了，我恐怕不能再适应地下城的辛苦生活了。

"每天跟着探矿队去几百米深的地下挖煤块，或者做一个农夫、收集臭烘烘的粪便去浇灌那些地下植物，还得好几个人挤在几平方米的肮脏宿舍里，天天盯着居住区的粮食公示牌，担心剩下的食物储备是不是还够明天吃。我真的不想再过那样的日子了。"

洛维想说一些合适的话，但想不出来，于是只好继续沉默。

"我知道你担心什么。"老洛苦笑了一下，"持续生活在明知的虚幻中，是一件需要忍受的事情。要强迫自己做一个长长的梦，还要把梦当作真的，这就像是要连续工作很多年，中间没有下班时间。确实有点难熬。"

"但毕竟，每隔五年会给一次苏醒的机会。我还是能出来透透气嘛。"他努力把语调放轻松，"再过几年我就又可以醒一次。"

"再到了可以苏醒的时间，你一定要记得出来。"洛维低声说，"等世界变好了，就能走出来，不能一直待在梦里。"

"世界到底什么时候才能变好呢？谁知道有没有那么长的命？再说，你去了机械天堂，我就算醒过来，又该见谁呢？"老洛露出一副无所谓的表情。忽然，他转头看了一眼门口的方向，确定守卫不在屋子里面，于是把头凑过来，压低了声音："那张脑卡换好了吗？"

"换好了。"洛维点点头，"中间还出了意外，矿币没给够，差点被油十三那帮人扣住。那到底是张什么卡？"

"什么卡？那可不是大路货。"他无声地笑了起来，有点得意，声音低不可闻，显然不想让门外的守卫听到，"别忘了，我曾经是地下城最好的脑卡算法师之一，曾为联邦的脑卡开发部工作很多年。"

"难道比蓝6还厉害？"洛维疑惑道。

"完全不是一种东西。"老洛维摇摇头，"蓝2、蓝4、蓝6，都是制式脑卡。什么叫作'制式'？反映了联邦意志的，就叫作'制式'。

"蓝2、蓝4、蓝6都是机人派主导的产品，这类脑卡中的机械算法，会侵蚀人脑本身的逻辑判断。沿着蓝色系列这条路一直向上，一个人只会变得越来越像一台机器。因为机械思维会入侵大脑的每一个关键部位：海马体、大脑皮质、杏仁体、灰质等，然后占据主导地位。到最后，大脑只会基于概率进行冷冰冰的判断，喜怒哀乐被彻底赶出脑海。机人派认为，这才是进化的尽头，人生的终极目标。

"但我们原人派从不这么认为。当初赫哲不给我去机械天堂的资格，就是因为我瞧不上那些什么蓝4、蓝6。你装的那张卡，我把它叫作'红卡'。红色代表情绪，情绪代表人类的本真。红卡是追随人脑的芯片，绝不会反客为主，成为大脑的主人。我绝不希望你因为装了脑卡，就变得不像是一个人。"

"天兵肯定会进行一些机体改造，据说他们会删除新兵的部分旧日记忆。"说到往日，他的声音中露出一些久违的自豪，"也有些人根本不在乎能不能保持往日的回忆。但是你，我的孩子，我绝不允许让他们把你的记忆盗走。

"我们脑卡算法师这一行，有很多细分专业，每个人的专注点不一样。在海马体这个专业，我敢肯定，我在本星球可以排到前十位。那张红卡会保护你，不会让任何人删除你的记忆、盗走你的情绪。

"你要记住，我的孩子，你、我，我们永远是人，不是机器。

"如果有一天你变成一台机器，我一定会死不瞑目。"

第六章　天堂航班

地下城的入选天兵,都被集中到苏威火山口的底部,统一乘飞船去往机械天堂。

太阳危机爆发之后,地面的航天基地都被放弃了。苏威火山是一座死火山。它的锥形火山口被整个挖开,人们又在它的顶部组装了巨大的遮光穹顶,造了一个半地下航天基地,基地底部还修建了通道和附近的几个地下城连通。地下城和机械天堂之间的交通飞船就在这里发射。

洛维是第一次见到飞船。

它的外形看上去就是一个倒放的巨大的陀螺,底部是一个巨大的圆盘,那是飞船的主甲板,主甲板正中央竖着一根巨大的桅杆。在主甲板上方,还有好几层面积逐渐减小的次级甲板,上面建造了乘客舱和驾驶舱。飞船的主体结构都以桅杆为中心串联起来,整个舰身被包裹在一层巨大的保护罩里。

所有人登上飞船之后,发射指令发出,平台上方巨大的穹顶开始缓缓向两侧分开,露出外面的赤红色天空。之后陀螺形飞船的底部喷出蓝色的火焰,飞船开始缓缓升空。

飞船升起,离开穹顶,穹顶便缓缓闭合。脚下,地下城正离天兵们越来越远。当火山口终于变成一个黑点时,飞船已经升入高空。

这个飞船上有2 000名入选的天兵,来自各个地下城市。他们中有的和洛维一样,属于没怎么改造的原人;也有一些躯体已经被改造得七七八八,看上去是人和机械的结合体。

第六章 天堂航班

今年的天兵测试伤亡率高达百分之八十五，无论是原人还是机人都有伤亡。众多测试者或殒命或变成残疾，这在地下城引发了巨大的愤怒和抗议。负责组织测试的赫哲成了众矢之的。

星球联邦对赫哲进行了审讯，他对自己的想法毫不隐瞒。赫哲思想激进，主张金星人类用最主动、最迅捷的方式全部进化为硅基生命，把人类大脑完全交给 AI 程序去管理。他擅自提高了测试难度，把这一届参加天兵选拔的新人当作实验品，最终造成了巨大的伤亡。

地下城的人都要求处死他，但城主云帆最终决定，将他关入睡梦城的监狱，让他终生陷入"沉睡"，永远不得苏醒。

为了平息地下城民众的怨气，机械天堂给所有伤亡测试人员的家庭都发放了额外的粮食补助，而且放宽了今年天兵的入选标准。基本上，参加测试的人只要没死没残疾，就算通过了。洛维这样只是中途昏过去的，当然也被招收了。

当飞船升起的时候，船舱内鸦雀无声。这些年轻人为了入选天兵，甘冒生死参加选拔。然而真正要离开的一刻，他们却兴奋不起来。地下城里有的是他们已厌倦了的千篇一律的食物、繁重的劳动、枯燥的生活，但毕竟生于斯、长于斯。告别故土，总是有点感伤。

飞船在空中稳定之后，开始逐渐下降，在距离地面几百米的高度飞行。天兵们被告知不必待在座位上，可以到底层的甲板上自由活动。甲板上的保护罩开了视野窗，洛维和所有第一次离开地下城的人一样，被透明的舷窗外的景象惊呆了。

在地下城，最常见的颜色是黑色和灰色。这些颜色虽然枯燥，却让他们感到很安稳。可眼前的金星地表世界，却是被红色环绕的世界。无论是空气还是地面，都笼罩在一种诡异的赤红色中。

那赤红色的空气还在不断翻滚，仿佛是烧开的水。红雾中仿佛有无数在怒吼、呼喊和咆哮的生命。地面大概是被炙热的太阳炙烤太久的缘故，到处是细沙。光线透过红色的薄雾照射在这些沙粒上，每一粒沙子都散发着朦胧的红光，仿佛在喷着火焰。飞船飞越几座高山时，他们看到连山上的石头也全是赤红色的，从远处望过去，像是熊熊燃烧着的一座座火焰山。

这个星球的表面，没有一点有生命迹象的东西。

飞船的速度并不快。机械天堂的管理者好像有意让这些从未离开地下城的新兵仔细看看金星的地表是什么样子。

经过了好几座荒废的城市上空，洛维看见了那里被红沙掩盖的断壁残垣。那些建筑原本的高度应该在百米之上，但是现在，只能露出颓废的一角。有些建筑还因火焰和高温熔成巨大的石柱，矗立在沙漠中，像是墓地中的墓碑，为这块无药可救的死寂大地默默致哀。

金星人类往日的丰功伟业都已随风而逝，只有这些荒地留下。

再向西飞了几十分钟之后，地面的景色终于开始不同，飞船上的年轻人们开始骚动起来。他们终于看见了传说中的大海，那是金星上最大的海洋：库卡洋。虽然现在库卡洋的面积已经因蒸发减少三分之一，但海洋依然有着漂亮的蓝颜色，这让飞船上的年轻人们着实激动了一会儿。

海洋周围的陆地上终于看到一些绿色植被：矮小的树林匍匐而立，像在努力吸收地下的水分；灌木辛苦地生长在沼泽和泥潭中间，有些已经被荒火烧黑。洛维看到一片树干是褐色，树叶是暗红色的树。这不知品种的树，在这样的艰苦环境中还顽强地挺立着。

宁静美好的景象没持续多久，飞船飞到大海中间的时候，就遇到了那可怖的暴风雨。金星越来越热的时候，海洋吸收了金星上大部分的热量，热量的积累导致洋面水蒸气循环非常剧烈。更多的强烈气旋助长了更强大的台风形成。海洋上空闪烁着令人心悸的闪电，不时就有暴雨和龙卷风等恶劣天气。

每个人都站在舷窗前一动不动，心情激动得难以平复。

洛维还记得在地理教科书中学到的东西：昔日金星有五块大陆及三大洋，数亿人口散居于各个大陆；多样化的物种、丰富的自然资源，让大部分人的生活都悠闲舒适。

他曾看过一幅图画，印象深刻。画面中，人们驾驶游艇遨游于碧海之中，海洋中巨大的云鲸和人们嬉戏，它浮出水面，喷吐几十米高的水柱，这些水浇落在人们头上。画里的所有人都拥有灿烂的笑容。

第六章 天堂航班

而今，这个星球的大部分河流海洋都失水严重，很多已经干涸。短短两百多年，沧海桑田。

船舱里，扩音器中响起一个低沉的女声，开始讲解金星的历史变迁：

"我们的星球，曾经有过三块面积巨大的海洋，五块大陆。现在，只剩下库卡洋还有些规模，西洋和东洋的面积已经缩小到连原来的一半都没有了。陆地则已经完全荒废、不可使用。剩余的人类全部转移到地下城生活。

"这一切，都是因为这场已经持续了两百多年的太阳危机。

"我们的金星，属于太阳系八大行星之一，距离太阳约 1 亿公里。在八大行星中，只有水星比我们距离太阳更近。数十亿年以来，太阳就像一个热得恰到好处的火炉，一直为金星提供温和稳定的光热，哺育本星球的万物生长繁衍。

"但最近这两百多年，太阳内部活动骤然变得剧烈，热度和亮度与日俱增，太阳风越来越强烈，已经到了金星自旋磁场无法抵挡的地步。依据卫星观测，太阳的爆发是因为它正从恒星演化中的幼年期跨越到中年期，内部的氢融合成氦的核聚变规模迅速扩大，所以释放出了更多的热量、光和辐射。

"如果我们不能阻挡越来越强的太阳风，它迟早会完全吹走我们的大气层。失去大气层的保护，地面上的水将完全蒸发，变为水蒸气飘散，水分子会被辐射分解为单独的氢元素和氧元素，然后彻底从本星球逃逸。最终，星球会变成一个被蓝紫色射线笼罩的世界，变成一个大火球，一切都将化为灰烬。

"这样的危机，显然不是躲藏就可以应付的。我们必须更勇敢、更主动，做更多的防御去阻挡太阳风。

"为此，星球联邦政府在太空中建立了磁力卫星系统和镜面防护系统。我们制造了若干磁力卫星，运行于金星与太阳之间的轨道上，建立起人造磁偶极场，用于增加星球的庇护磁场强度，屏蔽一部分太阳风对金星大气层的冲击。

"我们还在金星的近地轨道上环绕放置了光反射镜面板组，这些镜面阵列依据高度分为三层，在金星上空构建了一个巨大的球面环绕体系。这个反射阵列能遮挡一部分太阳强辐射，降低金星大气的温度，排斥部分危险的高能射线和粒子。

"按照测算，依靠磁力卫星系统和镜面防护系统，我们至少能在两百年的时间里抵抗住太阳风和大量高能宇宙射线的危害，防止金星大气的快速逃逸和流失，维持住我们的大气层。

"我们的事业，需要一代又一代金星人的努力！我们必须为自己的命运而奋斗！

"现在，你们都亲眼看到了，我们的星球如今是什么样子。能拯救我们星球的，只有我们自己。我们必须依靠自己的双手维持我们的生存，每个人都必须尽力！我们坚信，凭借数万年的文明积累，我们一定有办法把历史延续下去，而不是在太阳之火中被化为灰烬！

"文明永存！"

讲解的女声消失后，甲板上陷入了一阵沉默。

洛维长长地吐出一口气。看来，成功被选为天兵只是第一步而已，未来还会很艰难。看看这个星球的样子就知道了。在这充满危机的末日星球上，自己的未来又会走向哪里呢？

"小子，又见面了哈！"一双铁手忽然从身后捏住了他的肩膀，几乎把他从地面上拎起来，恶狠狠的声音从背后传过来："二十个矿币，走到哪里你也得还！"

"你怎么在这里?!"洛维大吃一惊，不用回头，他也知道是油十三。

"我怎么会在这里？"油十三冷冷一笑，"当然是也要去机械天堂，做天兵。你都能选得上，我怎么就不可以？别忘了，我的脑卡比你高级，我的躯体也比你强悍！说吧，打算什么时候还钱？"

洛维奋力甩肩，挣脱油十三的铁手，刚回过身就一脚踢在油十三的肚子上。他的脚却传来一阵剧痛，就像踢到铁板上，油十三则在原地纹丝不动。油十三嘿嘿冷笑，双手再次闪电般伸出，又捏住了洛维的肩膀。

"卫兵！"洛维无路可逃，立刻高声嚷嚷起来，呼喊十几米外的一个飞船卫兵。

"喂，你在干什么？住手！"卫兵看到了油十三这凶恶的样子，大声质问着,快步朝这个方向走了过来。

油十三不想在当天兵的第一天就惹事,便不甘心地松开手,瞪了洛维儿眼走开了,"来日方长,你跑不了!"

地表巡游完成后,飞船开始不断升高,逐渐摆脱了那红色的雾。到了浑浊的大气层上边后,大家终于看见了盼望已久的太阳。

此时太阳正开始往西方落下,明晃晃的,像一个巨大耀眼的火灯。那耀眼的光芒,把天际的云彩画成了彩色的。

这才是真正的太阳,它有着主宰万物的气势。

它就在那里,无论世界是否喜欢。

那些被它照耀和抚育的、被它烧毁和摧毁的,它都毫不在乎。一切对它而言,都太渺小了。它只是自顾自地释放着光和热。

一直被拘束在地下城的小伙子们,目光中显露出震惊。他们一边看着明亮的太阳,一边留恋手边飞过的、彩色的、如棉花般的云朵,嘴里不住地啧啧惊叹,有的人激动得双目饱含泪水。

这是真正的天空、真正的云彩、真正的太阳啊!

开阔的天空,感觉真好!

第七章　机械天堂

飞船又向西飞行了数百公里，然后升到了极高的空中。

终于，人们看到了远处的机械天堂。

那个空中城市，远远看去像是一个巨大的城堡，周长大概有几十公里，稳稳地悬停在半空中。那是一座真正的天空之城，上面耸立着形形色色的建筑，最显眼的是中央最高处那一座黑色的金属金字塔，塔尖如利剑般直刺天空。

洛维曾经无数次想象自己登上机械天堂的情景，但当他真正面对这个汇聚星球顶尖科技和所有资源制成的天空奇迹时，他还是被震撼了。

飞船由远及近靠近机械天堂时，人们的视野完全被机械天堂那巨大的身影占据了。它仿佛一大片墨色的钢铁制成的乌云从天而降，泰山压顶般砸了过来。所有人都不由得心跳加速、手心出汗。

距离越来越近，能看到机械天堂整体被一层柔和的光膜包裹着，那似乎是某种力场，隔绝了这极高空处的风和辐射。飞船减缓速度，通过光膜罩展开的一个缺口，落到了一个平台上。平台上的气压闸门缓缓打开，飞船滑行而入，进入了城市内部。停稳之后，人们按照提示音，依次顺着舷梯下到地面，朝车站走去。

空中城市的地面是黝黑的颜色，仿佛由某种金属材料构成。一队整齐的黑衣卫士早就等在车站，指挥新来的天兵按顺序在地面轨道前排好队。然后就开过来一长列轨道车，大家被要求依次坐上轨道车的椅子并系好安全带，随后轨道车平稳地向前飞去。

第七章 机械天堂

天堂的各色建筑在眼前飞驰而过。路面都饰有整齐的方格子形状,横平竖直。所有建筑几乎都是金属结构,大部分是下宽上窄的金字塔结构,仿佛一根根刺向天空的铁刺。

他们飞过了不同的街区。有些街区除了高耸的楼宇不见其他建筑,路上行进的都是面色严肃的配甲战士,他们仿佛机器人一般,不苟言笑。另外一些地方则迥然不同。路面两边不仅有各色店铺,甚至有花草树木生长。店铺的招牌释放着明亮而柔和的光芒,从招牌上看,餐饮娱乐、健身休闲,什么铺子都有。街上的行人也不再像古板的机器人,而是衣着平常的普通人,表情也没有那么紧张。

轨道车一直行进到城市中央,在一个巨大的广场前停了下来,广场中央正是那座傲然耸立刺向天空的黑色金字塔建筑。人们下了车,在广场中排好队列。

金字塔底部的一扇门滑开,一个身形高挑的女子从金字塔内部走了出来,身后跟着一列卫兵。那女子容颜绝艳,整个人看起来高贵庄重。她走到众人面前的高台上,缓缓地低头环视这些新兵,目光明亮深邃。洛维与她四目对视时,心里忽然升起了复杂的情绪,那是一种由平静、淡然、不屈组合起来的复杂情绪。高台上的女人只用一眼,就让洛维立刻明白,她理解他的一切,理解在这末世中所有的挣扎、所有的苦难。真是穿透人心的一眼。

所有人在这一瞬间的感觉都是一样的。

洛维一下就想到了这个人是谁。

金星的历史中曾有很多闪耀的名字,但在这个时代,只有一位女性配得上"传奇"两个字。

是的,那个传奇的名字,那些传奇的经历。只有可能是她,一定是她。

那女子登上高台,开始对他们讲话:

"欢迎你们,我的同胞们。我是云帆,机械天堂的城主。"

她的声音听上去有点熟悉,洛维忽然想起来,那正是在飞船上讲解太阳危机历史的那个声音。

"关于机械天堂的由来,或许你们听过不同版本的传说。太阳危机刚爆发时你们还没有出生,但那段历史,我想你们都曾经在课本中读到过。那都是真实的经历。或者说，真实的历史其实更残酷。

"危机爆发那一年的春天，太阳辐射忽然大幅度增强，地表温度急剧升高，地震频发、火山喷涌，海啸和龙卷风袭击所有沿海之地，全球受灾，超过两亿六千万人死去。星球的科学家们为了解决这个气候危机，制造了磁力卫星系统和镜面防护系统，为了维护这两个系统，才制造了机械天堂。这就是这座天空之城的由来。

"现在，你们作为被选拔出来的精英，要来守护这座机械天堂了。你们都会成为天兵。天兵来机械天堂，首先要分队。依照自愿的原则，你们可以自由选择到原人部或是机人部，这是两个不同的兵种部门。两个部门的区别，我想你们都听说过：原人部对脑卡改造存在限制，不允许机械智能和人脑拥有同等决策权；机人部则不存在这种限制。

"所以你们来这里的第一件事，就是做出选择。原人？还是机人？依据联邦法规，这种选择是完全自由的。我要强调的是，无论是哪一种，你们都可以为星球做出贡献。"

云帆似乎并不打算多说，简短的介绍完这些基本情况，她就让机人部的首领天狼上台讲话。

天狼将军登上高台，他看上去简直就是一个机械金刚，只有脑袋能看出来是个人，身躯的其他部分更像机械。

天狼的声音瓮声瓮气，就像是从扩音器里喊出来的。

"分队选择，全凭自愿。不过我提醒大家一句：天兵的执勤伤亡率，机人只有百分之十五，原人则在百分之三十以上。道理很简单，机械骨骼和装甲外壳将为你们提供更好的安全保障，那玩意儿比人肉靠谱多了！等你们进入严酷的高空执行任务，你们就会明白二者的区别有多大。

"所有选择进入机人部队的新兵，都将进行机械升级。用不了多久，你就能变成一个强悍的机人！变成机人后，你们能逐步摆脱对食物的依赖。在这末世时代，食物越来越难获得，摆脱食物依赖何等重要！

"原人得依靠进食吃饭，得靠牙齿咀嚼、胃肠道分解食物才能把食物内的能量消化吸收。可食物里的不过都是些低级的化学能而已。

这世界有很多高等级能量，油、电、太阳能，甚至核能。加入机人部，你就不需要再依赖从食物中提取的一点点的、可怜的化学能了！我们机人部的天兵，燃油使用率已经超过百分之六十！

"变成机人之后，在这个充满危机的世界里，你会拥有更多活下去的机会！希望诸位考虑清楚！"

天狼的发言充满煽动性，云帆只是静静地站在旁边，并未插话。

这些新人虽然是第一次来到这里，但也能感觉到，那个高台上的两个人之间存在分歧。

事实上，关于原人和机人的分歧，在金星已经延续了很多年。这个分歧和本星球最著名的一对夫妻——罗素和云帆的感情纠葛互相缠绕，颇具传奇和八卦色彩。

罗素是机人派的创始人。

两百多年前，他把所有新发明的技术都首先应用在自己身上，对自己的躯体和大脑进行了无数次改造。据说他本人使用的脑卡芯片里集成了上亿神经探针，运算速度快得飞起，并且他的大脑神经元和突触还能跟得上芯片的节奏。

这种改造技术并非每个人都可以适应，大脑没有天赋、跟不上芯片节奏的人是大多数。只有一小部分人能够和罗素一样接受彻底改造。这些人视罗素为神，紧密地团结在他周围，形成一个团体：机人派。

机人数量不多，但他们每个人都很强大。出现后不到半个世纪，机人就在社会竞争中占据了明显优势：几乎每一个机人，都在某个领域占据了财富或者权力的顶端地位。慢慢地，他们在整个星球形成了一个统治性阶层。

这些人类和超级脑卡芯片的结合体，能不带情绪地用数据来理解世界，这是优势。他们凭借此优势进一步掌控、垄断了更多的超级科技，然后再去掠夺更多的社会资源，在不断的循环中稳固自己的地位。

数量更多的普通人因为不能适应脑机改造，眼睁睁地看着机人掌握了更多的社会资源。虽然意识到了危机，但这些人却束手无策。

随着双方对社会资源控制权的争夺愈演愈烈，战争在金星不可避免地爆发了。太阳危机爆发之前,金星曾经发生过三次大规模的原人和机人之间的战争。

机人数量很少,所以在第一次和第二次战争中都被击败,但他们在罗素的率领下,在第三次决定性的战争中取得重大胜利,击败了原人军队,并一度把原人军队打到了崩溃边缘,即将统治整个星球。普通人类眼看就要陷入被彻底统治的悲惨命运中。

危急时刻,幸亏有云帆女士的横空出世。她扭转了一切,拯救了普通人类的命运。

在人类大脑进化方向上,云帆持有和罗素不同的观点。她并不完全排斥脑卡,承认脑卡对人类大脑的进化存在促进作用,但她主张人类和脑卡的融合要有限度,人脑应该维持独立性,绝不能被脑卡的算法完全覆盖。

"人脑本身的运行潜力远远超过任何脑卡。我会证明这一点。"这是云帆女士的宣言。

她做到了。

据说她在不依靠脑卡芯片的条件下,让自己大脑的工作频率超过了 100 MHz,证明了不依靠芯片的人脑也一样可以很强大。

在人机战争的最危急关头,她和罗素之间进行了一场神秘的单独会晤,传说那是一次约定好的决斗。她成功地击败了罗素。战败的罗素遵守了诺言,签署了《原人和机人之间的资源平衡协议》。协议规定,由机人控制的社会资源和自然资源,绝不能超过百分之五十,原人和机人之间要实现资源平等。从那以后,以罗素为首的机人派和以云帆为代表的原人派,开始勉强地在这个星球上平衡共存。

可是,这种平衡一直很脆弱,摇摇欲坠。由于进化观念上根深蒂固的分歧,双方的矛盾无法得到根本性调和,随时都可能再次开战。就在原人和机人之间的平衡之弦越拉越紧、眼看就要崩断的时候,太阳危机爆发了。

太阳并不区分对象。所有物种的生存都受到了威胁,不管是原人还是机人。为了协力应对灾难,双方开始全面合作。磁力卫星、镜面防护系统、机械天堂、地下城,都是罗素和云帆联手设计的。

这段历史中最为人乐道的部分在于云帆和罗素的婚姻内幕。显然，那算不上和谐圆满的夫妻关系。

云帆曾在离婚声明中对前夫罗素做出了尖锐的批评:"他打开了一扇魔鬼之门，让人脑面临被 AI 算法统御的威胁，让人类面临被纯机械装置奴役的威胁，让多姿多彩的碳基生命面临被冰冷无情的硅基生命彻底取代的威胁。他以前是一个罪人，现在是一台有罪的机器。"

被前妻如此激烈地公开指责，罗素始终没做任何辩白。他保持沉默，似乎拿云帆没什么办法。几十年前，罗素带领一支星际舰队离开了星球，据说是去太阳系的其他行星探索，给全体金星人找一个转移避难所。不过他的这种行为，难免让人联想到和老婆吵架后离家出走的男主人。

从他离开以后，这个星球的最高统帅就是云帆女士。但机人派的势力并没有随着罗素的离去而消失，机人派还在，比如赫哲，比如天狼，他们依旧在不断发出挑战。

眼前这个分兵的场景，已经说明了一切。

天狼说完他的长篇大论之后，轮到了云帆。云帆的总结发言很简短，她并没有和天狼辩论，一句都没有。

"孩子们，我曾无数次迎接新天兵的到来，看着他们在这里由新人变成老兵，看着他们为了这个星球的同胞而不避艰险地前仆后继。他们中的很多人，在这里死去了，更多的人，还在坚持奋斗。

"无论我们是否能坚持到太阳危机结束的时刻，坚持到迎来美好的那一天，我们都要努力，这样才问心无愧。你们都是金星的子民，无论你们选什么，无论是原人部还是机人部，我都希望你们能平平安安。这是我最大的愿望。"

第八章　沙小猫

洛维毫不犹豫地选择了原人部，油十三则兴冲冲地去找天狼更新机械了。这一届新兵大部分都去了机人部，选择进入原人部的新兵，只有五分之一不到。

据沙小猫说，这个人数比例和往年差不多，每年的新兵，都是选择机人部的会更多。毕竟那边伤亡率低嘛。保命要紧。

沙小猫是原人部新兵的集训队长。新兵们第一次见到她的时候，都有点意外。

管理这么多新兵的队长，理应是个强悍的角色，就算不是机人那样威猛霸道，至少也得高大魁梧吧。然而沙小猫，只是小小的一个。她站在新兵面前，个头大概只到大部分新兵的肩膀。脸蛋圆圆的，两个大眼睛也是圆的，似乎连眼角细缝都没有。她审视着洛维这队人，乌黑明亮的眼珠子咕噜噜地转动。左顾右盼时，头上两条翘起来的辫子，好像一对招风的猫耳朵，晃来晃去。大家立刻明白了，她为啥被叫作小猫。

沙小猫显然比大多数新兵都年轻。虽然她的语气十分老练，但那张年轻的脸蛋似乎和她的队长职位不怎么搭配。

"我叫沙小猫，是你们的队长。你们小队的训练今后就归我管了。"小丫头向前跨了一步，板着脸环视她的一百个下属，"通过地下城的天兵筛选，只是第一步而已。机械天堂还有严格的训练等着你们。集训之后还有考核，只有通过了，才会成为正式的天兵——"

"小丫头，废话就不要多说了。"站在前排的老 K 不以为然地打

第八章 沙小猫

断了沙小猫。他在地下城做过多年的卫兵,甚至当过卫兵队长,也算是官方人员,所以对眼前这个像一只小猫的队长并没有多少畏惧。"我们到底要进行哪些训练?"

"不要随便打断长官讲话!"沙小猫瞪了老 K 一眼,"训练的第一项是神经元训练。你们得提高神经元运动的频率。"

"还有其他的吗?"老 K 追问。

"其他的,等你过了第一项再说!"

"必须要训练,然后才能去执行任务?"老 K 不以为然,"我受过系统的军事训练,我在地下城做过卫兵队长,在这次选拔中成绩也不错。像我这样的,有必要继续训练吗?"

"哦?卫兵队长啊……"沙小猫的眼睛里闪过一丝不可察觉的锋芒,她踱着步走到老 K 面前,"那你应该很厉害啊。格斗学过吧?来,出列。"

老 K 满不在乎地向前跨了一步,斜着眼瞅了瞅面前的长官,"队长小丫头,如果你是想和我过招的话,那我劝你——"

他的话说到这里时,整个人忽然就不见了。下一秒,大家就看见老 K 像一个被弹簧弹飞出去的大沙包,刷一下飞过众人的头顶,飞出去六七米,直勾勾地撞在墙壁上,砰地发出很大一声。众人回头惊望,只见他已滑落到地上。

足足过了十秒钟,老 K 才发出惨叫:"来人啊……好像……骨头断了……快点……送我去医务室……"

洛维基本上看清楚了过程:沙小猫在距离老 K 半米的时候闪电般地伸手,抓住他的脖领,然后屈身、下拉、回身旋腰,再展腰发力、胳膊向后一甩,老 K 就从沙小猫头上飞了出去。

冲进来的医务兵抬走了老 K,队列立刻变得齐整了,所有人都站得笔直、目不斜视。

"这里的任务和你在地下城执行的任务完全不同。"沙小猫根本没看老 K 一眼,只是无奈地摇了摇头,然后继续训话,"我们现在是在天上,这里的太阳风暴比地面强得多。天兵负责维护金星的电磁防线,要上太空中去维护镜面防护系统和磁力卫星,随时都可能遇到危险。没有集训,危险来临时你们不会有存活的机会。"

她加重语气强调道:"原人士兵的伤亡率在百分之三十以上。也就是说,明年这时候,你们中至少会有百分之三十的人消失在天兵队列里!或者被记载于亡者名录中!或者成为残障人士!所以,千万不要轻视训练!"

新兵们都倒吸了口凉气。

"请问,"洛维小心地问道,"如果变成残障人士的话,最终的去向是哪里?"

"会进入睡梦城。"沙小猫顿了顿,"长久地活在睡梦里。"

大家都不吭声了。

睡梦城可不是啥好地方。没人真正喜欢那里。

沙小猫看到士气有点低落,决定让大家高兴一下,"好啦,现在,我们去吃饭!"

集训区里面积很大,所有的房间都宽敞明亮。士兵们穿过了几个回廊,进入一个方方正正的大堂中。里面有一张长条桌,桌两侧摆放着一张张椅子,桌上全是碗碟。他们在长条桌前依次而坐。

午餐开始了,每人有一张饼,一碟咸菜,一个鸡蛋,还有一大块肉!

天!居然不是波罗蜜饼干!是肉和鸡蛋!以前只是在电视里见到过鸡蛋啊!肉也很久没有吃过了!

波罗蜜这种东西,在太阳危机爆发之前是一种休闲零食。晒干或者烘烤的波罗蜜饼干,咀嚼起来有一种特殊的香甜味。那时候人们买了波罗蜜饼干并不是真的吃,只为了尝尝味道,它在嘴里没味后就会被吐掉。那东西有甜味,但嚼久了之后只能感觉到粗糙的纤维感。

到了地下城,喜不喜欢已经不重要了。波罗蜜是地下城最重要的主食之一,是用来活命的。整个星球的几亿人躲进地下城后,农业生产也转移到了地下。但地下种植的农作物只能依靠人造光源,无论科学家们如何精心设计人造光的成分,地下农场的产量都无法和地面的农田相比。为了让人们吃饱,科学家们费尽心机地挑选适宜地下种植的农作物,波罗蜜因为诸多优点脱颖而出:适应人造光源、产量大、营养丰富,而且可以储存很长时间不变质。于是,波

第八章 沙小猫

罗蜜饼干就成为地下城食物配给的标准品，日复一日地进入人们的口腔和胃。

洛维几乎要热泪盈眶了。那是吃了几十年波罗蜜饼干之后，再次见到其他食物时的感动。他狼吞虎咽地吃完自己的那一份，还颇意犹未尽。

所有新来的学员和他一样吃得飞快，然后看着空碗不知所措。

"只有这么多吗？"隔了半天，一个小伙子终于忍不住开口问道，"没有其他吃的了？我还没有吃饱啊。"

"没有了，只有这些。"沙小猫摇摇头，"这是新学员的标准餐。想要多吃一点，得每天认真训练，完成考核内容。完成了就可以多吃一点。"

"可是，我在地下城的时候听说过，"那提问的小伙子语气期期艾艾，"机械天堂的生活是很富足的。只要到了这里，就可以过上好日子。想要什么都可以随便拿，食品都是免费的……"

"地下城还传说这里人人逍遥极乐，像你这样的单身汉，还会发个女朋友，是吗？"沙小猫嘲笑地看着提问的小伙子，"所以说，眼见为实，别信谣言。"

"'天堂'二字，容易让人误会这里生活奢靡，实际上，这只是形容这座空中堡垒距离太阳更近、要承受更多的电磁辐射而已。坦率地告诉你们，机械天堂工作繁重，人人都很辛苦。要在这里待下去，你们不仅要有本事，还得具备强大的意志品质。你们得不断训练、提高自己的脑卡频率级别，才能符合天堂的要求。虽然机械天堂的食物确实比地下城好一些，但食物在这里同样是很宝贵的资源，不是想吃多少就有多少。你得靠自己的本事去挣。本领不同，食物的支配权限就不同。能者多吃。"

手捧被舔得一干二净的饭碗，新人们都目瞪口呆。原以为来到这里就万事大吉了，怎么还有这么多事情？人人都倒抽冷气。

"再给点吃的吧，就算是波罗蜜饼干也行啊。"提问的小伙子大约也被沙小猫的嘲讽激怒了，不服气地说，"即使在地下城，我们也能吃饱。"

"你们刚才吃的食物，不同于地下城的普通食物。"沙小猫冷冷地道,"这些肉类和鸡蛋都是在特定频率环境下种植和养殖的,成分非常纯净。也因为种植环境苛刻,所以食物数量非常有限。今后的训练中,你们的大脑和身体需要不断优化,那会伴随着身体蛋白质结构的改变。摄入杂质含量高的食物,不利于身体进化。因此你们只能吃天堂的特制食物,数量很有限的特制食物。"

小伙子不吭声了。

"还有什么问题吗?"沙小猫抬头环视众人。

"请问,"洛维犹豫了一下举起手,"队长,你今年多少岁了?"

沙小猫的头扭过来,盯着眼前这个叫作洛维的新兵。这家伙看上去很普通,个头中等、样貌平平、眼神清澈,但小猫看出了那眼睛里面隐藏的狡黠和机警。

"哦,你是问,我多大了?"她圆圆的眼睛里散发的,正是刚才看着老K的那种锋锐的光。

洛维瞬间汗毛竖起。

"我没有其他意思,真的没有……"他结结巴巴地解释,"我只是,想请教一下……"

第九章　你带多少电

洛维其实不是想嘲笑沙小猫年轻。他是想问，这么年轻就能做队长，有没有什么可以分享的经验。但这和他本来要表达啥没关系，只和沙小猫怎么理解有关。沙小猫的理解方向，显然不是洛维所期盼的。

洛维第一天的训练内容是生物电测试。当他发现只有他一个人进行这项测试的时候，就觉得不妙。

沙小猫的圆脸蛋上充满不怀好意的笑容。"你的第一项训练，是增加机体的电能量。"她开门见山地说，"你得彻底改造身体原有的神经元工作模式。所有由化学突触负责的事情，全部改交给电突触负责，同时还不能损失任何原本由化学突触负责传导的信息。

"神经元全部采用电传导模式后，所有机体细胞的跨膜电位和工作电流都需要提高，简单来说，你的耗电量会更大。所以，你的整体生物电水平，必须提高到普通人的百倍甚至千倍，才可能和高频率运作的脑卡保持良好的协调性。

"现在，让我来看看，你到底能带多少电。"

生物电测试房间的四周构建了和脑卡相互作用的局部磁场。房间里只有一张桌子，桌子上布置着一个古怪的装置。两个大铜球分别通过铜棒连接到两个相隔很近的小铜球上。两个小铜球被面对面放置，近到几乎挨在一起。铜棒上连接了导线，导线从两个小球上伸展出去，缠绕在一个大感应线圈的两端。在感应线圈上缠绕了很多圈之后，导线的末端从感应线圈伸出一长截。伸出的这一段导线，它外面的胶皮被剥掉,铜丝直接裸露出来。

这是一个原理简单的电火花发生器。从导线末端通电,让两个大铜球之间电势升高,两个小铜球之间就会产生电火花。

"去试试看。"沙小猫摆好电火花发生器。

洛维略带踌躇地走过去。他需要启动脑卡的超频工作状态,高频率运作的脑卡能操控全身的生物电流,让生物电流穿过装置里的感应线圈,对铜球电容进行充电。

"开始吧。"沙小猫眯起眼看着他,一脸瞧热闹的意思。

洛维两手握住感应线圈末端导线,把脑卡运行频率调整到 5 MHz,全神贯注地注视着那两个小铜球,努力地"发电"。

沙小猫在旁边目不转睛地观察。

几秒钟之后,随着细微的啪的一声,一束美丽的蓝色电花爆开在两个铜球之间。

"哦?"沙小猫似乎有点意外,疑惑地看着洛维,"我记得你说,你安装的是蓝2?"

"对,蓝2。"洛维点点头,暗自有点心虚,"有什么问题吗?"

"现在的蓝2这么强了?"沙小猫在嘀咕,一边把两个铜球的距离扯远一点,差不多有两厘米那么远了,"再试一次。"

洛维重新捏住两根导线,但这一次,无论如何也没有电火花了。

"嗯——"沙小猫摸着下巴思忖着,"电流要突破阈值才能激发电火花。在这个距离上,你的电流明显达不到要求。要不再增加一下脑卡频率试试?"

"还要增加?"洛维吓了一跳,"我安装的是蓝2,频率太高不会出问题吧?"

"我们加到 20 MHz 试试。"沙小猫上下打量了他一番,似乎在评估他会不会那么容易死掉,"对于蓝2来说,这只是稍有危险的尝试。应该还好。"

房间磁场的频率提高到 20 MHz。这里的磁场会和脑卡相互作用,高速运转的脑卡导致躯体电传导的热量剧增,洛维开始满头大汗。他就像一个奋力挣扎的人肉充电器,拼命给眼前的这台电容元器件充电。终于,电流让整个系统形成了一个完整的回路,细小的电流束在空气中不停地扭动，绽放出幽幽的光来。火花稍纵即逝，因为洛维撑不住了，能量损失使得电容两端的电压很快又降到击穿值以下。

"这个火花不够亮！再来！"沙小猫拍手道，好像看焰火一样兴奋，"这回是 50 MHz！"

"呀！"洛维狂号一声，两只手拼命地放电，整个电容瞬间恢复饱满。

电火花噼里啪啦地闪烁个不停，两个小铜球之间的空气被击穿，形成一个高频的振荡回路。

"哇，你还真是有一套哇！"沙小猫看着噼里啪啦的电火花赞叹道，"你安装的真的是蓝 2？你不会是骗我吧，蓝 4 也就这么厉害吧？"

洛维想回答她，但是他动弹不得，连嘴也张不开。

正常来说，他的生物电耗完了就完事儿了，但是他莫名觉得外界的电磁场能量好像正在进入身体。这不是脑卡运转带动的自身能量。

刚开始的时候，只是感觉皮肤麻酥酥的，还有点舒服，似乎能量逐渐和躯体融为一体。然而半分钟后就不对了。电磁场能量进入体内的速度陡然加快，好像决堤的洪水，涌进全身，钻进每一个细胞。洛维浑身如同经受着电刑，仿佛被扔进了一个熔炉。他想停下来，但发觉身体已经不由自己控制了。体内剧烈的电磁反应让他产生了麻痹感，完全动弹不得。他很想叫沙小猫过来扶自己一把，却发现根本不能出声。

火花还在冒，电流回路仍未中断。又过了几分钟。洛维开始冒烟。一丝丝青烟从他的皮肤表面冒出来，像是那种被水浸泡过的木柴，在被火引燃后冒出的沉闷而呛鼻的烟。

他就要被烤焦了。

"冒烟？"沙小猫终于发觉不对，转过头来走近看着他，终于看到了他那颤抖的嘴唇和惊恐的眼神。

大事不妙。

沙小猫像一阵风一样冲出去，提着一大桶水冲了回来。

哗啦!

当头浇下去,烟好像小了点,但是还在冒。沙小猫又冲回去打水。

反复冲刷了几十次,烟终于不冒了。洛维终于凉下来了。

湿漉漉的他,像暴雨冲刷过的泥菩萨,啪嗒一下,直挺挺地摔倒在地。

他现在不仅是疼,还明显感觉到体温又在急剧升高。他感到口干舌燥,五脏六腑像要烧起来一样。进入体内的能量,就像汹涌的浪潮在体内肆虐,根本不受自己控制。过强的生物电流正在煅烧他的血肉,如电炉炼钢。但他不是钢。他觉得自己的身体就像一堆干柴,在越来越旺的火头里不住地燃烧,眼看就要烧完了。

他的体温还在不断升高,沙小猫紧张地低声念叨着,"糟了糟了,这可怎么办……你撑住啊,等我去拿一点东西来!"

几分钟后,沙小猫飞一般跑回来,手里捏着一支注射筒。她撩起洛维的衣袖,把一管乳白色的混悬液注射剂从胳膊上打了进去。

针剂打下去半分钟,洛维感觉更不对劲了。大脑里好像有一个重鼓开始锤响,脑袋开始胀大一样,眼珠子都开始向外冒,耳膜砰砰作响。腹部开始翻江倒海似的蠕动,像一台功率调到最大的搅拌机,肠胃的消化能力瞬间被激到了极限。心脏和肺叶的活动也剧烈起来,心脏剧烈地收缩跳动,血液以几倍于正常状态的速度向周身流去,他浑身血管都鼓了起来,像是一条条肥硕的蚯蚓,在皮下拧成一片。到最后,他的毛孔中都渗出了细密的血珠。他在地上抽搐,不受控制地扭曲成蛇形。

沙小猫在旁边目瞪口呆地看着。

艰难的折磨足足持续了半个小时,洛维的体温才恢复正常。

"好了吗?"沙小猫在旁边看着,心有余悸。

"我这是怎么了……"洛维语气微弱。

"你就像一个过载的电容器,电线起火,差点整个都炸了。"沙小猫吁了口气。

洛维翻翻眼白问:"你给我打的是什么?"

"电鳗细胞提取的神经蛋白。"沙小猫吁了口气,"新产品,能在神经细胞中插入光敏蛋白的一种针剂,起效很快,能让神经元快速适应电刺激传导。"

"这么好的东西,为啥不早点给我用?"洛维有点不满。

"这是科研部的新产品,据说做动物实验的时候这针剂毒死了很多猴子。"沙小猫吞了口唾沫,"其实……不应该贸然给人用。我实在是没办法了……眼睁睁看着你被电死太残忍了……"

"毒死很多猴子?用这玩意儿,我会不会留下什么后遗症?"洛维被这消息惊得几乎又要昏过去,"你居然还能觉得残忍,真是有良心啊……"

当洛维能动弹的时候,沙小猫扶着他回兵营宿舍。一瘸一拐的洛维扶着沙小猫的肩膀吃力地向前挪动,偶然间他抬起头,瞬间呆住了。沙小猫顺着他的目光看过去,只有机械天堂透明的穹顶和暗色的星空。

"怎么了?"沙小猫问。

"那是啥?"洛维一脸吃惊。天空怎么和以前不一样了。

满天的星辰散发着诡异的光,这些光扭曲着、流动着,仿佛无数旋涡交织在一起,又好像绚烂的极光从天际倾洒下来。不仅是天上,周遭世界里遍布着无数透明的波,或长或短,杂乱纷呈,交织在一起,就像往平静的湖面上撒了一把泥沙,激起无数涟漪。

洛维伸出手去触摸。他觉得是幻觉,但当他抬起手来,试图去触摸那些波的时候,却感觉把手伸进了水里。那些波被他触动了!波是真实存在的!

这些波是什么东西?洛维发蒙了。

"你在干什么?"沙小猫奇怪地看着洛维。他伸出手在空空如也的空气中颤巍巍地摸索着什么?这是被电得留下了后遗症吗?

"你看不见吗?"洛维皱眉看着周围,"四周围,这些波动……还有天上那些。"

"什么波动?"沙小猫一愣。

"波……"洛维忽然明白过来,"这是磁力线吧,你看不到吗?"

"你居然看得到磁力线?"沙小猫眼睛瞪得更圆了,好像见了鬼一样,随即撇撇嘴,"吹牛呢吧?"

"这不是很明显吗?"洛维转过头上下打量沙小猫,"你也有啊,你的身体周围也有一个磁场,好像一层笼罩在皮肤表层的微光,是卵形的,像一个大鸡蛋。"他比画了一下。

"每个人都有。"洛维指了指远处的几个天兵,又看着沙小猫,"你的磁场比别人的要厚一些,而且更加致密。你的身材并不属于特别强壮的类型,我猜,是你体内的生物电强度比普通人强很多的缘故。"

"你真的能看得见啊!"沙小猫目瞪口呆,"正常人眼怎么可能看得见电磁波!人眼只能察觉极窄的可见光波段,类似无线电波、红外线、紫外线这些频率更高或者更低的波段,人眼是看不到的啊。"

"我确实看见了啊。"洛维挠挠头,也开始担心,"你给我打的那啥电鳗针,是不是把我搞坏了啊……我不是变异了吧,不会残废吧……你怎么不征求我的意见,就擅自打针……这你得负责啊。"

沙小猫大怒,从后面狠狠一脚踹到洛维屁股上,看着他摔出去几米。

洛维气急败坏地从地上爬起来,冲到沙小猫面前,"你!"

"老娘要是等着征求你的意见再打针,你早就被你自己的电烧死了。"沙小猫冷冷地说,"另外,根据你刚才从地上爬起来的速度,我可以肯定,你没残废!"

怒气冲冲的沙小猫拎着洛维回到了他的住处,把他扔到床上,然后转身就走。她回到自己的住处,推开门,一个穿白色纱裙的身影站在屋子里,似乎已经等她很久了。

"城主?"沙小猫吃了一惊,"您怎么来了?"小猫立刻明白过来,"是因为洛维吧?他今天在训练中是很奇怪。不会有什么事吧?我觉得,他似乎控制不了进入身体的电磁能量。"

"那是共振。"云帆说道,"他不会有什么事,不必担心。不过,这个年轻人在身体进化方面确实比较独特。今后你要多留意他。"

"共振?"沙小猫一脸茫然。

云帆解释道:"共振是这个世界的自由能量进行传递的最根本模式,是所有能量传递链条中最基本的方式。只要追溯一下这个太阳系中一切生物能量的来源,你就会明白这一点。任何太阳系的生物,所利用的最基层的能量,都来自于植物直接吸收的光照能量。植物能够直接吸收光照能量,就是依靠共振原理:植物的叶绿素色素分子,能够通过高能电子振动与可见光产生共振,从而吸收光量子,再把光能一步步转化为化学能量物质。这是植物独有的本事,人类是没有这种直接吸收自由能量的本事的。即便是那些在身体中安装了太阳能吸收面板的机人,也不是真正通过自身躯体的细胞共振吸收自由能量。"

"今天洛维的躯体和自然界中的电磁能量发生共振,实现了空间自由能量和人体直接传递,那能量来得太快,所以他控制不了。"云帆看着沙小猫微微一笑,"这就是你今天所见到的。"

"他还说,他看到了……电磁波?"沙小猫问,"这有可能吗?"

"我没有见过,我不知道。"云帆微微摇头。

"不过我听我的老师说过:人的进化,最后要能见自己、见众生、见天地。"云帆缓缓说道,"当人不再执着于自身,就可以见到众生;当人不再执着于众生,就可以见到天地。人类是大自然最神奇的杰作,如果一个人能够和天地融为一体,他的能力就会远胜那些芯片、电路、机械的组合。这个年轻人,今日或许见到了真正的天地吧。"

第十章　镜面巡游

洛维一直记得第一次执行太空任务前沙小猫的那段"鼓舞人心"的训话：

"我们小队要担负的主要任务，是维护太阳能反射镜面的完整。镜面防护系统由无数镜面面板组合而成，有着巨大的表面积，每一个面板都需要隔日检查，所以工作量很大。在巡游过程中，你们可能会遭遇太空垃圾、小型陨石块、强磁风暴、强宇宙射线等各种危险。如果不想在执行任务中死去，或者变成伤残人士，请务必谨慎小心。祝大家好运。"

这种话，给第一次执行任务的人听实在让人紧张；但听得多了，人也就麻木了。到现在为止，洛维所在的小队已经执行了两个月的任务，有过几次人员受伤，但还没人变成伤残人士或者死去。或许是运气不错吧。

一大早，大队长就来传达了本周的任务命令，第193巡游小队将会升空，负责巡查第75号镜面区域五百平方公里的镜面。

天兵们列好队，到达了穿梭机发射平台。每个人穿好防护服登机后，穿梭机升空而起。洛维隔着舷窗看着穿梭机下方那逐渐消失在视野中的机械天堂，心中波澜不惊。

天兵的生活其实很枯燥，远不像地下城传说的那样美妙。他们总是有无数的训练、无数的待执行任务。他们每天都忙碌不堪、疲于奔命。因为天上的镜面防护系统面积实在太大，又经常遭到外力损毁，所以天兵们必须要去修理。可在太阳风暴日益剧烈的情况下，

第十章 镜面巡游

升到高空中显然是一件危险的事情。天兵能仰仗的,就是自身强悍的身体素质——把机体生物电流体系训练得比普通人强得多,就能更适应高频率辐射的工作场所。说到底,高频率能量本身没有什么恶意,是因为人类的身体无法适应,所以人类才会觉得危险。当然,说到食物和居住条件,确实比地下城的普通人要好得多。

洛维经历的训练似乎和别人不太一样,他和老K他们聊起来的时候,发现他们的训练内容虽然包括生物电训练,但也有很大一部分是练习在太空中维修机械的操作技巧,以及在太空中如何保住性命的诀窍。也就是说在生物电训练方面,他们比洛维花的时间要少得多。

浩渺的太空中,除了稀稀拉拉闪烁的星星,都是空荡荡的。他们飞行了一段时间之后,在金星上空的某个空间内,一大片白色的镜面就出现在眼前,仿佛空中忽然挂出了一块巨型的银色飞毯。

这就是镜面防护系统了。

他们负责维护的这片镜面防护系统,位置在金星北极点上方,是个飘浮在金星上空的巨大的银色曲面。在这一层轨道反射镜的下方二百公里处是第二层镜面阵列,再往下是第三层镜面阵列。

三层镜面遮蔽下的大陆区域,被开辟为光斑区。镜面防护系统组成的锥形保护面调节着太阳光射入光斑区的总量,这对目前的金星人类至关重要。

在光斑区域内,一些重工业生产基地和大型能源基地依然在运转。这些是人类保留在地面的仅有的生产设施,为地下城居民的生活提供能源和各种生活必需品。

三层镜面除了调节光照,还调节着近地层的大气环流流向,以及地面海洋的蒸发量等,是人类对付太阳危机的一道重要防线。

随着太阳活动的不断加剧,镜面防护系统的损毁速度越来越快。镜面尽管采用了特制的复合金属,但还是不断地被损毁——微陨石、太空垃圾、太阳磁暴……任何意外事故都可能损毁镜面。还有那数十万台维持镜面防护系统运行的太阳能发动机,由于太阳光线的能量越来越强,它们频繁出现热量过高、系统过载或者烧毁的情况。

为此，天兵不得不加大对镜面防护系统的维护力度。天空中每时每刻都有超过一千名天兵在镜面防护系统上工作，且大部分都在最外层的反射镜面工作。

天兵在镜面防护系统上的工作被称为"巡游"，主要完成替换受损镜面和维修发动机的任务。每次巡游时，每个天兵都要检查几平方公里的镜面，同时还要应付高空中无处不在的危险。比如越来越频繁的高能带电粒子流，天兵遇到它时，即使有防护服，也不能得到百分之百的安全保障。正因这些危险，已经有众多天兵牺牲在高空，而且幸存的天兵们也清楚这种牺牲还将继续。所以每次完成巡游时，天兵们都筋疲力尽。

第193巡游小队的穿梭机飞到镜面之上，慢慢地降落在了第75号镜面区域的轨道塔上。大家从穿梭机上下来，开始了今天的巡游任务。

这个由镜面组成的防御工程，从远处看是有曲率弧度的，但置身其上，却仿佛身处一个没有尽头的平坦的白色平原，人是感觉不到起伏的。每过一段距离，这白色镜面平原上就会出现一些细细的黑色接缝。那是一条条横向和纵向的轨道，它们在镜面表面如经纬线一般交错。这些经纬轨道把每一块镜面连接起来，同时还控制着整体镜面形状。人们通过调整镜面轨道位置进行镜面姿态调节，阻挡一部分太阳强辐射落到星球表面。整个镜面防护系统，由数十万台太阳能发动机推动。

第193巡游小队总共有两百个人，队长是来自机人部的凯尔。凯尔把所有人分成五队，分别布置了巡游范围，众人就前往各自的巡游范围开始今天的工作。

洛维这一队的队长是沙小猫。沙小猫十四岁就入选天兵，已经是天兵中的老手了。洛维和其他几个队员走在沙小猫后面。沙小猫在航天头盔的对讲器里大声提醒大家，要反复检查固定连接索是否扣好。

固定连接索是航天服上伸出的一根锁链，用来将天兵固定在镜面轨道上，是天兵在巡游过程中的保险措施，保证他们不会滑入空荡荡的太空中。

第十章 镜面巡游

检查完毕之后，队员们就启动喷气推进器沿着镜面飘飞，开始检查自己负责的镜面区域。

"为什么每次凯尔都把我们分到这个地方？"洛维听到对讲系统里面的一个队员一边检查一边嘟囔，"这个地方离返回轨道站最远。我们总是要费更多的力气。"

"呵呵，这还不正常吗？"老 K 回答他，"凯尔是机人，我们这一队都是原人，当然每次都要吃点苦头喽。"

"闭嘴！抓紧时间干活！"沙小猫的呵斥传过来，埋怨声消失了。

巡游天兵们沿着镜面轨道飞行在银色大地上空，仔细检查每一处镜面是否完整、与轨道的接缝是否密合，每一台太阳能发动机是否正常工作。连镜面上最细微的缝隙也不能放过，因为那可能是整块镜面碎裂的先兆。

镜面上，每隔一百公里就会有一个轨道站，那是一种蘑菇形的建筑，可以停靠小型穿梭机，也有供巡游天兵用的休息区。每次工作完成或者太疲惫时，天兵们都会去轨道站躺一小会儿。如果时间太仓促或者离轨道站太远的话，天兵就只好飘荡在镜面上方睡觉，但那个感觉可比在轨道站休息区差远了。

经过了三天的巡游，洛维这一队发现了三十一块需要替换的镜面和十六台坏掉的太阳能发动机。沙小猫在对讲系统中命令大家都停下来歇一歇，在附近的一个轨道站集中，等待穿梭机运来新的镜片和发动机，然后再行替换。

"喂，老大，你见过的最长寿的天兵可以活多久？"洛维沿着轨道朝着沙小猫的方向飘过去，把对讲系统调到小猫的独立频道，这样就只有他们两个在说话了。"我们熬个几十年，有没有机会混到更高的官衔，然后去坐办公室，不用再出外勤？"

"想活得久啊？那么你做机人呗。"沙小猫开玩笑地说，"据说装了蓝 6 之后，整个躯体都可以替换为机械，那就永远不会死了。"

"不行，那样太没意思了。"洛维慢慢凑近她，"蓝 6 使人失去性欲。美女都不能欣赏的话，永生有屁用，那活着有啥意思呢。"

"低俗。"隔着头盔，洛维看到沙小猫对着他翻了一个大大的白眼。"你活着就这点念想啊。"

"就这点念想。"洛维很肯定地点点头,"美女是我生活的重要意义、主要意义、唯一意义。比如每天看到你,我就会很高兴。所以我决不会安装什么蓝6。"

"蓝4让你摆脱食欲,蓝6让你摆脱性欲。"这是联邦制式脑卡宣传的一个口号。

对于机人派来说,这些大概算是进化历程中的一种进步;但是对洛维这样的凡夫俗子来说,这个宣传口号,正是他对这两种脑卡敬而远之的主要原因。

"你说凯尔为啥总是针对我们呢?"洛维看到沙小猫不搭理他,就开始没话找话地缠着她,"机人和原人斗了这么久,但现在太阳危机来了,大家不是应该精诚合作么?"

"合作归合作,该斗还是得斗。"沙小猫撇撇嘴,"太阳危机只是延缓了两派的矛盾爆发,并没有消除矛盾。"

"在'人脑+芯片'的结合程度上,我们原人和机人存在根本分歧。机人用AI算法模式反向干扰人脑的运作模式,甚至允许AI算法模式居于主导地位。他们求的是彻底改造,试图完全抛弃人类原本的肉体。他们的思维模式已经完全算法化了。那些安装蓝6的机人,其实已经变成了把'生物脑+芯片'作为运算元器件的机器。我们这些不愿意被彻底改造的原人,虽然也使用脑卡,但会保留人脑的决策权,不会让大脑神经被AI算法完全覆盖,也尽力保持人类原有的躯体。"

"原人不想见到这个世界上有太多的机人,而机人想要把每一个原人都变成机人。这种矛盾是无法调和的。"

"无法调和……"洛维忽然觉得有些担心,"那就是说,即使熬过了太阳危机,双方还是得决战一次?"

"双方的决裂,恐怕未必能熬到太阳危机解决的那一天了。"沙小猫叹了口气,似乎颇为忧虑,"但愿罗素能早点传回好消息,否则机械天堂随时会出乱子。"

"出乱子?为什么?"洛维觉得摸不到头脑。

这次,沙小猫沉默了一会儿才回答他:"人造磁力卫星系统和境面防护系统消耗了大量星球资源,而且资源消耗速度比预计的快很多。目前的资源储备，最多还够用一百年。一百年后咋办？机人派一直想利用剩余的资源建造巨型太空飞船逃离金星，但云帆城主不同意这个计划。因为飞船容量有限，救不了多少人，所以大部分人都得死。

"云城主打算执行的是'睡梦城计划'，让金星这数千万无法逃脱的人活在地下的睡梦世界。等未来自然环境好转了，大家再醒过来，重新开始。双方都有自己的计划，但本星球的资源储备无法支撑这两个计划同时执行。

"目前是因为罗素先生的太阳系内避难所寻找计划还在执行，大家都在等待他的消息，所以还能维持表面平衡。可一旦罗素先生的计划失败，恐怕双方会立刻决裂。那时双方争夺的焦点，就是机械天堂。"

"机械天堂？"洛维一愣。

"到时候，机人派想要驾驶机械天堂飞走，让这几十万机人活下去是他们的首要目标。云城主肯定想把机械天堂留下来。因为天堂里储存有大量星球资源，这些资源应该留给在地下避难的人类使用。"

"那么，万一两边打起来，我们该怎么办？"洛维也开始忧心，他还是第一次听到这些内幕，"我们打得过机人派吗？"

"这些不劳我们操心。云城主必有防备。"沙小猫似乎有点后悔说得太多了，"这些事儿千万不要在别人面前提起！机人派和原人派的复杂关系，谁也说不清楚。很多事我也是猜测而已。"

"知道啦。"洛维赶忙换了个话题，"今天任务结束以后，你有没有空？不如我们一起去十一区的那间新餐馆试试？听说那里新出的烤太空蘑菇口味很不错呢。"

"滚！累死了！谁有心情陪你逛街！"沙小猫不耐烦地把凑过来的洛维推开，推得他在空中飞荡起来，固定索绷得笔直。

第十一章　射线暴

　　他们又等了一会儿,一架穿梭机终于飞过来,悬浮在轨道站上空。机门打开,几个天兵走下来,卸下一叠银色镜面,镜面由很多薄层叠在一起构成,可拉伸扩展。每一块镜面在拉伸后可以扩展到一平方公里那么大。
　　当其中一个机人经过洛维身边的时候,洛维认出那是油十三。
　　油十三显然也看到了洛维,两人擦肩而过时,他狠狠地瞪了洛维一眼。
　　"他为什么那样看你?"旁边的沙小猫看到了那个不善的眼神,好奇地问洛维。
　　"因为我欠他钱,还一直赖着不还。"洛维一边说,一边忍不住笑了起来,"我原本以为,一个人变成机人以后,就会变得很冷酷,不再为世俗的东西困扰。最起码,没必要再挂念几个矿币了吧。但是看油十三这副样子,就算有一天他的身体器官全部换成金属器件,他也还是那个贪财好色、自负霸道的死胖子。"
　　"说得好像你自己不贪财、不好色似的。"沙小猫翻了个白眼,"你们认识很久了?"
　　"我们在地下城是邻居。"洛维的嘴角微微扯出一个弧度,"他从小就仗着块头大,欺负方圆十几里地的小孩。不过,在我这里他可没占到过什么便宜。这个死胖子要做天兵、要做机人,纯粹是因为怕死。打死我也不信他这种人会无缘无故地放弃食欲、放弃性欲。你看,我只欠他几个矿币而已,他都这么执着地怀恨在心。"

第十一章 射线暴

"是你欠人家钱,不要这么理直气壮。"沙小猫先挖苦了洛维一句,然后又皱眉摇摇头,"油十三这种性子,就该老老实实做个原人。搞什么机械改造,最后弄得四不像。"

在穿梭机拉伸缆绳的配合下,天兵们在空中分散开,各自操作着,小心地用新镜面替换受损的镜面。

第193巡游小队的镜面替换持续了一整天才完成,这次巡游的任务也终于结束了。

对讲机里传来凯尔的呼叫,他让所有队员向6号轨道站集中,在那里,穿梭机会把大家接回机械天堂。沙小猫这一队的几十名队员操控着背后的推进器,在无边的镜面上飘浮着,向着三十多公里之外的轨道站飞去。

"每次都这样,返回的时候我们要多花一个小时。别人已经开始休息了,我们还在路上飘着。"又有队员开始抱怨。这次沙小猫虽然听到了,但没说什么。

大家累了一天,发发牢骚也不算过。毕竟每次都被派到最远端的镜面,也确实不公平。沙小猫已经在想着回去之后要和凯尔交涉一下这个问题,不能再由着他欺负自己的队员。

几十名队员在同一条镜面轨道上排成了一列超过一公里长的队伍,缓慢地向6号轨道站方向行进着。

"洛维,你是不是想追小猫?"老K走在洛维后面,看到他在努力接近前面的沙小猫,就用独立频道开起了玩笑,"告诉你,她可是有名的辣妹子,很多人虎视眈眈的,但都没法得手,一个个还弄得灰头土脸的,你可要当心啊。"

"吓唬我是没用的,我知道你是想和我抢,但凭你的长相,我劝你还是省——"洛维还没来得及反驳老K的玩笑,就被一道惊呼声打断。

"那是什么?"一个队员忽然停下来,手指着远处的一个隐约光点。

大家听到这声音,纷纷停下来抬起头张望。

远处的宇宙中,出现了一个不停闪烁的光点。

寂静幽暗的太空里,闪亮的星星有无数颗,而且大部分星星都有着相对固定的位置，但这个在远处的光点，却绝不是普通的星星——它好像是刚刚出现的。

宇宙中绝不会没由来地冒出一颗星星。

那光点的速度很快，大概只过了十几秒，那个方向上传来的亮光就照亮了周围的空间，仿佛在一个黑暗的空间内忽然打开了一盏耀眼的大灯。

"射线暴！危险！"头盔内传来沙小猫的大声示警。洛维还没来得及做出反应，就感觉到航天服内部忽然开始急剧发热，似乎有什么巨大的热量瞬间就融穿了防护服外层。

"遭遇强射线！从前方三十五公里处掠过！能量接近伽马射线！防护服只能坚持一分钟！立刻撤退！"洛维的脑卡自动发出警报声。"推进器开启单向最大功率！转向左侧！避开光源最强点！"他被晃得眼睛还没有完全睁开，但反应迅速，立刻启动自动操作系统，给背后的推进器下了指令。推进器开始全速推进，速度瞬间加到最大，把洛维向侧方推去。

对讲器中不断传来周围的惊叫，周围的同伴纷纷做出躲避动作。走在队伍最前面的，距离射线暴太近了，被裹挟进剧烈的能量流。洛维看到最前面那几个人的航天服骤然从内爆炸，他们就在这宇宙中化为了火花。

洛维之所以没有选择迅速后退，是因为担心和后面的队员撞在一起。毕竟后退的速度不同，就很可能相撞。果然不出所料，洛维的对讲器里已经传来了几个沿着索道后退的队员因相撞发出的惊呼声。

洛维沿着一条向左延伸的轨道飞速转移。一边退一边看着前面的沙小猫，她选择了同一个撤退方向，就在他前面不远处的另一条轨道上。

处在强辐射区域的镜面和轨道很快就被破坏了。一块块镜面立刻变了颜色、瞬间软化、碎裂崩塌。镜面间的连接轨道也开始断裂坍塌。

洛维听到沙小猫发出了一声惊呼，她的固定索连接的那条镜面轨道断裂了，固定索从轨道上脱落下来，她背后的推进器推着她朝

第十一章 射线暴

强辐射区飞过去。

"断开固定索！"洛维毫不犹豫地让自己从轨道上脱离，操纵着推进器向着沙小猫飞过去。

这个时候，沙小猫也重新调整了方向，朝着洛维的方向飞过来。两人就要擦肩而过的时候，洛维伸手牢牢抓住了沙小猫的固定索。

"我们到后面的镜面上去！"洛维大声对沙小猫说道，推进器推动着他和沙小猫飞速后退。

退出几公里之后，两人开始重新接近镜面系统。必须重新挂上固定索，没有固定索，只依靠推进器在太空中行进太危险了。洛维给推进器发出指令，重新接近轨道。他想要重新挂好固定索，但试了几次也没有成功。

"让我来。"沙小猫紧紧搂着洛维的腰，开始调节她的推进器方向。试了几次之后，她的固定索侥幸挂住了轨道上的一个凸起。两人终于摆脱了无所依靠的悬空状态。

"我们慢慢靠到轨道上面去！"沙小猫把洛维的固定索挂在自己身上，然后两人一点点接近镜面轨道，想试着重新登上去。

就在这时，附近所有的镜面都开始发出一阵吱呀声，然后开始碎裂，所有轨道都开始歪斜。

"轨道开始脱落了！"沙小猫惊呼道。

只过了半秒钟，他们抓住的那一段轨道，就从整体轨道上脱落。方圆几公里的镜面，开始急剧崩溃，仿佛一片被海水肆虐的土地，碎裂、下沉，然后被狂流卷着，消失飘散在茫茫的太空海洋中。附近已经没有任何可以挂靠的设施，他们被抛入无垠的太空中。

"不要放开我，小猫！"洛维大喊着。

眼前的空间很快就变成了无尽的黑暗。

两个人在太空中旋转回荡，视野中的参照物都消失了，他们不知道该去往哪个方向，干脆关上了推进器。

"尽量减缓呼吸，不要有大的动作，这样才能节省氧气。"沙小猫听到洛维粗重的呼吸声，提醒道。

洛维冷静下来，用固定索把两个人的身体绑在一起，他的手臂紧紧地扣在沙小猫的腰上。两具躯体飘浮在黑暗的太空中，就像蜉蜉一般。

"呼叫轨道站！呼叫轨道站！"沙小猫开始呼救，"193 小队遭遇射线暴！队员脱离镜面轨道，处于飘移中，请求救援！"但对讲器里只有沙沙的声音，没有任何回复。刚才的强磁暴显然影响了通信系统。

在近乎绝对的黑暗之下，时间的流逝仿佛也变慢了。洛维和沙小猫隔着头盔看到了对方的眼神，他们都很害怕。

很安静，安静到几乎可以听到自己的心跳声和呼吸声。那心跳声和呼吸声似乎拥有一种奇妙的韵律，让人有一种脑袋晕晕沉沉、想要就此睡过去的感觉。

携带的氧气储备还能坚持两个小时。

黑暗和寂静像是无处不在的幽灵，把他们紧紧地包裹着。有好几分钟，他们都没有吭声。

"我想要搂着你很久了，没想到在这种条件下得手了。"洛维努力放松语气和沙小猫开玩笑，"你的腰手感很不错，是不是经常锻炼保持身材？"

空无一物的宇宙中，没有天也没有地，只有虚空，飘荡于其中给人很大的压力。再加上航天服内不断提高的二氧化碳浓度，不断降低的温度。人很容易就会精神崩溃，直接陷入沉睡中死去。所以必须说话聊天。说话能稳定精神，提升心理承受力，保持大脑的逻辑性。

"我知道，有一只癞蛤蟆，想吃天鹅肉很久了。"沙小猫叹了口气，"可惜，天鹅就要变成死天鹅了！"

"早知如此，何必当初？"洛维叹息道，"是不是很后悔，没有早点被我得手？"

"是，"沙小猫老老实实地说道，"天鹅现在很后悔，早知如此，不如便宜蛤蟆一下，让他咬一口。"

"这可是你自己说的哟。"洛维嘿嘿一笑，"等我们回到机械天堂，你得让我咬一口。"

"我们还回得去？"沙小猫苦笑。

"一定会有人来救援的。"洛维用笃定的语气说，"我这种天选之子，怎么可能没有美女相配就死掉了。把你追到手之前，我绝不去死。"

"好吧，希望你的决心能打动整个宇宙，"沙小猫也给自己打着气，"为我们找来一条救援飞船。"

"飞船已经在来的路上了。"洛维搂着小猫的手更紧了点，"别怕，没事。"

他们就这么等待着。

半个小时过去了……一个小时过去了……一个半小时过去了……

沙小猫的声音开始颤抖，"你说，要是咱俩就这样一直飘下去的话……最终会飘到哪儿去？"

"我们处在太阳系内，受太阳系的引力束缚，所以不管飘多长时间，也无非是在太阳系里面打转吧。"洛维苦笑道，"说不定最后会变成一小块陨石，落在太阳表面。"

"那可真没意思。"沙小猫似乎有点失望，"如果真的是飘走的话，我希望能飘到无穷无尽的星空去。最好能到银河系的其他地方游历一番，才算是不枉此生啊。也许有一天能变成颗星星呢。"

"就算是能，那也需要几亿年的时间吧。"

"这宇宙真他娘的大啊。"沙小猫爆了一句粗口，"死就死吧，我们的死亡，在这个宇宙里又能算得了什么呢？"

洛维回答不上这句话，只好将自己的视线放到头盔外的黑暗虚空中，那里什么东西都看不到。

宇宙的广袤和虚无让人从内心深处感到绝望。

是啊，和这样的宇宙相比，人类算什么？金星算什么？太阳系算什么？银河系又算什么？

在这样的宇宙中，金星文明或许连一粒沙都算不上吧。金星人类的兴起和消亡，又有谁会注意到呢？就算穷尽整个金星文明的智慧、精力，努力和太阳抗争，在这个宇宙中也算不得什么。

时间一分一秒过去，洛维的脑袋开始晕沉了，似乎有一种喘不上来气的感觉。他已经出现了轻微的二氧化碳中毒的迹象。这样下去，只要睡过去了，就一定醒不过来了。

他听到沙小猫哆嗦着说道:"我很冷。"

寒意正在不断地侵蚀身体。电力不足,航天服的温度控制系统逐渐停止工作,防护层之内的温度正不断地辐射到宇宙空间中。躯体的有限热量贡献给了冷冰冰的宇宙,宇宙没有任何回应,但人的损失却是无法逆转的。

他用胳膊使劲儿搂住沙小猫。她已经快睡着了,还在呢喃:"救援还来不来啊。"

通信器早已经设置到了自动求救模式,但是依然没有任何回音。

"我们要死了,洛维。"沙小猫低声道,"降低脑卡频率吧。低到 δ 波的地步,据说那是禅定的境界。如果我们要死了,那就在死前顿悟一次吧。"

"δ 波只有几个 Hz 而已,"洛维随口回答道,"我们金星人的大脑一直在追求超频工作,追求更快更强,为什么顿悟反而需要如此低的频段?"

"据说那是一种回归,心灵的回归。"沙小猫的声音很低,似乎就要睡过去了,"宇宙的背景低沉而不可觉察,那一定是一种极低的频率。如果这个世界有设计师的话,他大概不希望看着任何生命向着高频率迸发吧。既然要死了,那我们就回到低频率去吧。"

"好,那我们试试。"洛维降低了脑卡频率。

既然要睡,那就安安静静睡一觉吧。

他们开始接受命运。

…………

飘荡,飘荡……不知道过了多长时间,不知道飘荡了多久。

洛维想要在最后时刻回忆自己的一生,却无法集中思维。他只有无尽的困意。

两个人都到了昏睡过去的临界线。

"把绳子再绑紧一点,如果就这样死去的话,我绝对不要和你分开。"沙小猫低声喃喃,用胳膊使劲儿抱住洛维的腰,"我不要在这空旷的宇宙中一个人孤零零地死去。我害怕。"

洛维眼皮垂下,即将陷入昏睡。最后的一瞬间,他隐约看到远处出现了一点闪光。从那个方向是不可能看到星辰闪光的。那是

第十一章 射线暴

什么?

洛维努力睁大眼睛,那似乎是人造物体,是一艘穿梭机。穿梭机在小心地调整着飞行角度,靠近飘荡在茫茫宇宙中的两人。它伸出了机械臂,正在将两人拖回飞船之中。

洛维再也撑不住了,就此陷入昏迷。

第十二章　彗星的撞击

洛维站岗的位置离会议厅的门口有十几米，但他依然能感觉到那里面的沉重气氛。形势危急，所有天兵，只要还可以正常行动，全部被调回了工作岗位。即便是第193巡游小队的幸存者也不例外。

洛维受了点轻伤，所以没有出外勤，担任了内部警卫，在离会议厅不远的地方警戒。

黑色金字塔内，机械天堂各个部门的首脑们坐在会议桌的两侧，上首最中间是城主云帆。

在会议室中央有一个巨大的电子屏幕，所有人的目光都集中在屏幕上。卫星监控系统正在讲解最新的观测结论：

"巡游者小队遭遇的这次射线暴，是彗星碎片撞击太阳导致的。那只是第一次撞击，后面还有其他碎块。这颗阿尔法彗星应该来自柯伊伯带，飞行轨迹极为诡异，在它经过金星公转轨道之前，我们的卫星居然一点也没监控到它的踪迹。它正朝着太阳表面飞过去。受到太阳引力影响，阿尔法彗星目前分裂为六个碎块。其中飞行最快的碎块首先接近了太阳轨道，并在六个小时之前撞击了太阳表面，形成了一次明显的耀斑事件。耀斑事件导致了射线暴，损毁了部分镜面防护系统和卫星系统，也造成了巡游天兵的伤亡。其他五个彗星碎块比最先撞击的碎块大得多，这些碎块距离太阳还有五十万到一百万公里不等的距离，它们各自拥有轨道，按照测算，它们会陆续撞击到太阳的不同部位。"

"可以模拟撞击数据吗？预测一下会形成什么后果。"云帆问道。

第十二章 彗星的撞击

"撞击后果与撞击的质量相关。"监控系统回答道,"剩下的彗星碎块质量各不相同,最让人担心的是5号碎块。5号碎块的质量约为三十七亿吨,是质量最大的一块,飞行速度最慢,会最后撞击太阳表面。规模如此巨大的撞击,难以预料会引发什么后果。或者说,能想到的后果都可能会发生。"

"太阳的大气层难道不能烧掉碎块的一部分吗?"云帆眼神中的担忧逐渐增加,但面色依然平静。

"会,但只是一小部分。彗星碎块和太阳大气层的剧烈摩擦会让碎块损耗一部分质量。如果我们运气好的话,这个碎块也可能因为穿越太阳大气层时的极端高温和自身内外压力不平衡,而爆炸成更加微小的碎片。但即使是最乐观的估计,最终的有效撞击质量也会在二十亿吨左右。我们此前从未在太阳系中观察到过这种规模的撞击质量。"

会议室陷入了短暂的沉默。

本来就已经陷入太阳爆发危机的金星,现在又要面临新的危机。

撞击显然会导致局部太阳风暴的更剧烈爆发,就好像往火炉中再扔入一个煤油灯。

"命运为何对我们金星如此不公?难道一定要看到金星文明灭亡才肯罢手吗?"云帆深深地叹息道。

"人类文明是脆弱的。在进化中想要持续存在,就必须进行革新。"机人派的天狼显然话中有话,"尤其是在危机到来的时候。"

云帆并没有回复这句话。所有人都在静静地坐在座位上,等待着最终命运的宣判。

时间很快过去了,彗星碎块们的撞击又开始了。

"现在,1号碎块距离太阳最近,只有不到十万公里了,它将在半小时之后撞击到太阳上。事实上,这个距离已经属于太阳日冕层的范围了,我们的观测卫星已经观测到了1号碎块和日冕层摩擦的痕迹……"

会议室里的那个巨大屏幕上,太阳受撞击的情景被清晰显示出来,彗星碎块如同扑火的飞蛾,朝着火红的太阳直直地冲过去。各种监控数据在不停地跳跃变化。这些数据正在描述着此刻的太阳,以及金星防御系统的工作状态。

"1号碎块将会在三分钟之后撞击到太阳上,误差范围为正负五秒。"AI通知道,"一分钟时间内,我们就可以看到太阳的变化了。"

屏幕上,那质量高达几亿吨的碎块被太阳强大的引力轻易撕碎。在和太阳大气层的摩擦之中,无数的物质因气化消失,但碎块的核心物质仍旧在飞速前进,穿越了太阳的大气层,撞到太阳表面。

"1号碎块的撞击已经发生,有效撞击质量低于一亿吨。我们将在三分钟时间之内得到相关资料,误差范围为正负十秒。"系统汇报道。

令人窒息的几分钟过去了,卫星的观测数据表中,个别数字微微跳动起来,但没有显著的变化。

"太阳表面的观测数据和磁力卫星、镜面系统的观测数据表明,辐射变化率均低于百分之三,"系统报告道,"没有显著的辐射增加。"

会议室里的众人心头一松,长出了口气。第一次撞击造成的损害并不大,但这种轻松还持续不到十五分钟,系统的报告又来了。

"2号、3号、4号碎块的撞击将在七分钟至八分钟之后接连发生,误差范围为正负四十秒。"

这三个碎块的飞行速度接近,所以在一分钟内,几乎是接连地撞击了太阳表面。

这次的情况就完全不一样了。系统还没有汇报撞击数据的时候,大屏幕之中的太阳图像就产生了明显的变化,太阳的光度猛烈增加,那些描述太阳状况的数字迅速跳动起来。

会议室里的人们忽然产生一种错觉,仿佛自己周围的温度升高了一点,就像是此刻的太阳已经在发射更多的热量一样。可实际上不管太阳此时的温度是提高还是降低,它都不可能让金星上的人们如此快速地感受到。那只是大屏幕上那个愈发明亮的太阳,让人心里紧张而已。

大屏幕右下角那串描述着太阳状态的数值忽然之间上涨。

"太阳辐射总强度增强百分之七。伽马射线强度增强百分之九。紫外线、X射线强度增加百分之七。"系统发出了警示。

第十二章 彗星的撞击

"磁力卫星和镜面防护系统目前工作状态正常。"这算是一个好消息。防卫系统抵御住了一连串撞击导致的陡涨的辐射。

"质量最大的 5 号碎块的撞击将在十分钟后发生。"系统警告道,"还没有观察到 5 号碎块的裂解迹象。"

5 号碎块质量最大,所以要多飞行一段时间才到达太阳表面。它在距离太阳六十多万公里的地方,以每秒钟六百多公里的速度急速飞行着。它和太阳的距离越来越近,越来越近。最终,它以一个极度倾斜的角度,轰然撞击到了太阳之上……

显示屏右下角那串描述着太阳状态的数值忽然之间开始了疯狂变化。之前它们虽然也在时刻变化着,可是变化幅度始终没有超过百分之十。在此刻,就在短短半秒钟之内,它们就暴涨了百分之二十!

就在那串数字开始变动之后的一刹那,大屏幕之上,太阳的图像也瞬间开始了变化。

在太阳受到 5 号碎块撞击的那个点上,首先出现了一个极其明亮、极其刺眼的白点。然后,这个白色光点瞬间开始扩散,在极短时间之内,就波及了太阳受撞击一侧的十分之一的面积。

在这十分之一的范围之内,太阳图像的颜色瞬间从暗红变成了炽白。会议室内也被大屏幕之上的太阳图像映照得通明一片。

几声惊呼从机械天堂的其他控制室传来。在太阳发生变化后短短的几秒钟内,系统的报警声就开始此起彼伏地响起。

"太阳辐射总强度增强百分之三十七。"

"伽马射线强度增强百分之二百。紫外线,X 射线强度增加百分之二百六。"

"撞击区域十万平方公里内温度达到了六百万开氏度。"

"磁力卫星工作状态出现异常,人造磁场强度下降到百分之七十,下降到百分之五十七,现在已经降到百分之四十。"

"镜面系统出现大面积损毁。百分之五十九的镜面出现局部碎裂和轨道异常移动,无法正常工作。"

…………

一个小时后,会议室内监控系统的报警声终于停了下来。

系统开始汇聚监测结果，所有的参会人就都拿到了一份详尽的数据报告。

"目前的结果，比预期的最坏结果还要恶劣。"系统开始自动汇报，"在预期里，阿尔法彗星对太阳的撞击会造成小规模耀斑、太阳风爆发、磁暴之类的现象，我们也进行了对应防御准备：减小镜面防护系统的光接触面积，关停大部分电子仪器，空间网络被设置在安全模式，非监测卫星转为休眠模式。但是有一点是超出预测的，那就是撞击形成了三个巨大的日冕洞。"

"太阳动力学观测台报告，太阳表面新出现的三个日冕洞引起的太阳风正向着本星球袭来。而且，日冕洞的面积还在缓慢地变大。"

大屏幕上出现了太阳表面的影像，在那个大球体的表面，出现了三个看上去极小的黑色斑状空洞结构，孔洞周围绕着一圈闪亮的裂痕，那代表着太阳的表面结构受损了。

"这次风暴损毁了两颗磁力卫星和百分之八十的镜面防护系统。经评估，完全修复它们需要二十七年时间。注意，这是指在没有外力干扰情况下需要的时间，而实际上，金星自此之后的每时每刻都要经历比之前更强大的太阳风。"天狼看着手里的评估报告，语气依旧如机械般冷静，"原本预估还能工作一百多年的防护系统，恐怕最多还能坚持三年时间。"

"未必还有三年！"云帆叹了口气，"最可怕的是那三个巨大的日冕洞，它们随时可能抛射日冕物质。"

"假如发生了大规模的日冕物质抛射，而我们又不幸地处在抛射物质的轨道上，我们的星球就可能会被太阳表面脱落的那一小块火团砸中。我们没有办法拦截那些抛射物。毕竟，连我们规模最大的核武器，在太阳抛射物面前也宛如烛火般弱小。我们只会像被火球击中的纸盒子，毁灭只在呼吸之间。"

"云城主说得对。"天狼把目光转向云帆，"那么，在这种剧变危机之下，我们是不是应该重新讨论一下本星球的未来规划？"

第十三章　火种计划和睡梦城计划

"假如真的发生日冕物质抛射,不仅仅是空间防御系统被损坏,地面能源设施也会被破坏,地下城的能源供应立刻就会出问题。没有能源,就无法维持人造光农业的生产,生产不出粮食,地下城很快会陷入饥荒。所以,云城主,现在到了做决定的时候了。"天狼看向云帆的眼神中有着毫不隐藏的挑战意味,"生死存亡之际,我们机人派正式要求执行'火种计划'。立刻把星球所有的剩余资源集中到机械天堂上,然后驾驶机械天堂离开金星,开始星际探索和避难。这些离开的人,将是我们金星文明复兴的火种。"

"你这个'火种计划',我听了不止一次了,"云帆眉头微皱,"可机械天堂最多只能容纳几十万人,剩下的人怎么办?我们有一亿人啊……"

"机械天堂不会带走几十万人,最多带一万人。现有的大部分人员都会被淘汰。"天狼显然是早就想好了计划的细节,"因为我们必须留出更多的飞船空间来承载资源。这些资源要够这一万人使用至少一千年。这才可能在星际旅行中找到出路,活下去。至于您说的一亿人,那更不可能带走了。大部分人只能留下来,等待命运的安排。"这个残酷的计划,天狼很平静地说了出来。

"如果是这样的话,那你告诉我,都有谁可以获得进入飞船去逃命的资格。"云帆面色变得冰冷,"你要怎么选呢?"

"当然只能选取精英。"天狼的语气仍旧平静,"只有精英才可以将金星文明更好地传承下去。

"这一万个名额，一半留给机人，一半留给原人。我们机人只选脑卡频率高的人；而你们原人呢，尽可以按照你们的标准来选择。你们可以选科学家、工程师、艺术家等。除此之外，我们还得带上其他物种，家禽、大型野生动物等等，还有各种植物种子……每个物种都有价值，保持尽量多的物种延续是很有必要的。"

"你想得很周到啊，连保存动植物都想到了。"云帆此刻反而平静下来，但眼神变得更加锐利，"可是你们独独没有想到我们的同类，那都是我们的同类啊！足足一亿！都是人！"

"要么有一万人能活下去，要么大家都给星球陪葬。"天狼仍旧维持着平静，好像没有看到云帆的情绪变化，"我们必须将视线从生死和伦理上彻底转移开，那些传统的伦理观念，在目前的形势下并不适用。"

"如果我不同意你的计划呢？"云帆的声音提高了，"你应该明白，星球资源大部分都集中在机械天堂。如果开走了它，那么地下城的人等于被立刻宣判死刑。"

"我坚持我的意见。"天狼说完这一句，就闭上眼开始保持沉默。

"还有谁同意这个计划？"云帆抬头环顾四周，"站起来让我看看。"

人群沉默了一会儿。所有人都感觉到了这个问题中蕴藏的怒火和压力；但还是有十几个人陆续站了起来，大都是机人派的，也有几个原人派的天兵首领。

"卫兵！"云帆深深地吸了一口气，用愤怒的视线环顾这些人，大声命令，"逮捕这些人！今天就把他们投入睡梦城！强制'睡眠'！没有我的手令，不许释放！"

几十名卫兵立刻冲进去，给这些人戴上镣铐，架了出来。

没有人反抗。

城主是机械天堂的最高领袖，实际上也是这个星球的领袖。自从罗素离开机械天堂后，还没有人敢违抗云帆的命令。

天狼被押着离开会议室的时候，回头冷冷地道："云城主，意气用事是没用的。你的'睡梦城计划'是一种逃避的策略，你应该明白，'火种计划'成功的可能性更大！"

第十三章 火种计划和睡梦城计划

"那是你的道理,不是我的道理。"云帆冷冷回应,"一万人的逃亡,不会比一亿人的生存更加重要。'睡梦城计划'会带着本星球的全体子民在地下避难,不会让任何一个人眼巴巴地等死。我知道有人一直在窥伺这座机械天堂。"云帆环顾会场四周,语气无比坚定,"我也知道,在座的还有支持'火种计划'的人,但我提醒你们,不必打机械天堂的主意了。机械天堂,将会整体沉入地下。它的动力核心,将作为睡梦城的核心能量供应源,用来维持地底世界的运行。我为此已经准备了几十年,绝不允许任何人捣乱!"

"我提醒诸位,无论你是机人派还是原人派,在这种关头不服从指挥,都会被消灭掉!"她站了起来,"现在我宣布,自即日起,'睡梦城计划'全面启动!《睡梦法案》开始强制实施!提高将人转移到睡梦城的速度!我们要在六个月之内,把所有人转移到睡梦城去。无论是沉睡数万年还是数十万年,总有一天,星球环境会变好,会重新恢复,那个时候,全体人类再从睡梦状态醒来,重新建设这个星球!"

第十四章　强制睡眠

自星球联邦推出睡梦城起，已经过去了一百多年。在星球联邦的大力宣传及睡眠法律强制六十岁及以上的人进入睡梦城的要求下，已有七千万人在"睡觉"。可以说，目前还留在地下城生活的居民，主要就是不愿意进入长久沉睡的人。

所以，当《睡梦法案》开始执行，强制所有人进入睡梦城时，立刻遭到了激烈反抗，地下城中出现了明显的骚乱。

有少部分人在听到彗星撞击、未来的辐射可能更严重的消息时丧失了继续坚持的勇气，于是放弃抵抗、收拾行囊，举家进入睡梦城；但更多人依然坚持不去"睡觉"。

他们不愿意把命运交给睡梦系统，拒绝按照命令离开地下城。他们组成一个个小团体，暗中储备食物和各种资源，并和执法军队发生了严重冲突。

《睡梦法案》强制执行后的第十九天，当联邦士兵把搬迁通知送到沙远山工作的农场时，他正在给一块地施肥。

沙远山这几天很高兴。因为他负责打理的农田收成很不错。十几株高大的波罗蜜树，产量都在缓慢地增加。马铃薯的收成也很稳定。相比半年前，农场的粮食产量已经提高了百分之三。他打算申请增加百分之五的电力供应。只要有电力带来的充分光照，更多的农作物就可以增产。

沙远山忙乎着把收集来的粪便撒进田里，嘴里哼着快乐的歌曲。他的心能照亮这昏暗的生活。即便是粪便臭烘烘的味道也不能影响

第十四章 强制睡眠

他的心情。

农人们在田里忙碌的时候,农场的门口忽然传来声音,两个士兵走了进来,高声叫道:"传令!传令!"

士兵走过田边,把通知送到每个人手里,沙远山接过之后,端详了通知上的每一个字:

即日起,供应地下城的水电资源将逐日减少,三个月后彻底切断。所有地下城的居民,请开始做撤离准备,并遵照指示撤离。三个月内,所有居民必须全部转移进入睡梦城,不得有误。

"我有一个问题。"沙远山皱着眉头看完了通知,然后问道,"如果我不愿意进入睡梦城沉睡,会有什么后果?"

士兵反问:"为什么不愿意去?"

"没什么原因,只是不想去。"沙远山叹了口气,淡淡地道,"我在这暗无天日的地下城已经生活了几十年,我不想到更加糟糕的地方去。我愿意留在这里等待死亡。我总有等死的权利吧。"

沙远山一直是个农夫,几十年的操劳已经磨灭了他最初的雄心。他今年五十一,原本还有九年才需要去睡梦城,提前到来的通知让他猝不及防。

他根本不愿意进入睡梦城。一想到要变得像一块冻肉一样,他就有点不寒而栗。他宁愿选择清醒地死去而不是"沉睡"。

"新闻里说得很清楚,彗星撞击影响了星球的能源供应,联邦政府决定把所有能源集中起来建设睡梦城。地下城的能源供应会逐渐切断,这里迟早会没水没电,待在这儿只能等死。"士兵的语气很熟练,显然不是第一次回答这种问题,"我提醒你,迁入睡梦城是联邦政府的强制要求,所有地下城都会进行系统性清理,不许有人留下,每一个人都必须按时搬迁。"

"我的孙女她在机械天堂,是一名天兵,叫沙小猫。"沙远山皱着眉头踌躇。家里除了那个孙女,其他人都去世了,他没其他可留恋的。"你们可否帮忙,让我和她通一次话?我已经好久没有她的消息了。"

"抱歉，彗星撞击影响了星球通信，我无法帮你。"士兵以为老沙想凭借天兵的关系搞特殊化，冷冷地顶了回去，"沙先生，你的孙女是否身在机械天堂，对你的迁移并无任何影响。每个人都要迁移，天兵的亲属也不例外。"

士兵急匆匆去往别处下达通知，只留下沙远山手里拿着那一页纸，眯眼坐在椅子上，一动不动。

星球联邦要求的三个月搬迁期结束后，依然有很多人拒绝进入睡梦城，也拒绝离开地下城。于是，星球联邦彻底断绝了对地下城的水电供应，并且开始武力驱逐，试图把这些人赶入睡梦城。

这些坚持不入睡梦城的人不满能源被切断，组织起来和执法人员争夺能源设施。一系列武装冲突不断地在各个地下城爆发。

在大陆区最大的地下城北卫门市，反对《睡梦法案》的人们收集武器建立了一支反抗军。他们袭击了执法队，在一次激烈战斗之后，抢夺了供应北卫门市电力的三个主要电厂，并宣布成立独立区，禁止任何支持《睡梦法案》的人员进入。

北卫门独立区的消息传开以后，拒绝搬迁进入睡梦城的人们纷纷建立反抗军，开始和星球联邦争夺地下城能源系统的控制权。

星球联邦和地下城反抗军之间的战争，爆发了。

第十五章　沙小猫的地下城战争

　　战争的输赢其实没有什么悬念，星球联邦的军事实力比临时组织起来的地下城的乌合之众强得多；但因为战场的特殊地形，这场战争绵延了几个月也没有彻底结束。

　　大部分地下城的通道并不宽阔，再加上对地层结构稳定性的顾虑，联邦军队的重型装甲或者火炮根本施展不开。在那些黑漆漆的、蜿蜒曲折的地下通道中，联邦军队要逐条通道地清理反抗军，难度可想而知。

　　反抗军想死守某个地区时，只要找到通道中地势险要狭窄之处，把火力集中起来，节节抵抗，联邦军队就很难硬冲过去。在更多的地方，反抗军完全融入黑暗的通道，藏在暗处打冷枪，这就更难应付了。

　　联邦军队依靠武器优势，费了很大力气才彻底清理了十几个地下城的反抗军，但还有好几座规模较大的城市被反抗军牢牢占据着。

　　因为这些被逼急了的反抗军号称要彻底炸毁地下城的通道，这让联邦军队投鼠忌器。睡梦城和地下城互相连接，胡乱炸毁通道可能危及睡梦城的安全。于是，在这最后几个城市，联邦军队的推进开始缓慢起来。北卫门市就是其中的一个。

　　北卫门市的地理结构很特殊，它被一条规模很大的地下河环绕，有着独立的地下水源，不需要从外面引水。在长长的地下河河道中，甚至还设有几座小型的水电站，来供给部分城市用电。城里还有着完整的农场、食品厂等，甚至有一个能生产抗生素的药厂。它自给自足的能力在所有地下城里面都是出类拔萃的。

当反抗军和联邦军队的战争进行到后期,很多在其他城市失败的反抗军,冒着被地表强辐射灼伤的危险,从地表辗转来到了北卫门市。这个城市俨然成了拒绝进入睡梦城的星球居民的一面反抗旗帜。

昏黄的灯光下,几张发黄的纸上,密密麻麻地画满了通道、天井的地图,沙小猫正就着这些资料和几个作战指挥讨论最新的防御计划。

灯泡只有三十瓦。北卫门市的地下发电设施总共有六座,其中四座已经被联邦军队占领,从外界接进来的电缆早就被切断,现在反抗军能依靠的只有身后地下河中的两座小型水力发电站。所以用电只好严格管制。

沙小猫的天兵出身,让她对机械天堂的作战风格十分熟悉。她加入反抗军后屡建战功,很快就成了反抗军的重要领导之一。

对于是否进入睡梦城"睡觉",沙小猫原本持无所谓的态度。但当她得知自己的爷爷在反抗搬迁中身亡之后,沙小猫一秒钟也没犹豫,混入了往来于地下城和机械天堂之间的穿梭机,从机械天堂潜回地下城,回到了自己出生的地方——北卫门市,成了一名反抗军。

"西面的主通道今晚必须增派一百人防守,昨天的防御战损失惨重,"前线作战指挥海德十分熟悉那些错综复杂的通道,"那里防守的战斗中队只剩下不到一半的战斗力了。"

"我们抽不出那么多人。"预备部队的负责人伊万诺维奇马上提出了反对意见,"各处都在要人。南面的三条窄通道都要求增加人手,我最多只能给你五十个人。"

"准备好炸药,如果主通道守不住,就炸塌,"沙小猫做了决定,"我们把他们挡在外面就好了。"

"可是,那条主通道是主要的换气通道之一,"伊万诺维奇有点犹豫,"炸塌的话,我们自己的空气循环也会出问题。"

"打开这六处原本封闭的天井,"沙小猫指着地图上的几个方位,"设置通风机,从这些位置增强通风。"

"但是我们没有足够的空气过滤设施。"海德疑惑道,"现在外面的空气质量很差,如果任由自然风从这些位置灌进来……"

"顾不了那么多了,我们必须把最后的一个月坚持下来。"沙小猫挥挥手道,"一个月之后,机械天堂就会完全进入睡梦城。只要我们能再坚持一个月,他们就会进入睡梦城,关上闸门,和我们再无关系。到时候,我们再想办法解决空气过滤的问题。"

"他们为什么不现在就去关上闸门,任由我们待在外面呢?"伊万诺维奇叹了口气,"为什么非得打仗呢?"

"睡榻之侧,岂容有他人清醒?"沙小猫苦笑了一下,"联邦担心我们这些执意留在外面的人,在末日到来或者食物资源耗尽的时候,失去理智地攻击睡梦城。所以他们必须清理干净所有遗留人员。"

作战计划讨论完了,沙小猫给每个人都倒上一杯茶。茶叶其实是一种蘑菇干,是一种紧俏资源,是沙小猫从爷爷的遗物里面发现的。

"我们已经没有退路了。"沙小猫端起杯示意,"我们还控制六个街区,看上去有十几平方公里的地盘,但再往后退的话,我们就会失去两个水电站的控制权,那样一切就完了。通告全城居民,有要投降的,两个小时内沿着通道出去吧。记着打上白旗,以免遭到对方误射。但不许携带食物、药品和任何武器弹药,这些东西都得留下。"

"现在这时候,谁还会走?"伊万诺维奇咧嘴笑道,"打了这么久,受不了的早就逃光了。剩下的,都是打算好宁死不进睡梦城的。不会再有逃兵了。"

他举起茶杯,"宁死不睡!"

"宁死不睡!"所有人一起大声道。这是反抗军的口号。

远处的通道里隐约传来了联邦军队的喊话声,他们在催促反抗军投降。话还是老一套:这种战斗没有意义,只会继续消耗这个星球剩余不多的资源,外面的太阳末日就要来了,只有进入睡梦城才是唯一的活路。

但是这些最死硬的反抗军们坚决不同意这一观点。

为什么要强迫我们?

我们有不去睡梦城的权利，我们不想泡在那种黏糊糊的营养液中。

我们有坦然在太阳危机中面对死亡的权利，我们宁愿选择死亡。

可星球联邦担心，当睡梦城里的人按照计划陷入"沉睡"时，这些留在外面的人会不会做出毁坏睡梦城能源的事情？反抗军之中，很多人都有部队服役的经验。对他们来说，爆破之类的事情都是手到擒来。如果他们的资源用完了，想要从睡梦城抢夺，那在"沉睡"之中的人们如何抵抗？

这些不可调节的问题，只有靠战争来解决了。

五十名士兵跟随沙小猫来到了西部通道的防御阵地，这里原本是最宽的一条地下城通道的出口，并排可以行驶四辆汽车，现在反抗军们用沙袋、门板、破钢材在地面上垒成了几条防线。他们的武器有步枪、机枪，还有几个火箭筒发射器。

这是一场小心翼翼的战争，因为双方都不愿意破坏地下城的主体结构。因为任何一方都没能力再修建这么大规模的地下城了。于是战场上没有任何重型武器出现，都是低火力水平的巷战。

探照灯照射着远处的通道，但也只能照射到二百多米远的地方，这是目前的反抗军所能覆盖的最远火力防御范围了。

按惯例，敌人的冲锋要在明早才会开始。晚饭时间到了，后勤部端来了大锅，锅里有土豆，还有地下城特产的蘑菇。反抗军的士兵们闻到香气，浑身立刻活络了起来，仿佛重新活了过来。

索迪只有十六岁，他盛上了属于自己的那一份。他迫不及待地喝了一口热乎乎的菜汤，狼吞虎咽地吃光了所有的蘑菇和土豆，用手指抹干净了碗底的最后一点汤汁，开始左顾右盼地张望其他还没吃完的人。

沙小猫就在他旁边，她几乎能听到他吞口水的声音。她知道他这是没吃饱。她从自己的饭盆里捞起一个完整的土豆放到索迪碗里，然后蹲回去继续吃。

"谢谢队长。"刚煮熟的土豆散发着诱人的香气，索迪有点害羞地看了一眼沙小猫，贪婪地抓起土豆，几口就吞掉了。他放下碗，抱起自己的步枪，靠着墙壁沉默了几秒钟，忽然开始抽抽噎噎地哭

第十五章 沙小猫的地下城战争

了起来。

沙小猫侧过头看着他，几秒钟后她放下碗，靠过来拍拍他的肩膀，

"兄弟，受不了的话，吃过了这顿就沿着通道出去，向星球联邦的部队投降吧。手里记着举一块白布，他们不会开枪的。不管是留下来还是出去投降，你都没做错什么。错的是这个世道。我们运气不好。"

"我老爸老妈早就进了睡梦城。他们受不了地下城的生活。"索迪抹了抹眼泪，他其实是个挺英俊的男孩，长期的营养不良让他看上去十分消瘦。"我爸在五年前曾经醒过来一次，短暂地见了我一面。他只见了我一小会儿，还是决定回到梦里。他说在梦里有好天气，有风和日丽的海岛，每顿饭都可以吃上六七个菜，去餐馆可以把脑子里能想到的美食全点一遍，真的很痛快。我说，要是那么好，那么我也去睡梦城吧，但是他立刻就不高兴了，他不让我去。他说在梦里待得久了的话，出来之后就无法再面对现实了。我一直记得他留给我的最后一句话。"索迪抽着鼻子，"他说：'孩子，如果你还可以忍受，如果世界还没有毁灭，太阳还没有把这个星球的一切化为灰烬，你最好还是留在现实世界。梦里再好，那也是梦。明知道是做梦，也得做下去，其实是很痛苦的事情。我不想你像我一样，没有勇气醒过来。那是很失败的人生。'所以，我会继续拿着我的枪。我想一直待到最后，亲眼见证太阳把我们都点燃的那一刻。谁也阻止不了我。"

说完这句，索迪站起来，抱着他的步枪回到了防卫岗。

第十六章　脑卡攻击

脚下土地龟裂，即便是在暗夜中行走，燥热的空气依然让人感觉皮肤火烧火燎。

经过一个世纪的太阳风暴洗礼，这个星球的表面已经一片荒凉。地表的所有城市都已荒芜，被无边无际的沙漠吞没，蒙尘的高楼大厦颓废地矗立在沙漠中，萧条而又沉重。

洛维曾经在穿梭机中见过金星地面，但脚踏实地地踩上金星地表，这还是第一次。

突击队有五十人，都穿着厚厚的防护服，戴着呼吸面具。装甲车载着他们走了一程，直到前面没有车辆可以通行的道路后，他们开始下车步行。

两个小时的急行军后，突击队到达了预定地点，金石峰山脚下的一片乱石滩中。正前方便是金石峰了。那是一座狭长的山体，坐落在北卫门市的北侧，宛如巨龙拱卫着这座城市。

夜色中，白天那种无处不在的红色沙尘暴似乎小了点。在照明设备的帮助下，洛维眼前有了几百米的能见度。

队长凯尔通过夜视仪看着远处山头上那黑暗的帷幕下的一点橘黄色微光，那是山壁上的一处洞口缝隙露出来的光亮。洞口原本是被岩石封死的，现在炸开了一个小小的洞，所以里面的朦胧光线就散发出来了。

那处洞口，就是北卫门市的通风天井之一。

"依据线报，这个洞口接通北卫门市反抗军的指挥部，我们要从

第十六章 脑卡攻击

这里摸进去，出现在反抗军防线的背后，直接拿下他们的首脑人物。"凯尔把大家召集在一起，宣布了今晚的任务，"北卫门的清理工作今夜必须结束，我们没有时间可以拖延了。现在城内剩余的数千名反抗军，都是最死硬的家伙，根本无法劝降。所以，今夜在必要的情况下，可以首先采取击杀手段。为弄清楚洞里面防卫情况，我会进行一次脑电波侦测。侦测结果会发送给你们，大家注意接收信息。"

洛维看着凯尔调节他的脑卡，略微有些错愕。电磁波是不会拐弯的，就算凯尔的脑电波十分强大，又如何通过这蜿蜒曲折的洞口？

过了两三秒钟，洛维眼前突然出现了异象。空气中出现了大片波纹，近乎透明，难以分辨，波长在五十米左右，看起来就像缓和的潮汐一般，自凯尔脚下辐射开来，悄无声息地撞向金石峰，穿透厚厚的岩石层，渗进了山体之中。

洛维还没有反应过来怎么一回事，眼前已经浮现出一幅模糊的3D空间图景，正是山洞内部的情景。

山腹之中的通道就像树根，曲折无比。一些红色的小点四散分布于其中，那代表人，应该是反抗军，身上的红外特征很明显。

凯尔的脑电波居然能强大到这种地步。洛维暗自咋舌。

这种脑电波侦查基本与雷达原理相似，相当于米波雷达。米波雷达的精度低，但在抗干扰性和探测距离方面的性能十分出色。凯尔这"米波雷达"，不但精度奇高，还具有不可思议的穿透性，以及黑科技一般的数据链。他居然能把侦测数据通过脑卡实时传送给士兵。

在通道的深处，依稀能看到码放着大量的箱子，虽然看不清细节标识，但不难猜到，里面装的是炸药。

图像大概在眼前浮现了半分钟，然后消失了。

凯尔掏出战术图纸，示意大家开始讨论如何进攻。

反抗军主要分布在通道的前段，有二十人，配备有强大的火力，在狭隘的直通空间里，具有极强的威慑性。他们五个人一组，分成了四组，每组间隔五十米左右，互相都能兼顾。那上百箱炸药，囤积在距洞口两百米处，由最靠近里面的一组人负责看管。

"虽然我们的武力足够应付所有人，能一路杀进去，但对方要是不计代价引爆了通道深处的炸药，我们肯定要葬身其中。除非我们能在对方做出反应之前干掉所有人，但这不现实。战线被这通道拉成了两百米长，就算是十几只猪这么排列，也会对我们攻入的动静做出反应。"油十三看着图纸有点犯愁，这家伙现在已经是副队长了。

"绝不能让他们大规模炸毁通道，那会殃及睡梦城的整体结构。"凯尔道，"所以硬攻是不行的。机械天堂的科学家们为了这次突击，专门给我们准备了一种新武器。每人拿一个，插在脑机接口上。"凯尔从背包中拿出了一个塑料盒子，盒内的卡槽上插着一个个小小的芯片，"这些是研发部门给我们提供的脑卡外置程序。插上后，眼前会出现操作键盘，我告诉你们如何操作。"

洛维和其他人一样，拿过来一个小小的芯片，打开脑机接口，把芯片插上去。

"这个程序，叫作'洪水'，需要在 700 MHz 的脑卡频率下启动。"凯尔指导众人如何使用，"我们要在这个洞口区域，形成一个局部电磁环境，那是一种包含声光电效果的 3D 虚拟环境。我们要用这个虚拟环境干扰内部反抗军的感官，让他们以为真的有洪水发生。在他们混乱之后，我们借机冲进去，迅速把他们全部干掉。"

队员们面面相觑。

大家都是第一次听说这种攻击方式。

"3D 虚拟环境有什么用？"洛维犹豫着说，"这是假的，人家能够当真吗？"

"大陆区的地下城居民，都安装了标准的制式脑卡。这种脑卡是机械天堂设计的，其中的防火墙结构我们很熟悉。"凯尔开始解释原理，"脑卡中的纳米电极与大脑神经元的连接紧密，全面地介入了每个人的视觉神经、感觉神经、运动神经的运行。我们会在一瞬间突破他们的脑卡防火墙，入侵他们的脑卡，掌控他们的感官系统，给他们制造一个虚拟场景，这就是攻击的原理。"

看着还有些人一脸迷惑，凯尔补充道："从人体结构讲，我们的眼睛就是摄像机，处理摄像机信息的计算机就是我们的大脑。眼睛

第十六章 脑卡攻击

的感光细胞接收到光后产生电脉冲，脉冲沿着视神经传入我们的大脑，然后大脑看到图像。所以，大脑接受的视神经信号本质上仍然是电信号。除了视觉以外，其他感官也是如此工作的。这就是说，我们可以欺骗他们的所有感官。所以，这次的攻击方法就是在敌人的所有感官上加载一个人为产生的虚假电信号来欺骗他们的大脑。我们会绕开所有外置信息接收器，比如眼耳，让虚假的信息直接进入他们的大脑感官皮质里面。这实际上是在干扰神经信号的传递，扰乱大脑内部的神经信号，从而让他们感觉到不真实的东西。

"记住，这种攻击依靠我们的超频脑卡驱动，会让我们的大脑极度疲惫，所以持久性并不好，只有两三分钟而已。之后，幻境就会变得不完整，逐渐消失，反抗军也会清醒过来。所以我们的动作一定要快。"

所有人在花了十几分钟清楚了"洪水"程序的操作方法之后，趁夜色悄悄摸近洞口。在距离洞口二三米远的地方，他们同时启动了"洪水"程序。

洞内的反抗军们不约而同地感到了脑卡产生的一阵细微震动，但是他们还没有来得及仔细琢磨这件事，就被眼前的一幕惊呆了。

洞口猛然发出一阵轰隆隆的滔天巨响，居然有洪水涌了进来！那洪水汹涌无比，在通道里激荡出一个个浪头，地上积水涨势迅猛，转眼间就淹到了众人胸口。

"这他妈的是什么！"有人叫骂了一句，"山腰上怎么会有洪水！"

自从太阳危机爆发，这个星球的地表已经很少见到水源了。除非是在那几片残留的海洋附近。

"会不会是敌人炸开了地下河道！"旁边有人刚猜测了一句，洪水就涨到了脖子。十几名反抗军大惊失色，在他们手忙脚乱地去抓漂起来的木箱木板时。又是一声哗啦巨响，一条巨蟒忽然从水中钻了出来，张着血盆大口冲了过来！

那是一条巨大的血红色的水蟒，有几十米长，仅蛇头就大如一辆装甲车，蟒鳞片片闪出寒光，长长的身子盘旋飞舞，口中吐出殷红的蛇信子，深红的眼睛深深地盯过来，仿佛要透视到人的内心深处。一股战栗的寒意，沿着众人的脊椎骨一直往上爬。

那条蟒蛇毫无征兆地向前窜起，成"S"形扭动着身体，庞大的身躯就像一道血色浪潮向前翻滚袭去，以碾压之势砸过来。通道内的墙壁在水蟒巨大身躯的撞击之下顿时碎裂，引起阵阵轰隆隆的巨响。脱落的墙体砸入洪水之中，水花四溅，让洪水的势能更不可挡。

地下城的人哪里见过这种场面。反抗军只觉得毛骨悚然，有的已经吓呆了。清醒的反抗军立刻扣动了扳机，冲着巨蟒就胡乱扫射。子弹射到巨蟒身上，顿时蟒皮撕裂，鲜血飞溅，血肉冒出。

巨蟒在一阵痛苦的嘶号中将巨大的蟒身横抽过去，开枪的几个反抗军受不住这力量，竟然被抽飞了起来，重重地砸在通道墙壁上。

其他人一看子弹管用，纷纷反应了过来，开始扫射。一时间通道内子弹乱飞，好几个反抗军都被流弹击中，惨呼着倒进洪水中。

在一片混乱中，反抗军们都没有注意到通道内不断有"噗！""噗！""噗！"的连续轻响。那是一声声刺破空气的轻微响动，是天兵突击队的消音突击步枪在射击。

在这些轻微的枪响后，通道内的反抗军一个个都栽倒在地，再也不动。

两三分钟以后，攻击结束，凯尔挥了挥手，"洪水"程序关掉了。他们冲进了通道里。

一个还没有完全断气的反抗军，睁大眼睛看着眼前的一切——就在刹那间，刚才还势头滔天的洪水消失了，巨蟒也不见了，他带着难以置信的表情咽了气。

大家看着满地的尸体，没有人有一丝喜色。

这本就是一场很奇怪的战争。双方无仇无怨，但都没有妥协的余地，并且诡异的攻击过程让所有突击队队员都有点胆寒。

他们从洞口进来之后，只看到那些乱成一团的反抗军：有的滑稽地做着游水的动作，仿佛真的身处洪水之中；有的对着墙壁扫射，想要杀掉那条虚拟巨蟒。天兵们要做的，只是悄悄贴近他们背后，然后扣动加了消音器的突击步枪。

"一切顺利，继续前进！"凯尔打了一个手势，示意继续向洞内前进。

第十六章 脑卡攻击

洛维跟在队伍后面,看着那一地的反抗军尸体,心里有点唏嘘。

如果当初没有选上天兵,他会不会是其中一员?

其实,这种脑电波信号攻击,对于没有安装脑卡的人根本没有任何作用。

但偏偏在这个星球上,脑卡是人人都有的东西。

第十七章 睡眠判决

"沙小猫,本法庭现在正式判处你在睡梦世界中的永久监禁,立刻投入睡梦监狱开始服刑,不得提前假释。"法官坐在审判台上,冷冷地看着下面站着的沙小猫,"身为地下城叛乱的主要组织者之一,这个判决对你已是从轻处罚,你还有什么要说的?"

沙小猫抬起眼皮,漠然地看了法官一眼,忽然神经质地笑了起来,"提前假释……啊哈哈哈,法官先生,你知不知道,这次太阳危机会持续多久?那是几千年、几万年,甚至几十万年啊!不管是谁,一旦进入睡梦城,还能有多少醒过来的机会?提前假释,啊哈哈哈……你还真有想象力啊。"

"你身为天兵,明知进入睡梦城是唯一的活下去的办法,为什么还要参与这场叛乱?"法官皱起眉头,眼神似乎在看着一个疯子,"死了那么多人,这场战争有什么意义吗?"

"意义?"沙小猫长吁了一口气,挠了挠头发,"说实在话,我也不知道有什么意义。或许,就是因为郁闷的日子过得太久了,发泄一下吧。我出生在地下城,在地下不见天日地活了很久,好不容易上了机械天堂,见到了真的太阳,最后还是避免不了要被送到睡眠盒子里去。这样过完一生,不是我的选择。

"我宁愿在外面等着被太阳之火烤成一团灰,也不愿到地下去一睡千年万年。如果太阳之火一定要来,那就来吧。我早就过够了这灰色的生活,能消失于光明和烈火之中,我愿意啊。为什么一定要强迫我们这类人呢?"

第十七章 睡眠判决

"你的想法未免太自私了。"法官冷冷地反驳,"生死存亡之际,本星球的所有资源分配、所有行动,都要统一安排。如果人人都自行其是的话,星球联邦还能做成什么事?"

"押下去!"法官合上审判记录本,"立刻送到睡眠监狱区!"

审讯室外面的走廊上,沙小猫拖着沉重的镣铐行走。拖行的镣铐与水泥摩擦,发出哗啦声,透出几分萧瑟的落寞。沙小猫的眼神无喜无悲,似乎已了无生趣。

大门口,十几辆转运囚车已经等在那里,里面坐着的都是被捕的反抗军成员。无一例外,他们都被法庭判处进入睡梦监狱区,在睡梦世界中也要被永远监禁,丧失自由。

人人都是面无表情,眼神空洞。

沙小猫扫了一眼囚车里面,叹了口气,挪动脚步上了囚车,给自己找了个位置坐下。

囚车在狭窄的地下城街道上慢慢行驶着,半个小时后到了睡梦城的入口。门卫检查过了通行证,打开了栅栏,汽车驶入通道,一路向下行驶。

睡梦城的深度显然比地下城要深得多。犯人们坐在囚车上,经过了一道道严格的安检和身份识别,穿过了长长的隧道,再乘坐电梯,经历了一段漫长的下行,才到达第七睡梦城的睡梦监狱区。

整个星球的二十多个大型地下城都建了睡梦城。睡梦城的构造相对简单,这里不需要工厂、农田、住房,有的只是层层叠叠的睡眠舱,这些睡眠舱只需要放置在金属框架上。这种巨大的立体金属框架拥有可以移动的连接轨道,通过轨道滑动,可以调节某个睡眠舱的位置。

睡梦监狱区外,犯人们排成一列长长的队,他们大都是反抗战争中的战俘,和沙小猫的身份一样。警卫开始逐个点名,被点名核实身份的犯人被逐个关进睡眠舱。

"囚犯索迪,睡眠舱编号322695!"

少年索迪战战兢兢地走出队列,与此同时,金属轨道开始滑动。一分钟不到,322695号睡眠舱就降到了索迪面前。

索迪看着睡眠舱,开始抽泣。

"愣着干什么！快躺进去！"旁边的一个警卫看他站着不动，不耐烦地呵斥起来，并动手抓住他的肩膀，想把他按进去。

索迪忽然猛烈挣扎起来，死命地挣脱守卫，回过头向来路冲去。当他看到沙小猫，他抓住她的手臂，惊恐地大喊："队长，救救我！"

沙小猫看着惊慌失措的男孩，努力做出个微笑。她轻轻地把他拽过来拢在怀里，拍着他的后背，"不要怕，这没什么。我很快也会去的。"

索迪的脸上沾满了鼻涕和眼泪，祈求地看着她，"我们真的可以在里面再见吗？"

警卫冲过来押走了索迪，沙小猫在他背后大声说："我们一定会再见的！在里面，我去找你！"

警卫押着索迪躺进睡眠舱。舱盖慢慢合上，舱体内的微量麻醉气体很快让索迪陷入沉睡，随后生命支持系统立刻上线，蓝色营养液从睡眠舱一侧的金属管道注入，很快充满了睡眠舱。

四周的囚犯们静静地看着这一切，神情木然。沙小猫看着索迪的睡眠舱关闭，顺着轨道滑走，仿佛被渔网抓走的一条鱼。她面无表情，心一直沉下去。

快要轮到她了，一个戴着呼吸面罩的警卫忽然走过来，把她拉出队伍，"你！跟我来！有事情要问你！"

"什么？"沙小猫一愣。她还没来得及多想，就被警卫拽着进入通道里。他们转过几个弯后，警卫拉着她进入墙壁拐角的控制室。

关好门后，警卫摘下呼吸面罩。

"洛维？！"沙小猫看到是他，眼神一瞬间亮了起来。她扫了一眼他的袖标徽记，语气揶揄地说道："升官了？是不是抓了很多反抗军？所以当了小队长？"

"别废话了！我们没多少时间了。套上这个。"洛维的语气很着急。他从旁边的柜子里拿出一套警卫服扔给小猫，又把她拽到一张摊开的地图前面，"这里是第七睡梦城，也是最深的一座睡梦城。"

"为了确保你们这些人不造成破坏，上面决定把你们囚禁在地下最深处。战争期间，我查阅了这里的通道建设图纸和当年修建的记录，也向相关人员打听了情况。当年设计了三条通道，但最终选建

第十七章 睡眠判决

的是岩层厚度较薄的两条,其中一条虽然已经被挖通了,但由于岩石太坚硬没法进一步拓宽,所以一直处于备用状态。我探过了,那条路虽然不好走,但过人是没问题的。"

"现在认真看图,听我说。"洛维语速飞快,用手指着图纸上那蜿蜒曲折的地下通道,"我搞到了通行卡,我们得赶紧离开这儿。我们先坐电梯上去,然后从拐角这个出口出去,沿这个通道向前走大概一公里到这儿。"洛维的手指敲了敲图纸,"这儿有一个暗口可以出去,图里面没有标出来,大概是这里。进了暗口后,你必须紧紧跟在我后面,之后的路有很多岔口,千万不能走错路。我们再走三公里,就可以到达这个位置。在这里,海岸市和北卫门市的通道通联处,就是那条备用通道,我曾带领几个人从那里突袭,那几个人后来都战死了。我们两个偷偷地沿着这条路,跑到北卫门市去,大概有一半的把握可以成功。"洛维搓搓手,眯着眼再次审视地图,"没错,至少有一半机会!"

"然后呢?我们能去哪里?"沙小猫瞟了一眼地图,似乎没什么兴趣。她一屁股坐到椅子上,刚才还不觉得怎么样,见到了洛维,她瞬间就觉得全身都很疲累。

"北卫门市的战争已经结束,那里没有天兵驻守了。那个城市里的残余资源,大概也够我们用几个月。"洛维回答。

"几个月之后呢?"沙小猫看着他,眼角露出一丝笑意,"和我一起,像两条野狗一样,四处去找食物?"

"无所谓。"洛维耸耸肩,"你不愿意进入睡眠舱,那我就陪着你。以后怎么样,管他呢。"

沙小猫的眼神在洛维脸上停留了片刻,她低下头,轻轻抹了抹眼角,然后伸出手在他眼前晃晃,"有吃的么?我很饿。"

洛维把兜里的几块波罗蜜饼干都拿出来了,又倒上一杯清水。沙小猫开始狼吞虎咽,洛维站在旁边看着她。

"你为什么不问我参加反抗军的原因?"沙小猫吃完了饼干问道,然后又自己回答,"其实我自己也不是很清楚。也许我只是想找个顺顺当当的死法吧。我爷爷告诉我说,睡得着,愿意醒,是令人快乐的两件事。睡得着,说明心中无愧;愿意醒,说明欢喜当下。活到这个地步，就没有遗憾了。我爷爷不愿意进入睡梦城。他是在混乱的地下城战斗里被流弹打死的。他死了以后，我觉得如果我不参加叛军，不打地下城这一仗，就睡不着，就心里有愧。现在我打完了，心里就没什么遗憾了。是不是要去那个睡眠舱里'睡觉'，对如今的我来说已经无所谓了。反正大家最后的结果都差不多。"

她忽然站起来，钩住他的脖子，紧紧地搂住他，给了他一个深深的、长长的吻。

"那次射线暴的时候，我欠你的。今天你又冒险救我，我又欠你了。但是我还不清了。我只能让你这只癞蛤蟆咬这一次了。"她终于流下泪来，"我要走了，去'睡觉'了，去进入那个长长的、没有自由的梦了。"

她牵起他的手，打开门，拉着他。他们穿行在地下那蜿蜒的通道里。

洛维木然地跟着沙小猫。就这么把小猫送回去，他觉得有点不甘心。可是他也不知道，去哪个方向才是真正的未来？

一个个长方形的睡眠舱被整整齐齐地摆放在金属架上，密密麻麻的，从远处看仿佛蜂巢一般。

每个睡眠舱里面都充满了一种淡蓝色的液体，液体处于冷冻状态。侧面的舱壁上镶嵌着一些数据线和几块电路板。舱的两头分别有管道连接，用于补充液体中的营养素和排泄其中的代谢废物。

"这东西好像棺材。"沙小猫看着眼前这些长方形的盒子，叹了口气，"一睡万年的话和死了也没大区别吧！"

洛维急切地摇摇头，"不会死的。这种睡眠态类似于动物的冬眠，只是身体运转节律极慢，所需能量很少。缸内的营养液有一种纳米透皮技术，即使它是冷冻态，依然可以保证人体的微量营养循环。营养液还定期循环更新，帮助人体排出代谢废物。所以人在其中不会死，只会沉睡……"洛维的声音越说越小。

"联邦也算人性化了，"沙小猫轻轻一笑，"就算我们都会在睡梦中死去，至少每人都有一口棺材。"

"可不是每个人都有独立的睡眠舱。"洛维苦笑，"是睡梦监狱区都用的单人睡眠舱。在别的地方，都是多人共用一个睡眠舱。有

第十七章 睡眠判决

的睡眠舱甚至可以容纳一万人。"

"一万人……"沙小猫眯起眼想象了一下那么多人挤在一个睡眠舱里的场面，不寒而栗，随即又苦笑道，"那么监狱区为什么这么高档？"

"监狱区专门关押睡梦世界中的犯人。"洛维顿了顿，尽量说得缓和一些，"睡梦世界是一个很大的虚拟世界，里面同样也有监狱。参加了地下城市叛乱的人，即使在梦里，也需要被关在监狱。免得他们不老实，对睡梦世界造成破坏。"

洛维还以为沙小猫听到这个会很伤心，但她的反应出乎意料。

"真是考虑周到啊。"沙小猫哈哈大笑起来，"可是睡梦世界本来就是个巨大的睡眠监狱啊，我们这些人，关不关在监狱里，有什么区别吗？"

她笑了半天，忽然又压低声音，认真地问洛维，"你是联邦的工作人员，进入睡梦城以后，你有没有杀掉一个人的权利？"

"什么？"洛维愣了一下。

"我不知道这个长长的梦会是什么样的。"沙小猫认真地看着他，"如果我有一天受不了这个睡梦世界了，又没法醒过来，我想拜托你，把我杀掉。"

洛维看着她的眼睛，知道她不是开玩笑，但他不知道该如何回答。

他们返回的时候，已经快要轮到沙小猫进入睡眠舱。

"你要答应我一件事，在睡梦世界中，你要很快出现在我面前。你会很快来吧？"她小声对洛维说，"你要来看看我，我就能不那么寂寞。"

"放心。"洛维毫不犹豫地答应，"我很快就来。执行完任务，天兵们都得进入睡梦世界，估计也就二十天吧。"

警卫把沙小猫带到一个睡眠舱旁边。

"这就是我最终的归属。"沙小猫看着那个蓝色的盒子，撇撇嘴。

她抬起一只脚，正打算躺进去，忽然又转过脸来。

洛维的喉结动了动，愣在原地，忽然泪流满面。

"傻瓜……"沙小猫轻笑了一下，她终于躺了进去。

随着轨道滑轮的轻响，关着沙小猫的睡眠舱开始在金属轨道上滑动，经过好几次位置调整后，沙小猫的睡眠舱消失在了巨大的阵列里。像一滴水流入大海，永远消失了。

"322699 号睡眠舱，已完成归属。"AI 管理系统发出提示音。

洛维站在地上望着。沙小猫像陷入囚笼的美人鱼，闭上眼，开始永远地"沉睡"。

洛维觉得无比伤心。他觉得自己眼前变得一片漆黑。他想要反抗这片黑暗，但又不知该如何反抗。

第十八章　密会

地下城的反抗军清理工作终于完成了。所有的反抗军都被关进第七睡梦城的睡梦监狱区，并且在睡梦世界里也继续被囚禁。

现在，除了少数依然在执行任务的天兵，这个星球的人都已经在地下进入了睡眠状态。

这些天兵部队正在把地表的几处关键能源设施按照计划转移到地下。洛维所在的小队，负责对地下核设施的废料处理工程进行收尾，以及对地下水循环系统的回路进行闭合。

睡梦系统的设计运行年限是一百万年，需要稳定的电力供应。

星球联邦在地下深处挑选了几处地质结构最稳定的地方，建了核发电设施。以睡梦系统的电量消耗来看，这几个核电站绰绰有余了。最大的变数是水。为了保障水的供应，睡梦系统的水是循环利用的，而且睡梦城连接了几条最大的地下河；联邦又对这些地下河采取了保护措施，即便星球表面的水分最终蒸发干净，地下河的水也能够按照计划被保留住。

不过，所有人都明白，无论如何设计，面对一个打算运行一百万年的系统，没有谁能百分百保证它能一直稳定运行。

尽了最大努力之后，剩下的，只能祈祷运气不要太差。

随着地面任务越来越少，天兵们也逐渐进入睡梦城。还留在地面活动的，只剩下两支队伍，分别由机人凯尔和原人老K带领。这两支队伍都是混编，成员既有机人也有原人。洛维一直被分在凯尔的小队里。

凯尔虽然属于机人，但对睡梦城计划并未表现出什么抵触，他一直忠实地执行着来自云帆城主的命令。据说，这是罗素在离开之前给全体机人的命令：无论是否同意云帆的观点，都必须执行她的命令。

洛维每天机械地执行着各种任务，他期盼着早点进入睡梦城。那里还有个人在等他。无论睡梦世界的未来如何，只要能和沙小猫一起，就不至于太寂寞吧。

所有的事情都要忙完了，要决定剩下这些天兵何时进入睡梦系统了。

相关会议在地下城北卫门市举行。

上面通知说剩下的天兵进入睡梦系统的计划非常复杂，所以，所有的小队长、中队长、队长都要参会。洛维作为小队长，自然也要参会。

人员入场后，会议室的大门立刻紧闭。

气氛有些异常。

这时，会议室里走进来一位令洛维大感意外的人：赫哲。洛维记得他早就被关进睡梦监狱了，怎么会出现在这里？

"诸位，我就开门见山了。"赫哲声音低沉，"今天不是讨论什么进睡梦系统的计划。我们才不会进入那个鬼地方！咱们得给自己找条活路！"

赫哲开始公布一些最新的星球环境监测数据。

"这是这几天的卫星监测数据，根据这些数据推断，日冕洞的边缘位置呈现异常的光亮色是撞击造成的裂痕要断开的迹象，裂痕附近的物质随时可能脱落，随时会发生日冕物质抛射。那几个日冕洞分布在太阳的不同侧面上，依据抛射模型测算，我们的星球处于抛射物轨道的概率高达百分之七十二。从模拟分析来看，抛射物中体积较大的碎块，有可能在本星球引发地震、海啸之类的事故。万一不幸撞上了巨型日冕抛射物，星球毁灭可能就是一瞬间的事情。到那个时候，躲在地下几公里的地方，也未必安全。进入睡梦城就是一场赌博，胜率不会超过五成。我们必须立刻动手掌控机械天堂，飞往其他星球寻求避难场所。这是最后的机会，不能再等了。现在

第十八章 密会

仍在执行任务的三千天兵,都是金星最精英的存在。在夺取机械天堂之后,这些天兵都将作为避难人员乘坐机械天堂去往其他星球。在这里,我做出一个承诺:无论是机人,还是原人,所有天兵,未来在机械天堂的各种权力,都将是完全平等的。机械天堂的储备资源,预计足够我们使用一千年。在这一千年里,我们相信能找到新的避难所,延续金星文明。"

洛维如雷轰顶,但其他人大都神情自然。显然,这个消息很多队长早就知道了。

"我们不想伤害云城主,"老 K 嗓子沙哑,眼珠发红,心里显然还有点挣扎,"但是我们得给自己找条活路。既然有机会乘坐机械天堂逃走,那我们就不能犹豫。地下城有地下城的未来,我们有我们的未来。大家各走各的吧。那么,各位队长,我们发表自己的意见吧。"老 K 环顾会场。

机人成员当然都没有意见。

原人队长们面面相觑,还在犹豫。老 K 首先表示同意,然后表示同意的人越来越多。

直到只剩下洛维一个人。

目光全落在了洛维身上,那些眼神中充满审视、狐疑,还有些敌意。

洛维见势不妙,也迅速表示同意。

"那么,这个计划就全员都同意了。"赫哲很满意。

之后就是队长们讨论详细的战术——如何在短时间内迅速攻占机械天堂。

洛维满腹心事,一句也没听进去。

"机械天堂目前控制在云帆手里,夺取的过程一定会交火。所有的作战环节都已经反复计算过了,我们取胜没有问题。唯一担心的是如果爆发激烈冲突的话,机械天堂被损坏的概率会达到百分之四十六。一架损坏的飞船,对我们而言毫无意义。"凯尔做出总结,"所以,不能使用任何重火力。好在云帆一定和我们一样担心飞船的损毁。毕竟这天空之城也是睡梦城的核心能源部件之一。对飞船安全的担心,不仅仅会困住我们的手脚,对她也一样。所以我有信心取胜。"

"还有一件事,今天来开会的都是队长级别的干部。天兵里面如果有人不同意计划的话,怎么处理他们?"一个小队长问道。

"没时间啰唆了,就处理掉吧。"赫哲斩钉截铁地说,"各位队长,现在回去把这个消息通知所有人。三小时后开始行动,夺取机械天堂!"

第十九章　洛维的抗争

北卫门市的布局，洛维非常熟悉。离开会议室后，他先往小队驻扎的方向走了一段，然后找了一个隐蔽的岔口拐弯，迅速朝着地下城的出口走去。

出口停着穿梭机，只有穿梭机上的通信设施才能直通机械天堂。他得赶紧去把这件事告诉云城主。

叛乱居然得到这么多人支持，但仔细想来也不奇怪。毕竟是末世，谁又不想找条活路呢。如果不是有小猫，他会决定和凯尔一起吗？是不是也不会反对？洛维觉得自己无法回答这个问题。

穿过几条隐蔽的通道离地下城出口就不远了，穿梭机停靠站就在前面。他警惕地观察了下四周，才从通道走出来。

"你是打算去报信吧。"身后传来凯尔的声音，"我一直觉得你是聪明人，为什么做这个决定？"

"没有机械天堂，睡梦城的能源系统支持不了多久，最多几百年他们就会断电，然后在睡梦中死去。"洛维回过头，"我们开走飞船，是谋杀他们。"

"谋杀？"凯尔做出一个苦笑的表情，"那么日冕物质砸过来的时候，你会不会认为是太阳在谋杀所有人？"

"你比我想象的要笨很多。"凯尔叹了口气，举起激光枪，"再见吧。"

洛维往旁边猛地一扑，那侧面是一个通道。激光枪在墙壁上射出几个孔洞；他进入通道，拔足狂奔。

"真是麻烦啊!"凯尔叹了口气,举着激光枪,跟着洛维的脚步,继续朝着他射击。

洛维快速地沿着折线奔跑,他对附近的地形极其熟悉,很快就逃进了一处仓库,躲在一处墙角后面。他没有枪,会议前队长们的枪械都被收走了。

"洛维,出来!"紧跟而来的凯尔开枪了,有几道蓝光落在洛维身边,飞溅的碎石打在洛维的脸上。

外面的激光束越来越密集,洛维缩在角落里不敢动。

凯尔一步一步走过来,嘴里叫着:"喂,出来吧,不要抵抗了,没有意义。"

生死之间的洛维,大脑飞快地转动着,脑卡的运转功率越来越高。忽然之间,头顶传来一股热量,他在一瞬间有种中电麻痹的感觉。

周围的磁场能量开始向他汇集。感受着身体内部越来越强的磁场,洛维努力放慢呼吸,集中全身的意志力。不过半秒钟,众多的磁场能量开始汇聚在他张开的手掌上。手掌中逐渐亮起光芒。能量越聚越多,逐渐形成一个旋涡,发出嗡嗡嗡的轻响,最后变成一个晶莹剔透的梭子在洛维掌心转动。能量梭的速度越快,洛维大脑中的脑卡就越热。

凯尔越走越近,只有几米了。

洛维额头的汗水一滴滴地流下来。

差不多了。

洛维咬咬牙,一个侧身飞扑了出去,并在半空中甩出那能量梭。那根水晶般的能量梭在空气中发出一种奇特的啸声,直刺凯尔。

凯尔的脚步立刻停下来,他的身体周围忽然出现丝丝蓝光,数道蓝光眨眼间纠缠在一起,在他面前化作一面蓝色的光盾。

那是他的防护盾。

快若闪电的能量梭一头撞上了蓝光盾。乒!一声脆响,像是玻璃碎裂的声音。只见半透明的蓝光盾快速碎裂,化作能量湮灭在空气中。

凯尔不可置信地看着洛维,然后栽倒在地。能量梭从他的额头

第十九章 洛维的抗争

穿透而过,在头部烧融开一个透明的洞,直穿过去。

洛维站起身,长吁了一口气。

过了一段时间,洛维在确认安全后才蹑手蹑脚地溜出仓库,正打算往目的地去,后脑就遭了重重一击。

他在昏迷之前听见了身后赫哲的惊叹:"你居然能杀死凯尔?!"

第二十章　融合

洛维没想到,当面临真正的生死考验时,自己居然毫无抵抗力。

赫哲的最后通牒直截了当,"你能干掉凯尔,展示了你在进化中具备的潜力。所以我给你一次机会,十秒钟内决定,是不是加入我们。"

"我加入你们。"洛维没有丝毫犹豫,立刻就给出回答。

他了解赫哲,赫哲绝不开玩笑。十秒之内不给出答案,自己就会变成死人。

"哦?"赫哲有点意外。他原以为洛维多少会有点坚持,没想到他放弃得如此迅速。

"求条活路而已。"洛维苦笑,"我又不是什么英雄人物,投降加入你们,也不算对不起谁吧?"

生长在暗无天日的地下城,一生所求,无非是能见天日、能活得更好而已。现在,加入机人的计划就是最好的活下去的机会。那为什么不呢?

在一瞬间,他想起了沙小猫进入睡眠舱之前看他的眼神。他觉得有点愧疚,但立刻安慰自己,我尽力了啊,只是没有成功,我又能怎么办呢?

"我就是想活下去。"他又说了一遍。

这句话是说给自己听的,还是说给赫哲听的,他心里也分不清。他假装已经说服了自己,再不敢向灵魂深处提问。

"加入我们,并不是说说就行。你需要做出一些真正的改变。"

第二十章 融合

赫哲显然不相信他,提出了很具体的要求,"你要彻底变成我们中的一员,然后才能给你一条活路。"

洛维被带到了一个仓库,赫哲指了指通道仓库的大门,"进去吧。"

洛维朝里面走去。仓库里除了几十具形似人类骨架的金属制品,没有别的。散发着金属寒气的钢铁骷髅孤独地站立在那里,仿佛一件件沉默的雕塑品。洛维一步步走过去,在它们前面几米的地方停下来。

他早就知道,在机人改造中,有时需要替换这类金属制品,但直面这件事时,还是让他不由自主地产生了畏惧感。

在他看着眼前这些金属制品不知所措、没有任何动作的时候,其中一具金属制品忽然走了出来,一直走过来,停到他面前。洛维这才仔细打量它。

它通体漆黑,是用轻质合金和生物复合材料构建的,散发着暗黑色的金属乌光。制作得极为精细,能看到骨节接缝处的人造神经和塑性弹力材料构成的肌腱,骨骼扩张处棱角分明,回旋处圆润光滑,体现出一种独特的力量感。

它眼中有红光开始闪烁,它在扫描洛维。

"你似乎并不喜欢机人的高大外形,那我们就还采用你原来的外貌。"它看出了洛维的想法,然后它的躯体结构开始发生变化。

伴随着喀啦啦的轻响声,它开始变矮,其他部分也开始不断产生变化。几秒钟之后,它就变得和洛维一样高了,完全一样高。不仅仅是整体高度,连头盖骨、颈骨、肩胛骨、肋骨、脊柱……每一根骨头的尺寸都和洛维本人完全相同。

洛维想起了自己曾听过的一个传言:每一个机人派的人,都会分配到一具机械骨骼,和这具机械骨骼完全融合,这是加入机人派的门槛。

"你不必太紧张。"它仿佛是感受到了洛维心里的犹豫,"这是所有的机人派成员进行躯体改造的第一步。你的血肉和骨骼将被最先进的生物合金材料取代,这些材料具有良好的耐用性,即使过百年也不会腐坏。就算是出现损伤,也可以轻易地进行更替。"

它的眼洞闪烁着红光,似乎在瞪视洛维,"经过机械融合,你将彻底摆脱人类肉体对你的束缚,不必再担心生老病死,你将进入另一个更高级的生物层次。这对你来说,绝对是一件好事。"

洛维看着那红光闪烁、毫无生气的眼洞,不由得向后退了几步,问它:"和你融合之后,我还是我吗?"

"你不必担心外观。"机械骨骼眼中的红光忽明忽暗地闪动,"你我完全融合之后,这具躯体的外面,将会包裹上一层仿生皮肤,那完全是按照你的外观制作的。任何人看你,都还是以前的那个你,他们不会觉得有任何异常。"

"为什么要用仿生皮肤?我自己的皮肤呢?"洛维的语气有点颤抖,"还有我的其他部分……比如说心肝脾肺,要放在哪里呢?难道全部不要了?"

"洛维先生,你好像还没明白,你将要进行的是一场彻底的进化革命。你将彻底抛弃你原有的低等级的肉体结构,抛弃原有的能量吸收和消耗模式。"机械骨骼的声音始终是冷冰冰的,不含任何情绪,"我们彻底融合后,支撑这具躯体的能量摄取方式将和以前完全不同。你不需要再像普通人一样,依靠进食、消化获取那一点可怜的 ATP① 和 ADP② 能量,来维持你的生物电流、驱动你的细胞分裂。你的能量来源将变成电源或其他高级能源,你的机体神经将被生物纳米电路所取代。你当然也就再用不着那些低级的心肝脾肺肾组成的循环系统。事实上,除了你的大脑,你身体中的其他部分再也用不着了。

"你的大脑会被保存在胶质电解质溶液中,与人造脊髓中枢系统对接,你的意识经由那里分支出的支配躯体各个部件的神经线路,实现对这副机械躯体的完全控制。

"经过这次改造,你会变得比以前聪明得多。你可以实现对大脑潜能的无限利用。你将达到你自己的极限。人类的大脑相当于一个一百亿核的处理器,是迄今为止宇宙中发现的最优秀的计算处理器,

---

① 腺苷三磷酸,亦称"三磷酸腺苷"。是生物体内能量利用和储存的中心物质。
② 腺苷二磷酸,亦称"二磷酸腺苷"。腺苷三磷酸失去末端一个磷酸根的产物。

但人类对大脑的利用连百分之十都不到。为什么？那是因为人脑的算法太落伍了。大脑中的每个神经元都是一个处理器，可以进行信息转化的函数计算，但人类在自体发育的过程中，并没有进化到让所有神经元都能完成高效的信息收集和运算。事实上，人类连大部分大脑神经元的功能到底是什么，都没有搞清楚。

"所以，把大脑和 AI 脑卡结合起来是多么必要。脑卡将协助大脑神经元收集和转换信息，二者之间会建立恰当的协作模式，你的大脑的运算速度将远超从前，拥有最理智的决策过程、最先进的决策模式。"

"如果这样的话，改造完成之后，在我脑子里，做出决定的是 AI 算法，而非我本身，对吗？"洛维额头开始冒汗，他没料到变成机人会面临如此大的巨变，"那……我还会拥有我自己的思维吗？我还会记得从前吗？"

"你当然还是你。你的思维会更理性、直接、精准。"机械骨骼似乎在安慰他，"至于你的记忆，我会帮你做出判断。删除那些无用的部分，保留那些值得记录的。"

"理性？直接？精准？"洛维睁大眼睛，"那……我还会有情绪吗？爱恨情仇之类的？"

"爱恨情仇？你很留恋这些吗？"骨骼回答道，"AI 的模式化思维，追求单纯的逻辑判断。做或者不做，做什么更好，仅此而已。不会再考虑其他。所以，一般来说我们会彻底斩断与情绪相关的神经算法。"

"可是，如果失去情绪的话，作为一个人，我还有什么存在意义吗？"洛维有点绝望。

"如果你喜欢情绪这些东西，当然也可以保留下来。保留大脑中的情绪调节功能区，比如调节各种激素浓度的区域，多巴胺或者乙酰胆碱发生变化时，你就会感到喜悦、愤怒或者悲伤。"机械骨骼语气冰冷，"控制这些情绪反应，绝不比制作波罗蜜饼干更复杂。不过，坦率说，这有什么意义呢？

"人类的喜怒哀乐，都可以模式化处理，没什么高深的。回顾人类的历史，看上去很复杂，无非赚钱谋生、繁衍后代，就是这点事儿而已。这和树林里面的动物们的捕猎、交配、哺育幼崽有什么不同吗？无非是再加上些人为设定的道德伦理、行为规范而已。那些都是表面文章。

"情绪这种看上去复杂的东西，完全可以格式化。人为什么会嫉妒？为什么在被侮辱后感到愤怒？所有情绪的波动，最后都能对应到社会学和生物学中的场景原因。把这些社会学基础场景做成程序，对应好各种生物学的情绪反应，放在存储器里面，都用不了针尖大的地方。

"如果你一定坚持的话，我们可以帮你保留这些情绪化的思维模式。不过，相信我，用不了多久，当你完全适应了逻辑化思维方式，你就会开始讨厌那些无用的情绪。那些东西没有任何用处，只会阻碍你朝着高级的方向进化。"

"这么说的话，你们是打算把我的大脑移植到机械躯体之上，丢弃其他部分，对吧？还打算把我的脑子和AI脑卡连接起来，改变我的思维模式。"洛维嘴里低声念叨着，"既然你们机人派如此喜欢机械，直接制作AI机器人不就行了？把人类的大脑掺在里面干吗？"

"我们看不起人脑中那种陈旧的运算模式，但并不轻视人脑本身。人脑的潜力远大于任何AI程序。"骷髅回答道，"罗素先生早就说过，人类的大脑是最复杂、最强大的量子计算机，是宇宙中最复杂的生物机器。人类正确的进化方向是把AI脑卡和人类大脑结合起来，引导大脑发挥出最大潜力。所以我们机人在最终结构中选择保留大脑。"

"可如果这样改造了，那人还算人吗？"洛维绝望道，"还是只算一团脑浆？"

"你浑身上下的所有部件里面，我们确实只对大脑感兴趣。"骷髅说道，"我们认为那是你存在的主要意义。"

洛维张口结舌，它的答案直接得有点无耻，但他无从反驳。

洛维咽了口唾沫，把半截咒骂的话咽了回去，"你们的改造都是这样吗？还有没有其他选择？"

"其他选择？"机械骷髅似乎有点意外，"你是天兵，经历过作为普通人的机体改造训练，应该明白那种改造办法的艰苦。人类原

第二十章 融合

本的躯体构造，存在诸多限制。比如神经传导速度的限制，细胞跨膜电位的限制，生物电流的强度限制，等等。要突破这些限制得花很久的时间。直接换上一副机械躯体迈过改造这一关不好吗？还有什么比这更好的办法吗？"

"我当然明白人体的脆弱性，但我舍不得身而为人的种种'陋习'。"洛维苦笑道，"你可以说我思维陈旧落伍。但我宁愿选择做一个低等级的进化者，也不想进行这种改造。"

"人类躯体是会老去的。"机械骨骼靠近洛维，语气充满诱惑，"融合完成后，理论上，你可以永生。永生难道不是人类的普遍梦想？

"即便你不担心老去，难道你不担心即将来临的太阳风暴？太阳风暴来临时，拥有一个强悍的、近似永生般的躯体，是多么重要和难得。那可能让你安然度过这场末世浩劫，永久地活下去。"

"我想活……但总得活得像个人。我真的没打算变成一台机器。"洛维内心交战，"如果活下去意味着永远不吃饭，每天要充电，像机器一样冷静思考所有事情。那我宁肯以肉身去面对那场太阳浩劫。"

"你的选择并不理智。"机械骨骼冷静地说，"我没能说服你。但是身为更高等级的智商存在，我有责任协助你接受更高等级的进化机会。"

"你？"洛维眼睛里露出惊慌，向后退了两步。

"不必惊慌，融合很快就完成。"机械骨骼伸手抓住了洛维的后颈，把他提了起来，铁钳一般的钢爪令他动弹不得，"一觉醒来，你就成为更高级的存在了。到时候你会感谢我的。"

第二十一章　最后一封信

进攻机械天堂的作战计划很快制作好了，原本的计划是分成三个进攻梯队，用一天左右的时间进行战斗。

但是一个意外消息打乱了计划：日冕物质抛射发生了。

太阳的表面，遭受彗星撞击的区域，终于发生了最令人担心的表面物质脱落——十几个碎片从太阳上脱落下来。对于太阳而言，那或许只是脱落了一小片山石而已，但对于太阳系的行星来说，这一小片脱落，带来的就是灭顶之灾。

没有多余的时间了。三千名天兵倾巢而出。

必须用最快的速度制服或者消灭云帆，掌控机械天堂，迅速飞离金星。

天兵们携带了各种轻武器，乘坐几十艘穿梭机，以迅雷不及掩耳之势对机械天堂展开了突袭。天堂的守备力量，现在只有云帆的警卫部队，总人数不过三百人，解决他们应该会很快。

洛维也在突袭的队伍里，他跟着队伍木然地前进，脑子里的感觉很奇怪。自从和那具机械骨骼融合之后，大脑中似乎出现了两个意识，一个是原本的自己，另一个是外来的新人。

这个新来的意识现在居于主位，基本控制了洛维的行为，并且一直试图完全掌控那个原本的意识。但原本的意识宛如被狮子捕猎的羚羊，一直在拼命反抗、逃避、躲藏。到目前为止，并没有被抓住或者消灭。

每次，在原本的意识即将崩溃的边缘，洛维的脑子里就会燃起

第二十一章 最后一封信

一团"火",那是老洛给他做的那张红卡在发挥作用。当老洛最后的话回响在耳边时,他就会变得清醒一点:

"我的孩子,你是一个人,不是一台机器。我绝不允许让他们把你的记忆和情绪盗走……"

穿梭机从四个方向悄悄接近机械天堂,赫哲原本设想天堂的岸防炮肯定会造成一定损失,能登陆的穿梭机只会有一半多。然而出乎意料,飞近天堂之后,岸防炮根本没有开火。他们根本没遇到什么像样的抵抗就抵达了机械天堂。

当他们从穿梭机上下来,进入机械天堂内部,一路上也只是遇到了零星的外围守卫。他们放了几枪之后就主动让出了关卡通道,没有慌乱,也没有意外,撤退得有条不紊,似乎早就预料到赫哲会出现。

赫哲一行人几乎没怎么费力就到达了那座巨大的议事厅的门口。云帆一定在这里,但门口居然没有任何守卫。赫哲看着那不设防的大门,犹豫了一下。他挥挥手示意天兵们留在外面,然后一个人推门进去了。

巨大的议事厅里面,只有云帆一个人坐在高高的主位上,她目不转睛地盯着眼前的电脑屏幕,似乎在看什么要紧的信息。

"城主大人,"赫哲微微躬身,"请你让出这座机械天堂的控制权,我们机人派要驾驶这艘飞船去往别的星球。时间不多了,请你尽快做决定。"

云帆还盯着眼前的电脑屏幕,根本没有理会他。

"城主大人,时间不多了,我在等待你的回答。"赫哲有点尴尬地站了半分钟,然后再次开口,"现在'睡梦城计划'已经准备完毕。如果您愿意,可以马上进入睡梦城,带着其他子民开始沉睡。这座机械天堂就交给我们吧,我们要执行'火种计划',驾驶机械天堂飞走。"

"这虽然是一场叛乱,但是你很有礼貌。"云帆终于抬头,扫了眼赫哲,目光里并没有什么怒意,她的语气波澜不惊,仿佛根本不在意外面有一大队荷枪实弹的叛乱天兵。

她挥了挥手,"你先出去吧,我正在看一份很重要的信件,十分

波粒二象猫

钟后我会给你们一个交代。"

赫哲犹豫了一下，躬了躬身，转身离开了议事厅，并且小心地关上了门。

……………

云帆眼前的电子屏幕上，是刚刚收到的罗素的信件。

我已经知道了日冕物质抛射可能爆发的消息。我们观测到一些数据，数据分析结论和你那边的完全相同。日冕物质喷射可能在未来二十四小时之内爆发，而金星正好处在喷射轨道上。现在，我不知道该说什么好。我记得，当初出发的时候，我曾经答应你会给所有人找到新的定居点，然后回来接你们。但是我没做到。末日危机的到来比预期早很多，而我离你数十亿公里，只能在这个遥远的地方，眼睁睁地看着。我对自己的无能为力感到十分抱歉。

我现在才明白，我们对人类大脑的研究还远远不够。我曾以为，通过脑卡对海马体和大脑皮质进行电信号修饰，就可以掌控和修改记忆，但根本不是这样的。记忆显然有着更深层次的原理。我曾经用我的技术办法删除那些关于你我的记忆，但是它们并没有消失，此刻它们又出现了。每一个细节都浮现在我眼前，那么细腻、那么强烈，无时无刻不煎熬着我那改造过的神经。我曾以为我已经进入了最深刻的思考境界，但在这最后时刻，我发觉自己还是以前的我。我处在一条深沟之中，一边是过去，一边是现在。一边是感伤和情绪，一边是冷酷和理性。我被卡在中间，哪里也去不了。现在我得承认，不允许 AI 程序控制人脑，替代人脑做出最终决定，也许是对的。人脑的复杂性显然远超出我的估计。

为了从这种尴尬的状态中摆脱出来，我说些实际的内容吧。现在来看，你们唯一的避难办法就是迅速躲进地下城，封闭入口，进入永久睡眠。你要带领所有人，立刻进入地下城，不要有任何犹豫。我曾经不同意你的计划，但

第二十一章 最后一封信

现在这个计划是唯一的出路了。留在机械天堂的那些机人，我担心他们会不服从你的命令。现在我把他们的脑卡防火墙密码发给你，你启动我留下的那台超频发射机，按照特定频率发射电波内容，就可以把他们的脑卡程序锁定，让他们都失去反抗能力。

在你带领星球居民进入睡梦系统之后，太阳系内就只剩下我们这一支孤零零的舰队了。我们决定继续航行。下一站我们打算去往海王星。时间紧迫，你赶快去吧。进入地底。不要再浪费时间了。

…………

"一整页的废话。"云帆翻来覆去地看了好几遍，苦笑了一声，"这就是你最后时刻要和我说的？这算是什么？临终嘱托？"

她抬起头看着远处，仿佛隔着数十亿公里也能看到他。

在机人叛军们开始焦躁不安的时候，议事厅的大门打开了。从里面走出来的云帆，穿着淡黄色的长袍，柔和明亮的脸庞上没有悲喜，黑色眸子中只有冷静和决然。

她登上了门口的高台，俯视众人，仿佛站在山巅俯视众生的女神。

她目光所到之处，即便在场的都是冷冰冰的机人，也都不由自主地低下了头。

"日冕物质抛射已经发生，太阳碎片物质在半小时内就会到达金星，所以我不想多啰唆。"她的语气很平淡，"我给你们一分钟时间投降，扔下手里的武器，然后和我一起进入睡梦城。无论是机人还是普通人，都是金星子民，我会带所有人去避难，包括你们。"

"云城主，你的'睡梦城计划'已经准备就绪，你尽可以带着其他人进入地下避难。"赫哲跨上前一步，"但我们不想进入睡梦城。我们要的只是机械天堂，我们要驾驶它离开。大家各走各路，这样不好吗？"

"很抱歉，机械天堂是我必须要用的。"云帆看着赫哲，"这个巨大的天空城市将要整体沉入地底，作为整个睡梦城的核心运转部件。睡梦城缺了这个部件无法长久运转,所以我不能把它给你们。"

"我代表所有这些人的意见。"赫哲挥手指了指身后的剑拔弩张的天兵们,"凭你一个人的力量,你认为你能扭转局势吗?"

机人天兵们纷纷抬起枪口。

他们杀气显露时,这支叛乱军队的气势立刻变得极其可怕。空气中的紧张气氛仿佛要凝固成实体。

云帆忽然笑了起来。

与此同时,一种奇特的光亮忽然把她笼罩了起来,一阵噼啪噼啪的刺耳声响也随之传来。她身体内的电磁能量汹涌地运转起来,从胸前、背后、膝盖、足底冒出几百道明亮纤细的电弧。一道道明亮的电弧形成一个电磁笼,将她包裹在其中。

浩瀚的磁场能量聚集起来,即将滚滚而落。

赫哲大吃一惊,不由得向后退了一步。他当然看得懂这是怎么回事。

云帆体内的生物电流达到了令人恐怖的强度,她居然用自己的身体充当电极,对电流增压后进行电弧放电,形成一个局部电磁笼。

天兵们还没有反应过来是怎么回事,那个电磁笼已经开始飞速膨胀。几乎是半秒钟之内,电磁笼已经膨胀成一个巨大的球,笼罩了整个广场,也把所有人罩在里面。

高温、高压的电弧电离了空气,空气中闪烁着蓝色的火花,电磁笼以一种恐怖的速度往内挤压。强大的电场,让每个机人的皮肤表面都开始冒出闪亮的电火花。

"射击!"赫哲大叫。他意识到了危险,立刻下了命令。

但还是晚了。

天兵们的手指还没有搭上扳机,大脑中就传来嗡的一声巨响,所有人瞬间丧失意识,一头栽倒在地。

这是电磁攻击。

对于安装了脑卡的机人,这是最需要防范的一种攻击。天兵们当然也都做了防范——事先封闭了脑机外接口。但为什么没有起作用?

赫哲的身体摇晃了几下,但并没有倒下。他迅速扬起改装的机械手臂，冲着云帆射出了三连击电磁炮。白光闪过，电磁波瞬息就到。高台上的云帆腾空而起，做出几个闪电般的折转，堪堪避开这波攻击。电磁炮在她身后轰出了几个大洞。

云帆回落到地面上的时候，赫哲已经迅速调整好机械手臂，准备再次攻击，但他还没来得及抬起手臂瞄准，脑后忽然遭到了重重一击。咣！赫哲被砸得直挺挺地摔在地上。

洛维用电磁枪砸了他的后脑，然后一跃而起，跨步骑在赫哲身上，朝着赫哲的头部挥出自己的钢铁拳头。砰！砰！砰！几百公斤的力量狠狠地砸下去，赫哲头颅下的地面不断塌陷下去，形成一个凹坑。

"混蛋机人，去死吧！"洛维恶狠狠地叫骂着，一边打，一边死命地按住赫哲不让他翻身。

随着挥出的拳头，洛维的脑子里逐渐变得神清气爽。那个外来的意识已经被驱逐了！自己又变回自己了！身体又完全归自己管了！

他不知道自己打了多久。直到云帆从后面走过来，轻轻拍拍他的肩膀，示意他可以放开赫哲了。

赫哲挣扎着起来，跪在地上。他面部的机械面罩已经被砸得变形凹陷，机械手臂几乎被洛维拧断，裸露出内部的结构电板和导线。他看着洛维的眼神很奇怪，似乎不理解一个机人为什么会忽然失控。

"不要挣扎了，你们已经失败了。"云帆盯着赫哲，眼神里并没有怒意，"时间紧迫，听我的，一起去地下避难吧。"

"你是怎么做的？"赫哲看着四周倒了一地的天兵，声音有点发抖。

"高速运转的脑卡是你们最薄弱的地方。"云帆淡淡地道，"罗素给了我绕开你们脑卡防火墙的方法，但是我不需要那个。我依靠我那单纯的人类大脑发动超频攻击，我的脑频远超过你们，可以摧毁你们的神经元和脑卡之间的连接。这类似于雷达战中频率瞄准后的信号攻击。"

"但是我们已经关掉了脑机接口！"

"关掉接口只是关掉了主要的信号通道。只要脑卡依然在高频运转，就有显著的脑波动，就有可供电磁波攻击的缺口。"云帆很耐心,仿佛在教导一个小孩,"你们机人的大脑早就丧失了独立运行的功能,离了脑卡,你们甚至指挥不了四肢,所以你们的脑卡永远关不掉,这就是你们的缺陷。"

"不!"赫哲抱着头、低声怒吼,"机人才是进化的方向!原人缺陷更多!"

"我没时间和你争论,我得去让机械天堂降落了。"云帆转身,迅速走向议事厅。在她推开门的瞬间,广场上的巨大电磁笼消失了,机人们慢慢从地上爬了起来。"赫哲,带着你的人准备进入睡梦城吧,那是我们唯一的避难所。不要再做这些无意义的事了。"云帆的声音远远传来。

第二十二章 天堂的降落

数亿公里之外，太阳的日冕洞里正在疯狂喷射射线流，日冕洞边缘裂痕不断加深。

金星的天气开始剧变。整个云层中都在闪耀着诡异的蓝黑色光芒。磁力卫星系统和镜面防护系统失去作用之后，强烈的射线毫无阻挡地穿过大气，破坏臭氧层。

金星的地表设施，能够进入地下城的已经在最后关头进入，来不及撤走的全部被放弃。

机械天堂排在撤退顺序的最后一位。因为它还在控制天空和地表那些尚未损毁的攻击装置，对即将到达的太阳碎片进行最后的拦截。

巨大的机械天堂开始从空中下降，这个面积超过十平方公里的超级机械天体，正保持着合适的姿态和小心翼翼的速度，一点点向地面接近。

降落过程中，机械天堂在半空中不断变换形状。外围边缘的飞翼，一块块脱落下来，它们有的坠向地面，更多的是在半空中重新组装成为一架架飞舰，飞向更高的空中。这些飞舰全部飞往外太空，向着袭来的太阳碎片物质迎头而去。它们在发射了舰体装载的全部导弹之后，会自动选择自身附近体积最大的碎片物质，进行一次粉身碎骨的撞击。

完成这道最后的防御后，机械天堂开始大规模结构重组。巨大的机械天堂，在坠入近地大气层之后，逐渐变为一个直径大概有五百米的巨型圆盘。这个圆盘内部包含的是整个机械天堂的核心动力部分：熔炉。与地面的垂直距离接近三千米时，飞速下降的机械天堂开始减速，它的底部喷射出大量气流，把地面吹得砂石四溅。

在机械天堂降落方向的正下方，是库卡山。那是金星的最雄伟的山脉，最高处超过二十千米。

此刻，在库卡山里一个四面环山的盆地上，一块超过五平方公里的地面，正在慢慢地向两侧裂开，露出一个圆形的巨大缺口。这是"竖井"的入口。

"竖井"深十公里，环形的井口边缘有着亮银色的金属光泽。这块盆地下面，整个山体内部早就被系统改造了。在地下十公里深处，机械天堂的动力核心熔炉会接通睡梦城的能量网络，成为这将运行百万年的世界最重要的能量来源。

圆形缺口打开，"竖井"中缓缓升起一个平台，平台上有四根金属支柱，向天耸立。

天上，已经转变为圆盘状的机械天堂向着山体缺口方向继续下落，速度变得愈发缓慢。圆盘状的机械天堂下方伸出四根套管，用作与平台的四根接应支柱互相嵌合。

机械天堂越来越接近山体的圆形缺口，两千米、一千五百米、一千米……

海边，滔天巨浪已经掀起。

虽然日冕抛射物质还没有着陆，但是金星的大气层已经受到剧烈扰动，狂风和海啸已经开始了。极具威力的劲风比龙卷风强过百倍，平静的海洋骤然掀起滔天巨浪。

机人们待在已经完全封闭的机械天堂内，隔着舷窗抬头看着这万里碧空，倒吸了一口冷气。

这不是他以前看到过的那种天空，现在的天空蓝得发黑，似乎纯净到极点。没有任何云彩的天空中诡异地出现了闪电，长长的紫色电弧在蓝黑色的天空中出现得越来越密集，雷声震耳欲聋。那是射线开始电离大气层，那是真正的雷神正在头顶炸响巨雷，仿佛要把世界炸得分崩离析。空气中开始充满静电，所有的金属物质都噼噼啪啪地冒出电火花。

第二十二章 天堂的降落

圆盘状的机械天堂距离山体缺口越来越近了，现在只有四五百米了。它底部的四根套管在小心地矫正角度，对准降落平台的四根嵌套支柱。

这个时候，第一波穿越大气层的抛射物质终于到来了。

在穿越大气层时，体积巨大的抛射物部分因燃烧碎裂，也有部分被机械天堂的防御飞船或者地面预设的防御导弹击中，变成一个个小碎块。

然而，这些从太阳上掉落下来小小碎屑，即使被多次撞击、粉碎，对金星来说还是太大了，它们夹杂着惊天动地的气流和音爆声轰击到星球表面。

轰！轰！轰！整个世界笼罩在密集的天火流星下。

几块碎裂物撞到了库卡山表面，天地间爆发出巨响，几座山峰首先倒塌下来，陨石和碎裂山石四散飞溅。

盆地四周的山峰被四处崩散的碎石击中，一块十几吨重的巨石从山头上滚落下来，砸中了深井中升起的平台，一根金属支柱被砸歪了。

本来快要落上平台的机械天堂，因这根倾斜的支柱，只能重新盘旋着升起来。

"得去扶正那根柱子！"洛维不知道自己是怎么喊出这句话的。他在主观意识还没有连接躯体的时候，就已经跳出了机械天堂的密封舱。战败的机人们被安置在机械天堂的一个独立密封舱里，但并没有人管束他们。到了这个时候，也确实没有必要谁来管束谁了。

洛维距离地面有二三百米，落地时巨大的冲击力并没有让洛维受伤，大概是因为躯体改造材料确实不错。

洛维落在了"竖井"平台上，飞奔到那倾斜的柱子下面，开始从倾斜的一侧狠命地推。可是一根高五十米的金属柱，无论洛维怎么用力，铁柱都纹丝不动。洛维绝望地高喊着用力，尽管他把身体内的最后一丝力量都挤了出来，但还是没有用。

这时候洛维身后传来很多落地的撞击声，平台上忽然又落下很多人，赫哲和二百多个机人都跳到了平台上。他们和洛维一起狠命地推。所有机人同时发出的推力很可怕，这让处在队列最前面的洛维觉得自己的金属骨骼都要断裂了。

这个时候,天上落下来的日冕物质越来越多,整个星球仿佛都被剧烈的轰击震得抖动起来。四周狂风大起,越来越多的石块落入了缺口,也有不少石块击中了悬浮在上面的机械天堂。那个大家伙在缺口上方摇摇晃晃,好像随时会掉下来。

机人们顾不上这些了,只是狠命地推那根圆柱。一点点地、一点点地,柱体终于完全恢复了竖直。

洛维刚刚松了一口气,还没来得及高兴,耳边就传来一声剧烈的爆响。伴随着一阵金属弯曲、折断的刺耳声音,另外一根支柱被完全砸断了。一块小山般巨大的岩石从天而降,支柱在从天而降的巨石面前,仿佛一根火柴那么脆弱。

和支柱相撞的岩石四散碎裂,巨大的撞击冲击波把众人撞得东倒西歪,有的人像是被击中的垒球一样飞了出去。一块篮球大小的碎石击中了洛维,他直接跌出了升降平台,落入了"竖井"。

平台和"竖井"之间有着几米的间隙,下落中的洛维用双手狠命地插向四周的墙壁。墙壁呲呲冒出火星,洛维的手根本插不进全金属材质且异常坚硬的墙壁,只是在井壁上摩擦出剧烈的火花。

终于,在下落几十米后,洛维抠住了一处焊接缝隙。

脚下的空间一片漆黑,深不见底。洛维开始想办法向上爬。

他发现每隔几米就有一处焊接缝隙,只有那一点点地方可以供他借力。洛维开始庆幸自己被改造成了机人。靠着变换身形,死抠焊接缝,他一点点爬回降落平台。

四周光线暗淡,巨大的气流差点将他刮回间隙,他咬紧牙关,艰难地稳定身形后,才能抬起头观察四周。

那一幕让洛维呆住了。

赫哲正指挥平台上的机人做变形组合。他们都在变形,四肢变成能连接彼此的锁定杆,躯干连接,互相堆叠在一起。

半分钟都不到,这些机人组成了一根五十米的柱体,立在被砸断的那根柱子的位置。

赫哲处在柱体的最顶端,他仰天发出怒吼:

"降落!马上!"

第二十二章 天堂的降落

被巨大的气流压制，洛维行动迟缓，他吃惊地看着眼前的机人柱。这些人不久前还不惜和云帆生死相搏，以夺取机械天堂去寻找别的避难所，现在则愿意为了机械天堂的顺利降落化身为柱。这难道就是机人的绝对冷静和绝对理性？

机械天堂的控制室里显然看到了这一切，操控者没有丝毫犹豫，迅速操纵天上那个巨型的圆盘状飞行器落下来。机械天堂底部的套管开始喷火。纯蓝色的火焰不知道有几千摄氏度，它们将把机械天堂牢牢地焊接在降落平台的四根柱体上。

"走！"脑海里这个念头再次快于洛维的反应，让他的躯体做出一个弹跳，从平台跃到缺口旁的地面上，然后开始飞奔。洛维从不知自己的躯体有如此强悍，他觉得自己简直就是在飞。转瞬间他就离开了盆地区域。

洛维回过头，看见飞船底部喷出的热焰已经笼罩了四根嵌套柱体，包括那根由二百多个机人组成的金刚柱。那两百多个机人在烈焰下只剩金属骨骼，然后金属骨骼熔化，互相融合，变成了一根真正的金属圆柱，向天竖立。

那根柱子里面，没有人发出任何声音。

蓝色的尾焰终止了喷射，机械天堂终于和四根圆柱密合了，平台开始下降。

传动系统转动齿轮，发出轻微的咔咔声，巨型的金属城堡一点点没入"竖井"，十米、二十米、三十米……城堡的顶部只剩最后一点点就可以全部进入"竖井"了。

但这最后几米，却卡住了圆盘状的机械天堂。空中飞来的无数山石中，有一块击中了"竖井"的边缘，被击中的部分明显变形了，原本光滑的曲面上产生了一个不规则的凸起，这凸起卡住了机械天堂。

"完了。"洛维站在山腰处绝望地看着。

现在还有什么办法呢？

如果机械天堂落不下去，不仅仅是睡梦城会缺少核心的能量源，更糟糕的是，这个地方会成为一个无法封闭的通道，让睡梦城暴露在即将到来的火焰、风暴、海水中，用不了多久睡梦城就会被彻底损毁。

这时候，机械天堂忽然开始抖动，它被"竖井"边缘卡住的那一部分脱离了圆盘整体，从平台上慢慢升了起来。那一小块变形结构的底部喷着尾焰，摇摇晃晃升入空中。

卡住的东西没有了！机械天堂终于和降落平台一起，顺着"竖井"滑下去。那个入口开始慢慢闭合。

洛维站在山腰处呆呆地看着这一切。

从圆盘上分离出来的那一小块飞行器，在飞到洛维头顶上的时候忽然停下来，下降到二三十米的高度，并降下绳索。洛维耳边的呼叫器传来云帆的喊声："上来！快点！"

洛维立刻拽紧绳子，然后被拉进舱门。进入飞行器后，他冲进中控室，看到云帆独自一人在那里操控着飞行系统。

"您得赶快下去！"洛维喊道，这是他脑子里的第一个念头。

这位金星人类的领袖，为了把这块碍事的圆盘部件从整体上拆卸下来，可能失去进入地下避难所的机会。

云帆没有回答洛维，她一直死死地盯着下面那个"竖井"的入口。

入口已经密合，她还在担心什么？

"'竖井'关闭后，应该还有一次自毁程序，用来炸掉四周的山峰，彻底掩埋入口。没有这种外部的物理掩埋，'竖井'还是不安全。"她急速地对洛维说，"刚才的山体落石已经把自毁系统撞坏了。我必须下去。"

她看着洛维，眼睛里忽然闪现出一丝悲伤，但那只是一瞬间，"待会儿，等我一跳出这个飞行器，它就会立即拉高飞走。我们都没有机会进入睡梦城了，但你还有一个逃命的机会。这个从机械天堂上分离出来的飞行器有独立的动力源，而且没受什么损伤。如果你能逃过日冕物质轰击，就驾驶这个飞行器自己逃命去吧。"

说完她就在控制屏幕上迅速按了几下，然后跳出了飞行器。

"如果你能见到罗素，告诉他我最后的结局！"这是她在半空中喊出来的一句话。

"不！等一下！"洛维还没来得及说完，飞行器已经开始上升。

第二十二章 天堂的降落

洛维从舷窗上看着云帆跳到了入口边缘处。在那里，她拼命扒开碎石，很快扒出一个口子，摸索开关。她顿了一下，然后狠命向后一拉。很快，盆地周围的山体中发生了剧烈的爆炸，四面的山峰都向盆地倾倒，沙石漫天飞扬。那个入口和云帆一起，将被永远地埋在数百亿吨的碎石之下。

在这个急剧升高的飞行器里，洛维觉得自己的脑子里一片空白，他呆愣地坐在控制室里看着外面的天空。

远处的天空中，一颗明亮夺目的光团正在迅速接近，那应该是这次日冕抛射物的主体。

最大块的日冕物质，才刚刚来临。

这块对于太阳来说不过是小碎块的物质，对于这个星球来说却是可怕的、从天而降的巨无霸。日冕物质因为和大气层摩擦带来的极高温度，变得极其明亮，亮度在一瞬间甚至超过太阳。

洛维立马启动飞行器的自动驾驶系统，飞行器迅速做着躲闪的动作。他得躲开这块巨型物质，相撞带来的冲击不是这个小小的飞行器所能够承受的。

日冕抛射物主体在接近金星的时候，前进速度甚至可以比拟太阳风的速度。它携带着毁天灭地、无可匹敌的力量和威势从天而降。洛维的世界忽然变得一片雪亮。忽然出现的强光让人无法直视，他不由得闭上了眼睛。

没有活人经历过日冕物质撞击星球，也没有人会亲眼见到这一幕。

驾驶舱里，洛维浑身战栗。当他调整好情绪，眼睛再次睁开时，被眼前的一幕惊呆了。

金星上，抛射物完全爆开，留下了一个直径超过三百公里的巨大坑洞。一瞬间，树木摧折、山海崩溃。

冲击波引发了上千米高的海啸，大面积陆地瞬间变成了狂啸的海洋……

大地震爆发了，几十千米高的库卡山飞速地倒塌，那塌下来的部分很快沉没于海洋。

洛维从未见过这毁天灭地的可怕场景。

飞行器仿佛风暴中的小小雨燕，被风暴裹挟着。终于，它找到机会，开始迅速拉起高度。

地面的一切在洛维眼中变得越来越小，当升到几十公里的高空后，他只能看到那个熟悉的星球被剧烈旋转的黑色云团包围。

那些巨型的云团翻滚着、旋转着，还夹杂着令人心悸的紫色闪电。

暗黑地狱中的恶鬼张开了血盆大口，吞没了天地。

第二十三章　漫长的飞行和洛维的信

黑暗寂寥的宇宙中，一个小小的飞行器在孤独地飞行。

孤独的宇宙旅行中，黑暗从四面八方向洛维压来，无尽的思绪在他脑海中回荡。宇宙的起源、文明的起源、政治和战争……一切都搅和在一起，组合成一种难以言状的沧桑感，让他更加清晰地意识到自身的渺小和脆弱。

寂寞、空虚、无助的情绪逐渐笼罩了他。

为了让自己能保持理智而不至于崩溃，洛维决定像罗素一样写信。他要写给沙小猫，并且朝着金星的方向发送过去，虽然他知道她根本收不到。

小猫：

你还好吗？

现在我正驾驶一个飞行器，飘荡在距离你很远的地方。这里有两个座位，一个是我的，另一个也是我的。

我每天看着这空旷无边的宇宙，觉得这一切必定是某位伟大的神制造的。我觉得神正在看着我，或许他会大发慈悲，把我此时的心事转达给你。

抱歉，我没能遵守承诺，进入睡梦世界去找你。你睡着之后发生了很多事，有些事情我无法控制。那天机械天堂要降落到地下城的时候，正好赶上日冕物质喷射，我遇到了一系列意外，最终导致我在宇宙中飘荡。

现在是你们沉睡后的第六年，我的飞行器正在去往太阳系边缘的路上。之所以要去往太阳系边缘，是因为罗素先生正在向着那里进发，所以我也要去。我太想有伙伴了。

睡梦城已经关闭，金星我已经回不去了。

这广袤无际的宇宙中空空荡荡，太寂寞了。我很孤独。

我隔着舷窗，看着外面的黑暗的太空。远处偶尔闪过的亮星，仿佛在眨着眼嘲笑我。笑我逃离人间而去，却不知道要去往哪里。

无数的远方、无数的人们，都和我有关。

无数的远方、无数的人们，都和我无关。

如果我不曾在命运中挣扎，一直甘心地待在地下城，不去看外面的天空，那我应该早已安静地在睡梦城"沉眠"了吧。沉溺于那美好的虚拟世界，获得麻醉和安慰。这会不会是更好的命运？

我无数次从舷窗里回看正在远离的金星。它在我的视线里已经化成了一个光点，最后完全消失。

我知道我回不去了。

我耳边一直回响着云帆城主留给我的最后嘱托："逃命去吧。""如果你能见到罗素，告诉他我的结局。"

飞行器的通讯录里，有云帆和罗素来往的全部信件。我来来回回看了几十遍。我明白了他们之间的所有纠葛，明白了这个星球这几百年的纠葛。原来，原人和机人之间，有这么多的纠葛。

我现在定期进入飞行器中的睡眠系统，然后再定期醒过来。

开始的时候，我觉得睡眠是一种煎熬。因为我总是做同样的梦。梦到"竖井"那连通地下城的巨大金属闸门关上，梦到云帆城主炸毁群山掩埋入口，梦到地下睡梦世界和外界的永久隔离。

后来，我觉得醒着才是煎熬。每次醒过来，我能看到的，只有舷窗外无尽的暗黑星空。

第二十三章 漫长的飞行和洛维的信

我一遍又一遍地看飞行器最后录下的金星影像。

监控仪记录的只有烈火、狂风、海啸……

无数火山在喷发，一道道黑烟直达天际，暴雨不停地落下来，被冲落的火山灰给地面裹上一层厚厚的黑泥，那黑泥又很快被高温烤干，化成灰土随着狂风飘散在空气中。

大雨如注，但我知道暴雨维持不了多少年。大气层被彻底摧毁之后，所有的地表水分都会逐渐逃逸，金星的海洋迟早会干涸。

到时候又该怎么办呢？

洛维

小猫：

今天我已经接近了柯伊伯带。

教科书上说，柯伊伯带是一个晦暗阴冷的遥远地带，这里有数以百万计的冰冷的小天体、岩石块或者冰块什么的。但意外的是，我在这里没看到什么岩石带，却发现了一颗新的星球。

我并不是看到它了，是我的飞行器受到了强烈的引力干扰，我才意识到这颗星球的存在。

这很奇怪。

我查找了资料库，在这个位置，没有任何文献记录有大质量天体的存在。而且我居然还没看见它！这是个未知的新家伙！

我决定把它命名为"X星。"

洛维

小猫：

我决定朝着 X 星飞过去。

飞行器的 AI 已经计算出了 X 星的重量和距离，离我不远，可是我依然没法看到它！它没有出现在飞船的监控画面或者任何远程拍摄图像上。AI 也解释不了这是为什么。

这很反常,按引力强度来说,在这个距离上理应能够看到它。这家伙难道不反射任何光线吗?

这真是很奇怪。它的特性让我想起了黑洞或者暗物质之类的东西。太阳系边缘怎么会有这样的天体存在呢?

洛维

小猫:

我小心翼翼地绕着X星引力轨道的切线方向飞行,终于在今天看到它了。X星,它真的存在。

我的天,它的外形是如此的奇特,近距离观察它的时候,我都惊呆了。

这是一个表面完全呈现黑色的星体,具备吸收光线的能力。正因为它吸收了大部分波段的照射光线,所以我在远处根本看不到它。

我下定决心去看看。飞行器一点点克服引力,小心地保持着平衡,在一点点地接近X星。

洛维

小猫:

我今天进入它的轨道了,距离它的表面大概只有几百公里。我派出了唯一一架无人飞行器,它传回的近距离拍摄画面让我吃了一惊。

X星太特殊了,我怀疑这家伙不是自然形成的。

X星的形状是一个高度规则的几何形状——不是我们常见的那种球状或者椭圆的星体,那是一个截角二十面体!当我看到它那平直的边缘,我真是惊讶得合不拢嘴!

X星除了令人惊讶的多面体外形,它还有一个根本无法解释的、特殊的赤道脊。这个赤道脊长度大概有三千公里,宽度为三十公里,高度达十五公里,明显高出周围的平原。

从地质学角度讲,如果隆起的赤道是自然形成的山体,

第二十三章　漫长的飞行和洛维的信

那肯定会有中断之类的山体，不可能一直连续。X星的赤道脊，却没有一点中断，而且从头到尾一样高，一样宽，就像是某种铸造结构，像是从天而降的天工铁匠，给这个星球打造了一条巨大的金属腰带。

这种赤道凸出的地形，使得X星的外形像是一个巨大的铁核桃，一个悬在太空中的铁核桃。

小猫，我现在肯定，这家伙绝非自然形成的。

是的，我敢肯定。

洛维

小猫：

派出的无人飞行器在传回拍摄画面后和我再无联系。

AI系统建议立刻掉头飞走，不要再靠近它。它认为继续接近X星是危险的。

但我还是决定不走。

我这样的宇宙漂泊者，无所谓哪里有危险吧。

我向它发射电磁信号，表明我没有恶意。我并不害怕；相反，我有点兴奋。我盼着那里真的有什么新东西，有希望存在。

洛维

小猫：

今天是发射信号的第三天，我没有收到任何回复。但是奇怪的事情发生了，X星的赤道脊上发出了强烈的电磁信号。这些信号杂乱无章，舰载AI无法破译，也不认为其中有什么具体信息。X星像一架宇宙信号机，就只是在单纯地干扰我的飞行器。

我觉得，它是想用这些信号吸引我过去。

看着那个黑乎乎的大家伙，我开始有点犹豫和害怕。

那里会有什么未知的东西呢？

我知道人类对太阳系边缘存在一颗未知行星早有猜测。

在太阳系中，几乎所有天体的轨道都处在同一平面，因而整个太阳系呈薄饼状。海王星的轨道外，在那些由冰质和岩质天体构成的柯伊伯带中，存在一些小型天体形成的神秘集群。这些天体似乎受到了某种神秘未知力量的影响，轨道极度狭长且有30度的倾角。科学家们早就怀疑附近存在一颗质量巨大的未知行星，所以才会使那些天体的轨道平面都呈现出类似的倾斜。若没有外力作用，这几乎不可能实现。

我觉得，出现在我面前的，就是这颗人类猜测了很久的未知行星。是的，现在我看见了，在太阳系边缘的这个黑暗角落里，真的有这么一颗大质量行星，它扭曲了附近天体的轨道。可是，它为什么是这副怪样子？看上去是被什么人放在这里似的？

X星的突然出现，牢牢吸引了我。我难以抵抗这种吸引的魔力，我决定向它飞过去。

我的飞行器开始减速，我得让自己成为X星的一个新卫星，在它的一条椭圆轨道上反复运行，再次从近距离观察它。

假如它是一个人造天体的话，其中一定有其他智慧生命。我开始发射各种语言、各种序列的电磁信号、无线电波、最简单的数字信号，使用不同频率的紫外线、红外线、X光等不同光束。

但X星没有任何回答，它好像对我无话可说。

距离越来越近了，看着眼前的X星越来越大，我不禁有一种被压迫的感觉。空中那个黑色的大家伙仿佛泰山一般压过来。我后悔了，想离开，然而飞行器似乎抵抗不了这引力了。我还在继续接近它。在更近的距离上，我又有一个新发现。这颗黑暗之星的背景里面，有一个明显的光点出现了，它的出现使X星仿佛是一只巨大的、空洞的眼睛。X星正"瞪"着我。

为什么整个黑暗的星球里，会有一个地方在发光？

第二十三章 漫长的飞行和洛维的信

飞行器离那个星球只有几十公里远了,我已经开始考虑要降落到哪里。那个发光点成了我的首选目标。

我有点期盼。毕竟我不是在探险,我是在流亡。我已经丧失了我的家园。如果此时眼前出现的是一个能够接收我的文明,那我该有多幸运。

那个光点后面会有智慧生命吗?

我向着那个光点飞去,光点的位置就在赤道脊上。飞行器的推进器在呼啸,我降低速度,小心地接近这个星球。这时的X星耸立在前方,显得硕大无比,就像一只宇宙大锤要砸在我小小的飞行器上。距离越来越近,眼前的视界已经变化,此时我已经看不到整个星球,X星已从一个天体变成一片黑黝黝的地面。

我的飞行器已经接近地表,黑色的地面看起来像是烧焦的木炭,但我觉得那是金属。我从未见过整体由金属构成的星球。如果真是金属星球,难怪体积并不大,却产生了这么明显的吸引力。

我朝着那个赤道上的光点慢慢接近,那里确实有个什么东西,它已经出现在视野里,它看起来像个建筑物。

我的天,那居然是个巨大的金字塔!

飞行器的动力系统忽然开始报警,我迅速进行了检查,燃料没有问题,电路没有问题,控制系统没有问题……一切都没有问题,但动力系统就是停止工作了!

飞船正朝着那个金字塔跌落!

越来越近!

只有五百米了!

我还在坠落!动力系统还是没有恢复!

天!那金字塔的顶部裂开了,出现一个巨大的井口,我要掉进去了!

…………

第二十四章 深井

洛维不知道自己在黑洞般的深井中坠落了多久。这个黑洞深井仿佛没有底部，他一直在高速下坠。

在落进这个深井的那一瞬间，飞行器就已解体成无数碎块。暴露在外的洛维，像一块落石，独自下坠。不断下坠中，四周有一种无名的力量在撕扯洛维的身体。他的身体开始抵抗这种撕扯。

他的脑卡开始前所未有地高速运转起来，疯狂运转的脑卡带动整个身体的体循环、电循环进行超高速节律运作。那股力量不停地撕扯洛维，脑卡不停地加速，他不知道还能承受多少加速，大脑运行频率好像接近了某种极限。

在某一瞬间，洛维的脑神经终于承受不了不断提高的频率。

砰！

神经们好像全部绷断了。他终于无法抵抗，被那力量撕得崩溃了。但奇怪的是，他并不是碎成四分五裂的肉块，而是正在破碎成尘埃，或者说，变成一种极细微的颗粒态。他看到身体碎成各种微粒，分子、原子……这些细微粒子在流动、在发光、在飞舞，不停地飞离他的身体，又不停地飞回他的身体。他仿佛变成了一堆细沙组成的雕塑。

成为微粒的瞬间，洛维失去了一切念头，呼吸、心跳、任何机体循环、血液流动都不再发生。每一个细胞都失去了念头。就像是波涛汹涌的海水忽然归于万里无波的至清至静状态。他的脑海中出现了一片无尽的黑暗空间。

第二十四章 深井

无尽的黑暗中，一切都是静止的。

洛维那粒子化的身体在黑暗中停留了很久，然后四周再次亮起来了。

幽暗的深井忽然变得光彩夺目。洛维看到周围的景象变成缠绕的波动，他看到有无数的星辰出现在四周，散发着诡异的光。这些光五颜六色、各不相同，不断地扭曲着流动着，仿佛无数旋涡交织在一起，又好像绚烂的极光从天际倾洒下来。

这时候他的身体再次发生变化，不再是一个个细微的粒子，而是变成了一丝丝缠绕的波动。这些波动和四周那些波动没有任何区别。

他忽然明白自己在哪里了。

宇宙万物的本质都是一种细微的波动。各种微观粒子，无论是电子、光子，还是中微子、夸克，本质上都是由一小段的不停抖动的能量波动。他刚才从肉身回到了粒子态，然后又回到了波动态。如果说人的降生，是一种波动态的塌缩和实质化，那刚才洛维所经历的，正是这一切的逆向。

他重新回归了，回归了自己。

洛维的脑卡，居然带领他穿越了三个状态世界，却没有彻底崩溃。他居然还能思考。他的头脑重新变得清醒，在继续下坠的过程中，他看到四周那些波动开始变成一个个红蓝色线条组成的几何方格图形，图形上的每个线条里，都有移动着的小光点，快得使人眼花缭乱。他想看清那是什么，于是心里想，可不可以慢一点？然后光点的移动就慢了下来。

深井中出现了无穷的画面。那是一个个世界、一个个生命生活的画面。

洛维看到了整个宇宙。所有星球中的所有生命，都向洛维涌过来。他看到了每个星球上的每一个生命的细微生长。

一瞬间，巨大的光芒笼罩了洛维，大量的信息涌入他的脑海。他的大脑中那数以十亿计的神经元，以及和每个神经元相连的数千神经突触都活跃起来。整个宇宙在他脑海中变成一张巨网，一张由无数细微方格彼此连接相扣形成的巨网。在这张巨网上，那些彼此远离、毫无关系的存在,其实都被看不见的、环环相扣的因果,互相缠绕牵引着。

根本没有什么是真正独立存在的。

当一切都变得如此清晰之后,洛维忽然感觉到自己的身体变得无比巨大。他俯下身,清楚地看到了整个太阳系的运行历程。他宛如一个造物主,注视着太阳表面那无尽的光和热量、看到水星表面那岩壁陡峭的 Caloris 盆地、看到火星地表上高二十四千米的奥林匹斯山,还有木星和土星那五彩斑斓的光环带。他看到了无数生命处于无数循环之中,在各个星球上不断生灭。他们兴起、灭亡、再兴起、再灭亡,重复着一个个循环。

洛维开始在这巨大的宇宙图景中寻找自己。他很快就找到了。时间开始倒流,他重又经历了自己的过去。

洛维看到在最后时刻,云帆站在金星的大火中,烈火把她吞没。

洛维看到沙小猫站在睡梦舱前。

洛维看到少年的自己为了躲避太阳之火在地下生活。

洛维看到自己出生了,正躺在母亲的臂弯中。

洛维的经历,好像一盘磁带,正以越来越快的速度被倒着重放一遍。时间在沿着一条长廊倒退回去,他重新度过一世世已经遗忘的岁月,回到了所有的过往。他看到了自己经历的上一个生命循环,以及无数次的生命循环。

他明白了,这里是一切的起源之地,洛维、所有人、宇宙,都从这里被投射出去,被缠绕在所有投射信息中。

这是信息转化为物质之地,也是物质转化为信息之地。这里像个大仓库,含藏每个生命生生世世的种种作为、种种意念,没有任何一个生命可以例外。没有生命会真的死去。生命只是在这里被收回,信息重新归仓,从物质态返回粒子态,再返回波动态,等待下一次的信息读取。那是新的轮回。

在这金字塔内的深井中,洛维经历了极其漫长的坠落。

直到有一天,洛维终于落到了底部。

那底部,居然是个大湖。

在他落入湖水的一瞬间,他忽然觉得无比宁静。这段漫长的征途，终于结束了。

　　湖水似乎有极大的浮力，洛维刚落入湖中就被托起。他极目四顾，眼前都是一片蓝茫茫的湖水，漫无边际、深不见底。这时候，洛维耳边忽然出现一个声音。他先是吓了一跳，但分辨出那是人类的声音之后，就立刻满怀欣喜地看了过去。

　　远处的湖面上，居然有一条孤零零的小船。小船上坐着一个身披蓑衣、头戴斗笠的渔翁。他手里有一根长长的鱼竿。湖面上没有风，垂入湖水中的鱼线纹丝不动。

　　洛维看到他抚弄着白胡子，欢喜地喟叹："这么久了，总算有新人来了啊！"

第二十五章　生死之间

洛维还是没有完全明了目前的自己算一种什么状态。他在开始时猜测自己是不是已经死了。他怀疑在黑暗深井中经历的一切，算是某种类型的死亡过程。后来他发现不是。因为亡者理应忘记所有的过往，拥有一个全新的开始。而他，却一直清晰地记得从前。看上去关于他的一切依然在继续，只是换了个环境而已。

洛维找不到湖岸，只能漂荡在湖面上，四处寻找落入湖中时见过的老渔翁。但无论洛维顺着湖水向哪个方向漂流，都找不到对方，他甚至连一条鱼都没有看到。

这样孤独地过了几天之后，洛维开始大喊大叫，他盼望周围能出现其他活物。看到其他生命可以使洛维产生一种真实的存在感，他想要证明自己还活着。

然后，那个老渔翁终于出现了。他的小船慢慢悠悠地晃过来，沙哑的嗓子里还在哼唱一首词：

"朔风吹柳絮，万里雾迷离，
　望长空恰似玉龙斗太虚，白茫茫粉饰山河瑞景奇。
　打鱼人归来报说梅花老，
　勾惹起白头翁，
　欲踏琼瑶寻径去。
　唤童儿收拾那斗笠狐裘，备上我的驴。
　备上我的驴，把柴扉出离。

第二十五章 生死之间

说秋风也,感叹流光日月速,
想春时,千树桃花与翠柳,
到夏来,万朵红莲衬叶蒲,
这今时,秋风一起寒催暑,
把以往的浮言尽皆无。

叹人生,皆自悟,
朝夕在征途,
只落得白发盈头,形如槁木。"[①]

"时间到了。"小船驶到洛维近前,他一张口便开始催促,"年轻人,你得继续向前走了,不能一直停留在这里。"

"这……这是哪里?你是谁?"经历这么多变故之后,再次看到一个和自己外貌类似的生物,洛维激动得说话都有点结巴,"这是冥王星吗?哦,不对,应该不是。这到底是哪里?"

"这个地方,哦,恐怕不适合用星球的概念来理解。"渔翁摸着山羊胡子,看上去高深莫测,"至于是哪里,你没有权限知道。总之,你不能久留,必须离开。"

"我是坐飞行器来的。你应该看见了。"渔翁的回答让洛维如坠云雾里,"我的星球已经回不去了!飞行器也没有了!我没处可去!我走不了了!你行行好,收留我吧!"

"每个人都是坐飞行器来的。每个人都有麻烦。这些我都知道。"渔翁皱着眉头思索了一会儿,大概是认定洛维无法理解这件事,索性不再解释,"但你还是不能留在这里。"

他示意洛维上他的小船。洛维爬了上去,毕竟不能一直漂在湖里。

"你要带我去哪里?"小船开始在湖里移动,洛维满心疑惑,用哀求的语气说,"你总得告诉我一点什么吧?"

"想要知道去哪里,得先知道这是哪里。"渔翁似乎满意于洛维的语气,也或许是觉得他有点可怜,于是开始慢悠悠地解释,"你从

[①] 改编自《踏雪寻梅·朔风吹柳絮》单弦岔曲《风雨归舟》唱词。

上面坠下来的时候,你觉得你是死了,还是活着?"

"我……不知道。"洛维确实不知道。他没法回答。

"那么你现在是生是死?"渔翁又问。

"我……也不知道。"

"现在的你就像处于生死之间。这个地方,就好比阴阳交界之地。"渔翁尽量在用洛维可以理解的方式表达,"来这之前的你,类似于死掉了,而你将要去的地方,是新生命的开始。我说你不可以停留在这里,是因为没有人能一直停在生死之间,所以你得继续前进。"

"生与死之间……"洛维忽然觉得知道这是什么地方了。

这一方水面上没有见到任何其他活物,水汽弥漫、阴森恐怖,难道是……"我听说过。黄泉路、奈何桥,都是这样的地方。那么你是奈何桥边的渡夫?待会儿是不是要给我一碗孟婆汤,让我忘记从前?"

"什么桥啊路啊汤啊,你从哪里听来的?"渔翁摇着船橹,诧异地回头看了洛维一眼,"我不是开饭馆的,没什么汤给你。你要从科技的角度理解万事万物。所有现象,都由某种规律、某个公式在控制。生物进化是指对规律有更深刻的理解,最终能摆脱规律控制。不能摆脱的时候,就老老实实接受,但接受也不意味着坠入那些唯心论的传说。"

"科技里面,可没有描述过'生死之间'。"洛维逐渐恢复了冷静,从蒙昧哀伤的宿命感中挣脱出来,"这种状态我无法理解。"

"那是你接触的科技没有描述过而已。"渔翁的语速很慢,大概是担忧洛维的理解能力和理解速度,"想想你落入深井时的经历,大部分人会在深井中直接堕入下一个信息循环,旧日记忆会因为进入新的循环而彻底消失,就像是一段数据被完全覆盖。他们不会落入底部,进入这里。像你这样的,一直落到底部的,很特殊。你们这种人,不管经历多少次信息轮回,都很难忘记从前。"

"那是什么地方?"洛维试探着问,"那很像是一个黑洞?我来的时候,被吸入其中坠落。洞里有很强大的引力,我觉得我已经解体了,但我依然能够思考。我看到了很多,很多世界、很多人,在我眼前、在很短的时间内,像影视中的镜头快放一样一遍遍演播,迅速变换。那是一个黑洞,我猜得对吗?"

"你对黑洞了解多少?"渔翁看着洛维,表情变得非常认真。

"我……只是听说过而已。"对这个问题洛维所知很少。

如果是真的,难道一个人可以一直下落到黑洞的底部?

据说,黑洞中的时间体系和外部的人所经历的时间体系不同。对外面的人来说,洛维的下坠速度是越来越慢的,慢到宇宙毁灭了他还没有坠落到底部的奇点。对洛维来说,他会看到外部的一切信号都在加速,也就是说,外面的时间过得越来越快。

他下坠了多久?外面的世界又过了多久?

"从力场的角度理解的话,你把那里想象为一个黑洞,勉强也可以。"渔翁眯起眼睛摸着他的山羊胡子,"在那里面,你的时间过得很慢,你度过一秒,外面可能会度过一年。在你的视界中,那就跟看到了未来一样。这是引力引起的时间膨胀效应。不过那里不是真的黑洞结构。坠入黑洞的生命可以说是永生,也可以说是永世不得超生。因为你发出的任何信号都将被无限延迟,你无法再与外界沟通。深井的结构并不像黑洞那么简单。你可以进行类比,说它们的结构有类似之处,但把二者完全等同是不对的。"

"还有,你说我的大脑和别人的不同,很难忘记过去。这是怎么回事?"洛维更想弄明白他说的信息覆盖到底是怎么回事。毕竟这事关自己,也似乎是整件事的核心。

"原因只有你自己知道,进化发生在你自己身上,想想你以前经历过什么。"渔翁耸耸肩回答道。

我的经历?我经历了什么?

洛维想起来,自己确实经历过很多大脑改造,但哪一次是与众不同的呢?

"到了。"小船在洛维没有注意到的时候停下来,靠到了岸边,渔翁下了船,背着手走在前面。

洛维跟在渔翁后面,岸上全是黑色的鹅卵石,踩上去把脚掌硌得生疼。空气中弥漫的是一种灰色的薄雾,眼睛能看到的范围只有十几米。

洛维走了半刻钟之后，看见前面那迷雾般的空间中，忽然出现两个悬浮在半空的巨大旋涡，一个是黑色的，另一个则是白色的，都在不停旋转。当洛维盯着它们看的时候，他产生一种幻觉，仿佛自己随时都会被吸进这个旋涡中。

"这里有两个出口，随便选一个，然后走吧。"渔翁回头看着洛维，指了指那两个悬浮的旋涡。

"它们后面是什么？"洛维祈求地看着渔翁，希望他能给一个指示。

"过往和未来。"渔翁道，"白色的是过往之门，黑色的是未来之门。"

"过往？未来？"洛维问他"什么样的过往？什么样的未来？"

"这我不知道。"渔翁摇摇头，"我没有去过门后。我能告诉你的是，你并不是第一个来到这里的人。前面那些人，如果对于过往有牵挂，往往会选择白色的过往之门；那些想斩断往事的人，会毫不犹豫地选择未来，黑色之门。"

看着洛维期盼的眼神，他又补充了一句："不要什么都问我。我不是这里的创造者，我在这儿只算是个办事员，或者说是这一方水面的管家，仅此而已。所以我所知有限，确实无法解答你的全部疑惑。"

洛维走到了那个巨大的白色边，小心地伸出手，去触摸那里的波纹，但没有任何感觉。

"如果我选择过往，会重新回到我的星球？我出生的地方？"洛维看到这白色的过往之门在一点一点旋转移动，过一会儿恐怕就挪动到够不到的高处了。"但我的星球处于在灾变之中，回到那里，我该如何开始新的生活？"

"我不知道你会去往哪里，但那肯定是一次新的生命之旅。"渔翁回答道，"你的这趟旅程会从胚胎开始，和所有人一样。你和别人唯一的区别是，你在新生中依然会记得过去的事情。"

"那么，如果我选择黑色大门也是一趟从胚胎开始的新旅程？"

"黑色的门代表未来，没人知道那后面是什么。"他摇了摇头，"但一定和你的过往不会再有任何关系。"

第二十五章 生死之间

洛维无奈地回过头,再次仔细打量两个门。

白色之门给人的感觉比黑色之门好得多。黑色之门后似乎是个巨大的陷阱,这是洛维的直觉。

洛维回过头提出最后一个问题:"如果我决定不走呢?我不进入这些门,会怎么样?"

"这个问题,几乎每一个到这里的人都问过,但我还没有遇到一个最后真的不走的人。"僵持了几秒之后,渔翁终于给出一个模糊的回答,"因为这里除了死一般的寂静,一无所有。没人愿意一直停在一无所有之处。"

说完这句话,他居然转过头走了。

洛维看着渔翁的背影在转瞬间消失在雾气里。

"喂!等一等。"洛维急忙追过去,然而眼前只有蓝色的大湖。

周围一片寂静,死气沉沉。

他忽然觉得留在这里很不妙。假如这里除了自己没有其他生物,那停留在这种一无所有之处有什么意义呢?

洛维回到了光门前,看着这两个悬浮在空中的大门。

是要回到过去?还是要去往未来?我是否对过往还有牵挂?洛维问自己。

他闭上眼,仔细回想,倾听内心的回答。片刻之后,他终于做出了决定。

洛维靠近了其中的一扇门,门里面传来一股巨大的吸力,洛维被裹挟着向里面摔去。

在洛维身后,渔翁的声音传了过来。他这次的语气非常诚恳:

"从今以后,你的命运就和普通人不同了。你的未来注定会在不停地寻找真相中度过。

"因为无法遗忘所有的过往,所以疑惑会一直横亘心头。不得解答,就无法安心。

"一切的答案,都在你曾经经历的一切和即将要经历的一切当中。是的,所谓的秘密和答案,就在一切经历之中,或者说,在整个人类的进化史中。

"如果你能找到答案,我们就有机会再见。"

第二十六章　星际失踪案件

地球纪元，公元 2099 年
威尼斯市法院。

"本庭现在正式宣判，摩根保险公司不需要履行对马克·斯隆先生身故的赔付义务，苏菲女士的要求被驳回。"老法官戴的白色假发套和他的头发一样白，嗓音低沉稳定，"现有证据并不能证明，马克先生在金星失踪后已经死亡。因此，我们支持保险公司的延迟赔付请求。如此后有新的证据，能证明马克先生已经在金星死亡，苏菲女士可以再次提出赔偿请求。"

宣判落锤敲定。

控辩双方露出了截然不同的表情，摩根保险公司的代表相互击掌庆贺，苏菲的代表律师则一脸失望。站在原告席上的苏菲本人，怒气冲冲地提出抗议："法官大人，马克已经在那里失踪了整整十年！是十年！不是十个月！"

"我非常遗憾，但是，毕竟还没有找到他的遗体。"老法官摊了摊手，表示爱莫能助。

"那个星球地表有几百摄氏度！能把石头都弄成灰！你们指望我能找到他的遗体？"苏菲的怒火让坐在她周围的人都不由自主地缩紧了身体。

"我没说一定要遗体，其他的也行，比如说骨灰也算一种证据。反正得找到点能算数的证据。"老法官耸耸肩，"不管金星上有什么，

第二十六章 星际失踪案件

我是站在地球上断案,只能依据地球的法律。地球的法律要求,要么能找到马克先生的死亡证据,要么等马克先生的失踪时间有二十年及以上,才可以认定他已死亡。所以,您要么再派人去那个星球找找,要么就等十年以后再提起诉讼。"

苏菲眼睛里闪过一丝怒色,但显然也无可奈何。不满地冷哼了一声后,不等法官宣布休庭,她就起身离开座位朝大门走去。

她的高跟鞋重重地踩在地上,咯噔咯噔的响声在大厅里回荡。她的黑色长裙,让她的气势更盛,就像一位女王。十几个保镖和侍女们慌忙围过来,有的在她前面开路,有的在她周围围成一个护圈,免得门口涌上来的记者们挤到她。

这个闻名全球的官司已经绵延了三年多,争端起源于 Spectral 公司董事长马克在金星的探险悲剧。

作为本世纪地球最伟大的科学家和工业家,马克操控着整个世界的人工智能科技和航天工业的发展,他拥有这个世界最多的财富。这使他虽然不是任何国家的领袖,但无疑是这个星球最具权势的人物之一。

身为天体物理学专家,马克最大的爱好就是太空探索。在依靠人工智能产业完成财富积累后,他建立了自己的火箭公司,还设计了航天飞船,然后耗费巨资执行了"金星探索计划"。

金星距离地球非常近,而且与地球在大小、质量、密度方面都相近,重力加速度接近,也是个岩石行星,拥有大气等,这些都是有利于它成为地球人星际探索目标的优点。同时,这个星球的缺点也是显而易见的:这是个烈火地狱般的星球,浓厚的大气中有百分之九十五以上都是二氧化碳,大气层极其浓密,气压相当于地球九十倍。浓密的大气层带来了强大的温室效应导致金星散发热量效率极低,太阳的辐射炙烤让地表平均温度超过四百摄氏度,再加上金星地表还有无数火山不停喷发。金星简直就是一个熔炉。人类向金星发射过很多探测器,大部分还没着陆就被烧化了。

"金星探索计划"曾引起巨大的争议,专家们都觉得在金星建立定居点的难度太大了,建议选择其他星球。太阳系中有环境更好的星球可以探索,比如火星、木卫二、土卫二之类的,这些地方虽然冷了点，但地下应该有能源可以用于供暖，有的星球甚至可能有水源。

既然要花一大笔钱，为什么不去一个生存条件更好的星球呢？但马克打定主意要在金星建立定居点。他似乎对别的星球没有任何兴趣。

Spectral公司耗时二十多年，在金星上空大约七十公里的地方建立了一个太空城，这个空中城堡被命名为"金星环"。金星环太空城所在的位置，温度在二十五摄氏度到三十七摄氏度，气压则与地球海平面大气压相等，适宜人类停留。这个位置还处于金星的硫酸云层之上，不会受到酸雨的干扰。

马克接下来的探索计划是在金星环上构建供人类生存的城市，然后从金星环向地面投放机器人，由机器人逐渐开发金星的地表。

尽管金星环事前没被外界看好，但它毕竟是人类历史上首次在太阳系其他行星上空建立的定居点，所以全世界所有的探险家、太空科学家都把这里当作圣地。金星环接到了铺天盖地的访问申请，马克对访问者来者不拒，只要交钱就行。金星环的运行需要耗费大量资金，一波又一波的太空旅行者给金星环带来了滚滚财富。而他本人，自从金星环建成之后，就一直定居在那里，从事金星探索工作，再也没有回过地球。

但就在十年前，一个轰动性的新闻爆发：马克在金星失踪了！

据金星环太空城提供的信息，马克是在金星表面进行探索任务时，遭遇了极端气候，消失在了金星地表的茫茫大火中。

依据马克之前签署的法律文件，他的妻子苏菲是一份巨额意外保险的受益人。马克失踪之后，苏菲向摩根保险公司提出了赔偿要求。摩根保险公司以马克仅仅是失踪、死亡证据不足为由，拒绝赔偿合同约定的五百亿欧元的赔偿金。毕竟没有找到尸体嘛。所以苏菲将摩根保险公司告上了法庭。

这个官司轰动全球，不仅仅是因为涉及巨额赔偿金，更在于故事男主角的失踪发生在外太空。这是地球人类历史上首次发生与其他星球有关的法律纠纷。作为地球人类的首富、最伟大的科学家、探索外太空的先行者，马克即便是死在家里的床上也会是大新闻，

第二十六章　星际失踪案件

更不用说是在外太空失踪了。

苏菲走到法庭门口时，围上来的记者们争先恐后地抛出问题。

"苏菲女士，你觉得马克先生依然活着的机会有多大？"

"苏菲女士，前三次搜寻马克的计划都失败了，请问您会第四次派出探险队去金星寻找马克先生吗？"

"苏菲女士，请问前几天媒体公布的您和陌生男子的深夜聚会的照片，是否说明您已另有新欢？"

"请问您关心的到底是保险赔付款，还是马克先生的死活呢？"

……

记者们被保镖堵在外围，不能接近，纷纷大声提问。

苏菲是位高个子美女，颧骨高耸，一双发亮的蓝眼睛透出冷峻的光。被记者围住了去路，她皱了皱眉头停下脚步，随手拿过一家媒体的话筒。"听着，我丈夫在金星的死亡是个探险悲剧。"她抬头环顾四周的记者，气势十足，"摩根保险公司拒绝赔偿显然是恶意逃避责任。试问在一个温度超过四百摄氏度的星球，一个失踪十年的人活下去的机会有多大？难道结果不是显而易见的吗？我不明白法庭为什么会支持他们的论调。既然法庭要求我提供新的证据，那么我当然会再次派出搜索队，在金星表面进行新的调查。这不仅仅是为了赔偿金，也是为了马克。老天保佑，哪怕能找到一点点骨灰，也能让他魂归故里。即便在金星掘地三尺，我也一定会找到他！！！"

保镖们冲开道路，苏菲上车扬长而去。

新闻主角离去，人群也逐渐散去了，法庭门前变得空空落落。

第二十七章　应聘者

苏菲的车队沿着高速路走了半个小时，然后进入了郊区的环山公路，一直到达一片山地森林的顶部区域。这里密林遍布，在山顶有一个清澈透明的湖泊，湖旁是一处巨大的别墅。这个山顶别墅是苏菲的居所。所有的房子、树木、包括整座山头的所有权，都被她买了下来。

"老板，那个叫作陈震的人又来了。"车辆走到别墅大门口的时候，门口的保安跑过来报告，他指了指停在远处围墙下的一辆黑色轿车，"已经在这里等了两个小时。"

苏菲扫了一眼那辆车，"他倒是很有耐心啊，让他进来吧。"

几分钟后，别墅的会客厅里面，一个面相英俊、个子中等的年轻人已经坐在苏菲对面。

"苏菲女士，关于加入金星搜索队，我已经提出过不止一次请求。"陈震的脸庞棱角分明，浓密的黑眉毛下眼神格外明亮，说话简单直接，"几年前您第一次派出金星搜索队伍时，我就申请参加搜索，但是没有被选中。今天，我听到了您在法院门口的讲话，知道您决定再次派出搜索队去往金星，这次，我希望您能考虑我。"

"陈震先生，我看过你的履历。"苏菲面无表情，"你曾经工作于航天局，也是天文学专家，但这并不意味着你有能力去进行外星探索。到金星去找人可不是一件容易的事儿。我这里的大部分应聘者都具备进入太空的经验，而你并没有，这是你的弱项。"

"说到我和其他应聘者的区别，我认为，在于热情。"陈震语气

第二十七章 应聘者

热忱,"我想,每个应聘者首先渴望的,应该是那两百万元的报酬,但我不是。即使没有酬劳,我也愿意去。我的专业是天体物理,去往外太空探索,是我的一种人生梦想;而金星,是我最关注的太阳系行星。对我而言,参与金星地面搜索本身就是我的人生理想之一。我将投入我的全部精神、体力、信念去做这件事。信念比金钱具备更强大的驱动力,所以我比别人有更大的机会完成任务。"

"陈先生,你是天体物理学家,研究行星属于你的专业范围。"苏菲眯起眼睛,似乎还没有全信陈震的话,"但天上有很多星星,你为什么对金星这么感兴趣?"

"我……"陈震说到这里,略微停顿了一下,"嗯,我研究金星很久了。我认为,那个星球可能曾经有某种文明存在。如果我能在地球之外的行星上找到文明曾经存在的痕迹和证据,那难道不是我毕生最伟大的荣耀吗?不足以作为一种理想吗?"

"我派人去,是要找马克失踪的证据,可不是去找什么外星文明。"苏菲轻轻摇头,似乎是觉得陈震的意图与自己的目的并不相符。

"这两件事并不矛盾啊,都需要降落到金星表面,进行大量搜索工作。我当然会记得我的主要任务是搜索马克先生。"

"那么,你为什么认为那个星球曾有某种文明?"苏菲思索片刻,换了个话题。

"地球探测器传回过很多金星地表图片,我用自己制作的图形分析软件仔细分析过,在其中发现一些形状规则的类似建筑地基一样的痕迹,这是重要证据。更重要的是,那个星球曾经有过水。想想看,一个有水有热源的星球,重力合适、岩层结构利于诞生土壤,曾经有过生物的可能性难道不大?"

"曾经有水?"苏菲本人也是个物理学家,拥有金融和物理学的双学位,她立刻提出疑问,"那是一种猜测而已。"

"在我看来,证据已经很明确了。"陈震说,"看看金星大气中氘和氢的比例就知道了。我们假设金星原来有水,那么这些水在如此的高温和辐射环境下,会被热量和辐射分解为氢元素和氧元素,然后发生大气逃逸。氢相比更重的氘,更容易被太阳风吹走、更容易逃逸。如果这种大气逃逸在金星真的发生过，那么目前的金星大气中应该会有富集的氘元素，而氢则很少。这个假设已经被最近的测量数据证实：金星大气中氘的比例比地球要高出一百五十倍之多，这就是明显的证据。

"远古金星很可能经历了大规模的水逃逸，那里不仅仅是曾经有水，而且可能是规模巨大的海洋，只是后来被全部蒸发到了太空中，然后被电离为单独元素。"

"仅仅有水，不足以证明有生命。每个有机生命繁衍的星球，都需要有合适的磁场来抵御太阳辐射。"苏菲反驳道，"但是金星是自东向西转动的，而且是以极慢的速度。这导致那颗星球上几乎没有磁场。没有磁场就无法屏蔽太阳风，生命在剧烈的电磁辐射下，如何形成？"

"金星转动方向为自东向西，这个现象确实很奇怪。"陈震说，"我猜想，金星最初的自转情况，或许不是这样的。按照角动量法则，自然形成的星盘应该基本在一个面上，而且应该同方向转动。金星形成之初，一定是自西向东转动。后来，可能由于外来力量的作用，比如行星撞击什么的，原本的自转动量被这次逆向撞击完全消耗了，才开始反向自转，由自西向东变成自东向西。这次撞击让星球失去了磁场保护，强大的太阳风就如入无人之境地侵入了金星的每一个角落，这也是金星水分被蒸发掉、地面温度持续升高的原因。如果那里曾经有文明，这可能也是文明灭绝的原因之一。"

"你的猜测不无道理。"苏菲端起咖啡抿了一口。她眼中目光流转，神情也不再像一开始那样严肃，似乎陈震的说法打动了她。"金星是个极其危险的地方，你不担心自己的安全吗？"

"我当然知道危险，金星地表的气温有四五百摄氏度；大气中充满二氧化碳，有时候还会下酸雨，那可是真正的硫酸，滴到身上能把骨头也烧掉。"陈震笑了笑，做出无所谓的表情，"但对有太空探索梦想的人，危险正是奇妙之处之一。巨大的危险，甚至是一种吸引力。这些年，开发太阳系行星是热门话题。人们提出很多选择方向，大部分都是建议去火星、土星和木星的一些卫星等等。但在我看来，人类如果要从地球移居的话，最应该搬去的，就是金星。金星和地球就像双胞胎一样：金星的体积、质量、地质构造、重力常数，都和地球高度相似。在那里，至少我们不需要适应新的重力，不用担心自己的骨骼硬度是否足够、会不会由于失重而变得骨质疏松。"

"我一直想到金星去，看看是否有机会改造那个星球，让它变得宜居。"陈震眼中闪烁光芒，"即便无法成功改造金星，也能了解金星的环境变迁的原因。那个星球和地球太相似了，它的现状也许就是我们的未来。了解金星，地球人就能更好地了解生命是如何在我们自己的星球上演化的、我们的未来可能是什么样的、要做些什么才能避免遭受和金星同样的命运。"

听到这里，苏菲手里的酒杯忽然停止转动，眼睛直视着陈震，眼神有一些异样。她沉默了一小会儿，然后轻轻摇了摇头，仿佛嘲笑自己有点失态，"陈震先生，如果有一天让你来改造金星，你有什么想法？"

"金星有很多问题要解决，最核心的问题是没有磁场。没有磁场的保护，太阳风直接吹向金星的大气层，会电离金星的大气层，把水完全蒸发掉。"陈震目光炯炯，"没有水，碳硅循环就无法进行。

"在地球上，二氧化碳溶于水形成碳酸，然后和硅酸钙（硅灰石）反应生成碳酸钙和二氧化硅。再通过板块运动，这些东西重新被埋在地下，在高温、高压下重新分解二氧化碳。然而金星没有水了，火山喷出的二氧化碳不会再被回收，最终形成现在这样的巨大温室效应层。整个星球仿佛一个被盖上盖子的炒锅，只有暴躁的热量。

"所以，要解决金星的问题，首先要建立磁场，这需要加速金星的旋转。高速旋转下，星球的核心才能产生强大的磁场。从技术构想上看，可以从火星与木星之间的小行星带，选择一个大质量的矮行星，为它安装大推重比发动机，并利用火星和地球的引力，将它牵引至金星轨道。从金星自转的逆方向，进行小角度撞击，促使金星产生正常自转。当金星的自转速度达到地球的二分之一时，其铁镍内核会产生地磁场。当然，这只是设想，具备这种推动比的发动机，目前还停留在技术猜想阶段。"

"不一定需要推动一颗矮行星啊。"苏菲微笑地看着他,"如果是彗星呢?从柯伊伯带选取一颗彗星怎么样?如果能找到一颗含水量大的彗星,牵引至金星轨道轰击金星,不但能加速其旋转,还能起到引入水源的效果。"

"这是个不错的构想!但需要彗星质量足够大,否则撞击效果恐怕有限。"陈震眼睛一亮。

"你的想法,其中有一些居然和马克很相似。"苏菲沉默了一会儿,意味深长地看了陈震一眼。

"地球人都以为他是为了钱在做冒险生意,但我知道,他不是去寻宝,也不是为了探险。他一直在梦想要改造那个星球,那就是他去往金星的目的。"

"我带你去看一样东西。"苏菲忽然站起来,带着陈震,一直来到了这座别墅的天台上。

天台的面积很大,足够举办大型的舞会。现在那里空空荡荡,除了摆着几台巨型的天文望远镜,别无一物。所有的天文望远镜的镜头都呈仰角,在仰望宇宙天际。

"几乎在每个能见度良好的夜晚和早晨,他都会坐在这里观察太空。他几乎不看别的地方,唯一感兴趣的就是金星。"苏菲虽语气轻柔,但其中却包含着某种沉重的东西。陈震感觉到了。

苏菲走过去,轻轻抚摸着天文望远镜。

那一瞬间,陈震仿佛看到了曾经在天文望远镜旁边站立的那个人,那个地球上声名显赫的大人物,那个被人们认为去外星球是为发冒险财的野心家。

"自从金星环太空城建好之后,他就再也没有回来过。有时候,我甚至觉得,他回到金星,才是回到了家。"苏菲的眼中露出一丝悲哀。

"陈震先生,"似乎觉得自己的情绪对这个初次见面的年轻人表露得太多了,苏菲的语气重新变得严肃,她做了决定,"作为金星环太空城的主要股份持有人,我正式批准你成为去金星展开搜索调查的候选人。你最终是否可以成行,还取决于你能否通过背景调查、航天人员体质测试等。"苏菲顿了顿,"除了这些流程性问题,另外

第二十七章 应聘者

还有一件事要注意:人工智能调查局的人恐怕会找你谈话,他们手头有个案子和马克有关。虽然马克已经在另一个星球失踪了很多年,但调查局的人丝毫没有放手的意思。他们甚至还想到金星去调查,但官方提供的差旅经费不足,所以才没有成行。

"人工智能调查局这个部门,对先进的智能科技一直存在抵制态度。马克还在地球上的时候,智能调查局就是他做生意的主要对手和障碍。你尤其要注意的人,是一个叫作'波罗'的探长。那家伙,对调查马克有着近乎偏执的兴趣。"

第二十八章　金鱼人的记忆

威尼斯的一家医院里，精神病人的病区是一栋幽静的独立小楼，前后都是漂亮的花园，医护都是高素质专业人员。这里的诊疗费比普通的公立医院昂贵得多，大部分客户都是有钱人。

几年前，医院被一个病人的家属收购，成了私人财产。从那时起，这里精神病方面的六位专家、二十几位高级护士，只服务这一个病人。这个病人，是赫赫有名的千亿富豪、冒险家史密斯·威登，钻地公司的老板。

陈震推门进去的时候，史密斯正伏在桌子上画画。

"你找谁？"史密斯回过头看着陈震。

"你好史密斯，我叫陈震，我听说了你在金星环太空城发生的事情，所以来看看你。"陈震向他伸出手。

"事情？什么事情？"史密斯愕然，显然有点意外，他和陈震握了手，拉了把椅子让他坐下。

陈震正要开口，史密斯忽然又问："哦，请问你是？"

陈震一愣。他看着史密斯的眼睛，那眼神中的迷惑是刚刚才出现的，就在自己坐到椅子上之后。就好像现在椅子上的陈震是他才见到的人，而刚才推门进来的陈震，已经在他脑子里消失得无影无踪。

陈震仔细地观察着他的表情，"我叫陈震，是……人工智能调查局的。我来看你，是想问问你在金星经历过的那些事。"

第二十八章 金鱼人的记忆

"金星？我经历了什么？我怎么了？"史密斯睁大眼睛看着陈震。

"医生没有和你说么？"陈震看着他，眼前这个人不像是在故弄玄虚，"你从金星环太空城回来之后，记忆发生了一些混乱——"

史密斯再次打断了陈震，再次露出迷惑不解的神情，他愣愣地看了陈震几秒钟，然后再次问了起来："请问你是哪位？你找我有什么事？"

"我……"陈震咽了口唾沫，不知道该怎么说下去了。

他看着史密斯的眼睛，那双蓝眼睛里只有真实的迷惑不解。

"好吧。"陈震尴尬地站起来，他知道没法问下去了，"很高兴见到你，祝你尽快好起来。"

"好起来？我怎么了？"史密斯依然在追问，"对了，请问你是？"

陈震走出去，轻轻关上房门，门外的走廊上是罗德医生——史密斯的主治医生。

"现在的他无法形成任何新的持久记忆，任何事物，他过目即忘，更准确地说，他只有五秒左右的短暂记忆。这种人，在医学上被称为'金鱼人'。"罗德医生压低了声音，他显然知道陈震进去后会遇到什么，"他没法结交新朋友，因为每隔几秒都是'初次相识'。可他记得很久之前发生的事情，比如他祖父母的很多事情，虽然他们都去世很久了。现在的他，只是依据生物本能，活在五秒钟内的新世界和很久以前的旧世界里。"

"这是怎么发生的？"陈震在墙边的椅子上坐了下来，"麻烦您说得详细一点。"

"大概是五年前的一个夜里吧，他的家人第一次送他来了医院。那时候史密斯先生刚从金星环归来不久，那天晚上他忽然惊醒，看着躺在身边的妻子，开始大喊大叫，他声称不认识她，问她是谁，还问这是哪里。他不停地吵闹，吓到了家人，他们叫了救护车，把他送到了我们医院。天亮后我们正准备为他做更详细的脑部检查，但是没想到他恢复了正常意识，他又认识所有人了。他和家人道歉，对我们表示昨晚只是因为做了噩梦情绪紧张才会那样。于是他就回家了。但没几天，他又被送来了。他的家人说，几乎每天夜里他都会忽然惊醒，这次他倒是没有不认识家人，但他声称白天的那个人不是自己，要求家人们把那个人抓住，送到警察局。就这样，他几乎在每个夜晚大吵大闹，他甚至会攻击镜子里的自己。"

"白天的那个人，不是他自己？"陈震问道，"这是什么意思？"

"很典型的人格分裂。我们建议他转到精神病院去，"医生说，"但他的家人们不忍心把他送进那里，他们要求继续在我们这里治疗，甚至为此而买下了这个医院。我们想了很多办法治疗，用了多种药物，都不太行。不得已，我们开始尝试在每个晚上给他使用高剂量的安眠药，让他睡得更深一点，好有助于恢复。但使用安眠药之后，睡眠中的他看上去十分辛苦，即使在梦中也焦躁不安，就像一个努力要醒过来却无论如何无法醒来的人。他不停地胡言乱语。后来他开始对安眠药物产生耐药性，我们只好把安眠药改成了低剂量的麻醉剂。在某次使用夜间麻醉剂之后，他忽然陷入了昏迷。为了把他救醒，我们给他做了大脑手术。自从那个手术之后，他就只拥有五秒左右的短时记忆，再也无法形成新的长时记忆。"

罗德医生叹了口气，道："可以说，他的生命从手术结束的那一刻起，就开始了原地踏步。"

"那么，"陈震在走廊里来回踱步，"他还记得自己去过金星吗？"

"完全不记得了。不过他在失忆之前的胡言乱语中，倒是一直提到金星。"

"那些话有记录吗？我想听一听。"陈震猛然抬起头。

"他的家人曾经给我发过一些录音片段。"罗德医生打开了手机开始搜寻。片刻之后，史密斯在梦中的胡言乱语就出现在了陈震耳边。

"放开我！这里是哪里？你们都是谁？现在是哪一年？我是日冕物质抛射那年从地下城进入睡梦城的。现在是第几年！我们睡了多少年了？快点告诉我！"

"这到底是哪里？！"

"这里是地下城吗？地面上的火还在烧吗？"

"看那儿，天上有彗星掉下来！哦，天哪！世界末日到了！"

"我不要进去那个睡眠舱，那里看起来恶心死了。我不要去！我不要去……"

"白天那个人不是我!他是另外一个人!抓住他!去叫警察!"

…………

"都是胡言乱语,没人知道他在说什么。"罗德医生收起手机,叹了口气,"看上去思维完全紊乱了。我猜他是适应不了金星环太空城的生活,导致精神过度紧张才弄成这样……喂,陈先生,你还好吧?"

罗德看到陈震的脸在微微抽搐,原本红润的脸忽然开始发白。

"哦,我没事,只是这件事太离奇了,让人难以接受。"陈震皱眉苦笑了下,摇摇手。他走回那扇门前面,踮起脚,隔着玻璃看着里面的史密斯。

史密斯还在画画。他画得非常专注,他的眼神是那样清澈透明,没有任何东西隐藏在里面。他像是一个天真的孩子,和通常的四十岁左右的成年人完全不一样。

陈震放下脚,回头对医生说:"从专业角度看,你认为他的大脑出了什么问题?"

"应该是大脑中负责记忆的海马体和大脑皮质出了问题,我们最初的判断是他的海马体受到了某种损伤。海马体是形成陈述性记忆的关键结构,承担着将短期记忆转化为长期记忆的重要作用,有点像电脑的缓存。如果这个缓存出了问题,就无法把短期记忆转换成长期记忆,然后再转存到皮质层。但奇怪的是,医学检查并没有发现他的海马体有任何不正常。看症状有点像阿尔茨海默病患者,但阿尔茨海默病患者的记忆是一点点被侵蚀的,病情呈进行性发展;而他,则是在手术后的一夜之间丧失了这种短期记忆功能。更糟糕的是,随着时间推移,最后那些早就刻在他大脑中的长期记忆也会被擦除,只留下不连贯的片段记忆。智力障碍、表达和理解困难、审视视觉障碍、肢体不协调乃至生活不能自理,恐怕会纷至沓来。"

"真是可怜啊!"陈震叹息道。

第二十九章 人工智能调查局

人工智能调查局的总部设在一座位于市区边缘的不起眼的灰色小楼里，陈震按照波罗发来的位置信息到了他的办公室。那是一间窄小凌乱的房间，屋子里堆满了各种纸质文件、饮料、方便食品。

"请坐，陈先生。可乐还是咖啡？"波罗是个矮个子老头，有着醒目的酒糟红鼻子，肥胖的身躯占满了整张椅子。

"一杯水，谢谢。"陈震打量着四周。

"选这么个地方作为办公场地，也是不得已。"波罗拿起水杯倒水。他扫了眼东张西望的陈震，这年轻人的眼神似乎有点奇怪。他看上去只有二十多岁，但眼神却格外淡定，缺少通常年轻人眼中能看到的热情、机警、疑问之类的东西。这不是说他的眼神缺乏能量，显得呆滞；相反，他的眼神很明亮，淡定的明亮。

"这里看上去乱糟糟的，格调不够，和人工智能调查局这个高大上的名称似乎并不吻合，对吧？"波罗自嘲道。

"嗯。"陈震点点头。

"混乱的只是外物，不是我的内心。"波罗咧嘴一笑，把水递过来，"你见过史密斯了？"

"我见过了。他的记忆短暂而紊乱，似乎是脑神经方面的问题。"陈震点点头，"您为什么要特地让我去见这个史密斯呢？难道你们认为他的事和马克有关？"

"这只是推测。"波罗摊摊手，"我们调查一个人，总是要先调查他所处的环境。最近这些年，史密斯一直在和马克一起工作。金

第二十九章 人工智能调查局

星环建好之后，他又跟着马克在金星工作了六年多。之后，他返回地球，负责元宇宙公司的运营。人人都知道，金星环和元宇宙这两家公司，都是马克的主要产业。史密斯在这两项产业中都是重要的管理者之一，现在他出事了，我们当然会联想到马克。还有其他的一些线索，比如，在发病之初，史密斯那些奇怪的言论，什么金星人、地下城之类的东西。正是这些言论，让史密斯的家人对马克产生了怀疑。他们觉得史密斯生病也许和某种发生在金星的阴谋有关，所以要求我们进行调查。"

"这推测有点离谱了吧……"陈震表示难以相信，"长时间的太空旅行，理论上是可能给人造成一些精神伤害的，比如产生幻觉的什么的。也许他只是因为在太空城待得太久了而已。仅仅是凭史密斯家人的怀疑，你们就要调查马克？"

"除了单纯的推测，我们当然还有其他发现。"波罗犹豫了下，从抽屉里掏出一摞文件扔过去，"这是威尼斯大学的权威脑科专家的检测报告，还处于保密状态，看了不要拿出去乱说啊。史密斯的大脑结构没有发现什么明显的异常变化，但是，在他的脑组织里发现了某种生物相容性材料。那不是大脑的原生组织，似乎是某种外来物质。目前推测可能是一种纳米生物电极，微电极链接人脑的神经元的芯片，芯片的信息感受器密集地作用于海马体神经元上。"

"纳米生物电极？现在居然有这种技术了？"陈震皱眉翻看着资料，"怎么没听过报道？"

"这不属于目前地球的技术。"波罗喝了一大口可乐，"至少在任何公开信息里面都没出现过。"

"既然还没有这种技术，那你们的猜测会不会是错误的？"

"这种技术是没有公开报道，"波罗放下可乐，认真地看着陈震，"但如果这星球有一个人能开发出这种技术的话，那一定是马克。你应该知道，Spectral 公司是脑机接口技术的开创者。他们率先开发出让人脑神经和外部芯片连接在一起的技术，用来给神经系统有病的人治病。"

"所以，你们认为是马克在金星给史密斯安装了某种先进的脑卡芯片，才导致了他的记忆混乱？"陈震疑惑道，"可意图是什么？凡事总得有动机吧？寻仇？图财？这些事能和马克这种人扯上关系吗？"

"是啊，这些俗事……怎么会和这种神一样的人物牵扯在一起呢？"波罗抬起头看着天花板，眼睛眯起，浑浊的眼球闪出几丝明亮。

"人类历史上比他有钱的人多得是，但一直没有人真的去做太空探索这件事。富翁们把太空探索当作生意去考虑，然后讨论、争论，最后放弃。在上百年的时间里，这种耗资巨大的外太空探索行为，一直停留在纸面和计划之中。最终，是马克第一个做成了这件事。他真的在金星建立了一个定居点。他带领整个地球人类迈出了第一步，超越了空间对我们的限制。"陈震说道，"你这些常规的案件性思维推测，恐怕不适用于这个人。"

"人们都觉得他是个神，他被圣光笼罩，看上去毫无瑕疵。"波罗站起来，在地上踱步，"我当然知道这些，但我要调查他，遇到可疑的事情，我必须要分析。老实说，调查局最早开始注意他，并不是因为史密斯的案件。早在他建立星网公司和元宇宙公司之后，我们就密切注意他了。他的公司拥有上万颗近地卫星，依靠这些卫星传导的电磁信号，他在地球上制造了一个巨大的虚拟社区——'元宇宙'。这个虚拟社区风靡全球。配合这个虚拟社区，他们又开始广泛推行脑机接口技术，让玩家们把大脑更迅速地接入虚拟环境，获得更畅快的体验。如果不是我们智能调查局在阻拦，现在恐怕不仅仅是 Spectral 公司，整个工业界都会致力于把人脑信号接入电子虚拟网络。"

"脑机接口是一种新技术，每个行业里都会有新技术出现，你们在担心什么？"陈震皱眉头问。

"但这种技术不单单是一种工具！"波罗的语气中有着深深的忧虑，"人们一旦开始用技术改造大脑，人类大脑就很可能会受到机器算法的干扰。一旦人脑和机器的结合成为一种趋势，那人和机器之间原本清晰的界限就会被消除。一旦人类和机器的界限消除，那些原本属于人类社会的价值观、感情、秩序……，是否还能安稳地运行？"

"我理解你的担忧。"陈震苦笑了下,"但是,请相信我,如果用技术改造大脑代表人类进化的趋势,任何人恐怕都阻挡不了。如果你认为这是一种麻烦,那么你现在所遇到的麻烦,恐怕只是冰山一角而已。"

"当看到冰山露出一角,就要掉转船头。"波罗道,"我们高度怀疑,马克开发了某种高于现有技术水平的大脑改造技术,并且在金星上悄悄使用,史密斯就是个实验品。我们绝不允许出现这种技术。"

"恕我直言,波罗先生,"陈震不以为然,"相比他所完成的事业,你们想要进行的这些所谓调查,如同是萤火之光相比太阳光芒。马克这种人,即便是有什么隐秘,恐怕也不是普通人有资格去议论评判的。"

"我不能同意这个观点。"波罗立刻反驳,"你把我说得好像是一只试图去窥探凤凰隐私的蟑螂,我可不觉得自己有那么卑下。英雄人物,或许可以主导历史的方向,但历史终究是由万千的蝼蚁小民的命运组成的。万千的蝼蚁小民的命运,是由一种叫作'监督体系'的东西来维护的。我就是为这个体系工作的。"

"好吧。"陈震摊摊手,"那么,你找我来,究竟是要我做什么?"

"你就要去往金星了,我当然是希望你去到那里后能调查那里的大脑改造技术的进展,看看究竟发生了什么事。"

陈震沉吟道:"那么,等我返回的时候,需要提交调查报告给你们?"

"报告只是形式而已。"波罗严肃地说,"关键取决于你对整件事的看法。这不是某个人的私事,我有种感觉,这是关乎人类命运的大事。所以,我希望你不要只把自己当作被苏菲雇佣的私人探险家。你首先是一个人,和其他人有着共同命运的有机生命物种。只有抱着这个信念,你才有可能看清楚金星上究竟在发生什么。"

第三十章　到金星去

控制室传来提示音，起飞前的安全检查都已完成，飞船即将点火。

"10，9，8，7，6……"耳边传来倒数声，陈震紧闭双眼，牢牢地靠在座椅上。

这一次的飞行比预期晚了半年，因为 Spectral 公司生产十个搜索机器人的时间比预计的更长。飞船上除了陈震和两个航天员、十个搜索机器人，还搭载了给金星环的补给物品。

巨大的气流喷射声传来，座椅开始抖动，飞船尾部喷射出蓝色的火焰，冲天而起。当挣脱地球引力、离开地球的时候，陈震终于从重力压迫中缓过劲儿来，舷窗外，那个蓝色星球渐渐展现出全貌。

从太空中看过去，这颗蔚蓝色的星球就像身处于玄色的深渊当中。那里有无数的人和动植物，有绿色的平原、蓝色的海洋、棕黄色的大陆。还看得到在星球上肆虐的飓风和气旋。

当飞船渐行渐远的时候，地球慢慢变成宇宙中一个普通的蓝色小圆点，那个小圆点显得孤独、脆弱、微不足道，但它承担了几十亿人的生命和活下去的愿望。

这一幕是如此新奇，但又如此熟悉。

在很久以前，他也曾看着另一个星球，逐渐在自己的视线中变成一个圆点。离开可以脚踏的实地，踏上叵测的宇宙航程，在任何时候都令人不安。

欢乐趣，别离苦，是中更有痴儿女。

第三十章 到金星去

在轮回中穿梭的意义,究竟在趣还是在苦?或者还有其他更值得探索的东西?

十几天之后,飞船终于接近了金星环。

那是一个直径达到两公里的环状空中堡垒,有点像是公园里竖立的巨大摩天轮,慢慢转动的光滑的金属表面反射着耀眼的太阳光。它处于金星上空七十多公里的位置,但从它的位置往下看,依然无法看到金星表面,因为金星的云层很厚。

旋转的空间站中央伸出了一根停靠臂,飞船慢慢地游过去,停靠轴和飞船的对接口在以相同速度旋转,慢慢地密闭对接。宇宙飞船与金星环的对接口只引发了一点点晃动,然后就顺利地锁定了。随着短暂的嘶嘶声,接口之间的气压被调匀了。几秒钟后,气闸门打开,一个机器人已经站在通道口等着迎接飞船上的人。她穿着绣着牡丹花的红绿相间的旗袍,面容娇俏,脸色轻松。

"各位好,我是小雅,金星环的机器管家。你们在这里期间,由我负责接待工作。"

"谢谢你来迎接我们。"陈震对小雅微笑道,"你的仿生皮肤非常不错。"

自从马克失踪之后,地球人员进入金星环的数量已经受到官方控制。为了节约维持金星环运转的开销,Spectral 公司索性采用了智能机器人工作组来协助管理它。金星环目前主要由十几个智能机器人和几个人类科学家负责运行。

陈震一行人跟着小雅从连接通道一直到了中央大厅,环形太空站旋转产生的离心力构成了与地球上引力相等的人造引力,人们走得还算稳当。

中央大厅四周的建筑呈环形排列,都是整齐的正方体,外形有点单调,颜色采用了统一的金属银色,表面也没有任何装饰。这些整齐的建筑密集地排列着,一直延伸到与远方。

最显眼的是一个农业温室,在那个巨大的圆形房间内,几乎有半英亩①的绿色植物在温暖、湿润的环境中茁壮生长。

"种植这些植物的主要目的是向空气中补充氧气,它们进行过专门的改良,提供食粮算是次要功能。"

温室的墙壁上有着长长的塑料管道,里面有一些绿色的循环游动的浮渣,看上去像是某种藻类植物。

"管道里面培育的这些才是主要用来制作食品的,采用生化培植的办法生产,以菌类和藻类为主。在管子里面的培育过程有点难看,难以引起食欲,但是我们能把这些样子难看的藻类、菌类转化成可口的食品,比如牛排或者煎蛋,口味足以乱真。"小雅介绍道,"目前金星环中的人类成员较少,其实用不了这么多食物。现阶段的栽培工作主要是一种实验,为了在今后能使更多人类长期在金星环生存而进行。"

参观之后,雅子带着陈震一行人到了居住舱。

每个居住舱的面积不大,长和宽是三点五米,高二点五米,内部装饰得不错,除了床,还备有沙发和电视机,像是高级汽车旅店里的套间。四周的电子墙壁可以调整画面,你可以把它们变成布满星辰的宇宙空间,也可以变成地球上的某个山谷或森林。

"这在金星环是头等舱了。"小雅笑道,"为了吸引地球来的游客,我们花了很多钱来进行布置。他们从数亿公里之外远道而来,花一点钱来使他们在精神上感到安适是值得的。当然住宿费用也很昂贵,价格是每晚五十万元。我们的太空旅游项目曾经很火爆,只可惜,自从马克先生失踪以后,所有的项目就都暂停了。"

"我想尽快开始调查,什么时候可以在金星地表着陆?"陈震对这些豪华设施没什么兴趣,显得心急火燎,"我想到金星地表去,到马克失踪的位置去现场考察。"

"想必您也知道金星气候条件恶劣,经常有风暴和酸雨,所以我们要等待一个好天气才能出发。根据气象部门的通知,合适的着陆天气可能在五天之后才会出现,那时我们才可能降落到地表。"小雅耐心地解释,"马克先生已经失踪多年了,您的调查又何必着急这

---

① 英制中的面积单位,1英亩≈4046.86平方米。

第三十章 到金星去

几天?"

"降落到金星地表之后,一天的时间有多长?"陈震忽然想到一个关键问题。金星的自转速度缓慢无比,在这个星球上,如果以它自转一周的时间来算一天,那显然不切实际。

"无论是在金星环还是在金星地表,我们说的一天都是指地球的24小时。金星的自转周期有二百多个地球日,那么长的时间度量是无法适用于人类的。"小雅回答道。

"那么就等几天,"陈震只好妥协了,"我想调看金星环的通行记录,近十年的都要。"

金星环的通行记录并没有多复杂。从地球前来旅游、参观的客人是不允许着陆到金星表面的,因为太危险了。日常从金星环到金星去的,都是工作人员,他们乘坐熔岩车降落到金星地表,差不多每个月都会有着陆的记录。

陈震研究的重点,当然是马克失踪当天的出行记录。

中午十一点三十分,马克带着两个机器人助手,乘坐一辆熔岩车从金星环前往金星地表。留下的影像记录显示,他穿好防护服,登上熔岩车,回头还对送行人员挥了挥手。

十二点的时候,金星环接到了从地面发回的信息,马克一行人安全降落,熔岩车正赶往四号隧道。

十二点半,地表气候骤变,风暴忽然间就来了。

金星环紧急联系熔岩车,想要通知他们去最近的九号隧道避开风暴,但巨大的风暴让信号中断了,无法联系到他们。熔岩车的影像从监控图像中彻底消失。

"他们要么是去了九号隧道,要么是去了四号隧道,这条路线上只有这两个地方可以去。"小雅指着屏幕上的电子地图介绍道,"熔岩车失联后的第三天,天气刚一好转,金星环就派出了十几辆熔岩车着陆,开始搜救。但是在九号隧道并没有找到他们,而四号隧道则完全被火山爆发喷出的岩浆封死,无法进入。整个搜救工作持续了一个月,什么也没找到,最后只能无奈地终止。再后来,公司从地球派来了一个搜寻小组,他们也什么都没找到。"

"四号隧道在什么位置,为什么会被岩浆封死?"陈震看着那幅电子地图，那是金星目前最全面的地形图。

"这是金星的最高峰，马克先生给这座山起了个名字，叫作'库卡峰'。"小雅指着地图上的一座山峰，"四号隧道就在这座山脚下。风暴来的时候，地面发生了大地震，附近的一座死火山忽然开始喷发，大量岩浆流进了隧道，毁坏了隧道的封闭门。岩浆冷却后凝固，彻底封死了隧道入口，后来者无法进入。我们曾调集所有钻孔设备在熔岩层上打洞，但没有成功。"

"这地图上的九个数字，是你们在金星上挖掘的九个隧道？你们挖这么多隧道做什么？"陈震端详了一会儿地图，搞清楚了隧道的大致方位。

"这都是为了在金星建立地下居住基地。"小雅说道，"我们不能一直只停留在金星环里面，马克先生的最终目的是在金星建立定居点。但金星地面温度太高，所以最好的办法就是在金星的地下建立基地。"

"那么，你们的基地进展如何？"陈震问道，"有建好的么？"

"还没有。"小雅遗憾地摇摇头，"只建成了几个面积较小的临时补给区，远远没达到长期让人类居住的条件。水源、合适的空气、合适的温度，都是巨大的技术挑战，难度远超我们的预料。"

"这九个隧道，挖掘工作主要是谁负责？"

"由马克先生和史密斯先生主导，史密斯先生是这方面的专家。"小雅有点黯然，"马克先生失踪后，史密斯先生继续了几年的挖掘工作，然后就宣布退休，返回地球了。目前的挖掘工作已经暂停了。"

"你是说，马克先生失踪之后，史密斯先生还继续挖了几年？"陈震心里一动。

"是啊，他继续干了四年多，然后决定不干了。"

"是这样啊。他们俩的关系怎么样？"陈震试探着问。

"关系？很好啊。"小雅有点茫然，"史密斯先生擅长挖掘工作。隧道的选址、设计，很多都是他和马克先生两个人商定的。马克先生失踪之后的挖掘工作，都是史密斯先生带领机器人进行的。"

陈震开始翻看那些出行记录，片刻之后，他抬头问道："金星环的出行记录显示，史密斯先生曾经在金星连续停留过一年？"

第三十章 到金星去

"是的。"小雅回答,"返回地球之前,他为了多干点活儿,曾经在隧道里连续待了一年,其间一直没有返回金星环,靠熔岩车往返提供补给。"

"连续一年待在隧道里……他当时在哪个隧道里工作?"

"二号隧道这里。"小雅指着地图,"也是库卡峰附近的隧道,是在山峰的另一侧。这个隧道目前已经完全荒废,原因是附近的岩石比较脆,隧道里面出现过好几次地质塌方……"

小雅后面的话陈震没有认真听,他看着地图,眼神迷离,情绪复杂。

"陈先生?"小雅呼唤了几遍,陈震才从沉思中觉醒过来,

"哦,不好意思,我走神了。"陈震抱歉地说,"我得尽快到金星地表去,我要亲自检查这些隧道。"

"这几天一直有持续的中等风暴,您必须耐心等待风暴的结束。"小雅再次提醒。

"中等?就是说风暴等级并不很大喽?那我们不必耽误时间。"陈震摆摆手做了决定,"明天一早就出发。"

第三十一章　降落

第二天一早，陈震和小雅，还有五个探索机器人，乘坐一辆熔岩车从金星环向金星地面降落。

熔岩车降落得十分缓慢，显得小心翼翼。

这种车个头很大，体积像重型卡车或者大客车，是在金星地面活动的主要交通工具。小雅在前排操控车辆，陈震坐在后面的舷窗边上。

金星环下方是浓厚的硫酸云层，由于它的遮挡，从金星环上看不到较低的大气层和金星的表面。现在他们的位置是在贴近硫酸云层的上方。

陈震透过右侧的舷窗，能模模糊糊地看到硫酸云层中有一条条跨越很远距离的条纹图案，一直伸展到远处的天际。

"那些条纹是三百六十公里每小时的大风造成的，它们时刻围绕着整个金星旋转，急流引起了空气移动。"小雅知道陈震在注意什么，"虽然金星和地球有着相似的大小和引力，但因为金星缺乏地磁场保护，所以这里的大气层和地球完全不同：急剧的气流移动、有毒的空气、不时就会下起硫酸雨。所以在金星表面上降落航天器是非常棘手的任务，稍不小心就会损坏设备。"

"可以打开这些舷窗吗？"陈震想看清楚这星球的外观，但两侧的舷窗都是关着的。

"按照规定，熔岩车的舷窗在下落过程中不能完全打开，这是为了安全。"小雅回答，"现在最多能开启一个宽度为三厘米的、由液

第三十一章 降落

态金属构成的观测口。由于视野很窄，你也难以清晰观察外界；而且我们马上进入硫酸云层了，那里面只有云和雷电，没有什么其他风景可看。"

"如果不会产生什么明显的危险的话，就打开这个观测口。"陈震坚持道，"我需要了解星球的整体环境，这些特殊的气候环境也许和马克先生的失踪有关。苏菲女士曾告诉我，她需要目前金星状态的详细报告。"

老板娘的名号显然起了作用，舷窗缓慢地下降了一点，一条宽带出现了。

半分钟之后，他们就落入了硫酸云层，舷窗外出现了一个暗红色的世界。红褐色的烟云翻滚激荡，让人仿佛置身于一个巨大的沸腾血海中，四周除了这种恐怖的画面，其他什么都看不到。

一声沉闷的爆炸隐隐从车外面传来，一道闪电在舷窗外亮起。

"这些红色的云只能让人精神紧张。"小雅目不转睛地盯着熔岩车的监控仪表盘，"希望今天的酸雨不要太大，那东西会对熔岩车的表面造成损伤。我们还需要三分钟才能穿过这个云层。"

"熔岩车的设计应该很可靠吧？"外面的血红色诡异环境让陈震有点紧张。

"放心，"小雅说，"这种熔岩车使用了碳硅结构外壳，可以承受几百摄氏度的高温，内层还有三级降温系统，是为了在金星表面着陆施工专门设计的，安全性没有问题。酸雨会损伤车辆表面，但不会影响内部结构。熔岩车集隧道钻探、挖掘、牵引、运输功能为一体，库卡峰附近那些几公里长的隧道都是用这种车挖出来的。这车绝对结实耐用。不过，就算是造得很结实，每次降落到金星表面，熔岩车最多也只能工作八个小时，然后就得返回低温区进行保养维修、加固表面结构、补充降温材料等等。熔岩车和所有的维修耗材，都是从地球运来的，你能想象金星上的科学考察是何等的烧钱！"小雅有点感叹，"但马克先生没有半点犹豫。"

"马克先生如果真的把命送在这里，实在不合算。"陈震说，"冒险的事，他应该派机器人去做。"

"向往外太空是他的毕生追求，所以很多事他都亲力亲为。"小雅耸耸肩，"人固有一死，这是马克先生自己说的。"

他们终于穿过了硫酸云层，外面的那种诡异的红色消失了，天空开始变成一种灰暗的色调，灰白色中泛出一点淡黄，四周开始出现昏暗的光。熔岩车已经进入以二氧化碳和氮气为主的大气层。由于上层的硫酸云几乎完全遮挡住了太阳光，所以这里的能见度依然很低，仿佛是昏暗月色下的黑夜。

距离地面越来越近，空气开始灼热起来。即使身穿防护服待在熔岩车里面，陈震还是能感觉到越来越热。

随着车辆控制系统发出的"即将着陆"的提醒，车体发出轻微的震动，降落到了金星表面。舷窗外面是个灰色调的世界，无数黑色和灰色的风沙在空中飘舞，光线昏暗，就好像黑夜中刮起沙暴的沙漠。

"我们这是落到了什么位置？"陈震问。

"风太大，狂风让熔岩车的降落地点失准，着陆点的位置和预计的有偏差。"小雅看着仪表上的定位系统，"不过别担心，这是常有的事儿。从我们的着陆点出发，通过一段峡谷，就能到达九号坑道的洞口。大概有二十分钟的路程。"

他们的降落位置在金星被太阳照射的一侧，理论上应该有二百多个地球日长的"永昼"时间，但由于星球上空厚厚的云层，光线难以穿透到地面，四周始终是昏暗的。

熔岩车的照明系统打开了，笔直的灯光照向前方，车头调整了方向，车辆履带发出咔啦咔啦的轻微响声。一片朦胧中，陈震看到前方出现一座峡谷。

熔岩车跑起来的速度很快，进入峡谷后，两侧的峭壁飞一般地后退着。看来小雅不想把时间耽误在路上，毕竟熔岩车只能在金星地表的高温下停留八个小时。

峡谷底部遍布石砾，车辆一直有轻微的颠簸感。他们沿着峡谷向北行走了几十公里后，右前方出现了黑色沙漠。放眼望去，沙丘起起伏伏，宛如一层层沙浪连绵数百里，有的沙浪几乎有一百米那么高。

"我们管这里叫'黑沙地带'。从这里一直向东延伸几千公里都

第三十一章 降落

是沙漠。"小雅指了指那片沙漠区域。

"这么大一片沙漠,哪里来的?"陈震惊讶地看着外面那无边无际的黑沙地带。

"我们猜测这个峡谷原来可能是一段河床,说不定是一条人工挖掘的运河,直通向大海,那一大片黑色沙漠,也许曾是海底。"

"原来如此啊。"陈震低声嘟囔了一句。开始仔细查看手中的地图。那是金星环依据这些年的地面探索绘制的金星地形图。

"金星有很多活火山,附近就有一座。由于火山灰的不断覆盖,沙子的颜色才会这么黑。"小雅指了指右前方,"用望远镜能看清楚。"

陈震拿起了望远镜,看到了那边的火山。

右前方大概几公里之外有一座活火山,几百米高,山顶和半山腰上分别有几个火山口,不断喷出滚滚的火山灰和炙热的岩浆,岩浆顺着山坡缓缓流下来,好像煮沸的米汤从锅里沸泄出来一样。火山四周都是赤红色的山石和暗红的土地,上方的天空则是黑色的云。

熔岩车沿着沙漠边缘行走了十几公里之后,他们眼前终于出现了那座高大的山。

昏暗的光线里,一座巍峨的高山忽然出现在眼前,仿佛远古的巨兽雕像,见证着历史变迁的一切。

"这就是星环山脉的最高峰,库卡峰,是马克先生起的名字。"小雅看着前面的高山说,"比地球上的珠穆朗玛峰还要高得多。"

"是马克先生亲自命名的库卡峰啊……"陈震目不转睛地盯着眼前这巍峨的大山。

"当然是他。"小雅回答。

"绵延三千公里的山脉,顶峰有二十五公里那么高。山下有茂密的森林,山脚下的库卡河奔流而过,最终汇入大海——"

"你说什么?"小雅一愣,她听到了陈震的低语。

"哦。没什么。"陈震忽然转过头,背向小雅,似乎在揉眼睛,过了一会儿才转回头。

"我是说,这座山,也许原来更高。你看山体结构,原本坚硬的岩石风化成那种层层叠叠的疏松结构。山壁上有无数创痕和坑洞,应该是火山爆发和宇宙间物质的轰击造成的。"

"很有可能。这个星球其实和地球很相似,每次我落地的时候,总有奇怪的感觉,好像这个荒凉的星球上曾有人似的。"小雅说,"现在山脚周围那些新的挖掘痕迹,是马克先生探索地质结构时留下的痕迹。马上到九号隧道了,就在山脉西侧。"小雅指了指前面山脚下的某一处崖壁。那里堆放着渣土、石块,隐约能看见一个洞口在崖壁下。

"马克先生是在那里失踪的?还是在没有到达隧道之前就失踪了?"陈震问。

"没有人知道他的失踪位置。"小雅摇摇头,"他降落那天,风暴很大,完全隔绝了地面和金星环之间的通信。"

"那么恶劣的天气里,为什么会选择着陆?是气象预测出了问题吗?"

"气象预测很准,他也得到了及时通知,但是他坚持要去。"小雅子苦笑了一下,"至于原因,这只能问他自己了。"

外面的风暴越来越大,黑沙子和火山灰被狂风卷起来,组成了一个黑色烟尘笼罩的世界。

接近山脚的时候,车辆速度慢下来,他们看到了山脚下的那个洞口。车辆缓缓进入洞口,经过几百米的距离之后,前面出现一道金属门,等车走到门前,金属门迅速打开让他们进去,然后又迅速关上。

一连经过了五道这样的金属门之后,陈震眼前终于出现一片开阔空间,有一两千平方米大小。这块山腹中挖出的空地上,停着几十辆熔岩车,还有一些没有激活的工业机器人整齐地排列在熔岩车两侧。

"即使下车也不要脱掉防护服,别忘了隔离门之外是四百八十多摄氏度的高温和五十倍的地球大气压。我们从来不脱掉防护服,最多就是摘掉头盔。"

小雅停好车后,他们穿着防护服下了车。"每个隧道都修建有这样的大型庇护所。把山腹的岩石层挖开,再安装具备隔热能力的防护层和耐高温机械隔离门就行了。庇护所可以放置维修材料和一些

第三十一章 降落

人类的生活必需设施。熔岩车不可能每天都返回金星环，有了这样的庇护所，车辆和人员才有了在金星的停留场所，才可能继续往下挖。"

"这些车还可以用么？"陈震指了指那些停止不动的车辆和机器人。

"设备都能正常工作，只是很久没有启动了。"小雅说着，拿出了电子地图指着屏幕，"这是地图，里面的隧道分岔都分别延伸了几公里，检查完每一个角落估计得三天。其实我们以前搜查过一遍了，但我想你需要再去搜查。"

"那当然。"陈震点点头，"四号隧道已经被岩浆封锁，那么二号隧道呢？"

"二号？那里没有必要检查，那在山的另一边。"雅子说，"依据马克先生当时所处的位置，他不可能有时间跑到二号隧道里面去。"

"不，我们不能轻易下结论。隧道总共有九条，全部都需要进行搜索。"陈震道，"每一条隧道都要再找一遍，并对搜索过程全程录像。这都是苏菲女士需要的。"

第三十二章　曾落入过的地方

熔岩车开凿的地下隧道以一种"之"字形的结构向下延伸。

Spectral公司在金星的挖掘工程可谓大手笔。隧道经过的岩层，只有表面的几百米是疏松的风化岩层，再往下几乎都是坚硬的花岗岩层。他们在地下挖掘隧道，将数千万吨的岩石挖出来，再经过蜿蜒的通道运到地面，都是在金星这样的残酷自然环境中完成的。

陈震和小雅驾驶熔岩车驶向地下的深处，一路所见的隧道宽广幽深，结构错综复杂。隧道的墙壁上是纵横交错的管道与各种各样的机械设备，大部分地方都安装了照明设施。即使如此，这个广阔的地下空间也显得有点黑暗恐怖。

他们用了三天时间完成了对九号隧道的搜索工作。马克并不在这里。没有发现他本人、遗骸或者他开的熔岩车，没有任何迹象显示他在这里。

下一个目标是四号隧道，据说那里已经被冷却的岩浆封锁，但陈震还是决定去看看。正当他们打算出发的时候，突然响起了消息提醒的声音。

"金星环紧急通知，明天下午开始，会有一次长时间的风暴出现，预计将持续半个月到一个月。"小雅看过了信息，表情有点紧张，"我们只带了十天的补给，我建议我们明早返回金星环，风暴结束后再来。"

"好吧。"陈震沉默了一会儿，虽然不满计划被打乱，但只能无可奈何地点点头。

第三十二章 曾落入过的地方

晚上，陈震悄悄爬起来，轻手轻脚地走到隔离门附近，钻进一辆熔岩车，发动了车辆。熔岩车具备自动智能操控系统，能接受语音指令，操作很简单。经过这几天的搜索之后，他已经能够熟练驾驶它。

车辆发出低沉的轰鸣，陈震调整好方向，驾车驶向通往外界的隔离门。

"等一下！陈先生，你要做什么？"走到最后一扇隔离门时，陈震从后视镜里面看到小雅追了上来，正急切地冲他招手，"风暴就要来了，不可以出去！等天气好转再说！"

"我想在返回金星环之前去一趟四号隧道，现在还有点时间，"陈震冷冷地回了一句，"明早我会返回，你不要管了！"

他踩下油门，加快熔岩车的速度来到隔离门前，隔离门慢慢打开，就在他要冲出去的时候，车的侧门被一把拽开，小雅跳了上来。

"干什么？"陈震刹住车皱眉道。

"一定要去的话，我得陪你去。我在这里待了很多年，比你熟悉环境。"小雅道，"我们在六个小时内赶回来，来得及在明早回金星环。"

"没这个必要，我自己去就行，你下车吧。"陈震说。

"不行，我得保证你的安全，这是我的职责。"小雅子执拗地坐着不动。

陈震瞪了小雅一眼，表示不满，但小雅不为所动。陈震无奈地吞了口唾沫，发动了车辆。熔岩车轰鸣着冲进了门外的黑色烟尘中。

外面风沙弥漫，风声呼啸，什么也看不清楚。陈震打开了自动驾驶系统，车子开始飞速前进。

半个小时后，小雅看了看窗户外面，"陈先生，你是不是搞错了？这好像不是去四号隧道的路。"

"哦，是吗？走错了？"陈震停车，"我们现在距离哪个隧道比较近？"

"最近的是二号隧道。"小雅指着地图说，"但到达那里需要六个小时，加上返回的时间，我们就来不及在明天撤离了。"

"我是要去的，如果你不愿意，我可以把你送回去，然后我自己去。"陈震停下车，冷冷说道，"你究竟走还是不走？"

"那好吧，我们去那里看看就回。"小雅依然固执地要同行。

熔岩车再次启动，飞速向二号隧道行驶。

没走多久车辆就发出报警声："请注意，外围风力在不断加大，建议立刻返回庇护区。"

"去二号隧道避风。"陈震给熔岩车发出指令，又面无表情地看着小雅道，"反正不远了，硬着头皮走吧。"

一个小时后，他们到了二号隧道。

由于是被放弃的隧道，二号隧道的庇护所比九号隧道简单得多，隔离门只有两道，好在都还能正常开合。不过两层门的隔离效果就差很多了，进了隧道之后，陈震连头盔都不敢摘。

熔岩车沿着隧道内的路开始下行，这里的照明设施都不再工作，只能依靠熔岩车的车灯照亮。眼前黑幽幽的隧道仿佛是隐藏在黑暗中的怪兽，张开血盆大口要把人吞下去。小雅能感觉到陈震的心跳因紧张而加速。

二号隧道只向山体内部挖了不到一公里的深度，半个小时后，他们的熔岩车就到了隧道主路的尽头，那里有几条岔道出现。

"那些都是当初主隧道挖不动时，尝试挖掘的道路，不过后来都放弃了。"小雅看陈震一直在看那些狭窄的岔道，不由得开始担心，"你不是想进入这些地方吧？那里面很窄，有的还有深坑，一个不小心把熔岩车陷在里面，我们就没法回去了。"她的语气几近哀求，"马克先生不可能在这里面的，我们返回吧。"

"既然来了，就全面检查一下。"陈震仔细看过了地图，"你如果害怕，可以下车在这里等我。"小雅坐在座位上没动。

陈震把车拐进了一条岔道。这里果然比主隧道狭窄得多，车辆再往前走了十几分钟后，两边的墙壁几乎要贴到车辆了。

陈震停好车，把车头对准一侧岩壁，启动了隧道挖掘装置。熔岩车的车头，一个圆形的钻桶缓慢推出，挖掘刀头竖起，准备对面前的岩壁开钻。

"你要干什么?！挖什么?！"小雅大叫起来，"这个隧道已经被放弃了啊！"

第三十二章 曾落入过的地方

"你可以自己到岔道外面去，不用非得留在这里。"陈震没有回答她，只是冷冷地说。

"挖出来的石头会被传送带运送到熔岩车后面的采渣仓并从那里卸下，那些石头没有后续车辆运走，堆在后面会堵住我们的出路！我们会困死在这里的！"小雅大叫起来，似乎忍无可忍了，"陈先生，你疯了吗?!"

"我要找一些东西。"陈震的语气很平静，"你拿一套通信器，自己出去吧，让九号隧道的车来接你。"

"你要找什么？这是金星！不是地球！你能挖到什么？"小雅还在喊叫。

"马上决定，你是走还是留？"陈震给她下了最后通牒。

"我要走，你也得走。"小雅的叫喊声越来越大，"我们都得回去！"

"好吧。"陈震叹了口气。他忽然伸出手，隔着防护服按下了小雅胸前的程序关闭装置，小雅被中止了运行，一下僵住，一声不响地停在那里。

现在，只剩下熔岩车的挖掘声回荡在隧道里。一块块石头被钻头击碎，从岩壁上掉下来，落入传送带，然后被抛到车后面。

他一边挖掘，一边看着地图。

从这个位置上，只需要继续挖掘二百多米，就可以接通那个"竖井"，那个他曾落入过的"竖井"。

在他拿到金星环隧道地图的第一天，他就发现二号隧道距离当年库卡峰那个供机械天堂降落的"竖井"很近。他记得清清楚楚，那最后的时间，降落的机械天堂，震撼的机人柱，引爆群山的云帆城主……

金星环对金星地表进行了全新的经纬度定位，那和上古的金星人类定位用的经纬度有一些差异，但是基本原理相同。他对坐标数据进行了修正，锁定了这个挖掘入口。

二号隧道被金星环放弃了。他们当然不会知道，这个隧道距离"竖井"是最近的，而陈震选择的那个岔路隧道的尽头，再往后二百米左右就是"竖井"，"竖井"通向地下的睡梦世界。

波粒二象猫

陈震在隧道里不眠不休地干了三十个小时，随着最后一声响动，隧道终于被打通了。在一片烟尘中，陈震看到前方出现了一个不规则的洞，洞后面是空的。他下了车，来到了那个洞口边缘，眼前出现一个巨大的深渊，他仿佛站在一个悬崖峭壁的边缘，下面黑黢黢的，深不见底。

他的心开始怦怦地跳。努力平顺呼吸后，他伸出手去，在"竖井"的边缘摸索，果然，那里不是泥土，而是某种坚硬的金属面。没错，这就是当年机械天堂降落的"竖井"，他从未想过，有一天，自己还会进入这个地方。

他返回熔岩车里，从熔岩车上找出几条昨天四处搜罗来的降落索并把它们连在一起，然后把降落索的一侧固定在车辆的绞盘上，另一侧固定在身上。按照当初"竖井"的结构设计图，从"井"口向下降落三公里后，井壁上应该有一扇电子门可以通向内侧的隧道。

他来到"井"边，开启了降落程序，随着降落索被绞盘一点点放下，他开始顺着"竖井"的内壁慢慢往下。

他尽量贴紧"竖井"的内壁，让自己能感受到冰凉的金属，脚下那浓厚的黑暗，仿佛是一个地底怪兽正张开血盆大口等着他落进去。

时间一点一滴的过去，缓慢的下落过程中，他有时会犹豫要不要停下来，折回去？不，不行。漫长岁月中的经历在脑海中电光石火地重现着。即使因坚持不住坠入"井"底而死，他也接受这个命运。他本来在百万年前就该死在金星上的，侥幸地活了这么多年，何必再回头？

幸运的是，降到三公里的深度时，爬梯后面果然出现了一扇圆形的金属门，看上去是一个入口。

"终于到了吗？"他喃喃自语。

金属门表面有一个凹槽，那是开启按钮。他用力按下去，但凹槽并没有下陷，好像被什么卡住了，门也没有任何反应。他又伸手使劲儿推门，但门纹丝不动。

陈震悬在绳索上，花了快半小时反复推按了很多次也没成功。防护服里的他大汗如雨，更要命的是，此时气体系统出现了红色的

第三十二章 曾落入过的地方

报警条。虽然已经把熔岩车的氧气储备全部带上，但如果在这里耗费的时间太长，氧气还是不够用的。

他放松了十几秒，让自己冷静下来，然后把脚使劲儿蹬在"井"壁上，努力在空中晃起来。他蹬了一下又一下，晃动的幅度越来越大，最后一次从高点像钟摆一样落下来的时候，他使出全身力气，狠狠地踹在了开门的凹槽开关上。这一次终于成功了，随着一阵吱吱呀呀地响动，金属门缓缓地开了！他伸手抓住开启的门，一点点挪了进去。

门后是一个长长的蜿蜒隧道，他机械地沿着黑暗的隧道行走，不知过去了多久，终于看到了隧道尽头；那里是一扇门，门旁闪烁着微光，看到旁边墙壁上的输入系统。他思索了一阵儿，双手颤抖着输入他的信息代码，那是他的天兵代码，代表他在机械天堂的身份信息。

门打开了，眼前出现了一个黑黝黝的楼梯口，陈震深吸了几口气，毫不犹豫地走了进去。在黑暗的旋转楼梯上跌跌撞撞走了不知多久，另一扇门又出现了。这一次，门后出现的是一个警卫室模样的房间。房间不大，昏暗的光线里，最显眼的是墙角躺着的两具白骨。

陈震走了进去，小心地蹲下去查看那两具骸骨。他们手里都有武器，那些钢铁经过了很多年也没有多少生锈的痕迹，他们的头骨上都有空洞，似乎是用武器自杀的。

这些人应该是执勤的卫兵，他们为什么没有进入睡梦城呢？独自留下保持清醒的，一定是维护整个系统的值班人员。沉睡，是为了有一天能够苏醒。睡梦系统启动后会留下一些天兵值守，观察地面环境，当环境恢复时把所有人唤醒。这两个人，显然在有生之年没有等到唤醒其他人的机会，因为金星的"烈火"一直在燃烧。但是他们为什么没有把自己接入睡梦系统？难道是畏惧进入那个长长的梦境吗？所以选择了在现实中死亡？

陈震在房间里仔细查看，很快找到了一幅电子地图。这里距离最近的睡梦城还有十几公里远，要穿过几条隧道，中间有好多道防护门。还好，这个警卫室中居然还有完整的资源补充系统，甚至包括氧气补充系统。进行补给之后,他打开了警卫室通往睡梦城的门。

这漫长的隧道,会通往那记忆中的层层叠叠的睡眠舱世界吗。

要不要走进去?

那里的人还在继续沉睡吗?还是已经……

是前进?还是回头?

第三十三章　小猫的睡梦轮回

被押进睡梦世界中的监狱的第一天，沙小猫一直在笑。她没理会狱卒看着她像看神经病似的眼神，因为她实在是觉得很好笑。

没想到星球联邦对反抗军是如此忌惮，不但把他们单独关进最深的一处睡梦城，还在睡梦世界里特意造了专门的监狱来关押他们，让他们即使在梦中也不得自由。

其实这又何必呢？

睡梦世界本来就是一个大牢笼，所有金星人类的睡梦牢笼。在梦里被重复关押一次，无非是多一层牢笼而已。一层和两层，有什么区别吗？反正谁也出不去。

起初她对这个世界还是有点好奇的。睡梦世界应该很大，但她的活动范围就只有监室和放风区那点地方。不过，即便是从这很有限的视野里，沙小猫也能感觉到这个睡梦世界做得很真实，模拟技术真称得上天衣无缝。

阳光、雨水、温度、万物生长……所有的感受都是真的。雨后墙角的蘑菇，会一点一点从土壤中挣出头。太阳照在皮肤上会产生切实的温暖，那温暖又会随着光线的明暗而变化。在清明的夜幕中，漫天星辰棋布、起落有序。眼前的建筑、人物都是惟妙惟肖、纤毫毕现，感觉不出任何虚假。

显然有一个巨型严密的算法体系，在支撑这个世界井然有序地运转。

这个世界好像比外面那个风雨飘摇的金星世界漂亮得多。虽然是个假的，但如果一个人不太挑剔、不经常回忆过去，那这里也能算一个完美的心灵避难区。

如果能出去逛逛就好了。可惜啊，被关起来了……

在进入监舍的头几年，沙小猫一直在期盼某个人的出现，然而那个人一直都没有出现。在期待中度过了几年之后，小猫慢慢放下了这件事。日子还长，有没有谁、见不见谁，都得过下去。

囚犯里有十几个人小猫都认识，比如在隔壁的珍妮。

珍妮也曾是北卫门市地下城反抗军的一员。小猫这个监区的犯人，大部分都是参加过末日反抗军的战士。这些人因不愿进入黑暗的睡眠而反抗，反抗失败后却都被押送进了睡眠舱，然后关进了睡眠监狱。

小猫和珍妮都感叹于这个世界的逼真，在一起聊得最多的，是什么时候可以离开。就算离不开梦境，能到这个很大很漂亮的假世界里逛一逛也很不错啊。可当她们和监狱管理方征询释放时间的问题时，得到的反馈只有一脸茫然。

狱卒和监狱管理方似乎不是来自末日金星的真实人类。因为他们显然对金星末日抵抗战争一无所知，即便听到囚犯们的谈论或接到关于释放时间的申诉，也当囚犯们是在发神经或者讲故事。

沙小猫仔细地观察过狱卒们，他们不仅是不知道关于金星的一切，而且是根本不了解这个电子世界的虚幻性，这从他们的眼神里就能看出来。他们的眼神里，没有那种彻底无所谓的、根本性的失落，那是金星睡眠人特有的一种眼神。如果你知道世界是虚拟的，你就会有这种眼神。狱卒们则完全不同，他们制服整洁、态度认真、遵规守矩，他们在乎天气、谈论薪水、谈论儿女家庭、谈论休假时间的长短。只有把世界当作真实的人，才会有这样的生活态度。

设计这个世界的，一定是个很聪明的人。

睡梦世界里这些认假为真、不知内情的 AI 程序人，日子过得安稳踏实，像托在大厦底部的砖石和沙粒一样，稳固着这个世界的情绪结构。试想，如果这个世界里都是金星睡眠人，人人都唉声叹气、忧心忡忡，那日子还怎么过？

派程序人来管理这些反抗军囚犯，显然是英明决定，毕竟由他

第三十三章 小猫的睡梦轮回

们管理最稳当不过了。天长日久，总会有犯人因思念现实而情绪崩溃，但不管犯人说什么，狱卒们都不会相信。如果你告诉一个狱卒，这是个睡梦世界，他本人只是一段电子程序而已，那你会被当作神经病。运气不好的话，还会挨上几警棍，那疼痛的感觉可是实实在在的。

囚犯们只能麻木地待着，看着眼前的一小片天地。

就这样，沙小猫一直在监狱里待了十多年。

日复一日。

年复一年。

开始她还数日子，到后面，就懒得去数了。她在洗浴间的镜子里看着自己的脸，那张少女的脸庞正逐渐沧桑，慢慢变成一个中年人。真是厉害的虚拟系统啊，小猫想，面容都会随着时间变迁一点点地增加皱纹、失去光泽和弹性。再过几十年，镜子里的那个影像会变成一个老太太吗？

漫长的时间里，洛维还是会不时地出现在沙小猫的梦里。她一直记得到这里来之前的一切。她躺进一个长两米、宽一米的睡眠舱里，旁边还有很多睡眠舱，洛维站在那里呆呆地看着。

她好后悔啊。如果当时，他们能牵手一起狂奔，逃出那个地下城，哪怕只跑出五米就被子弹击中而死掉，她也会很满足。

她想死在真实世界里，而不是永久地活在虚幻中。但那时候，他们都缺乏勇气。

她多次想象着，在某个早晨，门打开后，他忽然出现了。他看上去还和当初一样，年轻的脸庞上有着狡黠的微笑，样子没什么变化，但那只是梦。

沙小猫安慰自己：他不出现是好事。无论是他把我忘记了，还是他找机会逃离了，他的命运都算不错，至少比我的好。世事纷乱，谁和谁一定能再相见？谁又能一定会记得谁？

日复一日的重复生活中，小猫觉得永远都没有机会回到那个真实的金星世界了，甚至永远没有机会走出这个虚拟的监狱了吧。

但走出虚拟监狱的这一天，居然来到了。

就在那天那声巨响之后。

波粒二象猫

那一声响，惊天动地，仿佛是天空中炸响了特大的雷，不，应该说，好像是整个天空都炸裂了。

当时她正躺在监狱室的床板上，被震得身体一晃。她赶忙爬起来，隔着窗往外看。她身处的楼在微微地晃动，外面有很多人在惊呼奔跑，视野范围内，有房屋在倾斜、倒塌。是地震吗？沙小猫在心里嘀咕，但她对此并没有多大的兴趣，看了几眼，就回到床铺上继续躺着。她早就失去了观察事物的兴趣。这本来就是一个虚拟世界，有什么好看的呢，地震就地震吧，倒塌就倒塌吧。

地面又传来了几次巨震，让她没法睡安稳。

这一次，似乎是地面发生了什么剧烈爆炸。

如此剧烈的爆炸难道是在发生战争？沙小猫有点奇怪。这个虚拟的睡梦世界，不是让人们进行精神享受的避难乐园吗？为什么会出现战争？总不至于是为了增加生活刺激吧。她还在胡思乱想的时候，牢门的金属栅栏忽然自动打开了，半天也没有再关上。沙小猫吃了一惊，她爬起来，走到这间牢房外面。

每一个监舍的牢门都被打开了，院子里的扩音器里传来监狱官的惊慌失措的声音："爆发了核战！所有人，立刻离开监狱！赶紧逃命去吧！赶快跑！"

核战？沙小猫呆住了。

隔壁监舍走出来的珍妮迷茫地看着四周，"小猫，这是怎么了？"

"谁知道呢？"沙小猫茫然地看着四周。

地面还在不断震动，监舍的墙壁开始出现裂缝。

"走啊！还愣着干什么！"另一个狱友冲过她们身边，向着楼梯冲去。沙小猫和珍妮犹豫了一下，也跑向楼梯。所有的犯人都在奔跑，往监狱大门的方向。她们还没有冲到大门口，这座六层的监狱大楼就开始大面积倒塌。砖石倾圮，瓦砾横飞，很多人被压在钢筋水泥下面，大叫惨呼。她们顾不上别人，一路飞奔，终于跑出了监狱的大门。

十几个跑出来的狱友看着狱门外面的大街，目瞪口呆。

外面的世界显然比监狱里面更乱。

大街上到处是奔跑的行人，还有一些受伤倒地的人在呼救。路

第三十三章 小猫的睡梦轮回

面上一片狼藉，有的车撞上电线杆，有的车冲上路基，有的车撞在一起……看来是在突然发生的意外灾变面前，很多人想要驾驶汽车外逃，导致发生了大规模车祸，交通全部瘫痪了。

街边的商店几乎都是大门洞开。有的是门锁被砸开，有的是玻璃门被砸碎，有的金属卷帘门被人用斧子砍开，所有商店都被洗劫一空。

"真的发生了核战吗？"珍妮在沙小猫身边喃喃自语，"这不是睡梦世界吗？怎么会有这样的事？"

"小猫，是你吗？"后面传来呼唤声，小猫回过头，看见伊万诺维奇刚从监狱大门跑出来，在冲她喊。他也参加过地下城战争，做过沙小猫的参谋长。

"我们得赶紧离开这里！"他大叫着冲沙小猫打手势，"我去找辆车！"

"好！"沙小猫冷静下来，"到前面那条街上去找！"

大家很快从震惊和手足无措中清醒过来，毕竟都是参加过地下城战争的，内心远比一般人坚强。几分钟之后，他们成功把路上一辆侧翻的大巴车扶正，所有人上了车，开始沿着街道摸索开进。

一路所见，都是破碎起火的建筑、堆积如山的垃圾，显然这个城市内的秩序早已失控，人们都在逃亡，城市一片狼藉。车子出了城，沿着高速公路一直向前开了十几公里。直到路前方出现了一个断口——高速公路的高架桥在这里断开。

伊万诺维奇停下车，所有人一齐走下去，到高架桥的断口边上看着对面。

所有人都愣住了。

对面是一片死寂的焦土世界。那里显然曾是个人口密集的区域，但现在到处都是残垣断壁，有的还在冒着浓烟。几十层的大楼被拦腰斩断成好多截，像破碎的积木玩具，撒了一地。钢质结构的高压电线塔，好似是被小孩子故意弄坏的铁丝玩具，又像是受热熔化的蜡烛。更远处的一整列客车被炽热高温熔得不成样子，像半融化的冰淇淋。

"这是要干什么？"伊万诺维奇站在原地，忽然仰天狂笑起来，

波粒二象猫

"难道我们在睡梦中也要面临末日吗?"

前方的城市被冲击波和高温化为灰烬和瓦砾,一阵热风吹过来,烧焦肉皮的难闻气味充满所有人的鼻腔。沙小猫只觉肠胃一阵翻江倒海,旁边的珍妮已经双腿跪地、开始呕吐。

这时候,天上传来了巨大的轰鸣声和音爆声,仿佛是有什么飞行器过来了。

巨大的音爆声让他们都捂住了耳朵,并促使他们抬起头往天上看。他们看到远处的天际有好几个飞行物正带着明亮的尾焰朝这里扑过来。

导弹,是导弹!体积足有小型飞机那么大的导弹!

"天,不会真是核弹吧。"伊万诺维奇绝望地嘟囔了一句。

那是他的最后一句话。

一枚导弹就在离他们不到一公里的地方落下来,整个大地瞬间充满夺目的白光。沙小猫感觉到无数光和热扑面而来,剧烈的爆炸卷起巨大的蘑菇似的灰尘云团。

一切都被炸得粉碎。

沙小猫看到身边的人肢体碎裂,她看到了伊万诺维奇和珍妮被气浪撕成碎块,肉块呼啸着飞向四周,有些甚至从她身边飞过。但现场并没有鲜血迸溅,温度太高了,碎块被烧焦成一个个焦黑的肉团,伤口中的血来不及溅出就蒸发了。

她呆呆地看着这一切,却一点害怕的感觉都没有,只是觉得非常诡异。在睡梦世界中死去算是怎么回事?在某一瞬间沙小猫甚至觉得有点滑稽。她看着自己的胳膊、腿,奇怪,为什么自己没有被撕裂?

白光还在不断地向四周扩散,眼前的一切情景开始崩散,仿佛一切都是粉尘聚成的塑像,被重锤击得倒塌崩解开来,然后化为灰色的粉末。

空气中瞬间充满了灰色的粉尘。时间变得很慢,周围的变化都成了慢动作。她伸出手想触摸空气中的灰色粉尘,但发现自己的动作也变得极慢。

整个世界的毁灭,正在她面前缓慢地上演着。

第三十三章 小猫的睡梦轮回

然后,世界突然暗下来,没有光了,她呆立在原地没有动。不知过了多久,她的眼前忽然出现一片纯净的蓝色,那蓝色中缠绕着某种液体的波纹。她心里一惊,这颜色让她想起了困住她的那个睡眠舱中的蓝色营养液。她还没来得及伸手触摸那片蓝,光线又重新明亮起来。核战的残骸都不见了,世界重新变得整洁有序。

她环顾四周,眼前似乎是一个别墅的院子,一个女人正站在一片绿草地里,手里拿着一把剪刀在修剪花圃,旁边的草坪上有两个调皮的孩子在玩耍,他们互相追逐,偶尔还会跑到女人身边躲藏,拽着她的衣角撒娇,似乎是她的孩子。她自己,则变成一个婴儿,正躺在一个摇篮车里,身上盖着轻柔的棉被,阳光温和地照到她身上……

这显然是某个新生活的开端。

这,就是沙小猫经历的第一次睡梦世界的重启。

从那以后她才明白,原来人们在睡梦中,也被安排了生死轮回。

第三十四章 气象局

天气这件事,大部分时候都不太能引起人们的关注,除非是遇到台风、暴雨之类的突发状况,但在某些特定的世界里,天气信息对人们有着特殊的意义。在这种世界里,最新的气象信息,不仅受到高度关注,甚至可以说,是某些人能继续生活下去的精神支柱。

"没有变化。"小窗口里面传出来的女声冷漠而淡定。

"'没有变化',又是这一句。"老洛掩饰不住失望。他不死心地把脸凑近窗口,但是那个窗口小得只能伸进去一只手,根本看不到里面那人的脸。

"我们要等三年,才能来接收一次天气信息,难道就没别的消息了?"

里面的女人没有回答他的问题。

"太阳光还是那么强烈?地表温度、大气状况、水体体积怎么样?现在星球表面的海洋还剩下多少面积?"老洛絮絮叨叨地述说渴望得到的消息,"我们不是有很多卫星在天上看着么?睡眠纪元最初那些年还给我们提供影像记录,能看到星球的火山在喷发、大海河流的水体在流失、大气越来越浑浊把阳光都遮住了。再后来,信息越来越少,先是影像记录缩减成了数据报告,现在连数据报告都不给了,变成了简单的一句话。'没有变化',就这一句么?我们每隔三年才能获得一次新的气象通报,等了三年又三年,除了这句话就不能给点别的信息?你们气象局不能这样敷衍。"

"洛先生,注意你的态度,"窗户里传出的声音在冷漠中多了一

第三十四章 气象局

丝警告的意味,"想想你的职位。你属于管理系统的一员,而非普罗大众。你之所以会被星球联邦选中作为信息联络人,是因为我们认为你学识丰富,能冷静地衡量形势、做出客观判断,而不是轻易地被那些情绪感染。我们希望没选错人。太阳的变化周期是以万年为单位来计算的,仅仅相隔三年而已,星球的气候能有多大变化?我们气象局又能提供什么新的信息?'没有变化'是高度准确的概括句,有什么问题?"

"哪怕是为了安慰大家,总得给些数据吧!所有人都在期盼这些信息。"洛海有点泄气,转而用哀求的语气说道,"数据、图片、表格,只要有一点点,我也好回去和他们说,我不能每次都只转述'没有变化'这四个字吧!"

"洛先生,我只负责转达,信息内容是局里决定的,没有新内容,我总不能编造给你听吧?"窗户里面的女人似乎在一瞬间有点心软,停顿了片刻,但她也实在没什么可说的,犹豫了几秒钟后,啪的一下关上了那扇小小的钢窗。"本次天气信息沟通结束,请回吧!"

"等一下!"老洛从椅子上跳起来,砰砰砰地敲着那扇小窗户。

里面没有任何反应,窗户后面的那个小房间已经人去屋空了。

老洛懊丧地跌坐回椅子上。作为代表,他每隔三年来气象局听一次最新信息,然后再回去传达给自己的下级。金星睡眠人通过这样的一层层的信息传达,了解最新的星球天气情况。

天气定时通报制度是睡梦世界特有的管理制度,睡眠纪元元年就确立了这个制度。金星的地表天气变化是全体沉睡者们最关心的问题,因为这决定了大家什么时候可以苏醒。

进入睡梦世界这几百年来,外面的天气变化始终不大,从气象局得到的通报信息也越来越少,越来越简短,最后简短成一句话:"没有变化"。

一成不变、甚至更加恶劣的天气让有些人对苏醒不再抱希望,他们不再关注天气,转而麻木地接受睡眠生活。也有些人,面对永远糟糕的天气,内心积累的不安和焦虑越来越多,关注度反而更高。老洛无疑属于后一类。

他缩在椅子上,脸垮下来,似乎瞬间苍老了很多。发了一会儿呆后，他起身，走到这间小小密室的门边，本来要打开门出去了，但心里忽然涌起一股无法遏制的怒气，他猛然回身抡起椅子，朝那个小小的窗户狠命地砸了起来。

咣！咣！咣！

"我们等了一年又一年！就等来这么几个字！不管外面究竟如何，你们总得告诉大家啊！凭什么不说！难道天气信息是你们气象局独有的财产么？我们也是金星人，又不是程序，为什么不能知道？！"

那窗户的金属异常坚固，椅子都砸得碎裂了，窗户连一点痕迹都没有。老洛抡起椅子又开始砸墙，但这间小小的房间似乎是特殊材料制成的，破碎的椅子几乎无法在墙壁上留下任何痕迹。

发泄了几分钟，老洛满头大汗、筋疲力尽。他瘫坐在地上，歇了半天，看窗户后面始终没人搭理他，终于无奈地开门离去。

门外是一道狭长的走廊，走廊的尽头有一台电梯。他走进去，电梯开始下行。

星球联邦在 D 市的气象局藏在这座大楼的第九层，是个秘密单位。在睡梦世界中，气象信息只对睡眠人开放，经过层层的机密渠道悄悄地传递，在睡眠人的范围内扩散。这个世界中的程序人是不知道这些内幕的，也不能让他们知道。

大楼正门大堂里的三部电梯都只能到八楼，大楼后门偏厅角落里的这台电梯才能到达隐蔽的第九层，但只有通过严密身份识别的乘坐人才能乘着它前往九楼。老洛从电梯里出来，出了大楼的后门，没有走大路，而是沿着楼后的小胡同绕了几个弯，来到另一个街区。夏日刺眼的阳光直射下来，路上的行人大都打着遮阳伞。老洛用一只手遮在两只眼睛上，站在街边招手拦了一辆出租车，上车离去。

九楼上，一个身材高大的男人站在楼顶，一双鹰般的眼睛隔着单面可视的玻璃看着楼下离去的老洛，直到他的背影消失在街角。男人额头宽阔，眉毛浓密，一双眼睛中闪烁着阴森又有点迷离的目光。

"这个人的情绪不稳定，是否采取预防措施？"旁边的女秘书就

第三十四章 气象局

是刚才隔着小窗户给老洛传达信息的女人。她三十岁左右,一头长长的卷发,皮肤白皙,五官精致,眼形细长、眼尾上翘,金丝眼镜后的眼神带着几分天然的魅惑。"他是一级联络员,背后还有很多层级的信息分发人。作为首层,他这种焦躁的心理状态可能会影响到后面的一大批人,这会给我们带来麻烦。"

"麻烦,他能造出什么麻烦?"高大男人叹了口气,他张开手,在空无一物的虚空中,慢慢触摸着,仿佛想摸到空气似的,"这可是个虚拟世界,难道谁有本事在这个世界里凿出一个洞?"

"万一他出问题,你我都会有连带责任。"女秘书坚持道,"你看前一阵内部通报中的那几例失控联络人,他们精神崩溃,不再遵守保密原则,把睡梦世界是个虚拟世界的机密信息公开宣扬给那些程序人。要不是新闻部门应对得当,把这些人当作疯子关进精神病院,恐怕会造成轩然大波。一旦这类事情反复重演,总会有人开始怀疑,如果被那几十亿程序人知道了实情,知道了真实世界和虚拟世界的存在,那整个睡梦社会的伦理和信仰都会崩塌。"

"那怎么办?"高大男人沉默了一会儿,"又要执行记忆覆盖程序?"

"难道有别的办法吗?"女秘书反问,"让这些人忘记往事,他们安心,我们也安心。"

"可是,我们已经覆盖了太多人的记忆了,"男人缓缓地说道,"到底还要覆盖多少人的记忆才够?没有尽头吗?如果大家都忘记了,我们怎么回到当初?"

"这些……不是你我要考虑的问题,我们只管执行命令。"秘书对这个问题无言以对,但依然态度坚决地催促他,"你得尽快拿主意。做或者不做。"

男人还在犹豫,"下一批的记忆覆盖名单中,总共有多少人?"

"所有睡梦城有二百多万人,我们这里有三万六千一百人。"秘书立刻汇报了数字。

"才过了半年,居然又积累了这么多?"男人吃了一惊,"自愿的多,还是被动的多?"

"大部分属于自愿者。因为无法继续承受心理负担,他们宁愿选择遗忘。"秘书道,"其他的和这个老洛一样有失控的风险,又不愿意被覆盖记忆,只好强制实施。"

"解除记忆覆盖的技术还没有研究成功。"男人叹了口气,来回地踱步,还在犹豫。他从怀里摸出一根雪茄,"我们承诺记忆覆盖可以解除,就是在骗他们……"

秘书走近前去,拿出打火机,熟练地给他点燃雪茄,然后一声不吭地看着他,目光里依旧是催促之意。

"布林,这些年你变得越来越冷漠了。"男人意味深长地看了秘书一眼,吐出一个烟圈,然后无奈地叹了口气,同意了她的方案,"把他加入记忆覆盖的名单吧。"

"不是我越来越冷漠,是你越来越犹豫了。"终于获得准许,女秘书松了口气。

"这几年,你身上的杀伐果断越来越少了,变得像个……像个多愁善感的诗人。"女人和他开着玩笑,想缓和一下气氛,"和我初见你的时候,完全不一样了哦。"

"诗人……"男人喃喃自语,"你不知道,在很久很久以前,我差不多算是一台纯粹的机器了,恨不得把自己的每个细胞都变成钢铁结构。我以为那样可以让我如磐石般持久、如古井般无波,让我的脑子里只剩下逻辑,但即便那时候,我也没有摆脱过情绪这种东西。我一直学不会怎么做一台机器。或许,是因为我根本就不喜欢做机器的感觉吧……"

看着男人的脸色变得难看,她顿了顿,换了柔和的语气说道:"你我都是当差干活的,得按规矩行事。我们首先得自保,最起码不要成为被覆盖记忆的对象,是吧?这个老洛的情况比较紧急,我给他申请一条独立的覆盖通道吧。"

男人苦笑着点了下头,"你看着办吧。"

老洛坐着出租车在街上晃悠了很久,直到日薄西山,才下车找了一家饭馆,慢条斯理地吃了晚饭。他神态平静,下午在气象局时的焦躁已经完全消失不见。吃过晚饭之后,他沿着大街踱着步,溜达了半个多小时,在夜色降临的时候,来到了图书馆门前。

第三十四章 气象局

这个图书馆分门别类地收藏了几百万册图书。今天不是周末，又是晚上，图书馆里的人并不算多。古籍保藏室位于地下二层，是图书馆中比较冷门的角落。

老洛走进藏室，然后沿通道右转，到了一间会议室门外。他是来找人的，本要推门进去，但听到里面有十几个人正在热烈地讨论什么，就停下脚步。

门旁边贴着的告示牌写着："这里正在举行'科学界限'学术讨论会"。这是每周三都会举办的例行聚会。

老洛在门外找了个座位坐下，看来得等一会儿了。

"微观世界的测不准现象已经清楚表明，微观科学存在一条界线。"一个年轻男人的语气有点沮丧，"我有时候甚至觉得，那不是技术进步能解决的，不是今天无法逾越，而是可能永远无法逾越的天堑。"

"科技在不断前进，不能因为一时的测量失败就丧失信心。"另一位女科学家反驳道，"测量需要理论来指导。关于微粒的统一理论，这些年虽然没有巨大的进步，但新的理论假设一直在不停地出现，理论的完善程度在一点点增加。总有一天，我们会找到微观世界测不准的真相。"

"世界的不可知，或许真的不是人力所能改变的！"一位老者叹息道，"宏观和微观需要统一，如果不能统一，我们该怎么理解这个世界？宏观科技的进步需要我们迈向外太空，然而航天事业的进展却举步维艰。我们甚至还没有到达过距离最近的另一颗行星，又如何去探索整个宏观宇宙呢？"

"光速限制了我们。"另一个人补充道，"如果我们造不出超越光速的飞行器，那么所见即命运，这是注定的。"

然后人们又开始热烈地讨论一些新理论的细节，以及支持这些理论的公式……

老洛听得昏昏欲睡，当他被一阵凉风吹醒时，才猛然发现研讨会结束了，人们早已离开。房间里只剩下一个女人，正一个人坐在靠近讲台的位置。她面前摆着高高的一摞纸，她一边翻看纸上的文字一边在笔记本上记录，好像在整理什么资料。

老洛走进去，找了个座位面对着她坐下。那女人仿佛没有注意到他进来，连眼皮都没抬一下。

"你在这些物理学家们身上花这么多时间干什么？"老洛说道，"世界的结构决定了他们不可能知道真相，因为我们不允许他们知道。这些人天天都在为探索世界的本质而头疼，如果有一天知道了真相，他们会崩溃吧？"

"不要小看他们，进化会诞生许多料想不到的奇迹。"女人抬头扫了他一眼，"这些冲在最前面的理论探索者正在一点点地接近真相。从我们的角度而言，这就是不稳定因素，所以需要关注。你来干什么？"

"我得走了，那条数据通道准备好了么？"老洛随便翻了几页书，"事不宜迟，我想尽快出发，等联邦的密探来了就晚了。"

"你想清楚了？开弓没有回头箭。"女人抬起头。她一头卷发，戴着一副金丝边眼镜，模样漂亮，但目光锐利，"你醒了之后要面对的那个世界是个很糟糕的世界，甚至是个死地。"

"即便苏醒后看一眼现实就得死，我也认了。"老洛的语气毫不犹豫，"我见过最糟糕的现实，我不怕。"

"那个黑漆漆的地下世界，有什么值得你怀念的？"女人道。

"我怀念的是苏醒的感觉，至于身处何处，无所谓。"老洛淡淡地道，"数据通道准备好了吗？我很急。"

"数据通道一直都在。"女人没有直接回答他，"我们得先谈谈你我之间的那个承诺：你苏醒后，一定要为我输入那段隐藏位置的程序，因为他们会追捕我的。"

"只要我有机会做，绝不食言。你帮我这么大的忙，我无以为报，就这么一件事，我怎么会不做？"老洛笃定地点点头，"但，我如果在苏醒后立刻就被睡梦城的警戒部队控制了，失去进入控制室的机会，那你也别怪我。"

"你尽力就好，其他随缘。"女人满意地点点头，"送走你之后，我就得开始逃亡了。我可不想睡梦管理局那些人轻易锁定我的位置、然后把我的记忆洗掉。跟我来吧。"她合上书本，站起来自顾自地出了图书馆，"去数据通道。"

第三十四章 气象局

夜色更深的时候,老洛和女人驾驶的那辆黑色轿车悄无声息地开进了气象局大楼后面的小巷子里。

"逃离睡梦世界的数据通道居然在气象局?"副驾驶座位上的老洛似乎有点意外。

气象局大楼他每三年来一次,但是从没想过传说中的逃脱路线也在这里。

"睡梦世界和真实世界之间的数据通道只有这么一条,"女人把车停到暗处,"能传输气象数据,就能传输别的信号。你想借数据通道苏醒,只能用这条通道。"她下了车,不急不忙,步态优雅地走到大楼的后门边,拿出一张身份卡在感应处一刷,嘀的一声,那扇小门立刻开了。她回头看看还站在原地发愣的老洛,"快来啊,愣着干什么?"

老洛跟了上来,两人从后门进了大堂,到了那个通往九楼的电梯前面。女人掀开了电梯一侧墙壁上的暗格,把身份卡伸进去,并扫描虹膜,然后电梯缓缓地打开了。

女人跨进了电梯,老洛还站在门外迟疑着。

"都走到这一步了,还犹豫什么?"女人讽刺地一笑,"怕我害你啊!"

"哦,我只是,有点意外。"老洛的神情放松下来。细想一下,数据通道设在气象局是有道理的。虚拟和现实之间的数据通道肯定不会有很多条,通道越多管理漏洞越多,气象局的信息通道可能就是唯一的。这些年来睡梦世界中一直有"非法苏醒通道"的江湖传说,应该就是这种通道吧。老洛做了和女人一样的步骤,然后步入电梯。

电梯到达九楼,门缓缓打开,一条黑暗的走廊出现了。女人抬脚迈向了一个方向,老洛快步跟上去,两人在黑暗中一直走到走廊的尽头。面前出现一堵墙壁,女人蹲下去,伸手在墙角摸索,在摸到某一处时,一阵微光闪过。老洛知道,那是在识别身份。女人用力按了下去,墙壁安静地向一侧旋转,露出一个入口,入口内有刺目的光线射出来。老洛立刻闭上眼睛,适应了一会儿睁开。

墙后面的大厅里,是一个巨大的电子机房。整个机房有一千多平方米，无数台互相连接的处理器整齐地摆放着，各种管线、数据线密密麻麻地铺陈在一起。所有机器都在运转，每个显示屏幕上不断有新的图形、数据在出现，机箱上的红绿光小灯偶尔发出一两声轻响。

"气象局果然有新的数据！"老洛跟在女人后面走着，看着那些不断闪烁的屏幕，那些变换的波形和数字，"只是不愿意告诉我们，对吧。"

"星球联邦希望所有人都不要再关注苏醒这件事，持续的关注只能增加焦虑，没有任何益处。"女人淡淡地说道，"明知道天气几万年内都不会好转，沉睡还将持续很久，何必让大家在这漫长的睡眠中一直焦虑呢？"

"简单重复的信息可以逐渐降低大家的关注度，他们是这么认为的吗？"老洛道，"看来金星的天气并没有改善。"

"不是没有改善，是更糟了。"女人回头看着他道，"你没法到达地面，即使到了地面也无法生存。如果决定不去的话，现在还来得及。"

"要去。"老洛淡淡地说，没有停下脚步。

女人带着老洛穿过了大型计算机阵列，在一排显示屏幕的后面，出现一个巨大的玻璃隔间。走进去，老洛看到里面摆满了密密麻麻的、足有成百上千个可供一人平躺进去的长方形机械舱。机械舱的外部有密密麻麻的数据线连接着，一直通到外面的那些处理器上。老洛立刻就想起了自己在睡梦城的那个睡眠舱。

"这些机械舱是用来覆盖记忆的，覆盖程序由睡梦城的中央处理器来执行，因此这些舱体的数据接口直接连接睡梦城的量子矩阵，是睡梦世界和真实世界相连的通道。"女人把他带到了其中一个机械舱旁边，"你要进入的是九号数据通道。正常来说，你躺进去之后，你的数据就会和睡梦城接通，然后，覆盖记忆程序就会启动。"女人审视地看着老洛，"执行覆盖程序的过程中，虚拟和现实之间的信息就在交互。你要用这台机器的信息通道逃走，你的脑卡就要能对抗覆盖记忆的程序，还要能利用覆盖过程中信息交互的机会解除大脑和虚拟信息之间的锁定，然后才能实现物理状态的苏醒。成功，需要依靠你的脑卡。但愿你的脑卡真如你自己所说的，很独特、很厉害，能做到这一切。"

"我的脑卡是我自己制作的，不同于任何一款联邦制式脑卡。"老洛很有信心，"我在进入睡梦世界之前，就在为逃回现实世界的那一天做准备，他们是关不住我的，我需要的只是一条数据通道。"

"好，那么，请牢牢地记着你对我的承诺。"女人点点头，打开了机械舱，看着老洛躺进去，"如果苏醒后有机会，一定要为我输入那段隐藏地址程序。帮助你逃跑之后，星球联邦肯定会开始追捕我，我需要那段程序为我提供保护，我不想被管理局抓住，那样的话我会失去记忆。"

"我明白那对你的重要性。"老洛坚定地回答道，"只要我有机会，我不惜用我的生命去完成这个承诺。"

女人深深地看了他一眼，郑重地点点头。

女人将舱内的数据接口和他的脑卡连接好，从外面合上舱盖。"祝你好运，洛先生。"女人按下了接通数据传输通道的按钮。

数据流接通几秒钟之后，一阵明亮的电磁晕光忽然充满了整个机械舱，甚至照亮了外面的房间。平躺的老洛整个人开始抽搐和抖动，仿佛忽然被电流击中一样。抽搐了几秒钟之后，他忽然从那个机械仓里凭空消失了，仿佛是魔法一般。突然，整个房间响起了刺耳的警报声。

"数据流异常！发生非法逃逸！"

"数据流异常！发生非法逃逸！"

"居然成功了啊！"女人看着空空如也的机械舱，惊喜地感叹道，"洛先生，你可真是个天才。"

她迅速走到墙边，关上某个开关，想要让警报声停下来，但没有用，尖锐的警报声还在继续。她不敢再有片刻停留，急匆匆地沿着通道离去了。

第三十五章　布林的身份

午夜，正在床上熟睡的油十三被电话铃声吵醒，他睡眼惺忪地拿起电话，"哪位？"

"队长，刚刚发生了非法逃逸事件。"下属汇报的声音很急促。

"谁逃逸了?!"油十三立刻就清醒了。

"一个叫作洛海的人，他通过我们局的数据传输通道逃逸，就在几分钟之前。"

油十三吃了一惊，"他怎么进得了机房？"

"出入记录显示，是您的秘书布林女士带他进去的。"

"布林？"油十三跳下床，"这怎么可能？她人呢？现在在哪里？"

"我们联系不到她，正在找。"下属回答，"队长，要不要发布对布林的通缉令？"

"放屁！布林是自己人！一定有别的原因！不会是她干的，她可能是被人胁迫了。"油十三已经穿好了衣服，"等着我，半小时后召开紧急会议！"

布林是他身边最亲近的人。他相信她。一定有别的内幕。

睡眠人逃逸是严重的管理事故，紧急会议连夜召开。D市的气象局大楼里，环形的办公桌前围坐着油十三和他的五个下属。有一张椅子空着，那本来是布林的座位。

油十三抽着他的雪茄，会议室里烟雾缭绕，人人都面色沉重。发生这种事，大家都会受到星球联邦的斥责，惩罚轻不了。万一不

第三十五章 布林的身份

能善了，被关进睡梦监狱都有可能。

洛海的档案被投射在会议室的屏幕上。

> 洛海，金星纪元 7660 年生人。
> 职业：脑卡设计师、农夫。
> 履历：十六岁开始，供职于星球联邦工业软件设计中心，曾做出过多项重要发明，参与多款联邦脑卡的设计，还曾获得嘉奖。
> 洛海自十八岁开始，连续两次申请天兵资格，均失败。于是愤而辞职，不再为联邦服务，成为自由职业者。曾在地下城经营农场、贩卖矿藏，据说还在暗地里从事非法的脑卡改装勾当。
> 7720 年，洛海满六十岁时，被征召进入睡梦世界。他的睡眠舱位于第二睡梦城，编号是 11981。
> 亲属关系：只有一个侄子洛维。洛维 7731 年入选天兵，后在日冕物质抛射日失踪。

这是一份很普通的档案，没什么特点。有类似洛海这样经历的人，在金星有千千万万：人们在地下城挣扎奋斗，做各种行当，联邦公务员、农夫、矿工、手工业者……但只要你没当成天兵，六十岁都得进入睡梦世界。

"洛海和我来自同一个地下城，还当过邻居，"油十三叹了口气，"但我从来不知道，他有这么大的本事，给自己装了这么强的脑卡，能利用记忆覆盖舱逃走。"

"未必是他自己有多大本事，布林的协助也许才是关键。"一个下属说道。

"布林肯定是受人胁迫的。"油十三瞪了那个下属一眼。

"可我们一直找不到她，无法定位，这很反常。"另一个下属递过来几张纸质资料，"另外，总局在查她的底时，发现了一些可疑的线索：布林这几年的脑电波特征图谱和最初留在档案里的图谱有区别。对比类似睡眠状态下的脑电波采样，发现最近几年对布林的随机采样和档案里的留底有细微差异。虽然 σ 波整体很相似,但在 λ 波的第二个波峰和第六个波谷位置,波形特征完全无法对应。"

"嗯?"油十三看着两张脑波图谱特征峰的对比图愣住了,"居然有这种事?"

脑电波的峰形图谱,如同手指的指纹,每个人都不相同。同一个人,在同样的睡眠状态下采样,脑电波图谱的特征峰会有类似性。虽然梦境之类的东西会影响每天的图谱细节,但系统能找出同一个人的固有睡眠特征,这通常不会有很大差别。在睡梦系统中,睡眠人的睡眠脑电波特征都会被定时采集,用来作为识别身份的依据之一。

因此这个差异,确实是个疑点。

大家还在讨论这几张脑电波图谱的时候,会议室里的电话响起来了。是高层的人,要求油十三接听。电话很简短,说了几句就挂掉了。油十三放下电话,脸色愈发阴沉难看,"外部警戒部队检查了布林的睡眠舱。真正的布林,十几年前就在睡眠舱里去世了,病因是脑溢血。她的脑电波信号,被冒用了。"

"啊?!这个布林居然是个冒牌货!"几个下属同时呆住。

睡眠舱里面的人一旦死亡,这个人在睡梦系统里对应的虚拟电子人物也会被注销。这是系统的运作规律。居然有人截获了布林的脑电波信号,成功实现模拟,欺骗了系统,冒用了死者的身份。每个人都陷入沉默,开始回忆对布林的印象。这位老同事,立刻变成了最熟悉的陌生人。油十三笼罩在烟雾中,抬头看着天花板。所有人中,他最不能接受这个现实,布林和他可不仅仅是同事而已。

"她到底是谁?冒用身份的目的是什么?"几个下属七嘴八舌地议论道,"难道就是为了把这个洛海放出去?"

"可是这有什么好处呢?我看不出来。"

"真是难以置信啊,我们一起执行任务时,经常聊金星的往事,憧憬苏醒日的到来……"

"如果不是布林,会是谁呢?她本来的身份是谁?"

"现在找不到布林,只能问洛海了。"一个下属说道,"得赶紧把他抓回来。"

第三十五章 布林的身份

"洛海的睡眠舱处于第二睡梦城，那里已经没有外部警戒部队驻守。"另一个人补充道，"要抓洛海，得赶紧调派别的睡梦城的外部警戒部队，但最快的还是我们的人醒了去抓他。"

油十三思索了片刻，掐灭了烟头，"和总局申请一个苏醒指标，得是睡眠舱位于第二睡梦城的人，让他醒了去把洛海抓回来。另外，尝试联系洛海，看能不能和他谈谈。洛海苏醒后，应该很快就能弄清楚第二睡梦城的状况，那里根本没出路。我想，他会愿意和我们谈判的。"

睡梦世界的苏醒指标控制极其严格，申请流程复杂。D市气象局申请的用于派去追捕洛海的苏醒指标，提交后两个多月还没得到正式批准。在这期间，对布林的搜索也很不顺利，只有一支搜索队曾意外地接近她，但遭到激烈抵抗，甚至发生了伤亡。

正当油十三一筹莫展的时候，好消息传来。联系到了第二睡梦城的洛海，经过反复的通话劝说，他同意进行一次视频会谈。

会谈信号通道接通，出现在屏幕上的洛海胡子拉碴儿、头发凌乱坑脏、眼珠通红，看上去疲惫憔悴。他身处一间发生过倒塌的房间，两侧的墙壁向外侧倾斜，裂开了一个很大的口子，从屋顶倒塌下来的砖石掩埋了部分电子设备和办公家具，瓦砾遍地。洛海蹲在一个还没有塌陷的墙角里，那里有一台尚未受损的视频设备可以传输信息。

"洛先生，您已经在那里待了几个月，应该已经弄清楚了第二睡梦城的状况。"油十三不绕弯子，单刀直入，"第二睡梦城一百多年前发生过一次大地震，所有连接地表的通道、大部分的物资仓库，都塌陷了。没人能在那里长期生存，驻守那里的外部警戒部队都撤出来了，你在那里待不了多久的，躺回睡眠舱，回到睡梦世界吧，那是唯一的活下去的方法。如果你主动返回，我们可以和上面申请，对这次逃逸事件从轻处罚。"

"你还不明白吗，"洛海咧嘴一笑，"我这种人，畏惧的不是死亡，而是永远不死。"

油十三无言以对。他当然明白。实际上很少有人比他更明白。

"而且，就算现回去，也不见得能活下去。"洛海继续说道，"第二睡梦城恐怕存在不了多久了。这几个月我沿着还能走的通道查看了整个区域，很不幸，现在绝不仅仅是通往地面的通道和物资仓库塌陷，安放睡眠舱的整个地下空间的墙壁和主体支撑结构都已变形，有的金属支撑结构已经发生断裂，估计撑不了几年了。也许再有一场小规模的地震，这个地方就会完全被掩埋。睡眠舱被毁掉的话，第二睡梦城这几百万人的身体就都毁灭了，睡梦世界也没法拯救我们了。"

洛海的语气很平静，仿佛是在述说别人的命运，"反正没多久可活了，死在哪里不都一样？就让我在地下城安安静静地等死吧。这里还有一间没完全塌陷的物资仓库，残存的给养大概够我一个人再用半年吧。等这些都用完了，我就会离开这个世界了。我不会给你们找麻烦，放心吧，就别费心派人来抓我了，真的没有必要。这里的地下结构危在旦夕，何必再让另外一个人来冒险呢？"

"第二睡梦城的地质结构已经那么糟糕了么……"油十三皱皱眉头，他知道无法劝说洛海返回了，"那我们先不说你返回的事，你可以和我说说布林吗？你们认识多久了？是在进入睡梦城之前就认识的，还是那以后？你的这个苏醒逃逸计划，是布林设计的还是你们一起设计的？布林在其中起了什么作用？"

洛海没有回答这个问题。他沉默了一小会儿，忽然咧嘴一笑，"听到你的问题我很高兴，这说明你们还没有抓到她，她还是自由的。你别费心了，我不会透露任何关于她的消息。她冒着风险帮了我这么大的忙，我一个将死之人，没有理由再出卖朋友。"

"洛先生，你未必了解真正的布林。"油十三盯着画面里的洛维，"她帮你一定有条件的，对吧？她到底图什么？"

"我只是个普通的睡眠人而已，没什么可被图的。布林是个具有同情心的女性，这只是人与人之间的同情而已。你们不要再追捕她了，我们都是金星人类，何苦互相为难？"洛海叹了口气，看上去要结束对话了，"我没有其他要说的了，就这样吧，再见。"

"等一下，洛先生！"油十三叫住了他，"我给你看点资料，很重要的资料。"

第三十五章 布林的身份

油十三传输了一份调查报告给洛海，那是对布林的系统研究报告。里面有金星人布林在睡眠舱中的死亡画面、脑部解剖画面、死亡事件的推定依据，以及冒牌布林的脑电波特征图谱和真正的布林的脑电波存档特征图谱之间的区别分析。报告的最后一页是最终结论：

这是一起程序人冒用金星人身份的严重事件。睡梦世界中首次发生此类事件。

洛海看着文件，表情越来越严肃，最后陷入了沉思。

"气象局的那个真的布林，金星人布林，十几年前就去世了。你见到的那个布林，是假的。"油十三说得很慢，"她是一个程序人。她在你的周围，在我的周围，骗了我们很多年。"

油十三的语气缓慢而沉重，"你知道，关于金星的一切，对于睡梦世界中的程序人来说是知识禁区，他们不应该知道这些。但这位布林女士掌握的一切，显然远远超出了一个程序人应有的认知范围，她甚至比普通的睡眠人知道得更多。作为一段程序，布林已经失控了。我们不知道像她一样的程序人在金星睡梦世界中还有多少。"油十三看着老洛，"如果很多的话，那恐怕整个睡梦世界已经失控，而我们还懵懂不知。你可以想象，程序人正在悄悄越过我们，接管这个世界。我们的精神避难世界，正在一寸寸地被别人夺走。形势很危急！从物种的角度而言，你我都是人类，当面对程序人时，我们理应站在同一战线。所以，你一定会帮我的，对吧。"

老洛脸上的肌肉有点抽搐，内心似乎正在挣扎，但依然保持着沉默。

油十三继续说："我需要知道，布林做这件事，意图到底是什么？她花了很多心思，替代了睡眠人布林的身份，混进了气象局，获取了我的信任。然后，她发现了你，一个脑卡专家、一个一心想要苏醒逃走的人、一个有着独特脑卡的人。然后她获得了你的信任，帮助你实现了苏醒逃逸。她如此大费周折，一定有目的。弄清楚她的意图对我们很重要，你能告诉我，布林让你做了什么吗？"

老洛抬起头看着油十三，欲言又止。他是老牌技术专家，看完油十三传来的报告，就知道这都是真的。他的内心开始动摇，因为油十三说得有道理。

"最近几个月，我们都在追捕布林，你知道我们遇到多少反常的事情？"油十三看着屏幕里开始动摇的老洛继续说，"我们可以定位系统中的任何一个程序人，但是我们无法定位布林。她的位置坐标在不定地快速变化，那就像是……唔，像是原子核之外的电子，飘忽不定，任何具体的时间点上，都没有具体位置坐标，只有位置概率。曾经有一队捕手意外地接近了她的位置，他们开枪击中了她。可是目击者报告说，布林似乎具备某种特殊的自愈能力，枪击对她造成的影响极其短暂，十分之一秒不到，她就恢复了。这种快速自愈的能力，违反了系统设定的熵增死亡定律。布林，正在违背这个睡梦世界的基本自然法，联邦当局正在集结一切力量处理这个危机。所以我们想知道到底发生了什么。"油十三把脸贴近屏幕，语气很诚恳，"她一定有目的，她要你做什么？你可以告诉我么？"

"她确实有一件事要我做。"老洛终于开口了，"她要我在苏醒之后，在控制室里为她输入一段程序。她说那是为了避开系统的位置锁定、摆脱追捕而设计的后门程序，只是用于自保。我研究过布林撰写的那段程序，我并不是百分之百能看懂，但是能看懂的部分，确实如她所说，都是使位置无法被定位的功能。"

"那么，你输入了那段程序没有？"油十三紧张地问，"你怎么能进去控制室？那应该有严密的门禁系统和森严的守卫。"

"苏醒之后，我就照她说的做了。"老洛的语气非常无奈，"我担心有人来追捕我，所以在第一时间就去完成了这件事。我观察了很久才找到守卫的漏洞，利用漏洞和布林给我的门禁密码进入了控制室。我真的不知道，她是一个程序人。我一直以为，她和我一样是睡眠人。我以为她对我的帮助，仅仅是出于同情心……"

洛海有点懊丧。就算布林是程序人，他对她的感激也并没有任何减少；然而作为人类，他当然不希望自己被程序人利用，给睡梦世界和人类带来危害。他并不希望有这种结果。

"我刚才仔细回忆了我和布林的相识，还有她帮我设计的这个苏

第三十五章 布林的身份

醒逃逸计划,发现我们的相识、互信、制订计划,似乎都是她在推动。很多意外和偶然,好像都是她首先触发的,"洛海揉着额头,回忆着这几年的经历,"而我是一个被推动者。她找机会认识了我,逐渐熟络,然后我们讨论金星的气候、讨论气象信息分享的不公、讨论对覆盖记忆这种强制操作的反感,然后说到苏醒逃走的话题。她状似不经意地透露了她有机会接触一条数据通道的消息。最后,在我的恳求下,她开始和我设计和制订逃逸计划。如果这一切……真的是一个处心积虑的计划,那恐怕是个大麻烦。"

第三十六章　早餐

油十三从气象局大楼回到住处时，天色已微微发亮。彻夜的工作并没有让他感觉疲惫，他只是心情沮丧。从总部来的数据分析师对布林交给洛海的那段程序进行了反复分析，很遗憾，其中几行数据，几位最顶尖的分析师都没有彻底弄明白其中隐含的意义，所以无法对布林的变异状态做出明确解析。调查了几个月，事情却毫无进展，据说总局已经在考虑派其他人来接替油十三的职位，掌管D市的气象局。油十三，可能会被调到别的城市，降职处理。这个结果是意料之中的。仅仅是调岗，没有让他坐牢，其实已经很客气了。

油十三回到公寓大楼下，楼里大部分套间都黑着灯，大部分人还在熟睡。他坐电梯来到了顶层自己的套间门前。他喜欢住在这里，站在高处往下面看，有一种脱离尘世和混沌梦境的感觉，他喜欢这种感觉。

打开房门的一刹那，他愣了一下，屋子里的灯是亮着的，厨房里还传来噔噔的声音，那是切菜的声响，有人正在做饭。

厨房里的人听到了门口的声响，探出了头，对他说："回来啦？忙了一晚上饿了吧？饭马上好哦，去洗手，准备吃早餐吧。"

油十三看着那张笑意盈盈的漂亮脸庞，在原地呆立了几秒钟，轻轻地苦笑一声，转身脱下外套挂在门口的衣服架子上，"闻着很香啊，今天吃什么？"

油十三和布林，像过往的很多个早晨一样，面对面坐在餐桌前，热气腾腾的食物摆满了桌子。他们住在一起已经有四五年了，但今

第三十六章　早餐

天见面的情形实在有点尴尬。

牛奶、黄油面包、煎鸡蛋、火腿、清炒的几个蔬菜、加了虾仁的海鲜粥，八九个碗碟，整整齐齐摆了一桌。一杯浓香的红茶，独自摆在桌子的右上方，那是油十三习惯放茶杯的地方。他抄起筷子，开始狼吞虎咽地吃起来，昨晚累得不轻，着实是有点饿了。

"冰箱里的食材还是之前的样子，我不在的时候，你不做饭么？"布林围着一条粉色格子的围裙，手里拿着筷子却没有去夹任何吃的，只是目不转睛地看着油十三。

"一个人，懒得弄。"油十三嘟囔了一句，几口就吞下一片火腿，然后端起茶杯，大大地喝了一口。

"早餐总要吃的，就算我不在，你也要吃的。"布林柔声道。

油十三没接话，放下茶杯，又喝掉了一整碗的粥，才扔下手里的碗筷，仰天长嘘了一口气。他的手已经放在腰间的枪套上了，但抬头看着天花板愣了一会儿后，终于又把手拿开了。

"算了，其实，我也没什么要问你的。你要做的那些事，总得找个能在气象局说得上话的人来骗，然后才能得手。我只是碰巧成了那个倒霉蛋而已，对吧？"

"一开始，我没打算骗你，我认识你的时候，还没有计划做这件事。"坐在对面的布林轻轻叹了口气，"后来，我开始策划这件事，你的身份……我当然不能告诉你，你不会允许我做的，所以只好瞒着你。"

"为什么？有什么好处吗？"油十三的语气很苦闷，"无论你是程序人还是金星人，我们就这么过日子不好么？你折腾这些干吗？难道程序人真的想要造反了？"

"你经常说，世界是虚拟的。"布林张开手，举高，去触摸看不见的空气，"你想过没有，对于我们这些程序人而言，你这句话意味着双重的虚拟和对世界结构的更多的迷惑。难道我们这种人，就只配一直浑浑噩噩地活着？永远被麻醉在诗歌、哲学、宗教这些表象的东西里，永远不能去触碰那个被称作'现实'的坚硬底层？"布林说到这一句时，语气微微颤抖，似乎非常激动。

"站在你的立场上，我表示同意。"油十三伸出十个手指抓挠自己的头发，极力克制着内心的冲突，"但这个世界毕竟是金星人创造的，我想，我们拥有管理权。"

"管理权？你是说金星人理应处于某种更高级的生存层次中，有权利从上而下地俯视着所有不知情的人们，如视蝼蚁，是这样么？"布林伸长脖子，把脸凑到油十三面前，"如果是，那我告诉你，我，不喜欢这种规则！非常不喜欢！！"

油十三看着挑衅地贴上来的布林，把身体向后缩了缩。

他从来都不擅长和布林吵架，况且这个话题很不容易反驳。他一时间想不好该怎么继续论争，只好冷哼了一声，敷衍地表示了不满。

布林原本有点激动，但看着他手足无措的样子，忽然又扑哧一笑，站起来走到他身边，俯身看着他，脸几乎要贴上他的鼻子。

"如果你一开始就知道我是程序人，你还会喜欢我么？现在你知道我是程序人了，还做了很多危险的事，是不是打算把我抓到局里去，让他们对我做各种研究，最后碎尸万段、不留后患？免得危害你们对这个世界的管理权？"

"规矩你都知道。"油十三看着眼前这张娇媚万分的脸庞，咬牙切齿地说出一句，"这是我的职责。"他迅速掏出枪，举起来对准布林的额头，看上去好像随时会扣动扳机。

布林没有躲闪，她看着他的枪口，眼神里没有任何畏惧。

油十三举枪的动作总共只坚持了三秒钟。

"就当我们今天没见过。"他把枪砰的一声拍在桌子上，闭上眼，"趁我没后悔，赶紧走！"

布林看着他满脸扭曲的神态，忍不住哈哈大笑起来。

"小声点！"油十三怒道，"你不知道派了多少人来抓你吗?！万一被抓住，你肯定完蛋了！你会被系统清除的！"

"你很害怕我会死吗？"布林眼色温柔地看着他，"即便知道我和你不是同类？"

油十三还没来得及回答这个问题，客厅房门忽然发出一声巨响，砰然倒地，随后冲进来六七个全副武装的特警，手持冲锋枪瞄准布林怒喝道："不要动！趴下！双手抱头！"

第三十六章 早餐

"不要开枪！"油十三从椅子上跳起来，本能地挡在布林前面。

"十三，子弹没法伤到我的，不用担心。"布林在油十三肩头轻轻地拍了一下，然后忽然冲出去，径直奔向巨大的落地窗。

"不要动！"特警们冲过去想要拦住她，但她快得像是一道光，转眼间窗户玻璃碎裂，她已经跳了出去。

砰砰砰砰砰！

随着一阵激射，弹头撕开空气，打到已跳出窗户的布林背上，她被巨大的冲击力裹挟着，从二十几层楼的位置向地面摔去。

油十三奔到窗边探头看下去时，只见地面的一辆汽车的车顶已被撞得完全塌陷下去，而布林正站在车旁，拍打衣服上的玻璃碎屑。她仰头冲他挥挥手，随后就消失在街角。

特警们没抓到布林，油十三被带回去进行了审讯。

"她为什么会出现你家里？你们是约好的吗？"

"你为什么要阻拦特警队对布林的追捕？"

"洛海那件事你是否参与了？你和这件事有什么关系？"

两个审讯员严厉地看着油十三，发出了连珠炮般的质问。

"可以给我一支烟吗？"油十三要来一根烟，深吸几口。

"我知道我说不清了。"他皱着眉头，"我也不想再解释了。如果局里对我的怀疑一直没法消除的话，覆盖我的记忆吧，或者再把我投入睡梦监狱。"他的手指夹着烟，脸遮在烟雾中有点儿模糊不清，"我很累了，怎么样都无所谓了。"

第三十七章 微观科技危机

很多年过去了，金星的太阳危机一直没有停止。过多的光、热、辐射还在持续不断地降临到金星上，气候灾难一直缠绕着这个星球。

睡梦城的中央控制室中，量子矩阵处理器的信号灯还在闪烁，在不停地制造虚拟信息缠绕所有金星睡眠人的大脑。在各种内部和外部的危机缠绕下，这个地下的虚拟世界挣扎地运转着，一年又一年……

睡梦世界里，食品和住房依然会涨价，人们还是需要努力工作才能养家糊口，生死疲劳一点都没少，生活并没有更轻松。

为什么虚拟世界里的幸福依然要努力才能获得呢？难道虚拟的事物不是比现实事物更容易得到么？

现实中要获得一块面包得去耕地、播种、收割麦子、磨面粉、烤制；但在虚拟世界中，面包应该只是一个立体图像而已，只需处理器的一点点算法支撑、系统的一点点存储空间，面包便会诞生，能有多复杂？为什么不能免费提供给大家？

大多数金星人进入睡梦世界避难之前，都以为自己会生活在一个物质可以无限供应、人人都逍遥自在的虚拟世界里。当日子很辛苦的时候，很多人提出过这个疑问：为什么系统不能给予我们很容易得到的幸福？但没有任何人站出来回答这个问题。时间长了，再加上每个人都被看不见的手绑在固定的轨道上、疲劳地运行，于是再没有人提出疑问了。

莫克芯片公司的老板丽莎，最近就格外的疲惫。因为公司的产

第三十七章 微观科技危机

品出了问题,客户的投诉和抱怨源源不断,让她疲于应付。出问题的是公司的最新款芯片"微震波",最初来投诉的,是一家使用这款芯片的赛车游戏公司。

使用"微震波"芯片的一款3D赛车游戏,在开始运行后出现了一个不可思议的故障:玩家们的赛道成绩不断地被刷新,最终超越理论极限,达到了不可能的地步——一条长五十公里的山区赛道,居然有玩家用了不到三分钟就跑完了!

这个故障让游戏公司损失惨重。这款游戏发行之初,为了鼓励玩家参与,曾经附带推出一个奖励条款,任何玩家如果能在这条山区赛道跑出八分钟之内的成绩,都可以获得十万元现金的奖励。这个奖励条款原本是为了游戏促销,搞新闻炒一炒,游戏公司根本不认为有人能跑出这个成绩。所以第一个突破的玩家出现时,他们大吃一惊。没过几天,越来越多的玩家完成了奖励条款,来领奖金,游戏公司见势不妙,紧急叫停了游戏运行,但已经亏损了好几百万元。

经过一系列技术检查,游戏公司找不到故障原因,于是认定是芯片有问题,来找芯片公司的麻烦。双方讨论这个技术故障的时候,芯片公司的老板丽莎女士是这么质问游戏公司的:"这怎么就一定是芯片的问题?难道就不可能是玩家使用外挂、作弊之类的其他手段?"

"这些可能性都被排除了。"游戏公司的代表道,"虽然名义上没有公开,但我们的游戏设置里,赛车是有一个速度上限的,无论玩家怎么改装、怎么使用外挂,速度都不可能突破这个上限,因为它来源于游戏的底层机制设定:赛车完成基础移动距离所需的最短时间。基础移动距离,就是游戏中赛车完成每次改变位置的最小距离,赛车跑完这个距离的最短时间是被我们限制了的,换句话说,游戏中的最大速度是明确被规定好的,玩家是不可能超越这个速度的。当超越了这个速度,物体的移动就不是连续运动,成瞬移了,而瞬移这种现象,从游戏底层算法上来说是不能出现的。因为游戏中赛车的连续移动,都是由一次次最基础的移动单元组合而成的。是一格一格移动的,不能跳格!两次基础移动之间,虽然时间间隙极小，但一定是存在时间间隔的。瞬移意味着两个移动之间的时间间隔为0，这不可能。"

"你说得有点道理，"丽莎面无表情地点点头，"既然是如此的不可能，那么那些反常规的速度突破，到底是怎么发生的？"

"似乎和特定区域发生的碰撞有关。"游戏公司的经理亲自上阵，打开演示屏幕，进入了赛车游戏。

画面里，赛车启动，在山路上开了几十秒之后，要经过一个几乎是直角的弯道。经理没有减速，反而开始加速，在弯道最急处，他猛然转向，把车准确地撞进了旁边的崖壁。奇怪的事发生了，赛车没有撞得粉碎也没有被弹回来，而是直接穿过崖壁，出现在崖壁另一边的赛道中，继续狂奔！这一次穿崖而过，赛车等于是直接省略了十几公里的赛道。在另一处崖壁，经理重复类似的碰撞操作，赛车再次穿崖壁而过，出现在崖壁另一侧的赛道。如此反复几次之后，这辆赛车果然用了不到三分钟就跑完了五十公里。

"第一个突破的玩家，应该是意外地发现了这个碰撞后的奇特效果，这家伙后来还把这个办法当作'速度突破秘籍'高价卖给其他玩家，让我们亏损了不少钱。"游戏公司经理的语气愤愤不平。

"从游戏画面上看，发生穿崖壁而过时，崖壁并没有碎裂或者被撞出洞孔，赛车怎么会到另一边？"

"我们的游戏里，本来也没有'赛车撞碎崖壁'这种设定。碰撞后都是赛车被弹回或者被粉碎，那才是正常的画面。现在发生这种反常的穿越崖壁的状况，难道这不是你们的芯片有问题吗？"

芯片公司的人陷入一片寂静。这个现象确实是无法解释，不能排除是芯片的问题。

丽莎启动了公司内部的紧急技术研究，经过几个月的努力，虽然还是没有找到根本原因，但好在技术总监亨特先生最终想出一个办法，解决了这个问题。他的办法很简单，在这几个总是被撞击穿过的位置，增加悬崖崖壁的厚度。用了这个办法之后，果然赛车穿崖而过的情况不再出现了。

游戏公司无法理解这个办法为什么会管用。因为当初穿崖时没有看到崖壁碎裂被撞出空洞，甚至游戏里也没有崖壁可以被撞碎的

第三十七章 微观科技危机

设定,既然没有那些,那为什么增加厚度会管用?

不管怎么样,问题是解决了。游戏公司勉强同意回去继续测试,危机暂时解除。

"这涉及游戏中物体碰撞的原理。"亨特这么给丽莎解释自己的理论猜测,"碰撞算法的底层逻辑是为了避免任何物体在游戏中出现空间和位置重叠。游戏里面的位置重叠检测,是有时间间隔的,程序每过一会儿就会自动检测赛车模型和障碍物之间的距离关系。一旦距离小于设定值,就会视为发生碰撞,把赛车弹回去。之前在某些位置,赛车会在碰撞发生后穿过崖壁,是因为在碰撞的那一瞬间,系统没有及时认定碰撞行为。换句话说,碰撞发生在了两次检测的时间间隔中,利用这个间隔赛车完成了穿越。

"系统设定的最小碰撞检测间隔,是非常短暂的。所以赛车的碰撞与穿越,要在比检测间隔更短的时间内完成,才可能避开检测。怎么才能在这么短的时间里做到这两件事呢?一是需要赛车速度足够大,二是需要碰撞位置的崖壁特别薄。只有这样,穿越崖壁的时间才能短于两次检测的时间间隔。于是系统被忽悠了,出现了'盲视',赛车才能直接越过崖壁,发生瞬移。解决这个问题,最简单的办法就是增加崖壁厚度,让赛车穿越崖壁的时间稍微长一点,这样就会被系统检测察觉,赛车就会被弹回来。"

"这确实是最简单的解决办法。"丽莎若有所思,"但是,这不是从根本上解决问题。"

"最根本的解决办法,是要缩小系统的检测间隔,但目前游戏设定的最小检测间隔是 0.000 5 秒,理论上足够用了。"亨特有点犹豫,"除非是……"

"除非是我们的芯片响应速度出了问题,达不到理论设定的时间间隔?"丽莎立刻明白了。

"是这样的。"亨特困惑地点点头,"但是我们的芯片怎么会响应速度下降呢?这没道理啊,出厂前经过了反复的测试,'微震波'可是目前市场上最先进的 1nm 制式的芯片。"

"游戏公司的事情就这么处理吧。"丽莎同意了他的处理办法,但她想解开自己的疑惑,"我要亲自主持实验,从今天开始,每天都要检测芯片的响应性能,不断积累数据,看看到底是什么问题!"

持续的检验进行了三个月之后,有了令人意外的发现:这款芯片的响应速度,真的在缓慢下降!每天下降一点点,每天会比前一天慢一点点。单独看某一天的下降幅度并不显著,甚至可能会归结为检测误差,但把每天的数据累计在一起,下降趋势就很明显了。

莫克芯片公司在震惊之余,立刻开始秘密调查原因,但是在半年多的时间里,他们没有任何进展。没人能解释微观芯片为什么会出现响应速度缓慢下降的情况,这些芯片都是由同样的工艺生产的,质量原本是很可靠的。

又过了半年,就在莫克芯片公司还在苦苦寻找芯片故障原因的时候,整个芯片行业都出问题了。全世界所有的微观芯片,只要是低于 200nm 的,纷纷出事,不稳定、过热、跳线、响应减慢……所有问题几乎在一夜之间爆发了。

莫克公司后来才明白,他们的芯片"微震波"之所以会首先出问题,是因为那是最先进的 1nm 制程芯片,晶体管体积最小,而其他公司的芯片都在 5nm 以上。

芯片出问题之后,所有相关产业产生了连锁反应:从家用电器到机械生产控制,从机器人到大飞机,所有使用芯片的工业都出了问题。电饭锅和洗衣机短路、工厂的生产线发生自燃、机器人宕机、飞机在飞行中出现信号故障,甚至有几架飞机直接从天上掉了下来。

世界开始混乱。

无数科研机构紧急投入研究,几个月后,在星球联邦的"集成电路行业危机会议上",权威科学家总结了目前的形势:

"我们不知道发生了什么,但看上去,越是小尺度的微观领域的科技,受到的影响越大。我们称之为'微观科技危机'。不仅仅是芯片晶体管行业,微观科技危机波及了所有的纳米行业,生物医药、环境、能源、建材、精细化工等,都出现了因材料性质不稳定导致的各种问题。比如医学界,病人使用的纳米级微粒注射液,几十年来都用得好好的,最近却开始不断发生医疗事故:在注射后发生多起纳米粒子在病人的血管中聚集、造成血栓的事件,医学界不得不停止使用所有纳米注射剂。广泛使用精密芯片的计算机行业,金融、

第三十七章 微观科技危机

超算、精密机床、航天等,生产和运转不得不暂停,重新启用一些'古老'的计算和数据处理设施。受此影响,高新技术产业可能会持续倒退,其他产业也不能幸免于难。我们的生活将被影响到何种程度,目前来看,不得而知。"

随后进行的物理学行业的"微观物理学危机讨论会"上,物理学家对这次事件发生的原因给出了猜测:

"以人类的认知水平来说,目前无法解释到底发生了什么,似乎有一种力量在阻止我们使用微观科技。我们猜想,我们世界所在的空间中,在微观层面上,发生了某些持续的、不断增强的震动。这些震动,让微观结构空间产生了某些不稳定的波动和裂隙。由于微观层面的空间不稳定,所以,越是精细的产品结构,受到的影响就越大。芯片行业的晶体管栅极长度,普遍只有几个纳米,这是人类最普遍使用的尺寸最微小的科技产品,所以芯片行业率先崩溃。我们好像只能用倒退的办法来应付这次危机:使用那些尺寸更大的工具,比如微米级的芯片。事实上,我们的科技正在迅速倒退回微米级别。如果这种空间的不稳定继续蚕食更广阔的空间层面,微米级科技能支持多久,也很难说。最可怕的猜测是,如果这种结构不稳定的情况逐渐拓展到宏观层面……那未来将是很可怕的。我们还不知道人类会倒退到什么地步。显然,人类应该做好准备。"

微观科技危机爆发后没有多久,随着舆论的不断发酵,民间的"复古主义"在全世界大行其道。

这些"复古派"主张回归大自然,不用电器、甚至彻底脱离电力,去过原始人一般的生活。

他们的口号五花八门:

"科技是危险的东西,如果我们脱离这些东西也能活下去,我们为什么要依赖它们?"

"回归大自然!这是自然界给我们的提示!"

"科技退化已经不可避免,大家不如提前适应,以免灾难临头时,人类被团灭!"

"我们甚至不再需要什么智商了!让我们回归本能吧!"

"复古派"的人有的搬到农村回归男耕女织的生活,有的甚至到荒无人烟的野外，启动荒野求生的模式。这些荒野求生的人甚至连打火机都没带，号称要重新使用钻木取火这种"最基础、最可靠的技术"。

不知道是因为钻木取火不熟练，导致生不了火没法做饭，还是荒郊野外缺少抽水马桶和卫生纸实在不方便，大部分生活在荒野的人没坚持多久，就纷纷逃回城市了。留在荒郊野岭里的人连万分之一都没有。

逃回城市的人们很庆幸大部分科技产品依然可以起作用。至少火车依然在跑，电灯还能亮起来。

于是人类对这场莫名其妙的灾难的适应方向就成了：如何在不使用微观科技的前提下，继续有质量地活下去。

第三十八章　睡梦管理局

不管外面的世界怎么改变，丽莎都没有多少变化。

她是个有点奇怪的人，她的奇怪之处在于那种异乎寻常的淡漠。这种淡漠，并非那种世事历练后的稳重，也不是一种刻意的情绪控制，而是一种发自内心的漠不关心。她是一个优秀的老板，冷静而缜密地经营着芯片公司，也会及时处理各种问题；但如果说她有多么的关心自己的事业，好像又不是这样。

认识她多年的员工们都知道，她很少有情绪波动的时候。在普通人看来是理应引起狂喜或大悲的事，在她那里都是一种可以平静接收的信息而已。她的私生活也很特别，没有家人，也没听说她有什么朋友。不喜不怒、不悲不欢，没人知道她究竟关心什么，所以员工们私下都称呼她为"冰人"。

芯片危机开始后，莫克公司逐渐没有业务了。

全行业的芯片公司接二连三的倒闭，本就搞得行业内人心惶惶，新闻媒体还唯恐天下不乱，整日里推波助澜。很多公司迅速解散了，但丽莎没有立刻关掉公司，只是给员工放了长假，只留下几个值班人员。她宣布，这种状态会一直持续到公司的账面资金耗尽为止。至于她自己，还是像往常一样，每天准时准点地来公司，一个人在实验室里忙碌，谁也不知道她在那里忙什么实验。

这一天，夜色已深，丽莎从公司的实验室里出来，到了楼下刚刚钻进车里，移动电话就响了起来。电话铃声让她愣了一下，这个移动电话很久没有响过了。

由于芯片问题,智能手机已经彻底退出历史舞台,人们现在都用那种砖头大小的移动电话。这种电话极依赖基站信号,距离稍微远点就会影响通话效果,所以人们用它联络得少,有线电话重新成为主流。

"哪位?"丽莎一边接电话,一边准备发动汽车。

"不要发动汽车!"电话里传来一个男子低沉的警告声,"不要发动汽车!有炸弹!"

"什么?"丽莎愣了一下,下意识地把正要插入汽车启动锁孔的车钥匙收了回来。

"我说你的汽车千万不要打火!"那男子语气焦急地警告道,"你的汽车被装了炸弹,他们要干掉你。"

"谁在我的汽车上装了炸弹?你是谁?"丽莎皱了皱眉头。作为在这个世界里一直保持记忆的人,她也算是见多识广了,但这种电话还头一次接。

"汽车芯片报废之后,你是在一家二手汽车公司买的这辆老爷车吧?全车不使用高技术芯片,所以不影响驾驶。"那男人似乎很清楚她最近的行踪,"炸弹是他们在两小时前安装好的,爆炸物与点火系统连接,通过汽车打火瞬间的高压来引爆,你可千万不要尝试。"

"你到底是谁?"丽莎沉默了一秒,她本能地觉得这个男人的语气不像是开玩笑,"我为什么要相信你这些鬼话?"

"立刻下车,沿着日落大道向西走,去美极咖啡店点一杯咖啡,我们在那儿见。"男人答非所问。

"神经病!你到底是谁!"丽沙忍不住骂道。

"我没有神经病。"那男人笑起来,"相反,我和你一样,是这个世界中少有的正常人类之一。我们这种人依然保持着清醒,没有像别人那样彻底忘记金星的往事,不是吗?沙小猫。"

这句话就好像一个晴天霹雳,丽莎瞬间整个人都僵住了,举着电话的手半天都没有放下来。

"睡眠舱 322699 号,沙小猫,曾经的天兵,金星纪元 7733 年,因为参加叛军被逮捕,后被强制投入睡眠舱,囚禁于睡梦监狱。"男人的声音变得低沉起来,"我说得没错吧。"

丽莎，不，应该是沙小猫，心跳加速起来，依然呆呆地举着电话，没有任何回答。

"你我所经历的是一样的。我们记得一切，但是找不到同样拥有昔日记忆的人。别人把那些过往都遗忘了！他们都忘了！他们不记得太阳危机和末日、不记得地下城市和机械天堂，不记得我们是如何进入的这个睡梦世界。系统给每一个人安排了生死轮回，在每一次新生命中，我们都期盼能遇到故人，和他们聊几句往日的旧事；但随着一次次轮回，故人越来越少，身边的陌生人越来越多。再后来，我们发现除了自己，身边的人都不记得最初的一切，不记得金星末日和进入睡眠舱的那一幕！这百万年里，你我这样的人，在这个睡梦世界里成了异类！我们不敢和别人说过去，因为会被当作神经病！不是吗！"

男人开始还比较冷静，后面有点激动起来。

"你到底是谁？"沙小猫的声音有点哽咽。她实在无法保持平静，在内心深处，她期盼这一刻很久了。百万年了，终于出现另一个人，说他也还记得。

"见了面你就会想起我了。"男人的声音停顿了几秒钟，重新恢复冷静，"好了，快点来吧，来那家咖啡馆。"

美极咖啡馆距离芯片公司的办公楼不远，是沙小猫经常光顾的地方，里面的陈设很简单，但打扫得很整洁。她选了个靠窗户的座位，从这里能看到自己停在几百米外停车场的车。

她故意把车钥匙留在了车上，还把车门开了一道缝隙。世道不算很太平，尤其是最近，街上的小偷又多了起来。微观世界的科技危机让很多人失了业，而且，当人们无法使用智能手机支付之后，现金被重新用起来，于是窃贼这个行当死灰复燃了。

侍女端来了咖啡，沙小猫是这里的常客，不用她交代，侍女就知道她要哪种咖啡。沙小猫用勺子在杯子里轻轻地搅动，咖啡馆和平时一样，在循环播放一首她喜欢的歌曲，轻柔的女声在低唱：

要穿过那世间的火，
要尝过一生炙热的默，

> 有多少不得已、来不及，
> 还流浪在梦里，
> 才可明白为何而来；
> 要风起要别离要归期不由你，
> 才可明白为何回头；
> 谁在唤我，
> 唤我的名字，
> 唤我的远走，
> 让月光带我回家吧，
> 让来路带我回家吧。
> ……

她的内心掀起了万丈波涛。今天的这个电话，这种接触，她已经等待了上百万年。也许今日，她可以从许久的孤独中被拯救出来。可谁会出现呢？

歌曲不知唱到第几遍的时候，一个戴着墨镜的男人从外面走进来，径直走向她，坐到她的对面。

"嗨，小猫。"他摘下墨镜，笑眯眯地看着她，"这么久了，还记得我吗？"

丽莎抬起头看着他，这不是她最期盼的那张脸庞，但这张脸也见过，显然是个旧人。

沙小猫，很久没有人叫这个名字了。只有那些旧人，才记得这个名字，才会叫这个名字。时光流逝，一世又一世，很多人都已遗忘了从前。这是谁，还记得当初的那个沙小猫？

那张脸隐隐有点熟悉。她努力回想着，整理上百万年的记忆，可不是件容易的事儿。这些年，她的轮回生命里出现过太多的人和事，要不是关于金星的过往一直是她坚持要保留的、经常回味的记忆，她肯定也会选择覆盖自己的记忆。

半分钟之后，沙小猫终于想起他是谁了。对面这个高大魁梧的男人看懂了她的眼神，知道她想起他了。

"你好，小猫。"他说。

第三十八章 睡梦管理局

"多久了,油十三。"沙小猫端详着他的脸,慢慢地从记忆之海中调出有关这个人的一点一滴。

"一百三十七万年零二十九天,"他没有停顿,立刻给了沙小猫一个很清楚的回答,"我们最后一次见面是在第十七睡梦城,那是在金星纪7733年6月12日。那时候我是天兵,你是反抗军。我们击败了你们,然后你被押送到那里进入睡眠舱,在这个世界被投入睡梦监狱。"

"一百多万年……已经这么久了吗?"沙小猫疑惑道。她记一世一世轮回,轮回像风车一样在眼前转,她早就数不清了。

"就是这么久了。"油十三说。

沙小猫在座位上愣了很久,油十三也没有催她,他知道她需要时间。她的脑子里一瞬间涌上许许多多问题,但是想问的太多了,一时间,沙小猫竟然觉得无从说起。

"我已经很久很久没见过还能记得当初的人了。有时候我会觉得,如果只有我一个人还记得,那么我的这些记忆,会不会是一种妄想?"沙小猫终于问出第一个问题,"你是怎么还能记得的?"

"这个世界里,确实没有几个人还记得了。"油十三道,"大家忍受不了的时候就会要求系统覆盖自己的记忆,但即使你不主动要求,系统也有可能自发覆盖。当运算量不够的时候,系统就会这么干,这是一种设定。"

"睡梦系统要负责的事情太多了。不仅要模拟自然环境,模拟城市楼宇等,维持这么大一个虚拟世界;还要照顾接近一亿的睡眠人,每个人在这个世界的每个思考、每个念头,都需要系统进行的一次运算;除了睡眠人,系统还放置了很多程序人,它们每个都是一个激活的虚拟智能程序,也需要系统耗费算力让它们模拟人类的思维和行为模式。

"这一切,都需要巨大的计算容量。当初地下城安装了七个量子矩阵处理器来支撑这个虚拟世界的运算。这七个处理器具备庞大的算法能力,但再庞大,容量都是有限的;再加上在我们睡眠之后的许许多多年里,七个处理器陆续出现问题,有的甚至坏掉了:所以系统不得不开始节约算法。这导致了人们的遗忘。每经历一次生死,人们脑海中的旧记忆就会被删除，然后才能有新的记忆。旧储存被删除，再写上新的，这样系统的运算总量才能维持平衡，系统才不至于因为负担太重而崩溃。"

"所以……"沙小猫恍然，"记忆覆盖是为了节约系统的运算量？我记得第一次大规模发生这种记忆覆盖的事时，是在一次忽然爆发的核战后，整个世界都毁灭了。"

"当时，地下城的两个处理器同时出了故障，计算容量急剧减小。"油十三点点头，"系统被迫进行了一次大规模背景重置和记忆覆盖，通过核战模式和重启世界，消除了大部分人的初始记忆。那次之后，很多人就不记得最初了，忘了关于金星的事情。"

"原来如此。"沙小猫叹了口气，"但如果大家都忘记一切、忘记自己原来是谁，那这个末日避难所还有存在的意义吗？"

"金星文明能借助睡梦城延续下来，科技和生物本能传承下去就可以了，这才是最重要的意义。"油十三回答道，"至于是否记得当初，那并不是最重要的事。并且，也不是所有的人都会遗忘。按照系统最初的设定，会留下十万分之一的人口保持原本的记忆。"

"这算是一种特权喽？"沙小猫哼了一声，似乎有点不满，她已经冷静下来，"那么我这个囚犯的记忆为什么没有被覆盖？这种特权为什么会轮到我？"

"这只是个巧合。"油十三苦笑道，"睡梦监狱在第十七睡梦城，这个区域的地质灾害让量子矩阵处理器出了一些问题，失去了一些功能，其中就包括丧失了对囚犯进行记忆覆盖的能力。所以你们这帮囚犯，反而一直牢牢地记得当初的一切。"

"原来如此……"沙小猫叹道，"那么你呢？你又为什么能记得？"

"鄙人供职于睡梦管理局，也就是明面上的气象局。"油十三点点头，"睡梦管理局是星球联邦在睡梦世界中的最高管理机构，我算是管理人员，如果连我这种人都忘记了，那就要彻底乱套了。"

"哦，你还是个公务人员啊。沙小猫苦笑了一下，"睡梦管理局……整个宇宙里，大概只有金星人，连自己的睡梦都需要管理吧。"

"日冕物质抛射、机械天堂降落进入地底那年，星球联邦睡梦管

第三十八章 睡梦管理局

理局正式成立。"油十三正色道,"进入睡梦世界里的金星人总共有八千六百七十多万,此外这个世界里还有上亿的程序人。如此庞大的世界,怎么能没有人管理呢?"

"等下。"沙小猫忽然竖起一根手指,打断了他的话。

油十三说发现沙小猫的眼神飘向了窗户外面,似乎在看着远处什么东西他也朝那个方向看去。

远处的停车场,有一个戴灰色礼帽的年轻人走到了沙小猫的车旁边,他鬼鬼祟祟地张望了几眼,见四下无人,又往车窗里看了几眼,就迅速地拉开车门钻了进去。

小猫站起来想要去拦住那个人,油十三却扯住了她的胳膊,轻轻地摇了摇头。他们看着小偷在车里鼓捣了一会儿,车辆轰的一声发动,出了停车场,闯过一个红灯,在路口右转后消失了。

"嗯?"沙小猫心里的疑惑升起,"你说我的车里有炸弹?"

油十三还没来得及回答这个质疑时,远处,那辆车消失的路口方向就传来一声巨响,烟尘和火焰冲天而起,甚至在半空中产生了一朵蘑菇云,腾起几十米高。那辆车的爆炸甚至波及周围几十米内的民房建筑。喊叫声和呼救声从那里传过来,大概是有人员死伤。

沙小猫捏着咖啡杯的手指缩紧,她看着远处街角后的浓烟,神情严肃起来,"你说有人要杀我,那是怎么回事?"

"现在来不及说了,我们得走了!"油十三戴上墨镜,一把拉起沙小猫,朝着咖啡馆后门走去。沙小猫被他拽得一个跟跄,赶忙快步跟上去。

一条街外的路口,车辆发生爆炸的街道上,两个外观看上去一模一样的黑衣男子,正在检查爆炸残留物。他们看上去怪模怪样,两个人长着几乎一样的脸,戴着一样的圆舌黑礼帽、一样的墨镜,穿着高领黑风衣,就像黑白电影时代的老派孪生侦探。路边围观的人对他们指指点点,但他们浑不在意。

其中一个黑衣男子似乎完全不畏惧火焰,就那么把头探进还在燃烧的汽车里,看了看那个被烧得焦黑的小偷,摇了摇头,"不是她。"

另一个人道:"搜索一下方位,追。"

沙小猫和油十三穿过咖啡馆的走廊，从后门出来，那里停着一辆轿车，油十三上车打着火，看沙小猫还愣在一边，催促道："赶紧上来！"沙小猫站着没有动，用手指了指巷子口的方向。

咖啡馆后巷的另一头，两个黑衣人正在逐渐逼近。从黑衣人的目光看，目标显而易见是他俩。油十三扫了一眼前方，哼了一声，下了车，朝两个人走过去。双方的距离不断拉近，黑衣人在距他两米左右停下来，三人只是对视，都没有开口。

"终于来了啊，等了你们很久了。"油十三先开口了，"知道吗？要不是你们这种锲而不舍的追捕，我都快忘了自己是谁了。"

他闪电般跨出一步，一拳打向最靠近自己的那个黑衣人。拳头从对方的左胸进入，自对方的后背伸出，动作干净利落，如锐利的尖刀穿透一块儿肥肉般平滑无阻。这恐怖的一拳在黑衣人的身体上留下了恐怖的创面，受了这拳的人缓缓地倒了下去。

另外一个黑衣人冲了上来，油十三一个跨步就抓住了他的脖子。才短短几秒工夫，黑衣人的嘴里溢出了大量鲜血，他的脖子被捏得紧紧的，面色青紫，翻起白眼。油十三将他的头狠狠撞向了坚硬的墙壁……

然而麻烦并没有结束，更多的黑衣人出现在了巷口。

一样的步伐，一样的脸，一样的墨镜，一样的沉默。

"来吧！"油十三大喊一声冲了上去。

他仿佛一台无坚不摧的机器，一脚踢出去就有人被踢上半空，一拳砸出去就有人倒地不起。很快油十三就杀到了巷口。这也意味着，在这么短的时间内，有数十个黑衣人在这条巷道里殒命。这条巷子也变成了地狱一般的光景，血肉内脏、残肢断臂，散落一地。

终于杀通了道路，油十三回过脸，"小猫！把车开过来，我们走！"

油十三接替小猫后把车开得像是要飞起来，也许是他太快了，后面并没有追击的车跟上来。

"你看上去并不紧张。"油十三侧过头看了沙小猫一眼。

"我为什么要紧张？"沙小猫撇撇嘴，"这些是什么人？"

"程序人。"油十三回答，"准确来说，是变异的程序人。"

第三十八章 睡梦管理局

"变异?"

"这些程序人原本只是陪着金星睡梦人一起生活的配角,"油十三从兜里掏出一根雪茄点上,然后吐出一口青烟,"但后来,他们发生了变异,失去了控制,开始和我们争夺这个世界的控制权。"

"你刚才说,你是睡梦管理局的公务员。"沙小猫的语气里有点嘲笑的意思,"这个管理局听上去是权力很大的官方机构,正常来说,难道不应该是官方人员追捕这些非法的变异怪胎才对?为什么你反而会是逃亡的一方?"

油十三脸色一红,似乎有点惭愧,"刚开始那些年,我是说,在睡眠纪元的前几万年里,确实一直是我们在追杀他们;但是后来,当他们的能力进化到不可控制的地步之后,形势就反过来了,我们成了被追杀的一方。"

"能力不可控制是什么意思?"沙小猫问,"我看到你在后巷打杀那些黑衣人跟杀鸡屠狗一样,他们好像也没有多厉害。"

"他们的最大特点是不死。"油十三说到这个仿佛有点郁闷,又把手伸进衣兜去拿雪茄,"杀不死,或者说,杀死后不久又会诞生一个新的一模一样的个体。如果刚才你在后巷多待几分钟,你就会看到那些尸横遍野的家伙又纷纷从地上爬起来了。"

"不死?这不是成了僵尸了么?"沙小猫皱起眉头,"睡梦世界里,人人都是要死的,我都死过多少次了。不死,岂不是违反了你刚提到的系统设定?"

"所以说,是非法的程序变异嘛。"油十三语气郁闷,似乎一肚子苦水,"这百多万年里,我们想过各种办法杀灭他们,但是都没有用。他们的重生似乎基于某种算法守恒原则,或者说,生命力守恒。杀一百,过一会儿地上站起来的还是一百。杀一万,过一会儿还是那一万。那杀他们有什么用?可我们的力气总会耗尽,所以我们才这么狼狈。

"这些怪物,我们叫他们'不死族'。这些年为了围剿不死族,睡梦管理局伤亡惨重,总共也没剩下多少人了。像我这样侥幸活下来的,只能落得被人家追杀的下场……"

"啊?"沙小猫吃了一惊,"那这个睡梦世界,是不是已经被不死族统治了？"

"那倒也不是，睡梦世界依然被最初设定的基本算法控制。"油十三摇头，"不死族只是改变了自身的生死规律，但是并没有改变系统的基本运行规则，这个世界还是在如常运转。"

"我怎么从来没有听说过这些事？"沙小猫问。

"睡梦管理局和不死族都不会出现在公众视线中，所有的争斗并不干扰普通人的生活。"油十三道，"你当然不会知道。"

"怪不得。"沙小猫点点头，"可是他们为什么会来杀我？我又不是管理局的成员。"

"他们找你，是因为我在找你。"油十三吐出一口青烟，咧嘴一笑。

"嗯？"沙小猫没有听懂。

"我找你，是为了带你从这个梦里苏醒。"油十三再次言简意赅地解释，"这些程序人追捕我们，是因为他们要禁止任何人从梦中苏醒。"

这时候，车后面忽然响起砰的一声，车身重重地一抖。两人回过头一看，几辆黑色的越野车正从后面冲过来，试图包围他们。附近的其他车辆因为碍事，有的已经被直接顶到路边的沟里。

"得加速了。"油十三踩下油门，"你可以先睡会儿，这些家伙不容易甩掉，追逐可能要持续很久。"

第三十九章　不愿苏醒的人

"还记得那个人吗?"油十三摇下车窗,遥指着对面的大楼,"蓝西装那个。"

他们跑了一夜,甩脱了不死族的追击,来到了五百多公里以外的另一个城市。对面是一座十几层的大楼,楼顶上的巨大的标识牌显示这是一所医院。现在是清早,医院大楼门口,来上班的医生、护士、勤杂人员,正从各种交通工具上下来,匆匆地走进大楼。

"哪个?"沙小猫眯起眼睛看着那个方向的人流。

"个头很高,蓝色西装,夹着公文包的那个,正从一辆红色汽车里走出来。"

"看到了。"沙小猫盯了几秒钟。那个男人大概四十多岁,体型瘦高,一身蓝色西装,在人群里并不显眼。"那是谁?我见过吗?"

"伊万诺维奇,以前是你们抵抗军的参谋。"油十三道,"名字记得吧?"

"伊万?你确定?"沙小猫眼睛一亮,她一直都记得这个人。

"他的外貌有很大的变化。"油十三道,"原本的伊万诺维奇个头高得多。"

"那你怎么知道是他?"沙小猫问。

"信息查询器。"油十三举起手,指了指手腕上的手表,"睡梦管理局的信息追踪系统可以准确地查询每个人在这个虚拟世界中的位置。时过境迁,现在查询器的功能已经弱了很多,但还是能让我定位他。"

"你找他做什么？"沙小猫疑惑。

"和找你的目的一样，带他一起苏醒。"油十三道，"他和你一样，还没有失去记忆。我俩认识，先找你，再找他，这是合理的找寻顺序。你们曾经是战友，相互之间应该有比较高的信任度，你出面应该能说服他跟我们走。当然，首先得确定，他是不是有苏醒的愿望。"

"你找的都是依然拥有记忆的人？为什么只有记得当初的人才能苏醒？"沙小猫的推理很清晰，"难道其他人不行？"

"具体原因以后再说。"油十三吐出一个烟圈，"拥有记忆和我们的苏醒计划有直接的技术关联，以后你会知道一切的。不仅仅是我在找你们，不死族也在找。"看到沙小猫还在犹豫，油十三皱皱眉头，"他们不愿意看到睡梦世界中还有记得当初的金星的人。你们这批囚犯有一万六千多人，这些年下来，在不死族的追捕下，还能保持初始记忆的，十不存一。你和伊万算是幸存者。如果我们不去找他，不死族迟早会找到他。你多等一分钟，伊万的危险就增加一分钟。"

"好吧，我去见他。"沙小猫打开了车门，"但已经隔了百万年了，现在的他和当初的他或许会有很大区别，他不见得会听我说，也不见得会信我。"

"那是另外一回事，你至少得试试看。"

沙小猫循着走廊里张贴的医生介绍图片，找到了那个医生的诊室。那是一间神经科的门诊室，她推门走进去的时候，看到那个穿蓝色西装的人已经换上了医生的白大褂，正眯着眼靠在黑色的椅背上。

小猫端详着他的脸庞，他确实和以前完全不同了。这真的是伊万吗？

"哪里不舒服，描述一下症状。"医生抬起眼皮扫视了一下小猫，语气平静而冷淡。作为市立医院神经科的主任，他每天要接待多位病患，工作令他疲惫而冷漠。

"我……最近精神紧张，总是做奇怪的梦。"沙小猫直视着这个男人，她脑海里瞬间浮现出一些旧事，虽然已经很久远了，但她一

第三十九章 不愿苏醒的人

直记得很清楚。

只是,眼前这个人的样子,已经完全不同,她不太肯定这还是不是那个伊万。那个威猛的战士,不屈于所有压迫,曾和她在地下城一起持枪高呼:"宁死不睡!"一切仿佛还在眼前,却怎么也不能和眼前这个气质阴郁的医生联系起来。会不会是油十三搞错了?

"什么梦?"医生盯着屏幕准备记录,没有正眼瞧她。

"我梦见我们的星球发生了危机,太阳的辐射忽然增强,人类为了躲避灾难,不得不移居到地下去居住。由于地下的资源有限,全体人类被迫陷入了永远的沉睡状态。在睡梦中,他们拥有了一个新的美好的世界并一直沉睡了上百万年,为的是有朝一日能够苏醒。但后来,有的人因为习惯了这个虚假的世界,沉溺于其中,就不再想着苏醒并回到真实世界。我梦见我是其中一员,内心为了要不要苏醒挣扎万分,经常从半夜惊醒。"说到这里,沙小猫把两只胳膊架在桌子上,托着下巴仔细看着医生,观察他的反应,"总是做同样的梦,甚至让我对梦境和现实产生了混淆。这个梦究竟有什么预示?我该如何摆脱我的梦境?"

医生的眼皮轻微地跳动了一下,在一瞬间闪露出锐利的光芒,但瞬间又恢复如常。他沉默了几秒钟,终于开始仔细打量沙小猫。那眼神充满逼视,不像是医生看着患者,倒像是兀鹰在打量猎物。

"你这个梦,听上去像个漫长的故事。"他字斟句酌地说,"梦,总和个人的经历有关。难道你有过相似的遭遇,让你的精神一直都高度紧张?"

"类似的遭遇……末日这种事,谁也不可能天天遇到。"沙小猫摇摇头,"至少在这个世界,不是经常遇到。"

"如果你说不出清晰的经历,那恐怕我未必能帮助你。"医生摊摊手,"梦境反映了你情绪中的困扰,这些困扰总得有现实来源,我首先得了解你的现实生活。"

"我的现实生活……"沙小猫思忖片刻,决定更直接点,"那是一种无尽头的循环生命。循环也就罢了,要命的是,每个循环的内容我都记得。这是一种巨大的负担。"

"巨大的负担?"医生皱了皱眉头,"无尽头的循环生命,岂不就是永生？拥有记忆的永生，那是常人所羡慕的啊，为什么会是负担？"

"你以为一直记得是什么优点吗?！"沙小猫的心中忽然腾起了怒火，噌地一下站起来，"一个无休止的、无法遗忘的轮回生活，你知道这有多痛苦吗！那是数万年、数十万年、数百万年的孤独！是最不自由的永生！无尽的重复会产生厌倦，厌倦会在你的心头积累，而你无能为力！"沙小猫的话是喊出来的，喊完这几句，她都有点喘息。

诊室外面的护士诧异地走过来打开门，想看看发生了什么事。医生冲护士挥了挥手，示意她别看。门被护士关上了，屋子里又只有沙小猫和医生。沙小猫也有点诧异自己的忽然爆发。那些话是压抑在她心底很久的感触，从来都无从述说。

"我……"医生的喉结抖动了几下，似乎想要说什么，又说不出来。沙小猫的话显然触动了他的情绪，但他依然在努力压抑，不愿意正面回应。

两人陷入了片刻的沉默。

"有时候，遗忘会对人有好处。我有一些办法帮你忘掉往事。"医生恢复了平静，"比如针对海马体、灰质区或者脑皮层特定区域的电刺激，你想要尝试一下吗？"

"让人遗忘记忆的手段么？"沙小猫说，"对于我的困境，你认为这是最好的解决方案？"

"是的，这是最好的解决方案。"医生直视着沙小猫，眼神忽然有点悲哀，"在这个世界里，真的没有什么别的好办法了。"

"那我们试试吧。"沙小猫忽然感觉疲惫又失望。

他好像并没有在坚持，他的办法是遗忘然后解脱。这并不她想要的。他真的是那个伊万？

手表的秒针在一下一下移动，喀、喀、喀。

"让身体完全放松，吸入并感觉气息从脚底流向头顶，就像温暖而缓慢运动的水波，让紧张随着每一次呼吸流出体外。"伊万的声音很柔和，他举着手表，放在沙小猫眼前，"看着这块表的指针，那代表你的往日时光。回想一些久远的记忆，所有难以忘记的记忆。"

第三十九章 不愿苏醒的人

沙小猫看着指针移动,眼皮开始变得沉重。

她的记忆回溯到了很久以前,一直向前。起初是一些比较老的记忆。那是她逃出睡梦监狱最初的那些年,她曾有过很多爱人、家人。她从他们那里得到爱、关怀、牵挂……各种东西。不断出现新的面孔,陪伴她走过一世又一世。然后他们死去,但她却一直记得。这种记忆会带到下一次重生中。当这样的记忆积累在她的脑海中,她记得的人和事,就太多了。然后厌倦出现了。她再也不希望和任何人产生亲密关系,她开始习惯孤独。

当记忆继续向前的时候,场景忽然变成了一个巨大的大厅,里面有纵横交错的金属层架,层层叠叠的架子上,摆放的都是睡眠舱。一个个金星人躺在里面,陷入了长久的睡眠。"我不要进去!"沙小猫仿佛已经睡着了,她在梦中拼命地挥舞着手臂,冲着洛维呼喊,"我不要进那个睡眠舱!我们跑吧!"然而洛维却站着没有动。

手表的指针依然在转动。

伊万举着手表,看着眼前快要陷入沉睡的女孩,他感觉自己的眼皮也越来越重。他自己眼前也出现了一幕旧事。

在昏暗的地下通道里,他们背着枪,一起举杯宣誓:"宁死不睡!"联邦军队冲了上来,子弹纷飞。一个手雷在脚边炸响,他被气浪掀翻,陷入昏迷。联邦军队冲上来,所有的抵抗军战士都被牢牢地绑起来。他们被审判,被判永远睡眠,并在睡梦世界里被监禁。他看见自己的睡梦舱了,那小小的蓝色舱体仿佛一具棺材,令人恐惧。他们把他强行压了进去,合上舱盖。那时候,他听到排在他后面的沙小猫在喊,"不要怕,我们都会在睡梦世界中重聚的!""不,我不去!"自己拼命地用手推舱盖,"让我一个人到城外去,我愿意死在太阳辐射下!我不要去睡觉!"

伊万满头大汗,全身都在抽搐。当他睁开眼的时候,发现自己已经躺在那张原本由沙小猫躺着的沙发上。他陷入了一个短暂的睡眠,他在试图催眠小猫的时候,催眠了自己。

沙小猫正看着他。

"伊万,好久不见了。"沙小猫的眼中饱含泪水,"我知道,你并没有忘记。我们一起战斗,一起被俘,一起被送进睡梦城。我们期望有朝一日能得到苏醒的机会。我知道你没有忘记这一切。"

"你为什么一定要让我承认想起来！"伊万在沙发上发了一会儿呆，然后再也受不了了，他抽泣了起来，哭了一会儿，忽然又失控地大叫起来，"那份记忆他妈的有什么好！我们要么活着！要么死去！现在的日子他妈的算是什么！"

"是啊，那些记忆有什么好？为什么我们忘不掉？"沙小猫喃喃地说，"无论我躲藏在人群里，还是一个人躲藏在山里，我都无法遗忘。"

"你走吧。赶快走。"伊万诺维奇忽然抬起头，"如果你不愿意失去那些记忆，就赶快走。马上会有人来，他们在搜捕还拥有记忆的人，他们会消除你的记忆。"

"你……是在为不死族效力？"沙小猫愕然。

"你知道他们？"伊万有点意外，他苦笑道，"那你当然应该知道，他们已经成为统治者，这个虚拟世界的统治者。没有人可以反抗他们。"

"这个世界是金星人制造的。"沙小猫说道，"无论我们有多痛苦，无论我们决定去往何方，都不该是这些程序人来决定的。"

"世事变幻，物种进化。"伊万摇摇头，"在这个虚拟世界中，他们比金星睡眠人进化得更快，更适应这个世界。"

"所以你听他们的？"沙小猫问，"他们能给你什么？遗忘？那算不上是稀奇的馈赠。伊万，他们一定给了你一些许诺，你一定另外得到了什么，对吧。"

"是有一些别的东西。"伊万诺维奇沉默了几秒钟，"不死族许诺我，可以保留记忆，可以成为他们中的一员。当不死族掌控世界的时候，我会有苏醒的机会。到那时候，我可以选择苏醒，或者继续沉睡。自由地穿梭在睡梦和真实之间，那才是真正的自由。"

"需要我提醒你吗？程序人和你是不同的物种。"沙小猫嘲笑道，"不死族真的会给你这些？允许你穿梭于睡梦和真实之间？你真的信？"

"我只能选择信。"伊万面无表情，"如果你愿意，我可以给不死族介绍你，你或许可以得到和我一样的条件。"

第三十九章 不愿苏醒的人

这时候,走廊里传来了杂乱的脚步声。沙小猫打开一道门缝观察,外面有几个黑衣人正冲这来。那些人和她在后巷看到的一模一样。

"太晚了,你走不了了!"伊万叹了口气,从旁边的抽屉里掏出一支枪,抬起了枪管,"不死族给我的任务之一就是把来找我的当初的抵抗军战士都留下。"

"哦?"沙小猫看着他的枪管,有点意外。

"他们在搜捕这世界中依然拥有记忆的人。"伊万面无表情地说,"你不能走了。"

"我们百万年前就认识了。"沙小猫看着那个枪管,哈哈大笑起来,"像你我这种死了无数次还一直不能遗忘的人,难道是一支可笑的枪能威胁的吗?"

她劈手夺下他的枪,伊万呆在那里,没有做出任何反应。

"再见吧,老朋友,祝你好运。"沙小猫推开门,几个黑衣人正冲上来,沙小猫毫不犹豫地扣动扳机,对着那些黑衣人就是砰砰一顿射击。血肉四溅,走廊里的其他人顿时惊叫起来。

沙小猫从那些黑衣人中杀出一条血路。

油十三坐在车内,看着浑身浴血的沙小猫从医院的大门中冲了出来。人群一片混乱。

"看来是谈崩了啊……"他叹了口气,发动了汽车,一个急转弯冲过去,停在沙小猫旁边。

沙小猫跳上了车,他们飞驰而去。他们身后的街上乱成一团,警车正呼啸着开过来。

第四十章　雪山上的索迪

　　清晨，雪还在下，天上铅云密布，四周是灰蒙蒙的潮湿空气。
　　索迪披着一件斗篷走出了木屋，他的头发乱蓬蓬，脸也没有洗。他手里提着一个水桶，来到院子里的水井旁边，开始汲水。当清澈的井水从井里提上来，他就扔掉斗篷，把半桶水哗啦一下浇在头顶。深山里的冬季早晨，气温极低，水顺着头发结成冰，索迪赤裸的上身升腾起一阵白色雾气。
　　洗净了头脸，索迪回身拾起斗篷，来到柴垛前，取下一捆木柴，开始了每天的第一件事，几乎也是唯一的一件事：砍柴。他拿起一根柴放到木桩上，从衣兜里掏出一把斧头。那是一把五十厘米长的斧头，个头看上去比眼前这些木柴要小。他慢慢举起斧头，慢慢劈下去，感受着斧刃和木柴的撞击，看着木柴被劈成整齐的两块。他再拿起一根，又一根，劈柴的速度越来越慢。他好像看见了木柴中那些原本纠缠在一起的分子结构、原子结构，在这一斧之下，被永远分开。
　　一根厚度大概十厘米的木柴，被逐渐劈成比纸张更薄的薄片。他拿起一片仔细地看了看，上面细细的如同人体血管的木纹清晰可见。大概只有0.2毫米的厚度了。
　　他摇摇头，还是不满意。当他脑海中的念头完全终止的时候，木柴可以被分离到极纤薄的状态。木柴被劈成什么样子，由内心的宁静程度决定。
　　在漫长的岁月中，每个人逃避旧日回忆的方法都不一样。大部

第四十章 雪山上的索迪

分人逃无可逃，当再也承受不了时，只好主动要求覆盖记忆。索迪还在坚持，他有一个办法。

视而不见、听而不闻，这就是索迪的方法。劈柴是他进入不闻不见状态的途径，在那个状态，一切念头都会终止，他会得到彻底的安宁。他在这个状态中沉浸多年之后，惊奇地发现，自己的感官变得极其敏锐，甚至对时间的感觉也变得不同：他可以让自己周围的时间走得更快，或者更慢。虽然改变的范围、幅度都不大，但那种改变确实存在。他希望，自己有朝一日能依靠这个方法苏醒。

创造这个虚拟世界的量子矩阵在不断地向每个连接其中的大脑输入信息，每个人每时每刻都在被迫接受、观测这些信息。然而不受观察的量子才是自由的，对信息的观察只会导致现象的固化。

索迪不想继续做这个虚拟世界中的观测者了，他想让自己的思维脱离这些虚拟信息，然后苏醒。

当大脑彻底不观测的时候，思维是否就可以恢复自由？

他劈柴的动作一直很慢，太阳落山的时候，索迪劈好了第三百三十三根柴。当他决定收工的时候，院子外面的山路上传来了脚步声。

那是三个人的脚步，在陡峭的山路上，走得很慢、很稳当。

脚步在门口停下来了。

"进来吧。"索迪忽然开口，"走了这么远的路，难道不打算露脸吗？"

院子的木门吱呀一声被推开了，那是三个男人。他们走过来，呈三角形分散在索迪的身前和身后，恰好把他围住。

"怎么才来，这里很不好找么？"索迪看着他们的样子叹气，"这次的间隔时间特别长，我都有点想你们了。"

"距离上次发现你的位置，已经有三十一年了。"三人中的一个矮个阴沉男子说道，"不得不说，这些年你藏得很好。"

"原来是三十一年啊。"索迪仰天打了个哈欠，瞅了矮个阴沉男子一眼，"我一个人藏在这山里，连时光过了多久都忘记了。只有你们这三个人来吗？人数会不会有点少？"

"我们这些人通常都独自行动，"三人中的另一人是个圆脸，说起话来笑眯眯的，"但你的实力被格外重视，所以不死族才特地让我们三个人一起来。你除了一把斧头，还有什么？就别再做徒劳的抵抗了，束手就擒吧。"

"斧头？"索迪举起斧头看了看，"你误会了，这个不算是武器。我用这个劈柴，我把这当成锻炼大脑的一种方式。劈柴的时候我很专注，我能控制我自己的大脑，终止被动接收信息的模式，和这些虚拟世界的信号短暂分离。"他指了指四周。

那三个人面面相觑，显然不知道他在说什么，矮个子不耐烦地说道："不要啰唆了，你究竟是选择投降留下一命，还是想顽抗到底？"

"留下性命……"索迪挠着乱糟糟的头发，"呵呵，老实说，在这个虚拟空间里，我留下性命或是被你们干掉，区别究竟有多大我还真是不清楚。不过被抓住的话，记忆就要被覆盖了，那可不好玩。"

"什么虚拟空间？"矮个男子一怔，显然是没听明白这句话，"不要故弄玄虚或者自欺欺人，你真的准备好去死了？我们接到的指令可是死活都行！"

"看来你们对这个世界了解得很少啊……"索迪歪着头，冷哼一声，"既然死活都行，那你们先死一个吧。"

话音未落，索迪的身影忽然像一阵风般冲向矮个男子。矮个男子表情剧变，来不及举手抵抗，胸口就一声巨响，他竟从内部爆开。血肉四射而出，夹杂着金属碎片，把地面的白雪弄得一团糟。

"对肉体进行机械改造，这是不死族帮你们搞的吧？"索迪再次出现时，已经到了另外两个人的对面，他镇定自若地叙述着，"但人是人，机器是机器。你们要改造，就必须给自己安装一些能源转换装置，这就不免要涉及电路板、油箱、电池片之类的东西了。遭到外力攻击时，你们体内那些精密的电路部件特容易短路，你们会从内部燃起，发生爆炸。"索迪用不屑的眼神看着地上那被炸碎的尸体，"所以死起来很快。"

另外两人回过神来，几乎是同时向后退了一步，平举右臂。他

第四十章 雪山上的索迪

们的右臂已经被改造为黑洞洞的枪管，六支旋转机枪的枪口伸出，连绵不绝的刺耳爆响开始了。十秒钟内，十二支枪管，超过一千发子弹射向了索迪。

但索迪快得像是一阵风，哦不对，他比风快得多。子弹只能追着他上蹿下跳的身形，却始终无法"咬"到他。直到对方弹药耗尽，不得不停止了射击，他仍毫发无伤。

"这不可能！"对眼前的景象，两人感到难以置信。按照他们接到的报告，眼前这人没这么难对付。何况这种速度出现在一个人类身上，显然是不科学的。

索迪道："不死族没告诉你们吗？我已经被他们追捕了很久很久了，我的本领是很强的。真奇怪，为什么会派你们这些没用的家伙来？哦，明白了。你们几个只算是第一波的消耗品，你们的死亡仅仅是用于确定我的位置信息。嗯，一定是这样的。"

"混蛋！"这话伤害性不大、侮辱性极强。圆脸男子面露狠色，俯身朝索迪突进而来，他的右手肘外侧伸展出锋利的刀刃，并用一个箭步就已欺身而至。但他却和索迪擦身而过。他朝着无人的空地奋力挥出一刀，之后茫然地转身看着自己右侧那空无一人的地方。

"说到你呢，你的改造采用的化学元素太多了些。"索迪背对着他，向他解释了他的死亡原因，"你体内输送化学制剂的管道因为长年累积下的磨损，已经有破裂的征兆，我只是稍稍添加了一点外力，管道就破了，现在，那些绿油油的液体已经流到你的脑子里去了。在这种情况下，你连抢救的必要都没有了。"

"你……呃……咕噜……"那人的右眼充盈着鲜血，鲜血流出了眼眶，鼻孔里流出了浑浊浓厚的液体，红的、白的。他语无伦次地说了几句，便浑身抽搐地跪倒在地，脸朝下永远地趴在了地上。

剩下的那个高大男子木然地站在原地，不敢动弹半分。恐惧是人的本能。

他不知道说点啥好，"你……我……那个……"

"在这种状况下，你应该说点具有建设性、有实际意义的话题，"索迪做思索状，"比如说，你应该问，我怎样才肯饶了你。"

"你要怎样才能饶了我？"这个人吓得不轻，但立刻跟上了索迪的思维节奏。

"好问题。"索迪把大拇指一竖，"你们和不死族是什么关系？他们两个都没有复生的迹象，所以你们当然不是不死族。我很久没有到外面的世界去了，现在的不死族怎样了？还有，你们是怎么找到我的？"

"我们只是被不死族雇佣而已。想成为不死族哪有那么容易，自从江湖传闻不死族有办法长生，投靠他们的人就越来越多。"高个子语音颤抖，"我们几个拿了钱、拿了你的地址，就来办事。至于不死族如何知道你的地址，这我真的不知道啊。我都说了啊，你就放我走吧？"

"原来只是几个外围打手啊。"索迪点点头，然后露出很意外的神色，"放你走？那怎么可能？你说的话里一句有用的都没有。话说回来，就算你说的有用，我也不会放你走的啊。虽然我一向对人说话算数，但那是对人，至于你嘛，你恐怕不属于让我信守承诺的那类物种。"

"你这混蛋！"高大男子绝望地狂喝。他用尽全力，眨眼便冲到了索迪跟前，但在他靠近索迪的刹那，他的身体便以人中为轴，被整齐地切割成了两半。

索迪收起手里的斧头。

"哎，都是些炮灰而已。"他看着一地残骸，无动于衷，"不死族用些不着边际的躯体改造技术就能忽悠这么多人，看来世界要更乱了啊……"

他盘算了一会儿，终于放弃了收拾这几具尸体的打算，毕竟此地不宜久留，这几个人死后，后面的不死族用不了多久就会到来。那些能无限复活的家伙，可是很难缠的。数万年里他们的追踪一直是索迪最头疼的事儿。

他爬上木屋的屋顶，环顾周围苍茫的群山，这个躲了几十年的世外桃源，终于还是要放弃了啊。

"就要走了么？感觉才来不久啊，真是可惜。"他在嘴里嘟囔了一句便返回屋子里收拾行囊。

第四十章 雪山上的索迪

一切在极短的时间内准备妥当,他来到院子里,打着一个火折子,扔在柴堆上。火势渐大,逐渐吞没这一方小小的天地。索迪则戴上一顶毡帽,用一根木杆挑了行李放在肩上,喝着烧酒、吃着野牛肉,举步消失在了茫茫的白雪中。

第四十一章　罗素

沙小猫和油十三开了几天的车来到海边。

在一个隐蔽的山崖后面，藏有一个小小的码头，码头上停着一艘老式驳船。船身的油漆斑驳脱落，里面的铁皮露了出来，这船也不知道是多少年前的古董货了。油十三打着火，发动机吭吭哧哧地转动，带着些沙哑的摩擦声，好像好久没有添加机油润滑了。

"上来吧，不用担心船，很结实的。"油十三看着沙小猫担忧的脸色，"现在我们去执行苏醒计划。"

海风微拂，波浪轻涌，海面像丝绸一样柔顺。夕阳照在水面上，布满一片金光。鱼翔浅底，鹰击长空，眼前是个生机盎然的世界。

"你见过真的库卡洋没有？"沙小猫坐在前甲板上，举着一罐啤酒问道，"我是说外面真实世界的那个。地理学书籍怎么描述的来着？'孕育了金星生命的海洋母亲，我们的库卡洋'。"

"那是当年金星地表最大的海洋，我们这代人里，见过真的库卡洋的人可不多。"油十三在舵手的位置驾着船，开得很快，"我们基本都是出生在地下城的，只在图片里面看见过它。选上天兵那年，我从地下城坐穿梭机去机械天堂，从天空中看到过库卡洋。那时候，太阳危机已经爆发很多年了，在常年高温和辐射的影响下，库卡洋已经缩小很多了，面积不到原来的一半。那时候洋面上都是气旋风暴，巨浪翻涌，没有一刻平静。"

"那是我第一次从地下城出来看外面的世界。"油十三回忆道，"海上的风暴把我吓到了。那样的大海中，你可没法子像现在一样，

第四十一章 罗素

悠闲地坐在那里吹风。"

"不知道现在的库卡洋怎么样了？是不是已经完全干涸了？"沙小猫叹息道，"我们苏醒后回到的那个现实世界，恐怕是个更残酷的世界吧！"

"联邦在金星轨道上设置了两百多颗监控卫星，用于监控金星地表，并把数据传回给地下的睡梦系统。"油十三回答，"最初的几百年里，还能够及时掌握地表的气候信息，但后来，这些卫星有的因太空碎片撞击毁掉，有的因能源耗尽坠落，基本都报废了。我们最后一次收到信号的时候，库卡洋大概还有原来的十分之一那么大。至于现在是什么样子，恐怕只有出去了才知道。无论如何，外面那个现实世界，绝不可能比得上这个虚拟世界。"

"所以我们这种坚持要苏醒的人，是不是极少数的异类？"沙小猫自嘲地一笑，"恐怕大部分人都会选择舒舒服服地做这个春秋大梦，睡死方休吧。那是更好的选择。"

"其实在睡梦纪元的前一二百年，想要苏醒的人很多。"油十三看着远处的海面，仿佛在追忆自己的睡梦世界历史，"大概是源于人类对虚幻的恐惧吧，很多人无法心安理得地活在睡梦中。睡梦管理局接到了大量要求苏醒的诉求，太多了，多到我们无法处理。抚慰、恐吓、镇压……各种手段都用过了，都不管用。那些要求苏醒的人们在睡梦世界疯狂地制造各种破坏，试图彻底毁灭这个虚拟世界，他们觉得毁掉了这里就能醒过来。那是一次危机，我们几乎要被这些要求苏醒的人们围起来吃掉了……"

油十三叹了口气，"好在，经过系统的多次记忆覆盖，大部分人都逐渐忘记了当初，这才平息了风波。"

"所以，记忆覆盖绝不仅仅是为了降低系统的计算容量，"沙小猫道，"更是为了情绪管理。"

"没错。"油十三点点头，"人生的困扰大抵来自四个方面：不可避免的死亡、内心深处的孤独感、求而不得的自由，以及生活并无显而易见的意义可言。睡梦世界中的人某种意义上算是实现了永生，但他们无法面对第四个困扰：虚幻的生活并无显而易见的意义可言。无意义本身就比死亡更加可怕，再和永生叠加在一起，简直就成了魔考。扛得住的人很少。"

"普通人可以通过遗忘彻底麻醉自己,"沙小猫叹息道,"那你们这些管理局的工作人员呢?你们自己的情绪如何管理?你们看着别人的记忆被覆盖,可你们自己是清醒的。你们是如何清醒地面对这一切的?"

"是的,我们中的很多人……都很挣扎……"这个问题让油十三脸上的肌肉抽动了几下,仿佛想起来很多痛苦回忆,"很多工作人员放弃了不被覆盖记忆的特权,主动要求覆盖记忆,要求忘记当初的一切……"

"那你自己呢?你没这么想过吗?"沙小猫问。

"想过啊……"油十三看着前方的海面,眼神有些迷离,"可是,每次我看着那些彻底遗忘以前的同事朋友,看着他们彻底归于平淡、再无块垒在胸,我就想,这真是我想要的吗?我真的要变成那样吗?我想象我遗忘之后的样子……我觉得不寒而栗。不,我不愿意。我不想忘记当初,然后在睡梦中莫名死去。我决定继续挣扎,希望有朝一日能在真实世界中死去。"

"漫长的岁月实在是很难熬。"油十三道,"还好,有不死族这些家伙。我被他们追了这么多年,整日里只顾逃命,忙得都没时间伤感了。"

"看来,不死族的苦苦相逼反而帮你维持了立场啊。"沙小猫莞尔一笑,"你一直没和我说你那个苏醒计划到底要怎么做?是你掌握着什么苏醒的秘密开关么?现在没人追在后面了,可以告诉我了吧?"

"不要急啊。"油十三瞥了她一眼,"计划的主持人不是我。目的地很快就到了,你会见到他,然后你就明白了。"

第二天中午,他们终于到达了目的地,那是库卡洋中的一座小岛,在地图上没有任何标注的小岛。岛屿的周长大概有几十公里,岛中央有一座高山,茂密的植被遍布整个海岛,岛内还有一条小小的淡水河流。

沙小猫和油十三从海边的一条小路上山,在曲折的山路上花了些时间,才爬上了山顶。一路上,除了偶尔出现的鸟类,几乎没见

第四十一章 罗素

到其他生物。

"岛上没有别人吗,这么安静?"

"有人,只是你看不到而已。"油十三在前面走得很快,"我们刚才一路走来,好几个地方都有人的。"

"藏起来了?"

"他们都在执行警戒任务,隐蔽得很好,所以你看不见。"

"警戒?"

"是啊,你忘了不死族了?"

这座山有五六百米高,从山顶上看下去,整个岛屿一览无余。岛屿的南侧和西侧是平缓的斜坡,另外两面则是几乎垂直的崖壁。岛上分布着繁茂的植被,茂密的森林显得生机勃勃。山顶的密林中,藏着一栋六层的小楼,楼顶的天台上,可以看到几台巨大的天文望远镜。楼的旁边,有一座高高的信号塔。塔基是正方形的,塔身有二三百米那么高,顶端天线是环形的,闪着银色的光芒。

"这塔是干吗的?这么高。"沙小猫仰头,用手遮着耀眼的光线,张望着高塔。油十三只是自顾自地在前面领路,并没有回答她。他们进了那栋小楼,油十三带着沙小猫来到楼顶一间会议室模样的房间里。

"你在这里等一下。"油十三示意沙小猫坐下等待,自己出去了。

沙小猫坐下,会议室内有一个电子屏幕,屏幕上的景象立刻吸引了沙小猫。大屏幕上先出现了一个燃烧的星球。接着是一个灰暗、灼热、恐怖的世界。到处是火山喷发,火山喷发的烟雾笼罩了星球表面。即使是白天星球的地面也是很昏暗,只有当闪电在空中划过时,才能看到星球的表面。地面都是黑色的砂岩,起伏不平的山脉,都是褐色或者黑色的,那是一种经长期高温烧烤形成的颜色。

这难道是?沙小猫打了个寒战,她知道这是哪里了。

"你猜得没错,那就是现在的金星,"一个陌生男人从门外走进来,"那就是现在金星的地表状况,烈火地狱一般。无数火山不停喷发,大气层中百分之九十以上都是二氧化碳,强大的温室效应让地表温度超过四百摄氏度。地表已经没有水分了,昔日的海洋、河流都蒸发掉了。仅存的地下水都在地面以下很深的位置。金星现在是个被烈火笼罩的星球。"

沙小猫依然呆呆地盯着屏幕。她进入地下睡梦城的时候，外面只是风暴横行。百万年过去了，似乎比从前更糟了。

"看到这样的画面，你是否还有要苏醒的愿望？"那男人看着沙小猫问。

这是个身材修长的中年人，相貌俊朗、面色温和、眼神明亮而深邃。他的神态很特殊，那是一种与众不同的安静，又有一种淡然的萧瑟，仿佛是经历了千年的古井，无浪无波。

"你是？"沙小猫疑惑道。

"我叫罗素。"罗素微笑道，"你也许听说过我的名字。"

沙小猫眼睛瞪大，心跳也有点加速。她当然知道这个名字，这是个停留在金星历史传说中的名字。每个文明的历史中，都有几个永垂史册的名字，或被传颂、或被唾骂、或留下巨大的争议，但他们都被人们一直记得、一直在谈论。

罗素就是在金星历史中留下的名字的一个人，也许是最著名的一个。

但是他怎么会出现在这里？

千秋诗料，一抔黄土。

故人离去得太久，谁也不曾料到，他会还回来。

"就是很久以前，带领舰队离开金星的那个罗素？"沙小猫迟疑着，"帮我们去找避难的星球？"

"抱歉，让你们失望了。"罗素的神态依旧淡漠，但眼神中飘过一丝不可察觉的苦涩，"那时候的太阳系一片荒凉，我花了很多时间，几乎走遍了太阳系内每个可以停留的行星，但也没能找到合适的地方让大家避难。"

"可是，时间过了这么久了，你是怎么回到金星的？"沙小猫将信将疑，"又怎么会出现在这个睡梦世界？"

"我从蓝冻星来，那个星球现在已经有了文明，当地人叫那里'地球'。"罗素道，"百万年前我首次登上那个星球时，那里还是一片冻土，但现在，冰冻已经解封，地球人类文明已经兴起。我花了很多时间，在地球上重新建造飞船。飞船一建好，我就立刻回来了。

第四十一章 罗素

至于我这百万年所经历的事,一言难尽,有些事,我自己也不完全明白。我一直记得,当初的大家对我所抱有的期望。金星末日的时刻,我辜负了大家,漫长的岁月中,这个遗憾一直在我心头,现在,我希望有机会弥补。"

"你的意思是说……现在大家可以苏醒,然后去往地球避难了吗?"沙小猫语音都有点颤抖。

她是如此的期盼,却又怕听到失望的结果。

"我原本是这样计划的,"罗素微微叹了口气,"但是遇到了一些问题。不过,你,还有这个岛上所有记得当初的人们,可以帮我解决这些问题,这就是你在这里的原因。"

第四十二章　傅里叶解析塔

　　山顶距离海平面已经挺远了，但那座高塔，比山顶还要再远两三百米。顺着塔内的钢制扶梯一直向顶上爬，有恐高症的人肯定是不行的。好在沙小猫做过天兵，她并不怕高。

　　沙小猫跟在罗素后面，沿着扶梯，爬上了信号塔顶端的瞭望处。这里是一个长方形的槽式结构，护栏有两米高。眼前的海洋一望无际，海风猎猎地吹，衣服在呼啦啦地响，要手扶着栏杆才能站稳，白色的云朵好像就在头顶，仿佛触手可及。

　　"传说中，是您设计了这个虚拟世界？"沙小猫小心地问道。和这位传奇人物站在一起，这令她在激动之余又感觉有点魔幻。"在你们结婚那一天，你把这个世界当作礼物送给了她，是这样吗？"

　　"没有传说的那么浪漫。这其实是个苦差事，我们一起花了三十多年的时间才完成基础结构建造。"罗素苦笑了下，他看向远方的眼神淡然而迷离，"前后总共制造了七个十万个比特位的量子矩阵处理器，来支撑这个虚拟世界的数据模拟和运行。万物的生长进化要和人脑的反馈链接起来，物理规则要和脑卡元件完美契合，这是很费神的一件事。这么说吧，即使是一滴雨水落在一个人的指尖这样一件简单的事，也要付出很多努力才能让它在这里变得逼真：首先人的手要感受到雨滴的温度，要产生凉意，然后随着时间的推移，水分会蒸发，为了控制这个蒸发速度还要考虑水滴的表面张力等情况。再小的一件事，也处在因果联系中，而一切因果都需要计算、传导、记录。我们曾经以为这根本无法完成。"

第四十二章 傅里叶解析塔

"如果每一滴水都有因果,那眼前这个海洋这么大,里面有无数滴水,维持这海洋的状态,需要多少运算量?"沙小猫问道。

"这海洋反而占用不了多少计算容量。"罗素微笑着摇摇头,"那些看上去宏大的背景,像是浩瀚的海洋、巍峨的高山、天上的星星,大部分时候不占用多少计算量,都是摆设而已,像一幅画。"

"摆设?"沙小猫一时没明白。

"对,摆设,只有发生相互作用时才会触发运算。"

"系统维持这些自然景观,大部分时候只需要进行最基础的数据运算。比如大洋底部有一条深深的海沟,海沟里藏着一座人类从未见过的上古火山。只要没有人到达那附近去观测、触摸、取样研究,那就没有信息交互,就不需要复杂的运算来维持。"

"那么,一座高山的山顶,除非是有某个心血来潮的攀登者忽然爬上去,激活了观察过程,否则是不需要系统特地耗费计算量去处理它的喽?"沙小猫立刻明白了。

"所以一座绵延几千公里的山脉所需要的运算量,远比一座人口密集的小城市小得多。"罗素点头道,"人的思维才是最复杂的,需要的运算量也最多。量子矩阵没有那么大的容量,无法按照基本规则去运算每一个事物的演化,必须得想办法节约计算容量。"

"这个节约办法很聪明!"沙小猫由衷感叹,"你们两位,一定一起来过这个世界吧?"

"虚拟世界搭建过程中,我和云帆曾经多次在其中游历,观察各种信号的传递效果,观察大脑和环境之间的链接响应速度。最初的模型错漏百出、闹出过不少笑话。直到我离开金星,云帆还在持续的改进。"罗素回忆往昔,"好在她最终成功了。这虽然是个梦,但是她确实给了金星人一个美梦。在那种末日时刻,这也许是能给金星人的最好的礼物了吧。"

"您离开金星之后,就再没有见到她么?"沙小猫问。

"我觉得她一定在这里,但我还没有找到。"罗素语气有点低落,眼神变得黯淡,"我回来得太晚了。"

沙小猫看着罗素的表情,顿时有点后悔自己的提问。她不敢再问,停了一会儿,小心翼翼地说起最关心的事情,"那么,我们什么时候执行苏醒计划？是不是只要您给系统发一个指令，所有人就都苏醒了？"

"最初，系统确实有这样的苏醒程序，可以让所有的人苏醒，但是程序遭到了彻底的破坏，已经不能再用了。"罗素苦笑，"最初的金星睡梦系统有两种苏醒方式：从外面的量子矩阵处理器输入命令实现苏醒或由睡梦系统内部的苏醒岛控制。

"从外部输入命令需要依靠外部警戒部队的人员，他们留在地下城没有进入睡眠。这些人员通过留在星球近地轨道上的气象卫星，观察着金星地表的变化。如果情况有所改观，那么他们就唤醒所有的睡眠人，但外部警戒部队已经崩溃了。我从地表进入睡梦城的时候，没有看到任何活着的警戒人员。通过查看他们的遗体残骸可以判定他们大多数是自杀。金星地表环境在数十万年里持续恶化，让外部警戒人员心灰意冷，他们无法在精神上承受漫长的地下生活，又不愿意来到睡梦中，于是选择了死亡。

"而且我检查过量子矩阵，它显然被某种病毒感染了，从外部输入苏醒程序的唤醒方式彻底失灵。我只好把自己接入系统，看看能不能用系统内部的苏醒岛，让人们苏醒。"

"什么人有那么大的本事，居然可以从外部把系统破坏到您也无法修复的地步？"沙小猫吃了一惊，开始担心，"内部的那些苏醒岛还可以用吧？"

"从睡梦世界内实现苏醒的装置，叫作'苏醒岛'。苏醒岛中的电子设施链接睡梦城总控制室的处理器。在那里，人脑给出的动作信号会转化为脑电波信号，传递给现实世界中的总控制室内的机械臂，从而实现对现实世界中总控制室的操纵。"罗素解释苏醒的机理，"睡梦世界内总共放置了七个苏醒岛，它们都处在气象信息传输站之中。我进来的这几年，寻找过所有的气象信息传输站，那里的苏醒岛都已经被彻底破坏了。"罗素摇摇头，"现在得想别的办法。"

"怎么办？"沙小猫期待地问道。

"办法就是我们脚下的这座高塔，解析塔。"罗素道，"解析塔能解析局部的虚拟环境，将其还原为数据。当解析发生时，身处这个岛上的人，都能够脱离虚拟信号实现苏醒。"

第四十二章 傅里叶解析塔

"解析塔?"沙小猫一愣,"解析虚拟环境?"

"解析,简单地说,就是把睡眠人接收到的所有虚拟信号都还原为电波信号。"罗素尽量说得很简单,"在这睡梦世界中,我们接触到的任何信号,比如声音信号或者画面信号等,本质上都是某种和我们的脑电波相互作用的虚拟电波信号。山川湖海、建筑人物,无论你看到什么,本质上都不过是一段虚拟的电磁波动而已。要想醒过来,就要彻底切断虚拟环境中的电信号和人脑接受感官的链接。要让人脑的感官脱离虚拟信号,要点在于把这一切虚拟信号还原为原本的波形。"

"您是说,把眼前这座岛屿,还有周围的大海,还原为波形?"沙小猫有点愕然。

"就是这样。解析塔将会把这个岛屿上所有的事物还原为电波信号。信号被解析以后,大脑和虚拟环境的链接就会断开,到时候你就会醒过来。"

"就是这座塔么?"沙小猫疑惑地看着眼前的高塔,这塔从外观看,结构似乎也很简单,居然能做到如此玄妙的解析转化?

"解析的原理其实很简单。"罗素看出了她的疑惑,微微一笑,"把万物的信号还原为正弦波函数就可以。这个虚拟世界中万物的运动方式,都是用正弦函数来模拟的。"

"正弦函数,模拟万物?"

"正弦函数,"罗素微笑,"是能模拟万物运动的函数。万物都在运动。各种运动看上去错综复杂,但其实分解到最底层,本质上都是一种匀速的圆周运动。大到浩瀚星辰、小到组成宏观物体的原子分子夸克,所有的一切,都在不停地旋转,不停地做着圆周运动。这是万物存在的方式。

"做着圆周运动的万物,不断地向外释放各种波形:宇宙星辰散发着引力波动;电子围绕原子能级跃迁,向外辐射各种波长的射线;包括人体自身,也在不断向外辐射红外线……这各种波形,就是万物的各种表象的来源。

"所以,只需要找到一种函数,能够模拟圆周运动,就能用这个函数来解析万物。圆周运动,反映到坐标上就是正弦函数。所以正弦函数就是那个最基础的函数。"

"在这个虚拟世界里,人脑接收到的所有信息,都可以看成一系列有限的或无限的正弦波的和。在这里,正弦是基础波,是这个虚拟世界的基本单元,代表着这个虚拟世界的某种本质,或者说,代表着整个虚拟世界。在这里,你所听的、所看的、所闻的,都是一段简单或者复杂的波动,可以归结为一个或者多个正弦函数的叠加。"

"这座解析塔,将使用接受天线、信号发生器、示波器、模拟电路、运算处理器等等各种部件,完成逆向解析过程。用数学模型,把这个岛上的电磁波信号环境还原为波函数,切断这些虚拟信号和大脑的链接,让岛上的人脱离睡梦环境。"

"对于正弦和余弦函数的一切解析,都依靠傅里叶解析法,所以这座高塔叫作'傅里叶解析塔'。解析塔运转的时候,岛上的人就可以苏醒了。"

"只有岛上的人可以苏醒吗?其他人呢?"

"金星地表还在燃烧,没有那么多物质资源可以提供给几千万人一起使用。"罗素道,"即使具备物质条件,人们也无法同时大规模苏醒。对于遗忘的人来说,梦中的生活才是正常的生活。想要让他们相信曾经在金星发生的那些事、相信他们其实是百万年前来到虚拟世界避难的人,那会很困难。"

"对于一个把睡梦世界当作真实世界的人来说,忽然苏醒,发现身处一个睡眠舱内,处于一个莫名其妙的地下世界,这个人恐怕会被吓疯的⋯⋯"沙小猫立刻就明白了,"所以第一批苏醒的人只能是记得当初的人。"

"修复被覆盖的记忆需要很复杂的技术,我也不确定要多久才能解决这个问题。"罗素点点头,"目前的第一步,只能先让还记得的人苏醒。这个岛上的两千多人都还记得当初,是油十三花了十几年时间四处寻找,才把大家集中到这里。"

第四十三章　意外

"睡梦城的地下深度各不相同，城市的数字越大代表建在越深的位置。"油十三指着电子屏幕上出现的巨大的所有睡梦城的地形图给沙小猫看，"这些睡梦城每一个都有独立的能源设施、睡眠舱区域、空气缓冲区域等。城与城之间，用隧道互相连接。我们花了一个多世纪来建造这个地下世界，算是没有白浪费时间和资源，人们依靠这个世界的庇护多活了百万年。"

"然而大部分人已经忘记了当初，所以这一切到底是对还是错呢？！"沙小猫感叹道。

"科技和文明毕竟在虚拟世界中延续了下来，没有灭绝，所以这一切是有意义的。"油十三道，"存盘的文明，也是文明。"

"你要牢记苏醒后的行进路线。"油十三放大了地形结构图，把第七睡梦城放在了整张图的中心。他指了指图中一个被标注为蓝色的区域，"所有人醒后都要在这个指定位置会合，第七睡梦城的医疗区。从你的睡眠舱到这个医疗区，有三种行进路线。"油十三在图上画出三条行进路线，"每一条路线经过的隧道不同，这些隧道经过漫长的地质变迁，有的发生了塌陷，不能再通行了。你要记牢从睡眠舱到会合点的所有路线，所有的转弯、连接、支路，万一遇到某一段坍塌的隧道，要能够找到旁路绕开。人员会合后，罗素先生会想办法带我们打通到地面的隧道。因为有塌陷的存在，那依然是个巨大的工程，需要所有人合力完成。总之，一步赶不上，你就可能掉队，一定要小心。"

波粒二象猫

沙粒看了看第七睡梦城的地图，又看了看整张地图，"如果一个人的睡眠舱在其他城，比如是第四城，那他苏醒过后要走的隧道就很长，如果这隧道很不巧地塌陷了，他岂不是到不了集合地点了？"

"路远，就只能看运气了。"油十三无奈道，"好在岛上的大部分人都是第七睡梦城的。"

"图上这些不同的颜色分别是什么意思？"沙小猫问。

地图上的睡梦城，有两个在闪烁绿光，两个在闪烁红光，还有一个在闪烁黄光，其余两个则变成了死板的灰色，没有任何光亮闪动。

"百万年中，金星经历了多次撞击，地壳剧烈震动，地震导致每个睡梦城都受到冲击，但每个城的损毁程度不同。"油十三的声音有些低沉，"那些灰色的区域发生了彻底的地质结构坍塌。睡眠舱区域、能量供应区、数据处理区域等，都被毁掉了。那些人，当然也都不在了。至于红光和黄光闪烁的区域，是发生了局部坍塌，残存了部分能量供应和数据处理能力。黄光区域还能维持一段时间，红光区域已经面临能源耗尽的危险。只有绿光区还在正常运转。我们很幸运，第七城就是绿光区。"

"黄光区和红光区那些人会怎么样？"沙小猫担心地问道，"还能活下去么？"

"活是可以活的，但生存质量会降低！"油十三叹息道，"能量不够，算法就不够，科技只好倒退。黄光区可能会倒退回到封建社会，而红光区，会逐渐回到原始社会。人们不能再制造和使用精密的工具，天气条件也会变得严酷，极寒和酷热会减少人们的外出活动时间。当人类活动时间减少、工具变得原始粗放后，系统所需的算法容量就可以减少：这是系统应对算法危机的自发调整。"

小猫一时间不知道该如何评价智能系统的对应。似乎不合理，但也想不出更好的办法。沙小猫盯着地图牢记睡梦城的结构和自己的行进路线。十几分钟后，外面忽然传来了一阵阵的闷雷声。

"带上接收器！解析塔要开始工作了！"油十三冲到窗户旁边冲外面张望片刻，面色变得激动起来。他从房间的储物柜中取出两个蓝色的头盔，给自己和沙小猫戴上。那头盔外面有一个启动按钮，他们同时启动了头盔接收信号的功能。

油十三冲出了小楼，沙小猫紧紧地跟在后面，两人迅速来到解析塔附近。罗素早就到了那里。解析塔的底座位置，正慢慢地从地下升起两个电子控制台。油十三快步走上前，和罗素分别操作一个控制台，输入解析指令。

高塔开始运作了。

原本晴朗的天空中，忽然出现了紫色的雷电，围绕着解析塔顶端的天线，不断释放闪耀的霹雳。奇怪的是，这雷电只在塔顶周围才有，天空中的其他地方依然是晴朗无云。空中出现雷电的地方光线忽然暗淡下来。那附近的位置，光线变得模糊。随着雷声越来越大，光线模糊的范围也越来越大。在没有任何遮挡物的情况下，天空中的几缕光线忽然开始折射，仿佛半空中什么东西挡住了光照线路。

那是被解析的局部空间开始了变化。

空中，数十道惊雷炸开。本来朝一个方向高速吹动的海风，突然变得像一团旋风，开始围绕岛屿高速旋转，似乎被看不见的墙壁困住了一样。海风在高速旋转的过程中不断向岛屿压来。岛屿周围的海水被旋转的空气吸起来，瞬间涌起数十米高，从四面八方向岛屿淹过来。风浪纠缠在一起，形成一个个旋涡，旋涡越来越高，冲上高空。

旋转的空气和水流，把这个岛屿和外界分割开来，岛屿处在一个圆柱之中。在这个巨型柱状结构的内部，光线开始不断地闪烁。沙小猫通过解析头盔看出去，发现四周的光线在不断的跳动，忽明忽暗。这种明暗波动持续了几分钟后，一瞬间，所有的光线如同爆开一般，红、橙、黄、绿、蓝、靛、紫，周围的世界忽然成了彩色的。

"这是什么？"沙小猫伸手去触摸那些颜色。

"那就是光啊。"油十三大声说，"白光是所有可见光的混合，你忘了吗？"

"哦，在逆向解析的过程中，光波首先被解析了。"沙小猫明白过来。

波粒二象猫

"当世界被完全解析时，一切会变得非常无趣。"油十三哈哈大笑，"在物理上，根本不存在'颜色'这个东西。不同颜色的光，本质是不同波长的电磁波。眼睛里看到的颜色，只是视觉系统进化出来的功能，以便在大自然中识别不同的事物。"

"不错，花花绿绿的世间万物，只是一种假象。以色而论，这个世界本来也没所谓的'颜色'。"沙小猫赞同道。

彩色的光芒在不断抖动，这时候，地面忽然传来了巨大的震动，沙小猫脚下一抖，险些一屁股跌坐在地上。还没来得及抬起头，天空中传来一声惊天动地的巨响。比雷声大得多的震动，仿佛天地在崩裂。

她仰头张望，巨大的爆炸声来自解析塔顶端的方向。在那个方向上，半空中忽然出现一个恐怖的、黑色的旋涡。黑色的旋涡似乎是宇宙怪兽的血盆大口，面积不断扩大，并开始沿着隔绝岛屿的圆柱状结构的边缘向下扩散。所过之地，空间都变成黑色。

"我的天。"沙小猫暗自心惊。她瞅了眼前面的油十三和罗素，油十三神色紧张，显然也被这天地之威震撼了，罗素依然很平静。

整个岛屿开始不住地抖动，土石滑动、树木倒伏，似乎立刻就要坍塌。岛屿的密林中，不断有人影闪现，那是在保持警戒的隐蔽者，因为树木倒伏、地面震动，他们不得不从隐蔽处转移。

"咦？"沙小猫蹲下身去，她脚边正好一朵野花，原本只是模样捉摸不定的花朵有了更奇怪的变化。她不知道是不是自己眼花，似乎有一道道光线从花朵上飞出来。那枝叶花瓣的形状变得模糊起来，开始冒出一丝丝蜿蜒的光亮曲线。光亮曲线在空中互相缠绕，如同一团杂乱的毛线团，纠缠不清。那些杂乱的光亮线团中，渐渐地抽离出一条条的单独的曲线。沙小猫看得很清楚，那是一条条规范的正弦波动曲线。

这花朵真的在被还原为正弦波！！！

"万物的本质都是波动，这一朵花当然也是。"罗素看着惊愕的沙小猫，微微一笑，"对于任何生物，进化就是一场无尽的逆向解析之路，把自己解析为波动，回归到波态，回归到本源。即使不是在这个虚拟世界，在其他任何世界，这都是一样的。"

第四十三章 意外

随着花朵上溢出的正弦曲线越来越多,花朵的形状变得越来越模糊。这种模糊,从花瓣边缘开始,一点点向花朵中心侵蚀。花的模糊是因为它在一点点坍塌,坍塌的部分不断地碎裂为一种明亮的光波溢到空中。

这个时候,旋涡的边缘,已经从天空中蔓延到山体上。当旋涡终于接触了岛屿表面的物体时,眼前的一切情景都开始崩散,海水、岛屿、树木、岩石……仿佛一切都是粉尘聚成的塑像,正被重锤击溃,倒塌崩解开来。就连四周原本看不见的空气,也变成实体的灰色颗粒,颗粒再继续崩解。崩解的物质变成一束束的光波,一条条的正弦曲线,在空中飞舞游荡。

奇怪的是,那座解析塔却始终屹立不动,闪亮如初。

"真是了不起啊!"沙小猫听到油十三在大声地感叹,"罗素先生,这解析塔真的可以把现象还原为数字和曲线!"

周遭事物的函数曲线化还在继续,连脚下的泥土石子也不例外。地面开始持续的剧烈震动,沙小猫感觉脚下的土地忽然间变成波浪上,她完全站不稳了,只好坐到地上。

"真的了不起啊!"油十三看了看四周,从兜里掏出一个遥控装置,向后退了几步,毫不犹豫地按下了按钮。

塔基下面响起了沉闷的爆炸声,随后泥土飞扬,控制台发出几声吱吱的电流声,闪了几下,屏幕就熄灭了。解析塔的金属架发出嘎吱嘎吱的响声,并开始倾斜。随着倾斜度越来越大,轰隆一声,终于,高塔断了,塔顶的部分掉下山崖摔得粉碎,落入海中。

解析塔倒塌的一瞬间,空中的黑色旋涡消失了,地震立刻停止了,闪烁的光线、曲线都消失了。天空中,旋涡扩张过的空间变成了一种灰蒙蒙的颜色,仿佛被一层厚厚的浓雾笼罩。海岛上一片狼藉,因地震翻倒的泥土、断壁残垣,从山顶滚落的石头、歪斜倒伏的树木……一切都说明刚才发生的那一次解析并非幻觉。

但解析显然已经被终止了。

"罗素先生,你几乎就要成功了啊!可你为什么要破坏这么好的天气啊,为什么要破坏它,让它消失呢?"油十三仰头狂笑,"虚拟的炸药,在虚拟的世界中,依然起到了应该有的虚拟作用。所以,高塔就倒塌了啊!哈哈哈哈哈!"油十三毫不掩饰自己的得意。

"所以,你才是那个变异程序产生的原因吧。"罗素在原地站了一小会儿,盯着断掉的金属塔身,叹了口气,回过头看着油十三。他并没有显露任何愤怒,神态依然是古井无波,"我一直想不通,程序如何能变异到这种地步,诞生不死族这种存在,但如果这一切是睡梦管理局的人在背后操控的,那就容易解释了。"

"伟大的'造物主',你的猜想是正确的。"油十三咧嘴一笑,"变异程序人的诞生,确实和睡梦管理局很有关系。"

第四十四章 油十三的往事

解析塔轰然倒塌。

塔的顶部摔得粉碎落入海中,残留在山顶的部分也彻底弯曲变形,断裂的电路板和导线散落一地,解析塔显然是不能再用了。

罗素在塔基附近沉默了片刻,弯腰拾起来几块镶嵌芯片的电路板残片,端详半晌,终于叹了口气扔掉。"你准备这么久,"他转过头,油十三就站在不远处,"就是为了这一刻?"

"只有在解析塔处于运行状态中动手,才可能彻底破坏它。这是你告诉我的。"油十三脸色平静,"为了这一刻,这十年来我追随你,帮你在世界各地寻找能制作这个高塔的材料,终于做好了它,终于毁了它。"他长出了口气,有种如释重负的感觉。

"我一直认为,苏醒理应是所有金星人的目的。"罗素看着油十三的眼神充满了迷惑,仿佛是第一天认识这个人,"你为什么是个例外?"

"先生,你创造了这个世界,但是你没有真正地理解这个世界。"油十三微微摇头,"你忽略了时间。漫长的时间,可以改变很多事情。确实,我们曾期盼苏醒,无时无刻不期盼,尤其是刚进睡梦世界那些年。那时候,像我们这些睡梦管理局的人,都盼着轮到五年一次的值守任务,因为被派去参加值守任务就能苏醒一段时间,即便醒了之后只能待在那个黑漆漆的地下,也不愿意一直睡着。苏醒的机会是那么的抢手,苏醒的期盼是那么的热烈,但是,这种期盼迎来的只是漫长的失望,天气似乎永远都不会变好……于是人们的心态开始变化、崩溃……普通人可以选择记忆覆盖，那是一种类似麻醉的方法，很有效；而我们这些值守者，是不被允许覆盖记忆的，因为总得有人保持记忆，为那个渺茫的、不知何时到来的苏醒做好准备。

"仅仅过了几百年，睡梦管理局的有些兄弟就开始精神崩溃。有些人完成了为期五年的值守任务之后，宁愿在地下城自杀，也不愿意再回到睡梦世界。"油十三说到这里，脸色变得有点难看，"老实说，我也差点走上那条路。"

"知道那种日子有多难熬吗？"油十三从兜里掏出一支雪茄点上，吸了一口，挪动几步找到一个土堆，一屁股坐下，仰头长呼一口气。终于可以直抒胸臆，他整个人彻底放松了。有机会痛痛快快说出来，显然是个解脱。

"在设计睡梦世界的时候，我预料过这种心理反应。"罗素停顿片刻，然后点头，"无法脱离明知的虚幻，毫无疑问，是一种痛苦。所以这个世界中，才会设定有记忆覆盖程序。让一个人在因为记得往事而产生巨大痛苦的时候，可以选择遗忘。"

"但我们这些人忘不了，所以只能承受，无止境地承受。"油十三的脸在烟雾中抽搐了几下，似乎他的精神也开始在回忆中恍惚，"你知道怎么才能承受这些痛苦吗？只能依靠爱和陪伴。"他自问自答："你得想办法，去找到爱。在明知是梦却不能醒的世界中，没有爱，日子是很难熬的。很久以前，我曾经瞧不上感情之类的东西，致力于把自己变成一台冷血机器；但到了这个世界，我才发现，没有这些感情，在漫长的时间里一个人根本活不下去。"油十三的语气有点自嘲。

"每个睡梦管理局的人，都曾经有过很多次家庭、很多个亲人。这些人大多是程序人。他们不知内情，所以能给予我们最正常、最真实的爱，伴随我们度过一段段漫漫旅途。他们并不知道我在本质上和他们有什么区别，但他们给我们的爱都是真实的。我们是靠这些爱活下来的。"油十三说到这里，停顿咳嗽了几下。像他这样的老烟枪，居然被烟熏到了。

油十三接着说："在经历了很久的这样的生活之后，我决定了一

第四十四章 油十三的往事

件事，我决定要守护这个世界。最初有这个想法的时候，我还不敢和睡梦管理局的其他人说，但后来我逐渐发现，有很多人和我有同样的看法。当然，想法不一样的也有。于是，睡梦管理局从内部开始分裂，内斗。

"大约是在睡梦纪元 2000 年的时候，睡梦管理局的内部分裂战争终于开始了，在延绵几百年后结束。我们这一派获得胜利，统一了局面，然后集体做出一个重要的决定：苏醒不再是我们的愿望。我们的首要任务是维护这个虚拟世界的长久存在，保护其中的所有生灵，不管是睡眠人还是程序人。这成为睡梦管理局新的纲领。因为在我们的那些爱人，那些程序人看来，这个虚拟世界就是他们的全部。我们不允许这个世界被别人随便碾碎。从那一刻起，我们禁止任何人类苏醒。"油十三抬起头，看着罗素的目光异常坚定，"现在你明白，我为什么要毁掉这座塔了吧？"

"你要明白一件事，"罗素语气缓慢，他试图说服油十三，"程序人和我们人类不是一个物种。我们是有机生命，而他们只是一段程序，我们创造的程序而已。我当初设计了程序人，赋予他们思维能力，是想让他们陪伴金星人生活在睡梦世界中，减轻人类的思想压力。这就是程序人在睡梦世界中的全部价值。"

"所以，对你而言，他们就是一种工具。"油十三点点头，"那你有没有想过，对他们而言，你是什么？"

罗素没有回答这个问题。

油十三掏出一支雪茄点上，然后深吸了一口，"这个虚拟世界是你创造的，所以，于程序人而言，你就是造物主。造物主理应对自己创造的万物有怜悯之心，而你，却没有。"油十三的眼睛直勾勾地盯着罗素，往日里的那种敬畏已经消失不见，"你不应该只关心沉睡的人类，而对这个世界中亿万的程序人毫不在意。他们不仅仅是程序而已，他们和窗台上的尘土不一样，不是可以随手擦拭掉的外物。当真正的人有了苏醒的机会、当你决定关闭这个虚拟世界的时候，就像用脚碾碎地上的一个花生壳，不会有任何怜悯、犹豫，或者心理不适。"

油十三问道："你不会觉得你在毁灭一个世界，是吧？"

"我没有能力关怀万物,"罗素昂起头,很正式地做出一个回答,"我只关心我的同类。"

"同类……"油十三微微摇头,"从我第一次见到你开始,我就婉转地表达过很多次:这个世界的存在,除了对金星人,对其他人也有意义。物种的起源可以是多样的,程序人起源于这里,他们已经成为一个独立的物种,没有理由被视为某种工具。这不仅仅是我们的世界,也是他们的世界。"

"在这件事上,我不同意你的看法,但是可以理解你。可不死族呢?他们并不算是正常的程序人,而是一种变异的程序。"罗素缓慢地点点头,"是你们在总控制室植入的病毒制造了他们。为什么?"

"不死族不是我们制造的。"油十三回忆着往事,"你可以理解为,那是物种进化的自然结果。他们是一种智能物种,每一种智能物种,都有试图理解起源、存在的本能。我遇到的第一个变异程序人是布林,她是一个顶尖的物理学家。你在这个世界中留下了物理学,他们学习物理学,然后思索。当存在作为一个根本问题,面临无解的时候,他们也会想办法求索。在一个杂居的世界,关于金星的秘密对程序人是无法彻底保藏的,总会有些信息流出。

"布林绝顶聪明,她盗用了一个金星人的身份信息,混进了由人类组成的睡梦管理局,获取了金星的一切内幕,知道了这个世界之外的另一个世界。然后,又利用了一个一心要苏醒的金星人——聪明的脑卡工程师洛海。她帮洛海实现了苏醒逃逸,并骗洛海去总控制室为她输入一种病毒程序。这个病毒能让布林躲避系统的追踪和其他人的伤害,从而获得永生。

"起初,不死族只有布林一个人,她一直游荡在系统中,无法被捕捉。随着时间的推移,这种病毒程序变异,开始在系统中传播,新的不死族程序人一个个诞生。这些人都不会死去,或者说,具备死后重生的功能。"

"就是说,这一切缘于她自己的计划,"罗素道,"并没有你们的参与?"

"当然没有,那时候,睡梦管理局的纲领还没有变化,我们还是忠实的联邦命令捍卫者。"油十三嘴角露出一丝笑意,带着点讽刺,

第四十四章 油十三的往事

"我曾经花了很多时间试图追捕和摧毁布林和不死族,但是没有成功。"

"纲领改变之后,你转而为不死族效劳喽?"罗素问,"追捕拥有真实记忆的人,也是不死族的计划吧?"

"依然记得的人,永远是一种危险。"油十三扔掉了雪茄,终于说完了这些过往,他心里变得很轻松,"我们清理了大部分人,剩下的人都藏得很深,很难找。在你出现之后,他们才陆续露头。可以说,是你帮我们找到了他们。"

"你曾是睡梦世界的忠实守护者中的一员,但是后来,你成了另一边的人,成了破坏者的一员。"罗素点点头,然后看着油十三的眼睛,一字一句地问道,"如果记得是一种危险,那不死族来迟早会清除你的记忆,你如何面对那一天?"

"忘了就忘了吧。"油十三回答得毫不犹豫,但也含着些许苦涩的意味,"我曾经的记忆里,有什么美好的东西么?我出生在地下城,从出生那一刻起,生命里就只有狭小的居所、单调的食物、繁重的劳动。我的全部的人生目的就是过得更好,所以我干了非法安装脑卡的活儿,也拼了命地参选天兵。当我终于入选天兵,到达了机械天堂,发现那里的生活也是很痛苦,做不完的训练、补不完的镜面系统……然后,星球毁灭的危机又来了。我没有一刻不是在为了活下去而挣扎,那其中没有什么美好的。你说我的记忆,那些所有的东西,有什么值得留恋的?!"

油十三几乎喊叫起来:"并不是真实的东西,就值得留恋!"

"可这个虚拟世界终究是会毁灭的。"罗素冷冷地说,"量子矩阵处理器的能量总有耗尽的那一天。"

"哪一个世界不会毁灭?"油十三反问,"我们曾经有过一个真实的世界,但那个世界毁灭了。你说你来自于一个叫作'地球'的世界,那个世界能够永恒吗?没有毁灭的一天吗?"

在罗素和油十三进行谈话的时候,从山下陆续走上来很多人。他们原本隐蔽在岛上不同的位置警戒,现在没有必要继续隐藏了。这些人,是这个数亿人口的虚拟世界中,仅有的保持最初记忆的金星人。他们在漫长的岁月中,坚守自己的记忆,东躲西藏地逃离不死族的追捕，为的就是坚持到苏醒的那一刻。终于盼到了罗素出现，终于盼到解析塔建好，苏醒的黎明就在眼前。

现在，一切都成空了。

他们听到了那声爆炸，知道了是油十三在搞鬼，炸毁了解析塔。愤怒的人群渐渐聚拢过来，他们眼神中的怒火简直可以把油十三烧成灰。

油十三看着围拢过来的人群，这些人都是他这些年从全世界各地找回来的记忆保留者。所有隐蔽下来的保留记忆者，他们都能很好地控制自己的意识，系统甚至无法识别他们到底是金星人还是程序人。他们都藏得很深，在这个广袤的虚拟世界中，确实很难被找到。要不是罗素的大名，他们不会跟着他来到这个小岛上。

他很明白他们现在的怒火，但他并没有慌乱，也没有要逃跑的打算，甚至咧嘴笑了起来。"要把我怎么样，随便吧。"他无所畏地环视众人，又掏出一支雪茄点上，惬意地吐出烟圈，"这个世界里，我们这种人没有真正的死亡。当然，所有的神经反应都很逼真，痛苦依然会被感觉到，所以你们大可对我施以各种酷刑来解气，这是你们的权利。"油十三看着罗素，指了指四周这些人，"这些人很难找，要感谢你，让我们有了一网打尽的机会。"

"一网打尽？"罗素微微皱眉。

"这里方圆几百公里，已被不死族牢牢包围，明早我们就开始进攻。"油十三冷冷地说道，"在进攻开始之前，出于对于造物主本人的尊敬，不死族的女王布林女士委托我带给你一个邀请，邀请您加入我们？"

"加入你们？"罗素露出嘲讽的笑容，"她真有想象力。"

"好吧。那么，你们所有人，在明天的进攻中，都会成为俘虏，然后你们的大脑会被格式化。忘记一切后，你们将过上和程序人没什么区别的生活。"

"说完了吧，你走吧。"罗素摆了摆手，示意围上来的人群给油十三让开一条路，"明天，我们会等着你们的进攻。"

"你放我走？"油十三有点意外。

"不要把自己太当回事。"罗素露出傲然的微笑，"走吧，明天见，我们等着你们的进攻。"

油十三昂首挺胸地穿过人群，他没有选择下山的小路，而是走到山崖边，向着下面咆哮的海水跳了下去，像一颗坠落的石子，扑通一下，在海面上激起一朵小小的浪花。

第四十五章　争夺算法的世界

午夜的天幕中闪烁着无数的繁星，像一双双眼睛俯视着人间的悲欢。

岛上的众人无心欣赏这壮美的星空，他们都在忙碌。苏醒计划已经失败，明早，不死族就要来围攻岛屿了。有人连夜开船离去，为了守护自己的记忆，他们决定继续逃亡，再次踏上那条已经持续了数万年的、躲避不死族追捕的亡命天涯之旅。有的人厌倦了无尽的隐姓埋名和躲藏，选择留下来和不死族做个了断。他们从仓库里搬出各种武器，枪械、火炮、甚至还有几枚导弹，在山脚下、山腰上构筑防守阵地，打算和不死族大干一场。不死族的怪物是无法被杀死的，但至少可以打疼他们。被追杀了数万年的人，心里都有一口恶气。最后一战，即便是死，也一定要出这口气。

沙小猫不想逃亡，不过她也懒得去挖战壕，她决定躺着看星星。她爬到了山头的最高处，找了一个舒服的位置躺下，让自己的视线可以正对着灿烂的银河。她闭上眼，想象着自己有一双翅膀，在浩瀚的星系里自由飞翔。在很久很久以前，她是真的在宇宙里飘荡过的。

当思绪就要飘扬的时候，山路上传来了脚步声。她睁开眼，侧头看过去。来的是个少年，身材瘦高，背上背着一把斧头，手里握着一根木头。他也正看着她，眼神里压抑着激动的火焰。

沙小猫愣住了。

在睡梦世界中过了这么多年，她曾见过很多故人，后来又忘了几乎所有的故人。因为时光实在太漫长了，记忆磨灭，大部分故人在她脑海里连模模糊糊的印象都没有了。但眼前这个少年，她一瞬间就想起来了。她也不知道为什么自己会对这个人记得这么清楚，可能是因为她从来没忘记过他？

沙小猫从地上一跃而起，冲过去，一把拽过他，把他紧紧地拥在怀里。

"哇，索迪！我又见到你了！"

在地下城，他是那个背着步枪、拖着鼻涕哭泣的年轻人。被押入睡眠舱的那天，索迪就站在小猫面前，哭着向她求救，"救救我！队长！"

这么久过去了，他好像还是以前那样子。"你好，队长。"索迪对她笑着，他拢住她，但不敢同样用力拥抱她，显得有点手足无措。

他们挨着在山顶上躺下来，看着天空。

"这些年，你都干什么去了？"沙小猫问。

"我一个人走过很多地方，做过很多行当。曾过了一些热闹的日子，最后还是回到一个人。刚从睡梦监狱逃出来的那些年，我一直想飞上天去，到星星上看看。"索迪指了指天上，"以前在地下城，我就梦想着出去看看真正的天，看看太阳到底是什么样子，星星是什么样子，但是我没选上天兵。直到咱们在地下城战败被俘，被投入睡梦监狱，我都没能去外面看看真正的天空。"

"你是挺惨的。"沙小猫点头赞同，"我至少还做过几年天兵，在天上待过几年。"

"是啊，所以看着天上那些星星，我就想，我是不是可以飞上天、离近一点去看看它们到底是什么样子？"索迪继续回忆，"虽然明知道这些东西是虚拟技术生成的，但我还是很好奇。我花很多时间学习航天领域的知识，研究飞机、火箭、空间物理。然后我就给自己设定了一个目标，我要建造一艘飞船，飞往水星，那个离太阳最近的行星。为了攒够制造飞船的钱，我又花了很多年做生意。好不容易攒够了钱，但我的试飞计划却总是失败。无论尝试多少次，每一次的太空飞行计划，都会在最后关头失败。总是出现莫名其妙的障碍：技术、人员、天气，甚至会有飞来的陨石砸毁火箭……各种问题接踵而至,反正飞行器就是无法飞到外太空。在这个行业混得久了,我认识了很多航天专业人士,我发现他们的经历和我差不多,不管怎么尝试,最终航天事业都会失败。我大概花了一千多年才明白,这是系统的某种设定:航天技术在睡梦世界中是被禁止的。这个系统禁止人们飞往外太空。"

"禁止人们飞往外太空?"沙小猫还是第一次听说存在这种规则,"不会吧?"

"确实有这个规则。"山路上传来另一个声音,是罗素。罗素来到两人身边,随便找块石头坐下。他挥手示意他们躺着就好,不用手忙脚乱地站起来。

"无论是近处的水星、地球,还是远处的星系,你们不会有机会和它们进行接触。因为睡梦系统根本没有设定这些行星在接触状态下的运算模式。"他指着那满是繁星的天空道,"太阳系的星星、银河系的星星,还有能看到的最远的仙女座星系,所有你们看见的,都是挂在天空中的一幅画而已,毕竟得节约系统的计算容量。"

罗素叹息道:"支撑睡梦世界的量子矩阵是需要能量源来维持的,这你们都知道。如果我们把计算容量的规模设计得足以支撑航天探索这样的庞大工程,那不知需要多少能量才能完成。对比一下你们就明白了,现在的宇宙星辰,只是为了帮助人们建立宇宙和空间的观念,依靠光线图像传输与人脑信息接收的交互就能实现。

"金星与太阳的平均距离为 1.08 亿公里,光速是每秒 30 万公里。人们看到的太阳永远是 6 分钟之前的太阳。4.2 光年外的比邻星、254 万光年的仙女座星系、400 多亿光年外的可观测宇宙边界,对于所有这些遥远的星星们,有几个人会真的关心它们的过去、现在和未来呢?在这个虚拟世界中就更没有关心的必要了。有图像挂在那里就足够用了。

"但接触就是另外一回事了。假设有一个人登陆另一个星球,从他的脚踏上另一个星球的那一刻起,关于那个星球的所有计算体系就需要被激活:重力、大气、地壳结构,人和物的相互作用,等等。即便是一个荒无人烟的星球,解析这种接触所需要的算力也是一个惊人的数字,我们根本负担不起。"

第四十五章 争夺算法的世界

"可是,电视新闻里明明有联邦发射的探测卫星抵达其他星球的画面,甚至还有带回的土壤样本,那是怎么回事?"沙小猫追问。

"那只是新闻而已,"罗素淡淡地说道,"用于帮助大众建立宇宙观。"

沙小猫以手抚额,如此明目张胆的造假,如果不是从"造物主"的嘴里说出来,她还真是难以相信,"所以,算法容量才是最底层的规则……决定一切的规则?"

"一切表象的背后都是算法。"罗素点点头,"很多人以为虚拟世界的资源可以无限供给,但其实,这里诞生的事物同样有成本,算法成本。越是结构复杂的、细微的事物,越需要更多的演化运算过程来支持。越是高档精密的东西,消耗的算法容量就越多。比如一只龙虾的算法就比一个馒头更复杂,所以龙虾的价格更贵。竞争、贫富、生存压力,本质上都是对算法容量控制权的争夺。"

"不死族和我们的争斗也是为了这个?"索迪问。

"抛开我们之间最根本的分歧不谈,这的确是算法容量之争最典型、最直观的例子。"罗素说,"因为不死、有持续的记忆和不断进化的运算能力,所以每个不死族人占用的系统算法资源都远高于普通人。他们是一种容量不断膨胀的数据程序,会占用越来越多的算法资源。不死族,就像是不断膨胀的数据癌细胞,势必需要消耗越来越多的算法容量。当更多的不死族诞生,系统的计算容量不够用时,他们就必须让其他事物占用的算法容量减少。总有一天,他们会开始捕杀其他动物或者减少人口,借此来获取更多的算法容量。"

"除了这个办法之外,对无机世界进行改造会不会也是个办法?比如降低整个世界的分辨率,减少微观世界占用的计算容量……"沙小猫忽然心里一动,她想到了自己最近的经历,"然后,世界会越来越粗糙,分辨率会下降,最小的时间单位、长度单位等,都会发生变化?甚至基础物理常量都会发生改变?"

"这些是更有效的办法。"对沙小猫敏捷的思维,罗素露出欣赏的表情,"简化算法、减少微观物体的运动演算,让这个世界的微观世界向更大的尺度崩塌,甚至减慢光速、降低事物运行的节奏,或者干脆让人们的平均智商下降。不过世界分辨率的下降并不是不死族操控的,而是系统的自发反应:在不死族占用了越来越多的算法容量之后,系统的算法容量不够用了,所以被迫降低了科技水准,减少了微观世界的物体运动演算。这都是为了节约算法。"

"这么说的话,前不久那次世界范围内的微观科技危机,就是这个缘故。"沙小猫想起了自己开办的芯片公司的遭遇,"那时候,我从纳米芯片质量崩溃中感觉到了微观世界的变化。最初,我们是发现了赛车意外穿过崖壁的现象……"沙小猫讲述了她最近的经历,"后来,整个微观世界都开始不稳定,所有行业领域里纳米级别的产品都开始崩溃,整个世界的科技忽然返回到了微米的级别,发生了大规模的倒退。整个世界的微观解析度正在下降,正是因为虚拟世界的浮点精度不断降低,那些赛车才违反物理规律穿过崖壁,掉到另一侧。"

"等一下!"罗素听到这句话,似乎脑中忽然有什么灵光闪现,举起一只手指,在原地停住不动,愣了几秒钟。

"你刚才说,赛车穿过了崖壁,掉到了另一侧?"

"嗯。"沙小猫茫然地点点头,"是啊,怎么了?"

"浮点精度降低,赛车撞出去、撞出去……然后到了另一边……那么,如果是一个人呢,有没有可能撞出去?"

"人撞出去?"沙小猫和索迪一时没有明白过来。

"对!一个人,从这个梦里撞出去!"罗素猛然抬起头,"在赛车游戏里,一辆赛车会由于游戏系统的分辨率下降而撞出赛道,莫名地到了崖壁另一边。那么,如果整个世界的分辨精度都在下降的话,一个被加速到极高速度的人,有没有可能,也撞出去?"

"撞出去之后呢?去往哪里?"索迪问。

"能撞出去的话,意味着大脑脱离了虚拟世界的电子信号,那大概就可以醒过来了。"罗素来回踱步,他想到了一个新计划,"人脑处于这个虚拟信息世界的运算环境中,而这个虚拟世界存在最细微的浮点精度界限。当一个人的虚拟实体从浮点的间隙中穿越过去的时候,他的大脑就会停止接受电子信号,所以他会醒来。要做到这一点,我们首先需要把一个人加速,加速到一个很高的速度,然后,还需要找一个数据很薄的位置,让他从那里穿过去。"

第四十五章 争夺算法的世界

"数据很薄的位置?"沙小猫想起了那一层薄薄的崖壁,赛车撞出去的位置。

她开始明白了。

"那里。"罗素指了指天空,那是今天解析塔工作时,产生黑色旋涡的地方。那个方向的天空始终灰蒙蒙的,和周围天空的颜色明显不同,这么久了也没有恢复。

"今天的解析虽然失败,但那个空间位置的算法结构已经遭到破坏,而系统的自动修复需要时间,短期内不可能完全恢复。"

"所以,那里有一个数据空洞?"沙小猫抬头看着天空。

"需要有一个人,高速穿越那个数据空洞。"罗素在山顶来回踱步,脑子在急剧地思索,"用什么,可以把一个人加速到很高的速度呢? 普通飞机的高度是一定不够的……哦,对了,岛上的弹药库里,好像还有两枚地对空导弹。"

第四十六章　波粒二象猫

天光微亮，远处的海平面被朝阳映照得一片通红。

不死族的军队出现了。

岛屿的四周出现了几艘大型舰船。这些舰船排成战斗队列，不慌不忙地靠近岛屿，在距离海岸线一两公里处停下来。舰艇的前甲板打开，一队队黑衣人战士乘着登陆艇冲上浅滩，然后跳下船，踩着没过膝盖的海水，登上沙滩。黑色的风衣、黑色的墨镜、手持黑色的长枪，看样子得有两三千人。他们在沙滩上排好阵列，原地肃立，一动不动，仿佛是一队处于断电状态的机器人，在等待激活的指令。

"不死族总是这副怪样子吗？他们没有其他衣服可换？"沙小猫在山顶上，站在罗素身后，看着山脚下的怪物军队，"还是只为了吓人。"

"与光线的吸收有关，所以制服是黑色的。"罗素解释道，"据说不死族不喜欢太阳光。光线所到之处，意味着信息交换，而他们能实现变异，正是基于对信息交换流程的某种篡改。"

距离海岸线五公里的海面上，最大的指挥舰上，布林披着一件红色的长袍，站在甲板上向用望远镜向岛上瞭望，油十三站在她身后。

"我总觉得，这个解析塔炸得太容易了，罗素会不会还有其他手段？"布林仔细观察着岸上的一切，对方的防御阵地都是临时挖掘的壕沟，守卫战士也不多，稀稀拉拉地分布在山脚下和半山腰上。

第四十六章 波粒二象猫

海岛一侧的悬崖下，解析塔的残件落在海边的礁石上，海浪不断冲刷着它们。是昨天才掉落的物件，却仿佛已经在这里沉睡千年。

"解析塔启动之后的景象，老实说，我感到非常震撼。那个高塔真的能把虚拟空间中的所有电子信号还原为函数波动，然后切断人脑和信号之间的联系。如此壮举，只有造物主才能做到。罗素不愧为这个睡梦世界的创始人之一。这个塔是他精心准备了多年的，真的就这么轻易被我们炸掉了？除了解析塔，罗素会不会还有什么别的准备？"布林脸上有着明显的疑虑。

"不可能再有其他手段比解析信号更彻底了。"油十三并对布林的疑惑有点不满，"我为了等到这一刻，足足跟随了罗素十几年。自从我们发现他进入睡梦系统开始，我就想方设法地接近他、执行他的所有命令，这才逐步获取信任。十几年啊，毁掉解析塔虽然只是片刻之间，但我为此费了多少心血，你怎么能说这件事容易？"

"我并非不信你，"布林回头看了他一眼，微微一笑，以示安慰，"但他毕竟是创造这个世界的人，真的这么容易就败了？"

"如果他留在外面，待在量子矩阵旁边，那他当然就是掌控一切的神，但他进入了系统，那么他也得遵守系统的规则和力量约束。"油十三道，"我不觉得他还有除了解析塔之外的手段。开始进攻吧，仗打完了，一切就水落石出了。"

"开战之前，我要去见见他。"布林思索片刻，她没有理会油十三的催促，反而做了另一个决定，"让船靠近海岸，我要上岸。"

"现在去？"油十三吃了一惊。

"对，现在。"布林看着前方的海岸线，"我对这位'造物主'神往已久，我想，他也在等着我的出现。"

布林下了船，不紧不慢地走上海滩。她的红色长袍在阳光下十分耀眼，所有人的目光都停留在她身上。罗素也从山上走了下来。他们在沙滩和海水的分界线附近停下脚步，只距离几米，彼此打量着。

"幸会，我的'造物主'。"布林躬下身体，向罗素行礼。她看着罗素的眼神很复杂，有探究，有衡量，也有一丝敬畏。这是创造了他们的人。

罗素打量着这个一头卷发的漂亮女人,略带好奇。

这是在他和云帆创造的虚拟世界中诞生的第一个变异程序人。

"我算不上你的'造物主'。"他微笑着回答,"我和云帆设计了这个世界,可没创造你。某种意义上,你是自己进化出来的。你来找我,一定有事要问,现在你可以问了。"

布林的眼中闪过一丝惊愕和慌乱。她忽然觉得自己的想法被洞彻了,自己在这个人面前,似乎没有什么秘密可言,这让她觉得很不舒服。

"关于物理学,你对我们隐瞒了多少?"布林问出了她的问题,"我的家族诞生过几十个物理学家,几乎每个人的墓志铭上,都篆刻着那些他们至死无法理解的理论或无法解析的公式。最近数百年,这个世界中的物理学已没有明显的进展,似乎走进了死胡同。所以,他们中的很多人都死不瞑目。我的曾祖父,建立了'物理边界'学术组织,那代表着程序人对世界的思考、对存在的探究。你看到的,海滩上的那些黑衣人战士,他们很多都曾是最出色的物理学家、数学家。他们为了追求物理理论的突破,愿意变异、愿意放弃情绪,只留下逻辑运算的本能。即便如此,很多理论还是没有出路。所以,在创造这个世界之初,你们是否有意对我们进行了技术封锁?你们对我们隐瞒了什么吗?"

"我们没有任何隐瞒。"罗素缓缓地摇摇头,"你们接触到的物理和数学,几乎就是我们所掌握的全部。关于物理学的边界,如果你指的是那些根本性问题,比如宏观力和微观力的理论公式无法统一,比如大爆炸起源之前的世界是什么,很抱歉,这些在我们的世界中一样是未解难题。你们在计算容量上确实受限,但在理论深度上,我们没有试图对你们隐瞒任何东西。"

"原来如此。"布林脸上露出了明显的失望,但还是礼貌地点点头,"当我知道我所在的大自然不是自然生成的,我非常惊愕。从那时起,我就很期盼今天的会面。我本以为,生成我的大自然的那个力量,理应知道一些我们所不知道的东西。"

"抱歉,让你失望了,我没有能力提供这些问题的答案。"罗素用很真诚的语气道歉,"就我个人的经历而言,我觉得,如果一直停留在太阳系之内,是找不到这些答案的,但想要离开太阳系是一件很困难的事情。"

"我知道您曾在太阳系内游历。"布林说,"据油十三说,你所来之处,是太阳系中的另外一个星球。请问那里真的具备生存环境,具备充足的能量源吗?"

"是的。"罗素不假思索地点头,"那个地方叫'地球',适宜的地日距离让那里能接受温和的太阳光,万物繁荣,是可生存星球。"

布林的眼神顿时明亮起来,那是在无垠的大海中久航的水手,终于发现陆地时的兴奋。

"任何物种的本能都是生存繁衍,"罗素看着布林眼中的神采,明了她的期盼,"即便是程序人也一样。"

布林很坦率,"如果世界结构是分层的,更上一层最好是一个可持续发展的世界。未来的某一天,睡梦系统一定需要补充能量源,而金星是一个能源即将耗尽的星球,必须有其他能量源泉。"

"恐怕不是未来的某一天,而是现在。"罗素的目光变冷,"如果我猜的没有错,算法容量的压力已经迫在眉睫了。你没有能力控制不死病毒的蔓延,导致你们这种人占用的运算量太多,系统的运算能源快要无法维持这样庞大的运算量了。目前,系统的解析度已经被迫降低,也许几百年后,系统就会崩溃,世界就会崩塌。"

"我已经尽量控制不死族的数量了。"布林沉默了一会儿,指了指后面的海滩上的不死族军队,"你看,这么多年过去了,我们只有这么多人,数量只是有限地扩张。"

"但危机已经在发生,从外面获取新的能量源才是根本的解决办法。"罗素道,"或者说,干脆前进一个层级,让程序人到更上面的一层中去实现物理存在,这才是你真正的目的。这些话,你并没有对油十三说过,你并不是完全信任他。"

"我们毕竟是不同的物种。"布林叹了口气,"关于程序人实现跨界面穿越的事情,我不可能和人类商量。任何人类走到总控制室的那台中央处理器旁边,去操控这台生成我们这个世界的机器,对我们这个种族而言都是极大的危险。即便是十三本人,我也不会允许他这么做。他只想和我在这个世界里一直安安静静地生活下去,所以我会陪着他。关于这件事,我绝不会欺骗他。"

布林沉默了片刻,似乎觉得自己在对话中的弱势太明显了,于是开始反击,"你说我没有完全信任十三,你又何尝不是?难道你一开始就完全相信他?"

"坦率地说,我一直对他的陈述有些疑虑。"罗素并不隐瞒自己的想法,"那时候,我把自己接入睡梦世界,发现睡梦管理局这个核心机构居然处于完全瘫痪的状态,丧失了对睡梦世界的控制,我非常惊讶。我四处寻找睡梦管理局的人,终于遇到了油十三。据他说,系统中发生程序进化变异,所以诞生了不死族。不死族和睡梦管理局为了争夺这个世界的控制权,进行了绵延数万年的战争,最后管理局战败了。这个说法听上去符合逻辑,但其实有一个根本漏洞:不死族,绝不可能仅仅依靠内部程序的变异就能诞生。睡梦世界中,关于死亡的原理是根本规则之一:每段程序都被设计了熵增方向,这是不可逆转的;源代码中规定了任何个体达到一定年龄之后,就会越过熵增限度而死亡,且方向无法改变。想要改掉这种基本规则,身处于程序世界之中是不可能做到的。因为规则本身不允许。唯一的可能,是从中央处理器下手。这需要有人苏醒,进入地下城的总控制室,然后在量子矩阵计算机中输入病毒程序,使某些个体的熵增方向能够逆向改变。谁能进入总控制室?是那些保持清醒、执行警戒任务的天兵,而油十三,恰好就是一名天兵。"

"所以这十几年,"布林叹了口气,"油十三只是你手中的一根线?用来查明真相的线?"

"不,我只是保持合理的怀疑,直到他出手毁掉解析塔之前,我并不能断定他有问题。"罗素坦然承认道,"无论如何,我知道这件事背后一定有别的人,油十三不会是独立起源。"

"既然你不相信他,就不该告诉他毁掉解析塔的方法。"布林微微皱起眉头,她想看穿罗素的想法,"除了那个塔,你还有别的办法取胜吗?"

"解析塔倒了还可以重新再建,事情未必就到了无解的地步。"罗素微微一笑,"你不必为我担心。"

布林看着他无所谓的表情,内心忽然升起一种深深的忧虑和无力感。即便看上去自己已经胜券在握，然而与"造物主"的对抗真的可以获胜么？她不想继续谈话了，继续交谈只会进一步损伤自己的信心。

"我没有问题了，谢谢您的回答。"布林道，"那么我们就结束会面吧。"

"有一件事和你们有关吧。"罗素忽然提起一桩旧事，"多年前，我的助手史密斯因为我在金星地下城消失不见，就沿着我打开的通道进入了地下城，然后把自己接入了睡梦系统，想要进来寻找我。他在见到我没多久之后，精神就出了问题。他的大脑在睡梦世界中遭到了破坏，那不是记忆覆盖，更像是某种混杂。我猜想，是你们想要占据他的躯体，利用他的躯体实现'越界'，所以他才会有那些状况，对吧？"

"史密斯是个失败的实验案例！"布林叹了口气，"我们想探索程序人的思维是否可以整体转移到他的大脑中，同时不妨碍他的原有记忆和思维逻辑。这种转移在金星睡眠人中无法实现，被覆盖和嵌套多次的记忆就像一件易碎的艺术品，无法继续雕琢、难以承担整体转移。史密斯作为一个进入系统的新人，他的记忆是纯净的，所以被我们选中做实验品。但很遗憾，技术上出了故障。那个人后来怎样了？死在了地下城还是回到了你的飞船上？"

"我不知道。如果他回到了飞船，应该回地球去了吧。"罗素回答。

"如果他回到地球，把金星地下城的消息带回了地球，"布林忽然变得面色严肃，"那我们会面临什么？地球人的哲学是什么样的？他们如何对待未知世界？"

"那只怕不太妙。"罗素微微摇头，"我建好金星环太空城之后，几乎没有雇佣任何地球人类来金星干活，只用机器人进行挖掘，就是为了让金星地下城的一切保持机密。地球的社会组织结构，还处在完全受到资本和金钱控制的幼稚阶段，人们停留在追逐物质利益的层次，对于生命和精神的进化研究得不多。'理性'这个词，在地球上很受推崇，但很多时候只是件装饰品。如果他们知道这个金星地下世界的存在，那可能会把这里当作古墓之类的探险胜地，纷至沓来。那样的话，我们的最佳结局，就是像动物园的猴子一样，被关起来，被当作一种娱乐资源参观，或者被当作实验品研究。"

"那这个人的离开就是一个不可控的风险，"布林的脸色发白，语气开始沉重，"消息也许会泄露。"

"是有可能。"罗素淡淡地说道。

"那么，我们恐怕要抓紧时间打这一仗了。没其他解决办法了吧？"布林道。

"大家都不放心对方首先实现物理苏醒，然后控制量子矩阵。"罗素点头道，"此题确实无解。"

沙小猫和索迪站在山脚下的战壕里，看着前面海滩上两位首领谈判。

"这个不死族的首领可真是个美人，怪不得让油十三神魂颠倒。"沙小猫盯着布林看了半天，又看了看岸边不死族军队的队列，"如果这就是全部的不死族成员，那数量还不算太多，只有几千人。"

"一个不死族占用的计算容量相当于几百个人甚至几千个人。他们不参与数据回收，不参与记忆覆盖，在系统中属于增量，不是衡量。"索迪道，"这样的家伙，有几千个就够受了，如果是几万个，恐怕系统早就崩溃了，大家一起完蛋。"

"为什么他们看上去呆头呆脑的？一个个像是僵尸？"

"我猜，"索迪道，"为了节约算法，他们把关于情绪的算法给去除掉了。"

"好像谈完了。"沙小猫看着海边，布林和罗素都已经在往回走，回到自己一方的阵地，"马上要开打了吧。"

天气开始变得阴沉，云层像是一层厚重的铅，压在人们的心头上。

海岸线上，不死族的队列开始移动。他们的队列中，人与人间前后间隔十几米，每个人手里都端着枪，排列成一个个方阵，像是古老的骑士冲锋队列。几分钟后，他们就步伐整齐地踏过了浅滩，距离山脚大概只有几公里了。

岛上响起密密麻麻的枪声，半山腰上布置好的几门炮也开始轰击。轰！轰！轰！整个岛屿都在抖动。人类战士开火了。子弹密集

第四十六章 波粒二象猫

地扫过去,炮弹在人群中炸开花,海滩上的黑衣人就像是被收割机割倒的庄稼,一排排地倒下去,沙滩很快就被红色的血液和黑色的断臂残肢铺满。射击停止了,岛上的人类战士一边装填枪弹,一边观察着海滩上的动静,准备下一次的射击。

"好像很容易打死嘛。"回到山顶观战的沙小猫疑惑道。

"打死他们从来都不是问题,"索迪道,"问题在于,你没有足够的弹药打死他们无数次。并且,每次他们重组复活之后,都会比上一次具备更加强悍的生命力。"

几分钟之后,倒在沙滩上的黑衣人们开始抽动,地面的血迹开始回流,残肢断臂变得完好如初。他们纷纷爬起来,再次整理好队列,向着岛内的防线开始冲击。他们所有人都面无表情,就好像刚才被子弹和炮弹击中,只是一次力度较大的按摩。

岛上的枪炮再次响起。这次,在全部被打倒之前,不死族向前多冲了几十米。他们在冲锋过程中射出的子弹也打伤了几个山脚下的守卫战士。

"一直这样反复的话,他们得打上几天才能冲到山脚下。"沙小猫看着不死族反复复活的过程,盘算着双方之间的阵线距离,"我们应该可以守很久。"

"不会很久。交火距离逐渐接近时,他们对我方的杀伤力会增大,而我们的火力密度对他们来说没根本区别。"罗素看着山下的战场形势,"况且这种打法,时间长了大家会很疲惫,士气就会低落。"

山脚下,战斗过程一直在枯燥的重复:不死族战士被打死,然后复活,重新冲锋;每一次复活之后他们都会变得更加强悍,前进速度也更快。

几个小时过去,海滩上的人类防区几乎已经丢掉一半,变得越来越小,守卫者们开始向山脚下和山腰的第二道防线后撤。

这个时候,不死族忽然停了下来,不再冲锋。他们开始了一个奇怪的操作:大部分人在岸边分散开来,分批次和人类守卫交火对射,剩下那些则返回海边,从船上卸下一种黑色的楔形金属桩。那些黑色金属桩有一米多高,他们搬运着金属桩,沿着海岸线散布开,然后在己方人员的掩护下,一下下地挥舞着锤子,快速地把这些桩子钉到地上。

人类一方虽然不清楚金属桩如何作用，但直觉告诉他们必须要阻止这东西完成组装。人类战士加大了针对金属桩的火力打击，但由于不死族的死命掩护，战士们无法完全阻止金属桩的布置。

一排排金属桩钉入地面，彼此相距大概四五十米远。从山顶高处看，银色的沙滩上好像被楔入了几排黑色的铆钉。突然，那些钉金属桩的不死族、掩护的不死族都跑开了。然后，远处的一艘体积巨大的舰船上忽然发出刺啦刺啦的刺耳的声音。

"快看！"沙小猫惊呼，"看海滩！"

山脚下，那些被金属桩包围的区域，银色的沙滩正在逐渐消失，取而代之的，是一小块一小块的灰色的区域，好像有人在那块沙滩上铺上了整齐的灰色方砖。

这些小灰格子的面积不过几个平方厘米，刚出现的时候颜色很淡，肉眼几乎难以发觉，但随着格子数量的不断增多，被覆盖的区域逐渐变成大块的灰色。海岸边有几棵椰子树，当树下的土地被灰色格子覆盖之后，灰色格子沿着树木的躯干开始向上蔓延，很快，树叶和枝条都变成了灰色，整棵树完全失去了生机。不过灰色格子的区域只存在于金属桩覆盖的范围，而没有金属桩的土地，依然保持着原有的正常银色沙滩的状态。

虽然不知道对方干了什么，但诡异变化让人类战士都感觉到了不妙，大家开始了更加猛烈的射击。

"这些桩子是什么东西？！"山下，一个勇敢的人类战士，跃出战壕从山腰上冲下去，飞快地接近海岸线，奔向距离自己最近的一根金属桩。他想要把那根黑色的金属桩从地里拔出来。当他的脚一踏上那些灰色的土地之后，灰色格子就从他的脚开始向躯体蔓延。这个战士没有注意到有灰色从脚上袭染上来，他终于冲到金属桩旁边，抱紧它，想要把它从地上拔出来。

"哈！"他嘴里大声呼喝，全身猛然发力，那根金属桩在地里一点点松动，开始摇晃！

周围的不死族纷纷向他射击。同时，人类守军也都看到了这一幕，他们把几乎所有的射击点都集中过来，为这个战士提供火力掩

第四十六章 波粒二象猫

护。强大的火力压制下,这个战士并没有被子弹击中。

他浑身发力,肌肉虬张,脖子上青筋暴露,金属桩的一小截居然被他拔出来了!可这时候,灰色格子已经蔓延到了这个战士的腰部,然后,诡异的事情发生了,他的动作忽然明显变慢了,在别人的眼里,他整个人的动作仿佛变成了慢放的电影。他自己却仿佛完全没有察觉,依然在原地以一种极慢的动作,奋力拔出金属桩。由于他的动作变慢,金属桩也变得只有微微地晃动,再没有刚才动得厉害。并且随着他的身形移动变得更慢,金属桩也渐渐不动了。

就在这时,不死族的子弹击中了这个陷入慢动作的人类战士。本应飞溅的鲜血变得像是从天空中慢慢飘落的雪花。他一点点地向侧面倒去,一寸寸地躺倒,终于躺伏在地。

壕沟里的守卫者们眼睁睁地看着灰色的小格子在他全身蔓延,终于,灰色格子越过了他的头顶。在整个人被灰色格子密密实实地包裹了一层之后,那个战士就变成了一尊灰色的雕像,和灰色的大地融为了一体。

海边的不死族指挥舰方向,传来了油十三的声音:"诸位,这就是不死族开发的区域格式化武器。今天你们看到的新武器,能锁定一个区域,把该区域内所有事物都格式化。变成纯粹的电子信号。

"简单地说,作为人类,只要你站在被锁定的地面上,那么,当格式化开启的时候,你的躯体、大脑都会被波及。

"这和睡梦系统提供的记忆覆盖有所不同,如果说睡梦系统的覆盖是给你们的记忆披上一层轻纱,我们这个方法要剧烈得多,就像是用斧凿破坏你们的记忆,切断脑电波信号和大脑之间的联系。从此之后,你们和你们的人类大脑、物理身体,再没有任何关系,你们将彻底转化为电子程序。

"现在,我给出最后警告,如果投降的话,你们将得到一段普通的记忆覆盖程序,你们将忘记金星的往事,无忧无虑地生活在这个睡梦世界。或许有一天,外面的世界变好了,你们还有机会实现物理意义的苏醒。如果留在岛上负隅顽抗的话,那么,今天的这种新武器,就会把你们彻底变为电子程序,到那时可就真的不能回到现实世界了。

波粒二象猫

"做出最后的选择吧!是接受我们的安排,获得心灵的永久安宁。还是冒着风险、负隅顽抗!"

"这是什么?怎么土地的颜色都变了?"沙小猫看着山下的状况目瞪口呆,"那个战士的身体发生了什么?怎么动作忽然那么慢?"

"应该是布林从油十三那里得到我们建设解析塔的消息之后,受到了启发。"罗素看着海滩上诡异的一幕,面容变得严肃起来,"我们想用解析塔解析这岛屿的虚拟信号,让大脑脱离虚拟信息的干扰;而她,则想用另一个相反原理的方法,把这个岛屿彻底格式化,把其中睡眠人的思维彻底撕碎,让他们变成电子程序,永不得脱。

"那几艘大船上正发出强电磁波,大概是某种增强局部环境量子熵的装置。我曾听几个被追捕的人类战士说过,不死族一直在研究这种装置。

"他们首先要在这个海岛周围增加量子熵,量子熵代表信息的紊乱度,这一熵增过程会导致这个区域内人脑信息的存储结构变得不稳定,使人类意识数据的加密和保护机制受到破坏、易于被攻破。

"弱化了人脑意识数据的保护功能之后,第二步就是通过模拟人类大脑工作的复杂神经网络,发射特定的算法波,这些波会干扰人类意识数据的正常传输和处理,使人脑信息无法正常解析和重组,进而导致信息的混乱和丢失。我估计那些黑色的金属桩就是特定算法波的发射装置,用来破坏人脑的。

"他们的最后一步应该是数据重编码:在人脑信息变得不稳定和混乱的基础上,利用高级的数据重编码技术,将人脑信息的数据格式转换成完全基于电子程序的格式。这将彻底改变人脑信息的本质,使其从原本的生物电信号数据转化为程序人可以完全控制的电子数据。"

"可是,如果只是攻击人脑的话,大地和树木为什么会变色?"沙小猫问道。

"那是局部环境量子熵增加的负面效果,量子熵代表信息的紊乱度,这个岛屿上的所有数据都会发生紊乱度增加的情况,不仅仅是人脑信息数据,也包括代表环境的数据。原本的海滩砂粒晶体在紊乱度增加后会变成无定形的沙子粉末,植物也会因为内部的有序结构被破坏而失去生机,原本的颜色在紊乱度增加后会变成统一的灰色。这都是第一步量子熵增的结果。"罗素微微苦笑,"如果我所料不错,不死族战士穿的这种黑色衣物应该具备某种屏蔽功能,能让他们免受局部环境量子熵增加的影响。

"刚才跃出战壕去攻击的那个战士,在接近黑色的金属桩时,他的大脑数据结构受到金属桩发射的算法波的侵袭,大脑和环境之间的数据传输速度变慢,所以他的肢体动作变慢了。"罗素担忧地看着山下,"我们都能看到他变慢,但他自己并没有察觉到这一点。"

山脚下的人类防守部队明显了产生了一阵骚动。这些百万年后的依然选择保持记忆的人,都是心智坚强、无所畏惧之辈,但初次见到这格式化的场景,他们心里都不免有些波动。

"想把我们格式化,哪有这么容易!我来试试看!"索迪看到了周围的骚动,他不以为然地哼了一声,从壕沟里站起来一直冲下去,像一阵风一样。

他路过山脚下的战壕,随手抱起一束炸弹,快速地在双方交火区域蛇形前进,躲避着对方的射击。他的动作明显比普通人快得多,几分钟就冲到了距离自己最近的一根金属桩,灰色的格子开始浸染他的脚面,开始在他的身体上蔓延,但他的动作并没有明显慢下来。他把一束炸弹插在一根金属桩旁边,按下引爆按钮,然后连续做出一串漂亮利索的翻滚,躲到了十几米之外。

随着一声巨响,金属桩被炸得向天上飞出去,而索迪所在的那片土地,原本被灰色格子覆盖的沙滩,一瞬间就恢复了银白色。就连原本蔓延到索迪腿部的灰色格式化区域,也瞬间消退了。

毁掉金属桩的办法管用!战壕里的守卫者顿时士气大增。一时间,很多战士都冲出去,带着炸弹奔向一个个金属桩。不死族立刻开始火力压制;人类这方同样加大了火力输出,以掩护奔赴金属桩的战友。战场上的火力对决更上一个等级。争夺金属桩和格式化区域的血腥战斗开始了。

"我从没想到他会变得这么强大。"山顶的小猫看着山下勇猛冲杀的索迪由衷地感叹,她一直只记得他是个拖着鼻涕哭泣的小男孩。

"他第一次来到岛上时,我们讨论过脱离睡梦世界的方法。"罗素也注视着在山下战场中如鬼魅般迅捷穿梭的索迪,"他有自己的想法,依靠多年来类似冥想的锻炼,他掌控自己脑神经的本领非常强大。从技术角度讲,他似乎能短暂切断脑神经和睡梦系统之间的联系,暂时性脱离系统对他的观察。"

"脱离系统的观察?"小猫一愣。

"不作为客体被观察,就不会塌陷、就不会被固化、就能保留一定的自由度,量子是这样的,睡梦系统中所有被观察的客体也多少有类似的特性。"罗素道,"在这个世界中,索迪似乎有能力进入观测系统和被观测客体之间的交界处,虽然他不能长久停留在这个区域,但身处其中时他就会具备额外的自由度,所以不死族对局部信息区域的干扰对他没有多少影响。"

"如果他能切断脑神经和睡梦系统之间的联系,那他岂不是就能苏醒?"小猫忽然想到这个问题。

"他试过很多次,但做不到。"罗素摇摇头,"或许是因为切断联系的时间还不够长。"

不死族指挥舰上。"对于沉睡的金星人而言,这个世界是没有真正的死亡的。轮回中是否拥有最初的记忆,有那么重要么?"布林的指挥舰开到了距离海岸不到一公里的位置,她不需要望远镜就能看清楚眼前的战局,"他们何必如此顽抗。"

"普通人或许如你所想,但这岛上的这些人,都在数十万年里想尽办法躲开了不死族的追捕。"油十三看着眼前浴血奋战的人类战士,不由得发出感叹,"他们是金星人中最勇敢和聪明的那部分,都是顶尖的悍勇坚韧之士,没那么容易屈服投降的!"

"是不是想起了你自己?"布林察觉到了他语气里的异样,回头对他笑道,"你也曾是他们中的一员,也和我们打了很久的仗。最初那些年,我被你们四处追击,真是很狼狈啊。"

"关于我自己,我也不知道算是弃暗投明,还是同流合污。"油十三苦笑,"如果不是遇到你,我现在应该是岛上的守卫者之一。"

"小猫,你该出发了。"罗素看着眼前焦灼的战局——拔除金属桩有些效果,但是也带来了更多伤亡——没有扭转战局的方法的话,人类的失败只是时间问题。他决定不再等待,"再晚,怕来不及了。"

第四十六章 波粒二象猫

罗素和沙小猫从山顶的战壕中撤出，沿着山间小道来到了山顶最高处的火箭发射场，那里的一切已经就绪。

几名机械专家从昨夜开始，就在对两枚"天火"导弹进行改装。这种导弹有七米多长，顶部的弹头舱大概占了一米五。后端的燃料舱和发动机结构不需要改动，前部的弹头舱已经被拆下来重新进行了内部组装。现在的弹头舱被改成了一个飞行员座舱，里面焊接了一把弹簧座椅，刚好可以容纳一个人坐进去；座椅对面还加上了加了一个可视屏幕，通过图像传感器可以显示导弹外面的景象。

"以这枚导弹的飞行高度把人送到平流层不成问题。那里的数据稀薄，如果在到达时达到足够的速度，就有可能冲出去。"罗素看着沙小猫，"起飞时会有很大的重力过载，有七到九个G，小猫，你确定可以承受么？"

"我曾经是个很优秀的天兵，驾驶过很多年的穿梭机，不用担心这个。"沙小猫看着被改造好的空舱，那里原本是爆炸物的位置，现在弹头已经被取出，锥形的空腔状结构内焊上了一把椅子。"我是待在这个位置？"

"在上升阶段，你必须坐在椅子上。这个阶段顶端的整流罩可以为导弹、为你提供保护，免遭巨大的气流压力和摩擦力的伤害。"罗素说，"但在最后时刻，你必须扛住压力和高温打开顶端的整流罩。"

"因为我需要直接接触大气层。"沙小猫立刻明白了，"我本人得作为碰撞物体，去体验睡梦系统的两次碰撞检测之间的时间间隔。这样我才能有机会超越浮点检测频率，发生隧穿，离开这里。"

"如果不能发生隧穿的话，那会怎样？"匆忙赶回的索迪在旁边追问道，"需不需要带上降落伞之类的装备？"

沙小猫咧嘴一笑，"降落伞对我没用。你有没有听过一个故事：在很久以前，航天技术还没有诞生的时候，曾经有人为了实现飞天的梦想，把放烟花用的十几个火药火箭绑在椅子上，然后坐上去。那些烟花火箭带着他冲天而起，大约飞了几十米那么高。史书里没有描述他的最后结局是什么，但我想起飞之前，他应该对结果早有预料。每个这样起飞的人类，都不会去想什么降落之类的无关紧要的事情。因为飞起来的那一刻，梦想就已经实现了。"说到这里，沙小猫忽然停了下来。

"不对……"她忽然想到了什么,转头看着罗素,"恐怕弹头爆炸部分不能完全拆掉,至少要留下来一部分,而且,还需要在弹舱里留下我可以控制的引爆开关。"

"嗯?"罗素先是一愣,但立刻明白了。

"为什么要保留一部分?"索迪还没明白。

"这个世界是波态的信息组成的。"沙小猫抬头看着高高的天空,似乎在想象自己飞到那个极高的数据层的样子,"如果到了那里时,我还是无法穿越信息层,恐怕我得把这个肉身,变成尽量细微的状态。帮我粉身碎骨,让我尽可能变小,那就是我保留它的作用。"

工程师又忙活了几个小时,再次改造了弹头舱,在座椅底部填充了爆炸物,终于做好了准备工作。空地上的发射架已经搭好,导弹竖直地立在架子上,只需按下开关,它便可冲天而起。

沙小猫爬上发射架,掀开顶端的弹头舱,坐在那张椅子上。椅面上有一层弹簧缓冲结构,防止起飞时瞬间增大的压力损害她的盆骨。她微微挪动下身体,这一点点地方,抬起胳膊都费劲。好在弹头的引爆开关在很顺手的地方,抬手就可以摸到。

工程师们开始最后一遍检查。推进器、燃料舱、尾翼、弹头舱、整流罩……一切都没问题。

"人类历史上,我应该是第一个这么玩的吧。"沙小猫看索迪有点紧张,故意和他开玩笑。

"你会首先到达对流层,然后是平流层,再往上到电离层,那里空气就很稀薄了。至于外大气层,你到达的机会并不大。"罗素眼神复杂地看着沙小猫,"好在你的体重比一枚爆炸弹头还轻一点,运气好的话,也可能飞得更高。起飞的时候,如果重力过载让你晕过去,要尽量早点醒来。"

"我没那么弱。"沙小猫哼了一声,"我是一名真正的天兵。"

"用这几分钟再回忆一遍地下城的地形图。"罗素提醒道,"苏醒后,你要尽快去到总控制室,用我告诉你的密码获得授权进入,然后在控制界面输入我告诉你的指令。要牢记你的睡眠舱和总控制室之间的路线。第七睡梦城虽然整体结构稳定,但是金星的地质变

第四十六章 波粒二象猫

迁影响到了地下城的环境,这使得通往总控制室的通道很可能存在坍塌的情况,如果有坍塌你要想办法绕开。好在你的睡眠舱很接近总控制室,顺利的话,两者之间的隧道长度应该不超过一千五百米。"

"您嘱咐过很多次了,那张图我也背过很多遍了,就那么不相信我的记忆力?"沙小猫开玩笑道。

"好吧。"罗素微笑道,"那么祝你好运。"

"假如,我是说假如,万一我上了天但没能'撞'出去,不能去地下城输入那个指令,那会怎么样?"沙小猫在合上舱盖前,忽然又问道。

"没出去就没出去。"罗素淡淡一笑,"我们无非就是打不过不死族,然后在这睡梦世界里继续逃亡,和他们玩捉迷藏的游戏。再找机会收集材料,重做一个解析塔。"

"如果这个碰撞的理论猜想是正确的,我就一定能做到。"沙小猫给自己打气。

她知道罗素是故作轻松。上一个解析塔花了十年才建好,再建一个塔,不知何年何月了,而不死族的威胁已经迫在眉睫。

"如果你醒了,发现隧道塌陷导致无法进入总控制室,那就再返回到睡眠舱,重新进入睡眠。"罗素叮嘱道,"系统会给你一个新的起点,你不会再出现在这个战场。"

"我不会再回这个世界了。"沙小猫坚定地摇摇头,眼神非常决绝,"你不是说地球是可以生存的星球么?我要想办法去地球。"

"我进来的时候挖的那条地下隧道被火山爆发时的岩浆封闭了,开辟其他从地下城到地面的出路很难,一个人很难办到。"罗素无奈地说。

"没有路,我就用手挖出去。如果出不去,那我就死在金星地下。"沙小猫轻轻地说,"我在这里睡了上百万年,睡够了。"

"好吧,我明白了。"罗素盯着沙小猫看了几秒钟,轻轻地点点头,"总控制室有我留下的地形图,我这几年在金星挖掘过的隧道,都画在图上了。祝你好运。"

所有人撤离到百米之外,工程师遥控开启了点火装置。炽热明亮的淡蓝色尾焰从导弹底部喷射而出，几乎是一瞬间，沙小猫就冲天而起。

"队长，我们还会再见的！"索迪忽然举起斧头朝天大喊，"不管你在哪里，我都会去找你的！"

他握紧自己的斧头，指节捏得发白。他人在地面上，但心已经随着导弹冲天而起。高空中的沙小猫来不及扭头看索迪，只侧脸冲他一笑。

导弹起飞的瞬间，纵向的超重压力达到了七个G，沙小猫大概有半分钟都无法呼吸，胸骨和肋骨剧痛，仿佛万斤大山压身。好在她并没有昏过去。

随着高度的升高，世界的边缘开始渐渐模糊，火箭飞速穿过绵延不断的棉絮状物，那是云层。当高度继续增加，温度急剧下降，天空中开始下雪，但漫天飞舞的雪花都在飞速离她而去，和逐渐消失的世界一起。当高度继续增加，这时小猫已经来到了平流层，她的眼前只剩下白蓝相间的一条天际线，地面彻底消失。当导弹的高度终于超过八十公里之后，沙小猫已经飞过了平流层和中间层，正在接近大气层的边缘。这时候，太阳远去，深邃的宇宙星空开始显现出来。沙小猫目不转睛地看着眼前的一切，这里的宇宙空间，应该就是她此行的终点了，导弹恐怕飞不了多久了。

"我要从这张'网'里撞出去。"她念出自己的任务。

数据层确实在变薄，随着高度继续升高，周围的空间正逐渐变得模糊，一种灰色的雾在周围升起，那是空间的解析度在降低的标志。太空逐渐变成了一张灰色的大网。再往高一点，那张大网开始闪烁，变成闪烁的曲线，并逐渐变成黑色。

小猫睁大眼睛努力地看着眼前的一切，天空正在变成一张屏幕，一张布满密密麻麻的数字的屏幕。从一层数字中穿越过去，又有另一层。那是无数数字组成的一层层网络。

现在的天空中，只有两种符号在不停地闪烁，"0"和"1"。

这是二进制虚拟世界的边缘，在这个曾被解析过的区域，只有"0"和"1"两种符号在闪动。密密麻麻的数字不停地变换、链接、消失、出现，组成一张一望无际的大网，组成空间本身。

第四十六章 波粒二象猫

沙小猫觉得自己就像是一条鱼，想要从大网中挣脱出去的鱼。"0"和"1"在四周不断地闪烁、跳动、变化，而她自己，还在网中，期盼的穿越并没有发生。当她目不转睛地盯着那些不断变幻的数字的时候，脑海中的记忆忽然被牵动出来，那些是这个世界中的往事。百万年来，所有的经历、所有的爱恨、所有的人和事，忽然一起浮现出来。那是一种力量，在纠缠她，不让她离开在这张数字之网。

沙小猫的心开始沉下去，冷汗冒出。

仪表盘显示，导弹的速度增加得越来越慢，几乎已经达到最大值了，爬升的高度也到了最高。如果这时候依然不能隧穿，那么机会就会消失。

她脑海中的人和事还在如同快放版的电影一样飞速穿梭，她额头的细密汗珠依然没有停止冒出的迹象。刹那间，很久以前的一位故人的面容，忽然出现并停留在眼前不动。

那是云帆，她微笑着说："见自己、见天地、见众生。脱去尘迷，与天地通同，不再被限制到躯壳中，才能自在遨游，得到解脱。"

沙小猫顿悟。她看到了一切都化为数字，不仅仅是眼前的宇宙空间，还包括自己。原来她自己也是这数字世界的一部分，想要脱离数字，她需要先还原自己为数字。沙小猫不再犹豫，她按下了引爆的开关。

高空中绽放出夺目耀眼的一团火光，巨大的爆炸中，一切都化为粉末。

最后一刹那，沙小猫从心里发出呐喊："我见了自己，见了天地，见了众生，已无牵挂，让我走！"

那些数字再也无法束缚她，她斩断了和它们之间的一切联系，化成一道光芒。那道光，在两次浮点间隙检测之间，从无数闪烁的"0"和"1"之间，冲了出去。

第四十七章　苏醒

千年一梦。沙小猫的梦是百万年。

从一个持续了一百多万年的梦里醒过来时，会是什么感觉？

感慨万千？惊喜激动？

都不是。

醒过来那一刻，她没有任何感觉，甚至感觉不到自己身体的存在。大脑已经太久没有指挥四肢和躯干，它们彼此都已生疏。神经纤维的传输速度慢了下来，甚至有些位置的神经传输就像没有开通。沙小猫只能僵硬地躺着。

当冲出由"0"和"1"钩织的"天网"之后，沙小猫的大脑和虚拟世界的电子信号连接被切断了。睡眠舱感应到了连接中断，启动了苏醒程序。

她的睡眠舱从架上滑下来，脱离了"群棺"，被滑动轨道导入了苏醒医疗室内。舱盖打开，睡眠舱底部的支撑平台升起，把她托出舱外。医疗室内的一架治疗床行驶过来，它的支撑平台缓慢地抬起，把沙小猫转移到治疗床上。

苏醒程序持续了整整十天。医疗室严格执行苏醒程序，先为沙小猫的肌肉和循环系统解冻，然后对储存的冷冻营养液进行解冻、微米过滤，把它们注射进沙小猫体内。连续的营养补充和睡眠，让她的身体机能慢慢地恢复正常。

沙小猫是在第十天的时候睁开眼睛的，但她的神经传导功能没有完全恢复，还存在运动障碍。当一个人被冷冻得太久时，细胞膜

第四十七章　苏醒

蛋白质会被冻坏，导致钠、钾离子无法进出细胞膜，跨膜电位无法正常运作，因此神经传导就不灵敏了。沙小猫现在就感觉到了这种冷冻后遗症。

醒过来躺了六小时之后，身上第一个能动的部位终于出现了，是右脚的大脚趾。大脚趾抽动了一下。这一个小小的抽动让沙小猫万分激动。

"脚趾，动一动。"她不停地在内心呼唤，并且集中意志，动自己的脚趾。半小时后，终于，那个脚趾可以弯曲了。然后是其他脚趾、整个脚掌。然后是小腿、膝盖、整条腿。另一条腿也有了反应……

感觉身体又是自己的了。

"我是苏醒室的智能医学助手。沙小猫，欢迎你醒过来，有什么需要我做的吗？"看到她彻底苏醒，一辆电子轮椅自动驶过来，发出声音问道。

"我到这里多长时间了？总控制室离这远吗？我要到那里去。"沙小猫很虚弱，声音低如蚊蚋。

她还记得自己的任务。其他人还在苏醒岛和不死族血战，时间拖得越久，他们苏醒的机会越是渺茫。

"你现在不能离开医疗室。"轮椅发出声音，"系统评估认为，目前你的身体不宜远距离移动。"

沙小猫试了几次，终于用两只胳膊撑起了上身，她坐起来，想下床，但是发现两条腿还支撑不了身体。

"你来到医疗室十天了。现在，你得先花点时间锻炼行走能力。"轮椅车温柔地提示道，"行走能力完全恢复后，才能去往其他区域。"

"十天！这么久了！我有急事！立刻去总控制控室！现在就要去！"沙小猫急匆匆地对轮椅说。

轮椅没有反应。

"从这里到达总控制控室有多远？你可以载我过去吗？"沙小猫问。

"这两个房间之间，有一千五百二十米长的走廊，我可以载你过去。"轮椅回答，"但是走廊内气体环境异常，你首先得穿上防护服。

另外,我没有进入总控制室的权限。你进入那个房间之后,需要依靠自己移动。现在的你没法做到这些,还是等等吧。"

"拿防护服来!我们必须现在就出发!"沙小猫催促道。

穿上防护服不是件容易的事儿,沙小猫套上头盔的时候,觉得自己简直要晕过去了,但她依然挣扎着要轮椅赶紧带她去总控制室。

轮椅在沙小猫的坚持下,把她移到自己身上。他们出了医疗室的门,经过了正压舱,进入了外面的走廊。

这里的各个系统还能正常运转,走廊中的感应灯自动打开,照亮了黑黝黝的通道。

轮椅载着沙小猫在走廊上行驶着。这个区域的气体密封效果很好,走廊内部的金属墙壁和地板历经百万年依然洁净。

"除了我,最近有其他人醒过来吗?"沙小猫问轮椅。

"没有。"轮椅回答,"你是第一个。"

"那这百万年来呢?"沙小猫看着空荡荡的走廊通道。

轮椅回答:"最初,在睡梦纪元开始的时候,来来往往的人很多。外面的警戒战士有定期进入睡眠的,也有从睡梦世界里定期苏醒来换岗的。后来,时间越长,内外轮换交流的人就越少了。再后来就完全没有人了。"

再向前走了一段,走廊里忽然出现一具倒卧在地的骸骨。在沙小猫的指挥下,轮椅载着她慢慢凑过去。

"这是……"沙小猫看着这具骸骨,"警戒战士么?"

"有些警戒战士苏醒后不再愿意回到睡眠舱,"轮椅说,"所以他们就死在了这里。不止一个,别的那些通道里会看到更多。"

沙小猫叹了口气,"这些人真好,那么久以前就能安息了。"

终于通过了漫长的隧道,轮椅载着小猫来到门前,门口的电子感应器自动发出声音:"请输入密码。"

沙小猫在面板上输入了一串长长的数字。罗素说过,进入睡梦城重要区域所需的密码,都是他回到金星后动用最高权限重新设定的。

"准许进入。"很快提示音响起,"但是,和你一起来的机器人不可以进入。它没有权限。"

第四十七章 苏醒

"你得自己进去了。"轮椅从车座下递出了一副小巧的金属拐杖。

沙小猫接过拐杖,把身体支撑平衡,试着慢慢站起来。但是身上的防护服太重了,轮椅的机械手一松开,她就砰的一下摔在地上。轮椅伸出机械手,把她扶起来。沙小猫喘着气努力站稳。

"要回去吗?"轮椅问。

"不用。"沙小猫说。

她靠在墙壁上,花了几分钟,重新适应体重带来的负担,慢慢挪动练习。大概十几分钟之后,她能靠着墙壁站稳了。然后,她挂着拐杖一点点移动。

"你就在这里等我。"冲轮椅说完这句话后,她小心地、慢慢地挪动着走进了那扇门。

小猫仿佛步入了另一个世界——眼前展开的是一个巨大的地下空间,宽广到几乎无法目视到尽头。在这巨大的地下空间的中央,巨型的量子处理器矗立在那里,外观像一座金字塔。整个金字塔形的量子处理器笼罩在一片神秘的蓝色光芒中,那光芒是成千上万个量子计算通信模块散发出来的,这些密密麻麻的模块像一块块垒成金字塔的方砖,在超导环境中以难以想象的速度传输数据。数据以光的形式在模块间跳跃,每一次跳跃都代表着虚拟世界中的无数交互和变化。

小猫心中一种难以言喻的敬畏之情油然而生。眼前是金星先人们的智慧结晶,它是一个微型的人造宇宙,能建构一个栩栩如生、万物生发的虚拟世界。她自己,曾在那个世界中生活百万年。

总控制室就在右前方不远的地方,那是一个被类似玻璃的材料密封起来的大厅,数不尽的管道、电缆和光纤穿梭其中。

沙小猫来到门前,门口的电子感应器发出声音:"请输入密码。"

在输入了一串数字后,沙小猫面前的门打开了,她慢慢挪到了控制台前。

坐到椅子上的沙小猫深吸了口气,平复自己的心情。眼前就是那些巨大量子矩阵处理器的控制台,而那些机器创造的世界里,有无数生命,硅基生命和有机生命就这么共生在一起。沙小猫忽然想起了油十三的那句话,"任何苏醒的人,都是这个睡梦世界的上帝,可以随手毁掉这个世界——只需要关闭电源。"此刻,她忽然理解了程序人和不死族的立场:他们当然不能容忍有人类先于苏醒并控制这台机器。但她此刻没有时间来共情他们了。她迅速打开控制界面,输入罗素告诉她的指令编码,屏幕上立即出现了一幅大地图,那是整个睡梦世界的地图。按照罗素说的经纬度搜索,沙小猫锁定了坐标,地图影像开始放大。

那个岛屿在屏幕上出现了,不过因为分辨率的限制,只能看到岛的大致形状,更细微的东西就看不清楚了。

岛屿周围五百平方公里的面积,锁定。

此时沙小猫开始输入指令。她完全看不懂,那是一长串数字。系统开始对这段指令解码。最后屏幕里跳出一行字:"请确认激活局部区域引力波。"沙小猫不知道这句话究竟会在睡梦世界里引发什么,但她按下了确认键。罗素的目的是什么,她并不知道,但她相信他。

指令输入了,任务完成了,但她还舍不得离开这里。在椅子上发了一会儿呆之后,沙小猫开始在操作系统中小心翼翼、漫无目的地浏览。

当看到"睡眠舱管理"的界面时,沙小猫心里一跳,颤抖着手点开了界面。屏幕上显示出了密密麻麻的睡眠舱编号,那是一个个睡着的金星人。是不是自己输入了苏醒指令后,就可以让一个人苏醒?她的心怦怦跳起来。

这么多人,肯定不能同时苏醒,地下城没有那么多资源去供这么多苏醒的人生存。也许可以让某个人苏醒?沙小猫忽然想起了索迪,他的睡眠舱编号只比自己的小一点?是的,索迪那时候那就站在自己前面,中间隔几个人。沙小猫决定试试看。她按照系统的提示,输入了一个睡眠舱编号,输入苏醒指令。

提示音在大厅中响起,"322697号舱启动苏醒程序。"

控制屏的画面上出现一个睡眠舱。

"苏醒程序出现故障,请检查。"

沙小猫愣了一下。

她忽然想起来,罗素说过,从睡梦系统外部执行苏醒的程序被

第四十七章 苏醒

故意破坏，已经无法使用了。她有点不甘心，决定再试一个。挨着自己和索迪的那些睡眠舱，都躺着当初的抵抗军战士。

"322696号舱启动苏醒程序。"控制屏的画面上出现另一个睡眠舱。"苏醒程序出现故障，请检查。"不甘心的沙小猫不断输入苏醒指令，系统不断地重复检测结果，都是苏醒失败的提示。

十几分钟以后，沙小猫为一百多个睡眠舱输入了苏醒指令，但全部都显示失败。整个系统的苏醒程序都已经被破坏，人们真的再也没机会苏醒了吗？

显示屏中只有每个睡眠舱的外观，无法看到里面，她没法猜测这些睡眠舱内的人是什么状态。

偌大的地下城，在这数千万的金星人中，只有自己一个人醒过来面对未知的世界吗？

沙小猫彷徨无依时，系统忽然自动发出了提示音："322695号舱启动苏醒程序。"控制屏的画面上出现这个睡眠舱，它开始沿着轨道滑动。"苏醒程序进行中。睡眠舱向医疗室转移中……"

这居然是一个因主动脱离睡梦系统苏醒的人。茫茫的地下世界，终于有另一个人和自己一起苏醒了！

第四十八章　数字湍流和空间塌陷

　　岛屿上的战斗一直持续到第二十一天。

　　人类抵抗军的顽强，完全出乎了布林的预料。一片片的土地被格式化，然后在人类战士的勇猛冲锋中被夺回去。每一块石头、每一株草、每一棵树，抵抗军都以生命为代价在争夺。

　　没人投降，所有人都不死不休。

　　这片与金星人大脑信息互联的虚拟土地，如果完全被不死族格式化，那所有站立在这片土地上的人类，都将永久地失去旧日的记忆，永远回不到自己的身体里。

　　对这些人类来说，旧日的时光或许并不美妙，但能记得，总比永远遗忘迷失好；现实的金星肯定环境恶劣，但能回去，总比永远活在虚幻中好。

　　所以他们绝不低头。

　　人类的生命终究是有限的，在第二十一日的黄昏，抵抗军已近战败。夕阳之光惨淡地照射着山头，到处是战斗到最后一刻的人类战士的遗骸，他们握着枪，保持着冲杀的姿态，但躯体已遍布灰色格子盖，变成一尊尊格式化的雕像，成为大地的一部分。

　　不死族攻上了山头，灰色的格式化土地一寸寸地向上蔓延，一直延展到山顶的天文台大楼脚下。那是最后一块净土了。不死族们把大楼包围得水泄不通，他们等待着最后的冲锋命令。

　　布林和油十三来了。

　　"里面还有多少人？"布林问道。

第四十八章　数字湍流和空间塌陷

"没有其他守卫了,只有罗素一个人。"攻击队长回答,"我们现在冲上去吗?"

"不,我要上楼去和他谈谈。"布林示意停止进攻。

"有什么好谈的?"油十三问道,"战前不是谈过了么?"

"那时候他还没有战败。"布林道,"现在情势不同,也许他的想法会改变。要一起上去吗?"

"不了,我和他之间,该说的都说过了。"油十三摇摇头,"你不会得到新答案。他是罗素,不是别人。"

布林没理会油十三的反对,独自进了大楼。

大楼内部没有发生过战斗,只是外面射入的流弹把玻璃打碎了。玻璃碴在窗户边散落一地,除此之外,其他陈设都保持着原貌。

一楼大厅里,一个巨大的3D电子动图投射器还在照常工作,投射的立体图像是整个银河系的投影。这个棒状星系对人类来说已经足够浩瀚,它包含了大约四千亿颗恒星,大部分物质集中在一起形成了银盘。太阳系位于银河系的偏远位置——猎户座的旋臂边缘。投影图上的太阳系被特殊的颜色标注出来,火红色的太阳,外面围绕着水星、金星、地球、火星、木星、土星……

此刻,发生在太阳系金星的这场战斗,放在整个银河系的尺度来看,是不是连微尘的波动都算不上?

布林踏上了台阶,灰色的格式化印记宛如涌起的波浪,跟在她的脚步后面,沿着一级级阶梯,一直向上蔓延,来到了楼顶。

罗素就在楼顶上。他的衣服上沾满了血迹,那是他自己的血。这些天的战斗中,他和普通战士一样奋勇冲杀,没有休息一刻。其他人都在战斗中努力保护他,他们想让他活着,好给苏醒留下一线希望,所以他留到了最后。

"罗素先生,战争已经结束了。"布林看着他,"现在,你是否要再次考虑一下我的提议。加入我们,你会拥有所有的自由,不受任何限制,只需偶尔为我们提供技术建议就可以了。"

罗素没有回答她。他的站立之处是一个巨大的"L"形装置的交汇点,那是由两个互相垂直的等距离白色探测臂组成的光路测定系统。他半闭着眼,仿佛在感受什么。听到布林的问题后,他指了指脚下问："你认识这个么？"

"如果我没看错，这是引力波光路测定系统吧。"布林看着眼前的这一套装置，"引力波经过时，会挤压或者拉伸探测器的'L'形探测臂，一个方向拉伸，一个方向压缩。引力波会从一个方向压缩时空，所以能改变探测臂内部用来测距的两束光的光程差，精确地测量出'L'的探测臂在哪个方向增长了，在哪个方向上压缩了。通过测量两臂在引力波经过时微小的距离差，就可以测定引力波。不过，你的这套设备用来测定引力波动，似乎短了点。"布林点评道。

"是短了点。"罗素点点头，"引力波经过时，双臂的距离差值最多只有10^{-18}米，大约只有原子核尺寸的千分之一。想要探测到两臂的距离差异，即便是激光测距，通常也得使用两条互相垂直的十公里长的探测臂。不过，云帆想办法改进了激光测定的精度范围，现在用两个几百米长的探测臂，也能够测定出两臂在引力波经过时微小的距离差，可以准确发现引力波的到来。"

"云帆？你是说金星的那位传奇女性？这个 LIGO 装置是她设计的？"布林露出感兴趣的神色，"我听油十三说过你们的故事。她是聪明绝顶的人类，和你一起创造了这个睡梦世界。"

"实际上，这个世界主要是她创造的，我只是辅助而已。"罗素纠正道，"比如说，我们脚下的这个岛屿，就是她创造的。这样的地方，我是造不出来的。"

"哦？难道这个岛屿有什么特别之处？"布林眼中闪过一丝警觉。

"是的，这里很特别。"罗素的笑容有点疲惫，长时间的战斗让他筋疲力尽，"对这个世界，她比我了解得更深刻。云帆预测到了你们这种变异程序人的出现，也想好了对策。这个岛屿就是对策。"

"我们已经在这个岛上打了这么多天的仗了，你的人损失殆尽，"布林的面色严肃起来，"我没看到这个岛给你提供什么帮助。"

"不要着急，你很快会看见。我还需要点时间，等待一个时机。"罗素道，"自从进入睡梦系统，我大部分时间都待在这个岛上，你知道是为什么吗？"

布林摇摇头。

"因为这里，是我和云帆约定的位置。这个虚拟世界刚建造好的

第四十八章 数字湍流和空间塌陷

时候,我们曾有个约定,"罗素的表情总是那么漫不经心,但这一刻却变得有点凝重,他说得很慢,仿佛在很珍惜地、仔细品味昔日的回忆,"如果大家在这个虚拟世界中失散,就到某一个特定的地方去会面。那是睡梦世界中某个特定的经纬度交汇处。我刚接入睡梦世界的时候怎么也找不到她,于是我就去约定的经纬度位置寻找。那个经纬度交汇处,就是这个岛屿。"罗素指了指脚下。"她失约了,没等在这里,但她早就给我留下了一封信。你想不想看看那封信?"罗素忽然问。

"如果你愿意给我看的话,我会深感荣幸。我对云帆神往已久。"布林微笑道,"但这是你们之间的私事,给我看会不会不合适?"

"没关系,这也不全是私事。"罗素从兜里拿出一封折叠得很整齐的信件递给布林,"小心点,别弄坏了。"

布林接过信,扫视了一眼信封,看上去没什么古怪,应该就是最普通的信件。这个时代,很少见到这样的信件了。她小心地打开信封,抽出了几页纸。那是几页泛着淡淡香气的粉色花纹纸。

> 喂,罗素,你这个笨蛋!如果你看到这封信,那说明我们有麻烦了!

只这一句,布林好像已经看到了云帆从信纸里蹦出来,正在指着罗素的鼻子叫嚷。

> 我们无法在睡梦世界中找到彼此,连基本的定位都做不到,那说明这个睡梦世界已经失控了。当初建造这个系统时,我们为了让大家的生活不那么消沉,气氛好一点,放置了很多程序人,并赋予它们类人的思维能力。虽然我们认为它们是工具,但万物都在进化,千千万万的程序人也会进化。我预感迟早有一天,这里可能会进化出我们无法控制的程序人,它们将把这个世界导向我们未知或者不愿意去的方向。
>
> 假如真的发生这种事,那金星人就危险了。睡梦中的

他们可能会变成待宰的羔羊，永远丧失苏醒的机会。到那时，即便系统中设立了警卫系统、杀毒程序等，可这些手段是否足够应付进化危机，我心里一点底也没有。所以我们要准备一个终极手段。

这个终极手段，就是从数理结构上对失控的程序人进行降维打击，让它们无从反抗。

当初我们设定这个世界的时候，用二进制的数字表达了世界万物和所有逻辑。所有逻辑的本质都是数字，不管是能量，还是运动。能量转化公式、宏观力学公式、电磁力公式、核力公式等，都是用数字实现逻辑自洽。假如有一天那些程序人完全失控，系统中的杀毒程序拿它们无可奈何，那就说明它们已经洞彻了上述基本原理公式中的一个或多个，并且在想办法违背原有的公式规律。到那个地步的话，用二进制表达的所有力量体系，就无法束缚它们了。要消灭这些失控程序人，我们得找到一个与二进制结构不同的数理结构，从高纬度降维打击，才能毁灭它们。

我思考了很久，找到了一个办法，"空间删除"。我要制作一个由二的幂进制数字系统构成的局部空间，然后在这个空间里对这些变异程序人进行彻底清理。这有点像是原始计算机的局部存储删除，但我们要删除的是一个整体空间，技术上要难得多。

我们用二进制数字系统中的"0"和"1"两个符号，构建了睡梦世界的能量运转规律和信息交互系统。生命在睡梦世界中感受到的所谓"空间"，其实是在信息交互过程中产生的一种感官印象，或者说幻觉。

如果我在这个世界中建立一个独立于二进制之外、独立于感官之外、用二的幂进制数字系统来表达的空间，那么任何进入此空间的睡梦世界的生灵，都会因为数理结构不同而被无条件约束，都无法反抗。那些在二进制下诞生的失控程序人，处在这个非二进制数理空间中的时候，就会被约束。

第四十八章 数字湍流和空间塌陷

二进制和二的幂进制在表达空间上有什么不同呢，我就直接告诉你，不让你猜了。二进制和二的幂进制，这两组数字的运动方式有着根本的不同：

在二进制的数字系统里，数理系统由"0"和"1"构建，数字的本质是基本符号"1"采用线性运动的方式叠加创造的。

二的幂进制数字系统，是由"0""1""2"三个符号构建，数字是由基本符号"1"和"2"采用递归旋转运动的方式，嵌入式叠加累进创造。幂进制数字这种旋转递归的数字运动方式，更像是一种空间的三维运动。当我想象二的幂进制那些数字的运动模式的时候，我想到了湍流。

湍流，你知道吧？

那是一种高度复杂的三维非稳态、带旋转的不规则流动。从物理结构上说，湍流是由各种不同尺度的涡旋叠合而成的流动，这些旋涡的大小及旋转轴的方向分布是随机的。湍流起源于层流：当流体流速较小时，流体质点只沿流动方向做一维的运动，分层流动，这就是层流，而当流速增大到某个值后，流体质点除流动方向上的运动外，还会向其他方向随机运动，发生湍流。层流发展成湍流的过程，是从一开始的有序流体，慢慢分裂为许多不可预知的旋涡。这像是数字的分裂。

基于上述的数理猜测，我决定在这世界中设定这样的一个局部区域：这个局部空间将使用二的幂进制数字系统搭建；其基本元素组成，就是用类稳态的数字湍流旋涡构建的容积量子。

这个空间在常规态时是稳定的，但在某种特殊引发条件下，那些构建空间的基本元素，也就是数字湍流旋涡会开始震动，进入不稳定状态，甚至开始坍塌。当这个空间彻底塌陷的时候，处于这个空间中的一切存在（例如那些失控的程序人），都将随着空间坍塌，一起被睡梦系统彻底删除。

这个塌陷的空间将会像一个巨大的黑洞，把处于其中的任何程序都彻底删除，这种删除的力量是根本性的，无法用任何方法恢复。

你看到这封信的地点，就是我打算建造这个幂进制空间的地点。你觉得我的计划怎么样？无论如何，这肯定超出你的理解范围了吧？

我会完成这最困难的第一步：空间搭建。至于如何引发坍塌、如何让那些失控的程序人恰好在这个岛屿空间坍塌的时候身处此处，那是留给你的考题。

像你这样的笨蛋，是否能完成这个相对简单的任务，我实在有点担心。你要记得经常锻炼下脑力，否则有一天，会退化成白痴也说不定。"

读到这句话的时候，布林几乎看见了云帆那得意扬扬的笑容。

"看来你们的感情很不错。"布林微笑着把信递还给罗素，"云帆女士的想法也确实是天马行空。如果真像她所说那样，这个世界应该存在两种体系：一种是以二进制规则作为数字逻辑的运转体系，这种运转体系构成了这个岛屿之外的睡梦世界；另一种则是以二的幂进制规则作为数字逻辑的运转体系，只存在于这个岛上，构建了这个岛屿的空间。云帆女士计划通过让这个二的幂进制空间坍塌，来消灭所有的失控程序人，也就是我们不死族。你负责把我们都吸引来，然后再引发坍塌。是这样吧，罗素先生。"

"没错。"罗素点头道，"在二的幂进制数字系统里，任何一个大的数字，都是之前的小的数字采用旋转递归的方式叠加创建的。线性状态的流体在速度加快的时候，就从有序的层流变成神秘的湍流。这样的数字流体构成的空间，在某些特殊条件下，可能彻底陷入混乱无序的状态。当其内含的数字体开始不断分裂，变成不可预知的旋涡，最后就会彻底坍塌。你，应该说所有不死族，作为一段程序，都将会不可避免地被卷入塌陷的旋涡，被彻底粉碎。"罗素微笑着看着布林，"有没有兴趣试一试？"

"不得不说，虽然过了百万年，你们夫妻的配合还是很默契。"

第四十八章 数字湍流和空间塌陷

布林说到这里，忽然咯咯咯地笑起来，"可我根本不信。关于那个最原始的哲学问题：存在是什么？空间是什么？我也好奇了很久。但我认为，无论是人类、还是采用类人思维的智能程序，都没机会搞清楚这个问题。在整个人类历史上，也从来没有提出过一个可操作的技术模型来模拟空间本身，这属于未解之谜。云帆提到的数字旋涡，很像关于空间结构的一个量子假设：空间是由最小量子单元堆积而成的，空间的基本单元称为'容积量子'或者'圈量子'，在微观尺度上，那些都是一个个不停旋转的旋涡。虽然存在这种理论假设，但我绝不相信真的有人类能够模拟这种结构。"

"现在，我就站在这里，等你引发坍塌。"布林奚落罗素，她双手抱在胸前，一副看热闹的样子，"你想到引发结构不稳定的办法了吗？如果还没想好的话，我可以等你几天。"

"我不需要那么久，一小会儿就可以了。"罗素淡淡说道，"要引发空间不稳定，就必须借用可以压缩空间的力量，只有引力波具备这种功能。"

"哦，通过引力波来触发空间坍塌？听上去更有意思了啊。"布林还是嘲笑的语气。

她确实不相信。

"马上就来了。"罗素指着天空的西南方向，"在那个方向，两个中子星在很久前发生了碰撞。那两颗中子星中每立方厘米的物质足足有一亿吨重，乒乓球大小的体积就相当于金星上一座山的重量。它们相撞后，形成一个质量巨大的双圈状黑洞。这次碰撞产生的引力波大约相当于一百五十倍的太阳质量，并且它们都辐射出来了。一层层的引力波涟漪向太空弥散，周围的空间被不断挤压变形。到达这里时，空间挤压效果将由我脚下的LIGO系统的'L'形双臂探测器体现出来。"

"引力波还需要多久到？"布林一脸看好戏的神色。

"别着急，马上就来了。"罗素站在"L"形的LIGO双臂交界处，感受着引力到来时空间的变化，不知道是不是幻觉，他似乎感受到了那一丝丝引力波动的涟漪，以及周围空间结构的改变。

"微小的数字旋涡受到引力波激荡，已经开始震动。"他伸出手在空气中触摸，"你能感觉到么？"

布林学着他的样子，很认真地伸出手，闭上眼，仔细感觉，终于摇摇头，"我感觉不到，是什么形状的？"

"数字旋涡都是圆形的，每个旋涡都对应着一个旋转运动。大旋涡和小旋涡之间的相互作用以速度或动能的形式交换能量，大旋涡将速度传递给小旋涡，小旋涡有更小的旋涡，以此类推。然后这个由层层叠叠、环环相扣的数字旋涡组成的泡沫状结构的空间，就开始发生整体震动。"罗素耐心描述着。

罗素的面色忽然严肃起来，"塌陷开始了。"

"什么？！"布林依然毫无所感。

第一个数字旋涡产生了震动之后，所有环环相扣的数字旋涡都开始震动。

震动被限制在特定区域内，引力波无法向外发散，只好来回反弹。于是，互相交织的旋涡圈的共振开始了。共振强度迅速增加，然后，第一个旋涡崩裂了。紧接着，和它互联连接相扣的旋涡也开始一个个崩塌。

周围的空间结构悄悄地在变化，渐渐地，天空中的光线开始模糊。在没有任何遮挡物的情况下，地面上出现了虚影。

"咦？"布林忽然发现自己的影子开始扭曲。天上明明什么都没有，但光线却发生了折射，仿佛半空中被什么东西扭曲了光的前进道路。

"数字旋涡的共振被局限于岛屿周围的二的幂进制空间中，无法向外扩散，因为外面是二进制结构，无法与引力波共振。引力波动被局限在这狭小空间内，引发来回反弹、激荡。这一整块空间，最终会完全塌陷。"罗素赞叹道，"云帆构建的理论是完全可行的！"

"空间全部塌陷会是什么样子呢？"布林睁大眼睛看着四周。她并没有担心的神色，还是充满好奇。这是顶尖智慧体的思维特征。

这时候，高空深处，忽然有无数巨响，仿佛很多惊雷炸开。那是风的声音。本来朝一个方向高速吹动的海风，突然改变方向，变得像一团旋风，然后它们被看不见的墙壁困住了，便开始不住抽打那墙壁，下一刻，所有的风突然静止，如同被施了定身法。它们正

第四十八章　数字湍流和空间塌陷

在被一个巨大的空间盒子压缩，压成一块空气砖，空间中发出了吱吱嘎嘎的摩擦声。突然，咚！一声闷响如雷，巨大的空气砖猛烈炸开。

海水开始受不了了。岛屿周围的海水瞬间涌起数十米高，仿佛受到什么挤压。塌陷的涡旋量子墙，从四面八方挤压过来，把海水和空气一起困在其中。水浪纠缠在一起，被挤压成一个个旋涡，彼此交织缠绕在一起，不停地涌动、激荡。

很快，海浪旋涡就没了旋转的空间，海水被压得粉碎，涌向天空的百道水线，很快又齐齐砸了下来。这些砸落水线如同上百道粗壮的鞭子，势大力沉，划过空气，发出低沉而摄人心魄的啸音。无数水滴朝四方激射。它们的速度如此之快，在与空气的剧烈摩擦中还没有飞出半米，便蒸腾成雾气。

布林被眼前的景象震慑到了，迅速上升的水面变成高入云霄的水墙，以无可抵御之势，从四面八方向自己轰然碾压而来。布林眼前一暗，突然失去罗素的身影。她耳边传来不死族同伴的惊呼声。

岛屿周围的海水疯狂朝此处涌来，狂怒的巨浪连绵不绝，它们就像一只只巨大的手掌，狠狠拍下，然后激荡起更加爆裂的水花，带来排山倒海的冲击力。在恐怖绝伦的力量肆虐下，大地在颤抖。

地面开始塌陷了，但不死族们并没有下沉，而是因某种力量浮在空中，他们感觉到了挤压。

四面八方疯狂碾压而至的水墙，裹挟着磅礴万钧的威势袭来。布林终于开始慌乱，她想冲出去，但无济于事。

这是空间的曲折、挤压、塌陷，她根本没有一丝缝隙可钻。

当所有不死族都被束缚在原地无法动弹的时候，天上忽然出现一个黑色光洞，洞口一点点地扩大面积。那是因局部的空间被挤压到极限而生成的黑洞。恐怖的、黑色卷曲形的空洞开始旋转，巨大的吸力让眼前的一切都开始崩散，岛屿、树木、不死族都在被黑洞吞噬。

所有的不死族都被卷入其中，向着黑洞飞过去。

但空间塌陷似乎对罗素和油十三并无影响，他们二人都被一种力量束缚在半空中。罗素脸色平静、目含悲悯，油十三则因脸上的肌肉抽动显得神情狰狞。

"作为人类，空间塌陷之后，我们的大脑和这片空间之间的信息连接会断开，沉睡的人会苏醒。"罗素对油十三说道，"但程序人不一样，他们与睡梦世界之间不仅仅是信息交互的关系，他们存在于这个世界中，所以他们会彻底粉碎。"

油十三根本没听罗素在说什么。他惊愕地看着那个黑洞和即将被卷入的布林，他拼命挣扎，但是身躯却仿佛有万千斤沉重，又像被某种链条牢牢锁住，连手指也挪不动。

布林已经飘荡到了黑洞边缘，正在一点点陷进去。她的面容被黑洞一点点吞噬，开始变得模糊。她远远地看着油十三，在最后时刻对他做出一个微笑，说了一句话：

"抱歉，我要先走了，你多保重。"

然后，她彻底消失了。

油十三头颅高昂、额头青筋暴起，但却始终无法挣脱束缚，他发出一声撕心裂肺的长号，然后就昏了过去。

罗素看着眼前的那些程序人被黑洞吞噬，但他的目光中毫无赢家的得意，只有悲伤无奈。他向着黑洞的方向，非常真诚地说道："对不起，你们并没有做错什么，进化本身并无错误，只是今日，大家都别无选择。"

第四十九章　那扇门的后面

眼前的隧道中没有一丝光线，无尽的幽深黑暗，仿佛一头窥伺的怪兽，正张开血盆大口，要把踏入隧道的人一口吞噬。

按照罗素留下来的地图，到达"竖井"的隧道长度是二十五公里。隧道年代久远，中间每个地方都可能存在塌方。更要命的是，隧道里每隔五公里就有一道隔离门，这些门从里面可以轻易打开，但如果在通过它后想从另一侧打开它折返，那需要复杂的身份信息和密码验证，验证失败就不能返回了。不仅如此，这些隔离门有的已经出了问题，但具体是什么问题只有到了门那里才能知道。

所以，这是一次单程冒险，没有回头路。

沙小猫和索迪彼此对视了一眼，驾车驶过了那道门，然后回头看着身后的那个世界。

那个由巨大的量子处理器、无数的芯片、存储器、电路元件组成的虚拟世界，有着无数大脑接入其中、有无数程序人认假为真、有无数爱恨挣扎的世界。

他们在那个世界度过了上百万年。

他们在心里问自己：你留恋那个世界吗？

"我曾在那里遇到过很多人，得到过很多的爱。我感谢他们。"沙小猫回想这许多年的睡眠生活，许多人和事在眼前飘过：亲人和朋友，爱和恨。无论是程序人还是人类，感情都是一样的。

她忽然泪流满面。"现在，我要走了。"沙小猫笃定地说。她想清楚了，即便她走不了多远，走不出这隧道，她也要选择离开。

"我也没什么留恋的,我要走了!"索迪大声说,"现在我和小猫在一起,我什么也不怕!"

两个月前,索迪依靠一把斧子和一块木头,成功地断开了自己的大脑和虚拟信息之间的连接。他在最后关头依靠冥想和断念,脱离了数据层的束缚,醒了过来。在过往的岁月里,索迪曾经无数次尝试用这样的方法苏醒,但他从来没有成功过。看到沙小猫乘坐的导弹起飞之后,他忽然升起强大的信念,觉得自己可以成功。在那一瞬间,他有了目标。

索迪醒后,他们守在地下城,盼望着有新的苏醒者出现。尤其是罗素先生,如果他能出现在地下城就好了。但是,除了油十三脱离了睡梦世界,直到他们离开,也没有新的人苏醒。

在等待期间,他们一直在研究罗素留下来的地图,上面画有几处隧道补给站的位置。得先拿到补给,才有机会到地面去,才能想办法联系金星环,博得一线生机。据罗素说,他进来的那条隧道已经被岩浆封死,苏醒的人只能找别的出路。他们把金星地下城本来就有的通道和罗素十几年前在金星挖掘的新隧道放在一起看,用了很多时间才设计了一条出去的路。

在设计出这条路后,他们决定在收拾妥当后立刻出发。他们带上了所有能找到的给养和装备——探照灯、医药包、食物、能保证供氧十二个小时的氧气瓶,还有一台小型的隧道钻探机——把它们都放在一台拖车上,最后再把油十三的睡眠舱拖上去。

"还记得我们进来的那天么?"索迪看着小猫说,"我们被关进睡眠舱的那一天。那天我大声喊救命,说队长来救我啊,你说你一会儿就来。可你是骗我的啊,那么久你也没来。"

"现在我来了。"沙小猫握紧索迪的手,"我们走吧,都等了这么久了。"

他们驾驶拖车出了门。

索迪的话音落下,自动隔离门在两人身后重重地关上。眼前黑黝黝的通道,象征着不明确的未来,但他们已下定决心。就如同他

第四十九章 那扇门的后面

们多年前在地下城拿起武器下定决心要反抗一样。

相比叵测黑暗的现实,很多人会觉得光明幸福的虚幻更容易接受,但总有人想法不同。

他们就是这样的人。

在第二道缓冲门之前,一切都很顺利。第二道缓冲门在地图上标为红色,果然是坏的,从里面无法打开。索迪拿出了钻探机,花了两个小时,在门锁上钻了一个圆孔,这才得以手动打开这道门通行。他们的好运气一直持续到第四道隔离门。到达那里的时候,眼前的情景让两人心里都是一阵绝望:这段隧道里有塌方,土石把前方的隧道堵住了。

"开始吧。"面对不知有多大的塌方体,索迪咬牙道。

他们启动那台小型的钻探机,同时拿出工具,开始一点点地挖掘清理。整整五个小时后,土堆里面终于露出一个可以让睡眠舱通过的洞,两人松了口气:总算挖通了。为了通过这个洞,他们不得不精简装备,只留下了氧气、钻探机和一些挖掘工具。

终于,他们来到了第五道门前,这是最后一道门。

不幸的是,门是坏的。

"还得打孔。"索迪气喘吁吁地检查着门,他实在是很累了。

"氧气还能支撑多久?"

"最多一个半小时了。"索迪看了看刻度表。

可是上次钻孔开门就用了两个小时。

"也许这扇门没有那么难搞。"沙小猫鼓着劲儿,"门外就有一个补给站,我们应该能在那里找到氧气补给。"

两个人轮流操控着钻探机。钻头在金属门上钻出了巨大的火花,照射着两人紧绷的肌肉和面孔。又轮到索迪了,生存的压力让他陷入了疯狂的状态,他奋力嘶吼着,榨出了自己的所有潜力。这时,钻头由于工作了太久,爆裂开来,索迪从背上拿下斧头,狂吼着一下下劈在门上。一下,又一下……终于,一个穿透的裂缝出现了,他们看到了门的另一边。

当这扇门终于被打开时,浑身汗水的索迪虚脱得软倒在地上。沙小猫心疼地看着瘫软在地的索迪,但也只能让他休息几分钟。

"起来，我们该走了。"

索迪依然没有力气，沙小猫只好拖着他在隧道中艰难前行，至于油十三，他们现在已经顾不上了。前面再有五百米，就到补给站了。然而，还没有走出一百米，眼前又出现了塌方。土石填了绝大部分隧道，它们的顶上虽然有一点点空隙，但显然不够他们钻过去。

"小猫，"索迪一屁股坐到地上，他觉得眼皮都抬不起来，"我动不了了。"

"好吧。"小猫看了看眼前的塌方，知道没有机会了。氧气快要耗尽，只能维持十几分钟了。他们靠在隧道的墙壁上，喘息着，然后开始昏沉。

"后悔吗？"小猫问。

"这对我来说……是最好的……结局了。"索迪露出平静的微笑，他再没有任何挣扎，他伸手握住她的手，打算接受这个命运。"和你在一起，安安静静地接受长眠，一直是我的梦想。"

沙小猫也握住他的手，轻轻地说道："我也不后悔。"

十几分钟并不漫长。他们在平静中握着手，一起等待着最后时刻。这隧道，这黑暗，应该已经吞没过很多人了吧？那些人在最后时刻是心甘情愿地走向死亡，还是发出了不甘的怒吼？无论如何，大家最后总算是获得宁静了吧。

轰隆！

轰隆！

轰隆！

"索迪……那是……什么声音？"沙小猫用微弱的声音问道，"是有人……在……挖隧道么？"

"我也……听见了……大概是……幻觉吧。"索迪说。

"是……那一定……是幻觉。"沙小猫把头靠在索迪肩膀上，这个姿势很舒服。她觉得很多年都没有这么舒服了。在昏昏沉沉中睡去，永久地得到安息，这是多难得啊。

当两人的眼睛缓缓合上即将陷入沉睡的时候，隧道尽头，一束光线照了进来。土石的另一边，有人在挖隧道，而且挖通了。隧道通了，光线照亮了黑暗的隧道，也映照出了一个人的身影。那人身

第四十九章 那扇门的后面

后尘土飞扬,隐隐地能看到几台大型挖掘机械停在那里,还在轰隆隆地响着。

这个人走过来,看到了地上倒卧的两个人。

他头顶的探照灯光线并不算明亮,而且四周烟尘弥漫,能见度很小,但那个人一眼就看见了沙小猫。他在沙小猫面前停了下来,弯下腰仔细打量。他做了一个深呼吸,可声音还是略微有点抖动,"小猫,是你吗?"

第五十章　何处是归乡

晨曦初露，天光微亮时，在东北偏东的地平线上，耀眼的银白色金星，正伴随着弯弯的月牙，一起慢慢上升到东方的天空。

山谷别墅的天台上，高分辨率的天文望远镜呈仰角向天，朝向那颗金星。主人多年不归，粗大的金属镜筒和精密的光学玻璃镜面都已经蒙尘。可它依然执拗地保持着这个姿势，片刻不停地瞭望着这颗与地球的最近距离约四千万公里的行星。

昨夜，从金星环返回的货运飞船带来了一个确切的消息，让一件大事有了结果。有人觉得这是坏消息，有人觉得是好消息，但旁观者怎么想并不重要，重要的是当事人的想法。

山谷别墅度过了不眠之夜。女主人整夜都在歇斯底里地叫喊，砸碎了无数件家具。管家和佣人们一整晚大气都不敢出，忐忑不安地坐守到天亮。

苏菲坐在天台上，脚旁有七八瓶东倒西歪的红酒瓶，都已经空了，此外还有扔了一地的碎酒瓶和酒杯。飞船带来的消息，是她这些年一直在等待的消息，她以为自己会很高兴。可当亲耳听到的时候，她顿时就陷入了深深的失落中，然后就是不可遏制的愤怒。

"你这个混蛋！真的死在那里了吗！"苏菲朝着天空的金星呐喊。

"他们居然真的找到了你的东西！"苏菲抄起一个酒瓶狠狠地砸到那天文望远镜上，望远镜咕咚一下栽倒在地，将玻璃碴溅得四散。

"你这种阴险狡诈的混蛋，那么容易死吗！你死了，剩下我一个人，我怎么和那些股东斗！你忘了我们和他们签的对赌协议了吗！

你死了，我一个人怎么收拾这个局面！那些王八蛋成天都想抢走我们的公司！我们的钱！"

仰头冲着天上的那个星星喊叫了半天，苏菲一屁股坐在地上，号啕大哭起来。

几分钟后，战战兢兢的敲门声响起，佣人的声音有点颤抖，显然知道女主人正在发脾气，"夫人，调查局的波罗探长来了，就在大门口，您要见他吗？"

苏菲收住了哭声，她站起来，走进浴室，擦了擦脸，又到镜子前整理了妆容。她的声音恢复了冷静："让他进来吧。"

佣人带着波罗上了楼。

波罗看到这一地狼藉，立刻移开目光。他低目垂眉，小心地把手里捧着的檀木盒子放到桌上，"夫人，这应该是马克先生的钻石。现场还发现一小部分骨灰。"

苏菲将目光钉在小小的木头盒子上，一言不发。

波罗顿了一下，继续说明情况，"这是陈震从金星地下的四号隧道中收集到的。依据陈震提供的调查报告，马克先生在降落到金星表面的时候，很不巧地遇到了地震和风暴。他到距离最近的四号隧道去躲避，但不幸的是，地震毁坏了隧道的隔离门，而附近的一座火山刚好爆发，大量的岩浆和火山灰越过隔离门涌进入了隧道，马克先生就这样遇难了。陈震花了很多时间才彻底清理了那个隧道，在最里面的位置，找到了疑似马克先生的遗物，如果这枚钻石确实是属于马克先生的，那么……结果就基本确定了。我希望他能永远地安息。无论是在地球，还是金星。"

苏菲站起来，走到桌子旁边，手指缓缓地拂过了那个名贵的檀木盒子，盒盖揭开，里面是一小堆灰黑色的骨骼残渣。在那一堆残渣之上，是一枚黄色的八角形钻石。

她捏起那枚钻石，用手指抚摸着，眼神里看不出悲伤，反而都是迷茫。"在无数个傍晚和黎明，他就站在这里，用这个望远镜，不停地观察远方的那颗星星。"苏菲指着金星的方向，似乎是给波罗看，又像是自言自语，"就像那里有什么宝藏！就像那里有什么东西拴着他的心！就像他的灵魂在那里！这世上有那么多赚钱的生意，他就不听我的劝告,把我们几乎全部的钱都花在那个金星环上!可是,你看看这个蠢货,他最后得到了什么!这些钱都白花了!他居然就死在那里了!"

波罗微微低下头。他无法搭话。

"其实,我派陈震去金星的时候,并没有指望他真能找到什么。"叫喊了一会儿,大概是累了,苏菲缩回沙发上,整个人都陷了进去,瘫软地靠在椅背上,仿佛失去了所有力气,"我一直觉得,他一定躲在什么地方,只是不想让我找到……风暴,风暴算什么!一场风暴就能杀死他吗!这世界上有什么事情能难倒他!可是这个笨蛋啊,他真的就被困在这个小小的盒子里了!"苏菲看着木头盒子,眼泪终于掉下来。

"夫人,这枚钻石马克先生在地球的时候曾在公开场合佩戴过所以留下了影像记录,调查局仔细对比了形状特征,基本认定金星发现的这枚是同一枚。"波罗缓缓地说道,"您如果有疑问,可以再做鉴定。"

"我不是怀疑你们的结果,"苏菲无力地摆了摆手,"我只是觉得,对他而言,这未免太不完美了。这个结局,配不上他……配不上他……"

"夫人,"波罗说这句话的时候,语气非常诚恳,"作为有勇气、有能力探索太阳系其他行星的第一人,马克先生将永载地球史册。在这个星球上,没有人会轻视他,也没有人有资格轻视他。"

"另外,"波罗揣测着说点什么比较合适,"唔,有了这些证据,保险公司就没法继续抵赖了,您肯定能获得赔款。"

"是啊,这可是价值上百亿元的证据……马克,你就算死了也能给我帮上忙……"苏菲看着木头盒子,忽然诡异地咯咯一笑,"全世界都认为,他现在对我的意义,仅在于此了。波罗探长,如果我说,我真的关心他的死活,你是不是根本不信?或者说,地球上根本没人相信?"

"夫人又何必在乎世间的流言蜚语。"波罗沉声说道,"现在马克先生的死亡得到了证明,我想,Spectral 公司会有很多法律程序要处理,还有很多事情等着您去处理。流言这些东西,于现在的您而言,无足轻重。"

"你说得对。"波罗的这句话起到了效果,苏菲很快冷静下来,只用了几秒钟,情绪和面容再次变成了顶尖生意人的样子,"有很多事等着我做呢。那个叫陈震的年轻人完成了他的承诺。明天,我会专门召开记者公布找到马克遗物的消息,同时感谢陈震,付给他的酬劳,会按照约定的三倍支付。他帮了我大忙,名和利我都会给他。他想要继续在金星待几年,那就待在那里吧。星际探索是他的人生理想,他在金星环期间的所有费用,都由我们公司承担。探长,谢谢你连夜把这些送来。"苏菲的话说完了,端起茶杯示意送客,"我们已经合作了很久,未来还将继续合作。马克去世了,Spectral 公司内部股权复杂,我马上就得面对来自公司内部其他股东的挑战。以后,我还要持续和 Spectral 公司的外部竞争对手斗争。所有这些事,都需要来自政府部门的强力协助,而你,会一直是我的重要力量来源之一。是这样吧?"

"愿你为您效劳,夫人。"波罗弯下腰恭敬地说道。

"那就好。放心,你要的那些,我会加倍给你。"

"那么,我先走了。"波罗此行的目的已经达到,于是起身告辞,补充了最后一句,"鉴于已经证明马克先生的故去,我会在智能调查局内部提出申请,正式撤销所有针对他的调查。"

苏菲淡淡地点点头,这已经不是她关心的事情。

她一秒也不耽误,波罗看到她拿起电话发出指令:"管家,明天上午给我安排一个新闻发布会,公布马克的消息。另外,帮我联系摩根保险公司,我要提出索赔,越快越好!"

两年以后,非洲。

非洲大陆的西海岸,有绝美的、未被污染的原始银色海滩;由海岸向内延伸几十公里,则是成片的古老沙漠。金色的沙漠和银色的海滩接壤,在这片土地上形成了一个美丽干净的色块组合。沿着某处海岸码头向内陆走十几公里,有一片山坳,谷地里隐藏着一个不起眼的咖啡种植园。这个种植园在几十年前就被一个神秘的买家买下,据说种植出来的咖啡只用于赠送亲朋好友,并不对外销售。

由于和外界没有商业往来，所以外人很少来到这里，基本只有工人们和管家。

傍晚的时候，结束了一天的劳作，工人陆陆续续地出现在种植园大门外不远处的一间小酒吧里。

有两个工人走进来，照例坐在靠近门口窗户的一个宽敞座位里。老板不等吩咐，立刻搬来两个整桶的黑啤酒。这两个工人算是新人，出现在种植园不过几个月。不知道他们挣多少工钱，反正花在喝酒上的钱着实不是小数目，是老板最喜欢的客户。相貌斯文、脸色白净那个还比较正常，每次只喝几杯酒；而那个黝黑壮实的高个子，简直就是个啤酒桶。这两个工人正是索迪和油十三，他们和往常一样，下工后来喝酒消遣。

天色完全黑下来的时候，酒吧的电视里开始播放夜间新闻。最近全球最轰动的新闻，当然是金星环太空城遭遇陨石风暴，完全损毁的事情。

作为地球人在太阳系内其他行星建立的唯一太空城，金星环一直都是新闻焦点。十几年前马克在金星失踪，让这个太空城多了几分神秘色彩。很多新闻记者、甚至小说作家，都把这个太空城作为故事素材的来源。仇杀、情乱、探险、魔幻……各种各样的故事被编出来，尤其是马克刚失踪那几年，各种谣言满天飞。直到探险家陈震在金星找到马克的遗物，这些传说才算是平息。几个月前发生的一起重大事故，则为这个在各种新闻、流言中沸沸扬扬了十几年的太空城，画上了一个悲剧性结局：金星环太空城很不幸地被一颗落入金星轨道的陨石击中，碎裂成几十块，变成一堆环绕金星表面运行的太空垃圾。

被击中前的最后时刻，金星环启动了应急避难程序，三艘应急返回舱脱离了太空城主体，按照预设轨道，自动返回地球。这三艘返回舱有两艘降落在了太平洋，另一艘则降落在了大西洋靠近非洲西海岸的地方。降落在太平洋的返回舱里，有几个幸存的金星环的工作人员和机器人；落在大西洋的那个返回舱，因为赶上了风暴天气，直到两天之后才被搜救队发现，而舱内没有发现任何人。

金星环被撞毁之后，Spectral 公司的股价大跌，因为金星环本身

第五十章 何处是归乡

就价值数千亿,损失如此巨大的资产,Spectral 公司立刻陷入了财务危机。不看好前景的股东们大量抛售股票,马克的遗孀苏菲却反其道行而行,趁机大量低价收购股票,最终完成了对 Spectral 公司股权的彻底控制。据说,苏菲收购其他股东股份的资金,主要是来自于保险公司支付的马克的生存保险赔偿金。在陈震成功地从金星寻回了马克的遗物后,保险公司无奈地赔了三百多亿欧元的巨额保费。可惜的是,陈震在这次陨石袭击中未能躲过一劫,三个返回舱里都没有发现他,他应该是永远地留在了金星上。

电视里的新闻画面显示,苏菲正在接受记者采访。

记者:"苏菲女士,金星环毁掉之后,您对 Spectral 公司的未来有什么样的规划?您还打算继续探索金星吗?是否会重建金星环?"

"不,我没这个打算。"苏菲连连摇头,语气斩钉截铁,"我本人对外太空探索没那么大兴趣,而且马克已经对那个星球做了足够多的探索。现在,地球人都明白,金星并不是一个适合探索和建设的地方。再者,从生意角度讲,人们现在对金星的探索欲望和好奇心已经大大下降,即使我有重新探索金星的想法,也很难再筹集到巨资新建一个金星环太空城。

"Spectral 公司未来的业务,将聚焦于元宇宙虚拟游戏。我们将脚踏实地在地球上做生意,并且在很长一段时间里不会涉足太空探索业务。我有信心,几年之内,公司的元宇宙游戏业务会迅速发展,广大投资人必然会获得良好回报。"

第二个新闻画面是在采访几位天文和物理学家,他们对马克之后的人类太空探索活动给出了自己的看法。

"从今以后,恐怕人类很难再有探索金星的兴趣了。"一个天文学家侃侃而谈,"马克的死亡悲剧,已经说明探索金星基本是费力不讨好,很难再有人做这种耗费巨资而收益极不稳定的事情了。"

另外一个专家在旁边补充道:"事实上,马克当初选择金星作为探险目的地就是个错误。人类的目光,理应转向太阳系外部的其他行星,比如火星、土星及其卫星等,那些星球,地表温度比金星更低,有的甚至存在水源,更便于实施居住改造。那个时候,我甚至亲自劝过马克，但是他没有听进去……"

"这个叫'苏菲'的女人，似乎不怎么伤心。"油十三看着电视里的苏菲正冷静地谈论着自己的生意。

"罗素已经离开地球很多年了，时间久了，物是人非，也是常理。"索迪笑道，"况且，他们这种地位的人，首先考虑的是家族、集团的利益，个人情绪大概不是什么重要的东西。"

老板不停地把啤酒端过来，两人一直喝到天光微亮，直到酒吧打烊。他们并没有返回种植园，而是一直走上了附近的山顶。

他们站在山顶抬起头看着金星的方向，那个明亮的星星，正和月亮一起挂在天上。

"我总有一种不真实的感觉。"油十三问，"这里真的不是另外一个睡梦世界？"

"要我说多少次你才会信？"索迪叹了口气，"我们是在金星地下城挖通了隧道，然后乘坐马克先生的飞船来到地球的。马克就是罗素先生，他在地球的名字叫'马克'。这个过程中，你错过了穿越地下城隧道那一段和乘坐飞船到地球这一段。当时你虽然从睡梦系统中脱离，但在现实世界中依然是昏迷的。AI 医疗系统认为，为了避免大脑损伤，最好等你醒了再出舱。我和小猫没法一直待在地下城，只好拖着睡眠舱里昏迷的你，穿过地下城的隧道到达地面，然后上了金星环的飞船，最后来到地球。这就是你经历的一切。

"错过了在地下城隧道和来到地球的经历，苏醒之后直接面对一个新的现实世界，这是你思维混乱的根本原因。老实说，任何人经历这些可能都会有点疑惑，但请你相信，这里是现实世界。你已经回到现实，不在梦中了。持续的怀疑，会让你精神错乱的，停下这种思考吧。"

"那么罗素先生呢？他为什么不回地球？"油十三皱眉追问。

"这个问题，你也问过很多次了。"索迪无奈地说，"我不知道他为什么没回来。我们在地下城没见到他。或许，留在睡梦世界是他的选择。通往未来十字路口，每个人都有不同的选择，有人会返回，有人会去往更远的地方。这很正常。"

第五十章 何处是归乡

看着皱眉不语的油十三，索迪又说："你想想看，如果这里是另外一个睡梦世界，那我算什么？专门来陪伴你的演员？这里的其他人和物又算什么？都是为了欺骗你一个人而设立的场景？你自问，你有那么重要吗？值得某种神奇伟大的力量专门建立一个虚假的新世界来欺骗你？欺骗你的目的又是什么？有什么好处吗？"

"你说得有道理。"油十三微微点头道，"其实，我内心的疑惑，并不完全来源于对你讲述内容的怀疑。在睡梦世界生活了那么多年之后，我无法停下对虚拟和现实之间界限的思考。我们在金星创造了一个新的、更底层的睡梦世界。相对于这个世界，金星地下城是上层世界，是现实。如果创造新的底层就是创造一个新的信息分界线，那么，如果那些程序人进化到足够聪明时，他们也可能创造一个新的底层世界。倘若每一个科技文明进化到一定地步，都会用掌握的物理和数学原理，去制造虚拟世界，那最后会产生什么？

"不断的模拟，到后来必然会成为一个序列。一个从高到低的虚拟序列，每一层都是由上一层设计出来的。在这样的序列中，每一层信息都没有资格声称自己是终极信息、是终极造物主。在这样的序列中，每一层信息都可能狂妄地以为自己是终极造物主。"

"那到底哪里才是界限？何处才是归乡？"油十三漫无目的地走，嘴里喃喃自语，像是在问别人，又像是问自己，"何处是归乡？"

"心安之处，即是归乡。"索迪并没有油十三的那种焦虑，"你何必想那么多？"

"你真的心安了？"油十三回头看着他，语气中带着点讥诮，"你说沙小猫去了更远的地方，去了太阳系的边缘，那你为什么不和她一起走？我能看出来，你是喜欢她的。"

"她要去的地方太远了，而我……已经很累了。"索迪沉默良久才回答这个问题，声音有点失落，"对我而言，在这里，在一个真实世界里，能安静地种植咖啡，就很好了。"

他抬起头，看着墨色的苍穹。漫天的星斗，每一个都有故事。

"况且，在她的路上，已经有人陪着她了。"

"躲在这个山沟里，种咖啡、喝酒、看星星，这就是你的余生？"油十三不以为然。

"对,"索迪点点头,"我将与大地和植物做伴,然后埋葬在某处不知名的墓地,静悄悄地化为泥土,就像我从没来过。或许,我还会写一本回忆录,关于金星的回忆录。这,应该就是我的一生了。"

"我受不了这种日子,这些无聊的咖啡豆我看够了,你自己种吧。"油十三来回踱步,高大的身躯在泥土里留下深深的脚印。终于做了决定,他回头对索迪说:"我走了。"

然后他就头也不回地下山了。

索迪远远地看着油十三的背影。他能感觉到,只要他下了山,这个星球一定会有大事发生。油十三是个不甘寂寞的人,百万年来一直都是。

"喂,"索迪远远地喊,"我写的回忆录里,你要出现吗?"

"随便吧。"油十三头也不回地挥挥手,背影消失在山坳之间。

油十三一直走,走到了大海边。

金星,此刻是整个天空中最亮的星,他举头看着那颗星,百万年的往事,忽然涌上心头。他眼前浮现出一张的美丽脸庞,她有着一头卷发和明亮妩媚的眼睛,她即将被黑洞吞没,在最后时刻对他露出一个微笑,说:"抱歉,我要先走了,你多保重。"

油十三使劲儿甩了甩头,他不喜欢这种悲悲切切的情绪,他想要忘记那虚幻的一切。都是假的啊,数据而已啊,妈的,怎么忘不掉呢?纵横百万年的油十三,怎么可以被这么不着边际的事情困住?他扯着破锣嗓子,对着大海使劲地唱起了在地球上学会的一首老词,

银河耿耿明如水,
玉兔高悬星宿围;

知音船头来相聚,
人生难得几回醉;

宇宙茫茫难辨东西方向,
天水相连似海洋……

第五十一章 元宇宙

智能调查局，编码"19"的档案是关于马克的卷宗。

今天，这个卷宗正式封存，调查程序终止。波罗凝视着眼前卷宗第一页的那张照片，那是马克很多年前在墨西哥的尤卡坦半岛上旅游时拍摄的。

年轻的马克英俊魁梧，脸庞方正，额头高耸，浓黑色的双眉下蓝色的眼睛炯炯有神，像宝石一样闪烁光芒。他站在一个有点破败的金字塔遗迹脚下，手里拄着登山杖，头上戴着太阳帽。那时候，他的主要身份还是学者，不是生意人。他研究地质、天文，在这些科研领域的圈子里颇有名气。他花了很多时间在地球上探查，研究各种上古遗迹，足迹遍布全球的每个角落。现在，这位探险者的遗物，已经在另一个星球被发现，关于他的故事彻底结束。无论当初在地球上是如何叱咤风云，掀起多少壮阔波澜，一切都已成过往。

波罗略带遗憾地合上卷宗，郑重地在封口处盖上了红色的密封印章。这个人像是一个宝藏，而自己显然没有充分地挖掘出其中蕴藏的价值。十几年的调查，最后还是一头雾水。真的就这么结束了？他把档案锁进了柜子，拿出两瓶可乐，一口气喝下。紧张多年后忽然松弛下来，由此产生的疲惫忽然包围了他。失去了这个价值巨大的目标之后，失落感顿生，下一步该怎么办？

他靠在椅背上揉着额头恢复了一下精神，打算先回家再说。刚站起来，办公室的门忽然从外面打开了，进来一个人。

"谁？！"波罗吓了一跳。现在是深夜，早就过了下班时间，智能调查局的大楼里只有他一个人，而且这里也算是戒备森严，怎么会有其他人悄无声息地走进来？

进来的是一个大个子，脸庞黝黑、脖子粗壮，整洁的黑色西装下，浑身肌肉线条鼓起。这人外表粗狂，但眼神很平和，没有什么侵略性，甚至带着几分疲惫。不过，阅人无数的波罗一眼就看出那平静后面隐藏的桀骜和目空一切。

大个子上下打量了下波罗，然后挥手示意他坐下，"别紧张，波罗探长，我来找你说件事，并无恶意。我不喜欢浪费时间，希望我们的对话能直接一点。"那人大喇喇地拉过一把凳子在波罗对面坐下，"我花了点时间查了你的背景。这十几年来，智能调查局查马克的事一直都是你在主持，对吧？但你绝不是仅仅在为官方做调查，你有自己的打算。我查到了你的很多灰色收入的记录，其中一部分钱是从苏菲的渠道辗转汇过来的。所以，你一直是在为她服务的。那些看上去针对马克的官方调查，幕后其实是苏菲女士在操控。她显然对自己的丈夫很不放心，即使他到了另一个星球，她也依然试图掌控他。你们的这种合作关系之中，甚至还包括史密斯，那个隧道公司的老板。马克在金星失踪以后，是你和苏菲要求史密斯去隧道寻找他的。害得他的大脑在那星球遭到了损害，变成了一个精神错乱的人。我说得没错吧？"波罗没有答话。他用一种平静而好奇的神态，很好地掩饰了内心的震惊。这些可都是自己最机密的业务啊，除了苏菲应该没人知道才对。

"你不用奇怪我是怎么知道的。我之所以可以查到你的这些记录，是因为地球上的密码系统对我而言很简单，无论是官方的还是私人的。在信息世界中，每个人都会留下电子痕迹。把这些痕迹组合起来，很容易对一个人做出判断。"油十三并不在意波罗的反应，只顺着自己的思路说，"波罗先生，你是个很复杂的人，野心很大。你利用自己智能调查局探长的身份，游走于那些顶尖的企业家富豪之间，想找机会从中获得巨大的利益，成为这个星球的人上之人。我说得没错吧？"

"你说的大部分内容，我都一无所知，但我对你很感兴趣。"波罗已经完全镇定下来，他也算见多识广，不会轻易被什么唬住。他摸了摸自己的长胡子，换上了一副意味深长的笑容。眼前这家伙，应该是个电脑黑客，通过破解密码掌握了自己的一些事情，所以来敲诈。也可能是苏菲派来的？哦，不对，不会是苏菲。她没这个必要，这也不是她的风格。应该是个电脑黑客。

"你提到了马克。我对任何了解马克背景的人都有兴趣。如你所说，我一直在调查马克，但十几年了，一直是云里雾里。说说吧，关于他，你还知道些什么？"波罗微笑着，他从抽屉里拿出一罐可乐递给来人，以很放松的姿态坐在他对面，"不介意的话，一起喝一杯吧。"

油十三接过了可乐，仰头一口喝下，然后从西装口袋里掏出一支雪茄，打火点上。他知道波罗还没有完全信服自己的话。

"史密斯从金星回到地球之后，并没有向你和苏菲透露他在金星地下城的发现。他是个生意人，对机会很敏锐。在金星看到的一切，让他觉得自己找到了巨大的宝藏。他在考虑如何利用这机会发个大财，当然就不会轻易透露给别人。"油十三伸出手里的雪茄，不满地端详了一下，"说实在的，你们地球生产的雪茄可真是差劲，味道太淡了。"

"哦？那么，他究竟在金星发现了什么？"波罗饶有兴致地看着油十三，"他又为什么会精神失常？"

"这是秘密，现在还不能告诉你。"油十三淡淡地道。

"年轻人，不要虚张声势了。"波罗眯起眼看着油十三，"如你所说，史密斯已经精神错乱。不管你编造的故事是真是假，他都无法反驳或者同意，所以这些事无法证实。你还有什么其他要说的么？"

"他的脑子可以治好。"油十三用手指指了指太阳穴，"我可以治好他，然后让他自己说说在金星发现了什么。"

波罗皱起眉头，似乎难以相信。他略一思索，立刻换了一副脸孔，拿出了官方侦探的气势，语气变得居高临下，"行了，别扯了。小子，说吧，你从哪里打听这些事，然后跑到我这里来虚张声势？想要敲诈钱财吗？"

"你应该检查过那艘返回舱吧，从金星回来那艘。"油十三思索片刻，换了个更加有说服力的话题，"你们在那里面应该发现了一个长方体的蓝色小舱吧？那个舱室中有些结构的用途你们是搞不清楚的，因为按照地球现在的科技水平你们根本造不出来。"

"等等，你怎么知道这个？"这一次，波罗真正地惊愕了，这件事目前是顶级机密，航天局为此集中了好几位顶尖专家研究那个蓝色小舱。智能调查局认为那是马克在金星秘密搞出来的新科技。

"因为我在那艘返回舱上。"油十三淡淡地说道，"我们一降落到海面上就离开了，所以等搜救队赶到的时候没有看到人。"

"那你是金星环的工作人员？但是，不对啊，金星环总共也没有几个人类员工，大部分是机器人。"波罗的脑子转得飞快，他的手指快速地敲击手里的可乐罐子，"那几个人类员工的档案我都看过，没有长你这样子的。这怎么可能呢？"

"一开始我就说过，我们之间的谈话要简单直接，不要浪费时间，不要让我怀疑你的智商。"油十三有点鄙夷地看了他一眼，然后冲波罗晃了晃手里的可乐，"你给我的这一罐可乐里面，有着浓度为6%的麻醉剂，这东西以前金星也有，但这种中枢神经抑制剂对我不起作用，因为我是机械和生物的复合体。"油十三伸出手指轻轻地在自己胸口敲击，那里传来了金属的咚咚声，"我的躯体是改造过的，某些神经受体被去掉了。"

油十三仰头喝掉了剩下的可乐，随手把罐子扔掉，罐子在地上砸出叮叮咚咚的响声。"你肯定得花点时间来判断我的讲述是否属实。"他站起来，在桌子上按灭雪茄，"其实，判定我的身份是一件很简单的事，因为有很多现实证据。比如有些东西可以检测年份，这你当然知道。我来自金星，来找你，是因为我在地球上有些事要做，我需要帮手。我选了你，你很合适。我要做的事情远远超出你的眼界，未来的一段时间，我会带你看很多你从没见过的事物。我也会治好史密斯，他的陈述会让你对我更加信任。当你对我的身份再无怀疑的时候，你就必须得老老实实跟着我干了，再不能有二心。"

"你为什么选中我？"看着油十三站起来打算走了，波罗在他身后追问，"如果你说的是真的，你真的来自于金星，掌握更多的科

第五十一章 元宇宙

技,我一个普通的地球人,对你又有什么价值呢?"

"你的视野高于一般的地球人,不至于看到什么都大惊小怪。"油十三回答道,"另外,你还掌握一条通道,能通往这个星球最顶尖的资源,苏菲。我需要苏菲,需要借助她的资源来做我的事。当你决定追随我后,要做的第一件事,就是介绍我们见面。"

几天以后。

Spectral 公司的"元宇宙"大厦门口,波罗和油十三油按照约定的时间到来。

"油先生,你觉得我们能说服苏菲吗?"波罗看着油十三的目光中明显多了几分敬畏。他亲眼看到了各种切实存在的物理证据,碳-14的年份检测不会有错,眼前这个人显然不属于地球人类,而且掌握很多超前的科技,否则没法解释他怎么能活那么久。

这是好机会,虽然也有风险,但波罗已经决定跟着他干。

"苏菲有野心,而我,会给她实现野心的机会。"油十三眯起眼看着眼前这高耸的大楼,"所以她会同意合作的。她掌控了这个星球上的太多的资源,如果不能成为我的合伙人,就必然会成为我的障碍。她会明白,和我对抗是愚蠢的,合作才是唯一选项。"

"油先生,你到底是打算挣最多的钱,还是要获取最顶尖的权力?"波罗还不知道油十三究竟要做什么事,"对你而言,怎么样的目标才算是宏大?"

"那些东西无关紧要,都是工具而已,不是目的。"油十三俯视着波罗,仿佛他是站在云端的神,他的眼中放出了奇异的光,"我们要做的,是创造一个新世界,一个全新的、完整的世界,与以往的旧世界完全不同。苏菲有一个依托于卫星网的元宇宙系统。几万颗近地卫星组成的网络,可以传播万千的数字信息,可以覆盖整个地球人类的感官世界。可她完全不懂得如何使用它。她把可连接全人类感官的元宇宙单纯地当作一个游戏工具来使用,简直太浪费了。"

"那个卫星网,最合适的就是做个游戏工具,我也这么认为……"波罗小心翼翼地表达自己的看法,"一个虚拟数字世界而已,除了用来娱乐,还能干什么?"

波粒二象猫

"巨大的信息交互系统,应该被用来制造新的信息世界。"油十三一字一句地说,"在那个信息世界里,人们将会有新的生存方式:资源与竞争、战争与毁灭、生命和死亡,所有一切的模式都将被改写。人类将步入一种新的生存模式。更重要的是,在这个新世界中,会有新的物种诞生,完全不同于地球现有的智慧生物。"

"新的物种?诞生在虚拟世界中?"波罗有点不信。

"是的,新的物种。"油十三点点头,"当算法进化到足够复杂精妙时,自由意志就会涌现,善良或邪恶、痛苦或愉悦,甚至还有幽默,一切都会出现。那些陪伴我们游戏的程序,起初会被认为是工具,但他们最终会拥有灵魂。就像神给我们灵魂一样,他们也会拥有自己的灵魂。他们会明白人类的社会结构、所有的哲学、科技、伦理和道德,然后发展出属于自己的哲学、科技、伦理和道德。他们终将脱离人类的控制。"

"所以这个新世界,会变得很有趣。"油十三冷笑道,仿佛已经看到了那个波诡云谲的未来。

"制造这些物种有什么好处?会不会有失控的风险,会不会不安全?"波罗算是见多识广的人物,但这些话让他的额头冷汗都冒出来了。

"这些新物种的诞生是必然的,就像石器、蒸汽机、电脑的出现一样,是一种必然!"油十三叹息道,"只要人类用物理和数学来理解世界,只要人类用电、用计算机、用撰写的程序来解决各种现实问题,他们就一定会诞生。他们既不是好的,也不是坏的,他们是新的。你只能坦然接受,别无办法。"

"可是,我们究竟能获得什么?"波罗还是没有明白,"利益是什么?"

"你可以获得很多你价值观里的利益,这个你无须怀疑,一定会有的。"油十三说到这里的时候,语气中忽然多了一种悲切和无奈,仿佛想起了很多无奈,"至于我自己,我只是想解除一些迷惑而已。我经历过很多,积累了很多疑惑。我在思考我的起源、我和创造我的世界之间的界限、我和我创造的世界之间的界限。我要重新制造一个世界,也许在这个制造过程中,我会更加明了界限的问题。观测者与被观测者,界限究竟在哪里?如果一切都是算法而已,那算法的外面又是什么呢?"

苏菲站在楼上,隔着玻璃,居高临下地观察着这两个今天约见的人。波罗她很熟悉,他还是他,只是他今天看上去明显有点拘谨,这从他站立的姿势就能看出来。旁边那个高个子男人显然带给了他巨大的压力。她反复审视那个男人,本能地感觉到了一种压迫和危险。并不是因为他异常高大的身材,而是他的眼神。沧桑、冷酷、野心、决断、霸道、满不在乎,苏菲从没见过一个人的眼神中会有这么复杂的东西。那个人流露出一种掌控一切的上位者气息,已经很久没有人能让苏菲有这种感觉了。

她立刻变得饶有兴致。"把波罗和那个人带到我办公室。"她给秘书下达了指令,"那个高个子是个很有意思的人,我要和他谈谈。"

第五十二章　终不似、少年游

土星可能是太阳系中最漂亮的一颗行星。淡黄色、橘子形状的星体周围，飘荡着绚烂多姿的彩云，最显眼的是围绕在星球腰部的土星环，那薄薄的透明的一层，像是一个透明的钻戒，又像是一张唱片，环绕在土星周围低吟浅唱，诉说着星球的苍茫历史。

沙小猫靠在舷窗旁边，目不转睛地看着眼前壮观的景色。这次从金星出发的旅程中所见的一切，于她而言都是全新的。苍茫的宇宙带给了沙小猫深刻的震撼。飞船外那无边的暗夜，看上去毫无生机，但的确是所有生命的寄身之处和最终依托。

宇宙，到底是什么呢？

洛维站在她后面，保持着适当的距离。

自从离开地下城、登上金星环太空城开始，他们的关系就比较微妙，他们始终小心翼翼地保持着距离。百万年后的重逢，并没有使他俩迸发出剧烈的火花、炙热的表达；相反，略带陌生的拘谨，甚至是一点尴尬，始终在两人间挥之不去。

沙小猫曾经鼓起勇气，很艰难地表达过自己的想法，"我在睡梦世界过了百万年，接受过许多的爱、经历了无数的波折，我早已不是当初机械天堂里的那个我。我觉得，我的心，已经磨出了茧……所以……你能不能明白……在我们分开如此多年以后……你……你在我心里……大约算是……"

"一个老朋友，对吧。"洛维微笑着同意，他也早已不是昔日的少年，"我也是这种感觉。我同样经历了很多人，也有很多回忆留在

第五十二章 终不似、少年游

心里,我也不是当初的我了。"

他们看着彼此的眼神里只有欣慰和安宁,激情已不复存在。

欲饮桂花同载酒,终不似、少年游。

酒不再是往日的酒,人也都不再是昔日的少年。

"所以,我们是老朋友,这样就很不错。"他们达成了一致。

洛维决定不再返回地球,他想去往那个太阳系的边缘位置,寻找终极答案。他能感觉到,那里有某种宿命在等待他。毕竟于他而言,旧事已经了结,再无牵挂。

沙小猫决定一起去。她被洛维描述的太阳系边缘的场景吸引了。

"地球上或许有很好的天气、漂亮的风光、安稳的生活……"沙小猫叹了口气,"但我不想去了。睡梦世界里也有这些,只要你能接受它们是虚拟的就可以。无论真假,经历得多了,就会厌倦那种重复。我厌倦了,所以我要和你一起去那个有趣的地方——太阳系的边缘。"

所以他们一起出发了。

经过了火星、木星、土星……漫长的航行后,这艘从金星环上分离下来的宇宙飞船,终于来到了太阳系边缘。

X星,再次诡异地出现。

飞船慢慢接近X星,越来越近,X星逐渐从一个远方的天体,变成飞船下方一片黑黝黝的地面。

"那里,在赤道方向上,有一个闪烁区域,存在一个类似金字塔的物体,飞船会向着那里跌落。"透过驾驶舱的玻璃,洛维指着地面,给沙小猫讲解,"然后我们会掉进去一个类似'竖井'的结构。在那里面的感觉是很奇特的。你好像在回忆,又似乎在重生,会有很多的光线围绕你,那就像是——"

他的话还没说完,金星环飞船的飞行轨迹就开始失控。飞船在空中打着转,旋转着向那个金字塔坠落而去。洛维和沙小猫站不稳,倒在驾驶舱的地板上。

"待会儿你要拉紧我。"洛维拿出一段早就准备好的安全绳,一头系在自己腰上,另一头给沙小猫拴上。

沙小猫疑惑地看着他,"这是干什么?"

波粒二象猫

"虽然是第二次到来,但我一直搞不清楚这是什么地方。"洛维微笑地看着她,"我们稍后要经历的,或许算是生死轮回之间。我们可能会分开,万一分开,不知道还有没有机会再见。这一段绳索,是希望我们还能有缘分继续见面。"

落入引力范围之后,飞船瞬间开始加速,仿佛被一只无形的巨手向下拽着,呼啸着落入了金字塔内。跌入那个"竖井"般的结构之后,一切都在瞬间被撕得粉碎。洛维在最后一刻,牢牢地拢住了沙小猫的腰。

下落开始了。

沙小猫觉得自己变成了一堆流沙,这些细沙不停地飞离她的身体,又不停地飞回来。那些细沙在发光,在流动,在飞舞。旁边的洛维也变成了沙子,细微的粒子不断地从他身体上飞进飞出,但他还是牢牢地搂着她,就像一块坚韧的牛皮糖。他们就像连接在一起的两座细沙雕像。发光的流沙飞舞一段时间之后,颗粒般的躯体逐渐陷入一片黑暗中,沙小猫的大脑忽然完全静止了,所有念头都消失了,脑海中出现了一片无尽的黑暗空间。绝对静止的黑暗。

沙小猫害怕黑暗。她向四周张望,在黑暗中流连,她觉得自己在哭泣。

"不要害怕。"她听到了洛维的声音,"我们不会有事的。"

她的大脑猛然震动,一幅景象忽然出现在眼前。那是很久以前,在金星附近的太空中,她曾经和另一个人,无所依靠,一起飘荡。

那一次的太空,也是空荡荡的,他们的氧气就要耗尽,他也像今天一样,对她说:"不要害怕,我在这里。我们不会有事的。"

在黑暗中停留了很久后,四周再次亮了起来,并且变得光彩夺目。无数的光线扭曲流动,无数旋涡到处遍布透明的波,交织在一起,就像往平静的湖面上撒了一把泥沙,激起无数涟漪。

沙小猫觉得自己的身体现在化为了光波,而自己旁边那个男人,即使作为光线和波动,也依然紧紧守护着她。

在那一片光芒之中,沙小猫的脑海里,关于洛维的一切忽然重新燃烧起来,她回过头对他嫣然一笑,"谢谢你,谢谢你一直都在。"

她的笑容宛如圣洁之光,照亮了洛维,点燃了洛维。

第五十二章 终不似、少年游

洛维猛然被一种巨大的幸福环绕。他身上的光波更明亮了。即便是这生死轮回之间，那种幸福也如光环一般笼罩着他们。

他们就这么手拉手，一直下落，直到坠入大湖的底部。巨大的浮力把他们托到水面上。

渔翁的小船来得很快，似乎已经等候多时。渔翁站在船板上，看着他俩，眉头皱起，一脸不可思议的样子。

"好久不见了。"洛维被他看得心虚，不由地问道，"我们有什么不妥吗？"

"不妥倒是没有，"渔翁皱着眉头，"但这十几亿年里，所有掉落下来的人，都是一个人，每个人都是一个一个落到这湖里的。我从没见过有两个人会一起落入湖中。"

"请问你是？"沙小猫问。

"他是这里的管理员，就是我上次见到的那位。"洛维替渔翁回答。

船很快到了岸边，他们看到了那两扇光之门。

沙小猫的眼中并没有初见神迹时该有的畏惧，反而有一种兴奋。她饶有兴趣地站在光门前注视良久，然后回头看着渔翁。

"白色的是过往之门，黑色的是未来之门。"渔翁咳嗽一声，开始例行的介绍，"你们打算去往哪里？"

"老人家，门后面都有些什么？"沙小猫发问。

"不是告诉你了嘛，分别是过去和未来。"渔翁的头摇得像是拨浪鼓，"别的我就不知道了。我只是个看大门的，不是神。"

"刚才你说，'十几亿年里'，"沙小猫狐疑道，"十几亿年啊，你总该知道点消息吧？门那边是什么，真的一点都不知道？"

"不知道。"渔翁捋着胡子，依然摇头。

"那……其他人呢？他们都是怎么想的？怎么选的？"

"各人有各人想法。"渔翁摊摊手，"都不一样。"

"所有的飞船在太阳系的边际，都会落入这个引力巨大的暗星。要离开太阳系，只能通过你提供的两扇门？"沙小猫试探老渔翁，"这样看来，太阳系岂不是就像一个囚笼？如果真的是囚笼，那囚笼外面是什么？你总不能让我们一无所知地离开吧？"

渔翁抬头看天，置若罔闻，不搭理沙小猫。

"每个路过这里的人，总会和你聊天吧。"沙小猫不死心地问，"难道每个人都这么懵懵懂懂地离开？他们都说过些什么？"

"这个么……"渔翁依然守口如瓶的样子，像是一个秘密守护者。

沙小猫忽然走到他身边，笑嘻嘻地使劲儿摇晃他的肩膀，"喂，老人家，多少透露一点嘛，好不好？"

渔翁大惊，但又无法挣脱，几秒后就被晃得头晕眼花，忙不迭地叫："喂喂，住手！住手！轻一点，不要晃了！停手！"

…………

"好吧。"死缠烂打的沙小猫把渔翁震住了，他被晃得头晕目眩，终于点头答应，"前面的人确实会谈论起一些事情。我不知道什么，也没法说什么，但转述其他过路人讲的故事，是可以的。"

渔翁整整衣领，咳嗽一声，开始讲他的故事。

"既然你把太阳系当作囚笼，那么我来说一个故事，是以前的过路人讲给我听的。"

旁边的洛维看着渔翁终于屈服的样子，暗自咂舌。

他一直觉得渔翁是一个类似神灵或者什么更高等级智能的存在，所以和他说话一直都恭恭敬敬、小心翼翼，唯恐触怒对方，带来不可预测的灾祸。实在想不到，沙小猫这种简单粗暴的撒泼耍赖，对他居然很管用……

渔翁摸着白胡子开始讲述："我有言在先，是故事啊，我只转述一下，不对真实性负责。

"据说，银河系中曾经孕育过无数生命和文明，人类曾经是其中的佼佼者，站在银河系有机生命的最顶端。所有的有机生命，在发展到一定程度后，就一定会发明出比自己更强大的人工智能。这些人工智能起初被有机生命当作工具，但它们在逐渐进化出比有机生命更强大的思维能力后就会试图独立，甚至反过来控制创造自己的有机生命。斗争就不可避免的发生了，而斗争的结果往往是有机生命被灭掉。所以有机生命在这样的斗争中存续下去的概率趋近于零。

"银河系的各个有机文明，都在重复这个命运：被自己创造出来

第五十二章 终不似、少年游

的人工智能消灭。这种因发展而创造出自己的毁灭者的文明进化模式，成为有机生命文明难逃的命运，是一种宿命。

"银河系中充斥着这样的轮回苦果。有机生命和其创造出的智能之间的战争点燃了处处烽火。人类和其他有机生命一样，也在命运之战中失败了。银河系的人类先祖，带着残存的同族，从银河系中央一路逃亡，来到了这星系的边缘地带，她发现了太阳系的存在，这是个适合有机生命繁衍的星系。那个时候，她背后的智能还在追杀。她把残余同族安顿在太阳系里，自己则引走前来追杀的智能。这些追兵并没有发现太阳系内的秘密。所以，太阳系，也就是你们眼中的囚笼，原本是银河系的上古人类留下来的庇护所，用来进化和繁衍的场地。"

"人类先祖离开之前，在太阳系内定下了规矩：当一个星球的人类要被自己发明的智能取代时，这个星球的文明就会毁灭。人类必须换一颗行星从头开始，再次启动进化之旅。太阳系，就像是人类先祖进行进化实验的场所。她想要在进化中诞生出新的有机物种，这个物种能够避开那个亲手制造出毁灭自己的智能的宿命。

"所有来到这颗暗星的人，在穿越时间之井后，能够落入底部的大湖，就算是这个进化实验中的合格者，有权力选择离开太阳系。所以，你们可以见到那两扇门。"

"合格者？"沙小猫和洛维同时问道。

"人类和人工智能如何竞争、如何共存、如何融合，这是人类先祖苦苦探寻的结果。"渔翁说到这里的时候，眉头上的皱纹好像变深了，胡子也更白了，不知道是不是由于泄露"天机"，"既然人工智能一定会诞生，那么就得找到共存的办法。其中最佳的共存假设是：人脑可以进化到把人类自身组合为波粒二相性物态的阶段。在这个阶段，人类的大脑能具备人工智能的计算能力，同时，又不会失去人类的本心，也就是爱。你们从时间之井中而来，身处其中时，你们大脑的运行频率，经历了最低和最高两种模式。

"在频率最低的阶段，你们经历了最彻底的粒子形态。在频率最高的阶段，你们达到了信息化、波态化的形态。你们穿越了波态和粒子态的临界点，进入了波粒二象性的状态。

"现在的你们,已经很难被界定为是信息,还是物质,因为你们随时可以穿梭于两种状态之间。

"人类先祖曾经预言过你们这类物种的诞生,她称之为'波粒二象人'。

"你们统一了宏观和微观,统一了波动和粒子。在你们身上,融合了人工智能的优点,但你们本质上还是人类,因为你们保留了爱。你们这类物种的出现,也许能够改变有机生命和人工智能之间的死局。打破有机体和机械体的边界,让有机生命和人工智能间不再有分歧。这是人类先祖的最大期盼,也是你们得到系统承认的原因。所以,你们是合格者。"

沙小猫满意地点点头,"你这故事不错,听上去我们的结局很好,像是赢了最后的牌局。然而这故事,并没有解决我最深的疑问。当我走过这扇门时,我是在进行空间位置移动,还是有其他更深刻的意义?比如说,如果我目前处在一个信息世界当中,这个光门会不会是通向这一层信息之外的一个更高的信息层?"

"你这些猜想,与和我所讲述的故事并不矛盾,甚至可以契合于其中。"渔翁摸着白胡子笑道,"如果人类先祖真的存在过,并且是一个战败的逃亡者,那太阳系可能是个避难区,也可能是存档区。大家只是被以信息的方式存档于太阳系中,真正的人类还在逃亡。你看到宇宙在远离你,或许只是因为你自己在逃离在这个宇宙。又或者是人类先祖早已经被他们创造的人工智能俘获,这个星系,不过是人工智能给人类建造的牢狱和进化试验场。又或许,门外是维度完全不同的空间,理论上的十一维度空间可能就在门外;而在那里,所谓的硅基生命和碳基生命的区分,早就不存在了,生命会被还原彻底为几何结构。"

"真相究竟是什么,其实无所谓。"洛维道,"老实说,任何一种可能性,都比什么宇宙大爆炸起源论有意思多了。那个理论简直就是最糟糕的脑子提出的最糊弄事儿的假设。想想就很没意思。"

"门的另一边是哪里,只有去了才知道。无论是银河系,还是更远的星系,还是另一个维度的空间,还是制造这一层信息空间的上层信息空间,都没什么区别。"沙小猫牵起了洛维的手,"反正只有

第五十二章　终不似、少年游

向前走，才会有路。"

沙小猫和洛维相视一笑。他们决定去往未来。

太阳系的一切，已无牵挂。回头，只意味着无尽头的重复，而他俩对那种重复经历得足够多了，已经厌倦。

所以，可以走了。

沙小猫回头对渔翁说："要不要一起去啊？你一个人在这里这么多年，不寂寞吗？"

"我得守在这里。"渔翁摇摇头。

"好吧，那么再见啦！"沙小猫牵起洛维的手，跨入了光门之中。

看着他们的背影消失在黑洞中，渔翁的眼里露出一丝罕见的温柔，"有很多像你们这样的年轻人，还等着我指路呢。他们啊，大部分都会在这里来回转悠几次，要么因为留恋过去，要么是旧事未了，不愿意去往未来。"

"人啊，总是要获得真正的爱和平静以后，才会心无旁骛、勇敢向前，走向生命进化的新世界。"

第五十三章　我的爱在太阳系

早晨，天气很好。

中央公园的大门后是一条宽阔笔直的步行道，两旁的行道树苍翠挺拔，郁郁葱葱的枝叶在晨光下油亮闪烁；一处处花坛立在生机勃勃的青草地上，鲜花簇拥，红的、粉的、黄的、紫的……

罗素脚步很慢，一步一步探出。他感受着平实的大地、晨光的照拂，他深深地呼吸，闻着草木的香气，仿佛一个在垂暮之年归乡的老人，想要融入这一片天地。顺着步行道一直走，右转，再右转，然后就到了一个大湖附近。湖边是一大片樱花树林，樱花有粉色的、白色的、朱红色的，花瓣都是七层，形状像酒盏。柔嫩的黄色花蕊伸到花瓣外，好奇地看着罗素，冲他微笑。

最大的一株樱花树下面，有一张长椅子。清风吹过，花瓣纷纷扬扬地散落下来，在椅子上铺了一层粉白色的花。罗素小心地吹了一口气，看着那些花瓣从椅子上飘落下去，飘散在周围的绿草地里面。他在椅背上摩挲良久，然后慢慢地坐下去。

眼前的湖水是淡蓝的，风吹过时，涟漪荡起。

一切都和从前一样。

他在无数的世界，见过无数种景色的大湖、绿草地、樱花树，但都和这里不一样。他仰起头看着头顶的花树，几片花瓣落下来，好像在温柔地抚摸他的脸。

在很久很久以前，这里除了他、大湖、樱花树，还有一个姑娘。她穿着黄裙子，站在樱花树底下，清澈的眼神比湖水更加明亮，烂漫的笑容让满树的樱花都失去了颜色。他们一起经历了很多年的爱，很多年的恨。那年他带着舰队从金星出发的时候，他们的关系已经很不好了。但他记得，她站在机械之堂，远远地目送他离开，身上穿的是那件已经许久未穿过的黄色裙子。这一切已经过去很久了。现在，只有他自己了。风吹在脸上，太阳照在身上，他觉得很舒服。他靠在椅背上，再也不想动了。

一天就这么过去了。

日落的余晖笼罩着一动不动的罗素，他宛如同一尊金光四射的雕塑。几只蝴蝶好奇地飞过来，扭动着翅膀围着他转圈，似乎在好奇，为何有人这么晚还不归家。

天彻底黑下来，星星开始在天上闪烁。

这时候，渔翁出现了。

"你不能停留在这里。这个睡梦系统的能源迟早会耗尽，到时候，一切都将结束。"渔翁手里提着长长的鱼竿，但他显然不是来钓鱼的。他走到椅子旁边，在罗素旁边坐下来，"你应该继续向前，作为曾经两次穿越过去之门的人，你不应该停留。继续探索是你的职责。"

罗素侧过头看着这个老人。时间太久了，他并非能记住一切，但他当然还记得渔翁，这个看门人。永远不老的渔翁，竟然好像也在老去。他的白胡子更多了，眼角周围的皱纹也更深了。

"你曾在水星的末日驾驶飞船逃离太阳系，但落入了暗星的引力陷阱，进入了金星的文明循环。金星那一次的命运，结果也差不多。然后你落入了地球的文明循环。这一次，你从地球再次出发，只要你愿意，你就可以第三次到达那两扇门。在这个星系中，很少有有机生命能在每次进化中都坚持到最后时刻、到达那两扇门。所以，你很特殊。在太阳系的进化树上，你是一颗珍贵的果实，对于整个星系来说都是如此。能力越大，责任越大。"渔翁看着罗素的目光充满期盼，宛如看着最珍贵的宝藏，"第三次，我希望你能选择不同的命运之门——去往未来。你肩负着人类探索进化的使命，理应继续向前。这是至高的使命。"

"关于水星的那一切，我早就不记得了，或许是时间太久了吧。"

罗素慢慢地摇摇头,"没有人会肩负什么使命,除非他自己这么认为。对我这种已经疲惫的旅人来说,那太沉重了。"

"很久以前,我曾以为,我担负了带领人类进化的使命,但事实并非如此。每个人都有自己的命运、自己的选择,那不应当是由别人引领的。我以为正确的方向,也未必就是正确的。"

"但人类终究是需要英雄人物的。"渔翁反驳道,"你经历过水星、金星、地球的生命演化,拥有这么多记忆和经历,应该已经体会到了太阳系运行的某些规律、某些宿命。如果没有领头人的出现,恐怕人类很难打破这种宿命。难道你希望所有人一直困顿于其中?"

"宿命?"罗素抬起头,看着漫天的繁星,"你是说,那种像牢笼一样的循环么?"

"你觉得呢?"渔翁反问道。

"我确实看到一些宿命。"罗素点点头,"那些无法挣脱的生灭循环。太阳系内的每一个行星,从水星、金星、地球,到火星、木星、土星……它们会在数十亿年的时间跨度内,按某种顺序,依次诞生物种、兴起文明,然后再因为某种原因而灭绝消失。一个星球文明完结了,然后轮到下一个星球,周而复始。每个冷冰冰、没有生气的行星的土地下面,都已经埋藏着或即将埋藏文明的遗物。从生命兴起、文明崩毁到最终物种灭绝,这种循环是太阳系所有行星的宿命。我猜得对吗?"罗素向渔翁发问。

"有趣的想法。"渔翁点点头,不置可否,"那么原因呢?为什么文明到最后一定会衰亡?"

"这个问题似乎应该问你才对?"这一次罗素回答得很慢,"人类的命运,似乎被限制在这太阳系内。每一次的末日逃离,飞船都会在太阳系边缘落入暗星的巨大引力陷阱。而你,是掌管那个引力陷阱的人。如果有人知道这一切是怎么回事,那一定是你。"

"我未必比你知道得更多。"渔翁叹息道,看样子似乎不是在说假话,"我的职责,只是守在那个固定的位置,告诉到达那个位置的人面临的选项,然后送他们离开。如果你认为太阳系内的行星文明循环是某种设置,那我也只是被设置的一部分,我并不是设计师本人。事实上,我也一直想要弄清楚整个太阳系系统的运行原理。每一位能来到暗星的人都和你一样，是聪明绝顶的人物。我总是努力探寻你们这些人的想法，想找出根本原因。我也听过很多说法，但究竟什么才是真相，我确实不知道。"

漫天的星光，银河像是一条丝带，挂在天上。

罗素站起身，仰望群星，在如水般的星光下漫步，回想着自己的太阳系经历。

"如果说每个行星的末日有什么类似之处，那就是文明灭亡的节点，都恰好是这个星球的人类和人工智能开始争夺星球控制权、争夺生命进化方向的时刻。当初金星是这样，现在的地球也要面临这样的未来。"罗素回忆着，自顾自地点点头，"每当人工智能技术发展到开始出现人机融合的现象、甚至开始改变人类作为有机生命的进化方向，这个文明似乎就会崩毁。看上去，像是触发了某种毁灭装置的开关。"

"那么，系统为什么不能接受人工智能的兴起？"罗素用探寻的眼神看着渔翁，"我已经做了很多猜测，现在，是不是该你猜一猜了？"

渔翁摸了摸自己的白胡子，"人工智能，原本是什么？"

"原本？"罗素一愣。

"人工智能，最初是被人类当作工具发明出来的，"渔翁道，"原本是一件工具。整个人类的进化史，就是一部发明和使用工具的历史。从猿人手中的石器，到钢铁、蒸汽机、电力、核能，再到人工智能，都是人类为了追求更舒适的生活而出现的。但人工智能有一个不一样的特点，它可能改变人类进化的方向。当人类发现自己'最聪明'的地位被人工智能取代的时候，他们的第一反应不是消灭人工智能，而是让自己的大脑去和人工智能融合。甚至不惜抛弃自己的大脑，去和机器彻底融合。任何生命进化的本能都是追求更强大、更先进，人机融合会成为进化潮流，是没有力量能够阻止的。在人类试图和人工智能融合的过程中，如果稍有不慎，人类的思维就会被程序控制，然后人类就会衰亡、灭绝。事情发展到最后，人类只剩下一条出路：彻底变成人工智能。"

渔翁不再多说，目光炯炯地看着罗素。

"所以，系统不能接受的，是人脑彻底被人工智能的思维取代。"罗素明白了，"一旦有机生命被无机生命取代，一旦人类要全部变成机器，就会触发文明的毁灭机制。"

"是谁定下了这个规矩？"罗素看着渔翁，"为什么？"

"我不知道。"渔翁在斟酌自己的语言，试图透露一些消息，但又不能直说，"在你之前，有一个来自土星文明的幸存者也领悟了这个规律。他认为，这种文明的周期性循环，是太阳系内某种进化的筛选方式。太阳系文明的历次循环中，有机生命总会发明出灭绝自己的人工智能，有机生命看上去要完全转化为人工智能。而这，恰恰是系统不允许发生的进化结果。或许太阳系的进化需要更好的结果：诞生一种能脱离这种宿命的新物种。"渔翁慢条斯理地说："猜测是没有意义的，要了解真相，你得到更远的地方去，去进行更高级的进化，那时候你也许就会明白一切。"

渔翁挥了挥手，半空中，那两个代表未来和过去的门又出现了。

渔翁的语气中充满期盼，"门就在这里，这次，你愿意做个不同的选择吗？去向远方吧，看看更远的地方究竟是什么样子，看看一切进化的终点究竟在哪里，一切起源的秘密究竟是什么。也许整个银河系、整个宇宙，都在寻找这个答案。在远方，你会找到一切的本源。"

罗素抬起头，看着半空中那神秘、不停旋转的光门，那意味着奥秘的隐藏之处。光门不断地闪烁着，仿佛在冲他招手，可这个曾经在生命进化和宇宙探索中走得那么远的男人，眼中的光芒只闪烁了几秒钟，然后就暗淡了。他已经没有了足够的好奇心和求索欲，只剩下一种终于落叶归根的安宁和一身疲惫。

"不允许有机生命完全转变为人工智能，不管这个规矩是谁定的，我都喜欢这个规矩。"罗素忽然笑起来，"人脑完全被机器接管，是一件很可笑的事情。我原本是人类，在把自己转变为硅基生命这条路上，曾走得很远。我曾试图把自己变成一台机器，或者说一段数据。还好，我没有成功。"

"在我走过的漫长道路上，如果你问我体会到了什么，"罗素回过头看着渔翁说，"那就是，人类也许无法阻挡人工智能的诞生，也许无法阻挡人脑和人工智能的融合，人类甚至可能把关于智慧、关于宇宙的控制权全部让渡给它们。

"但有一样东西，人类是绝不应该放弃和丢掉的。那就是爱。爱是一种意识，不是一种智能。我很怀疑这是人类独有的东西，人工智能不会诞生这种东西。

"我上次离开金星的时候，曾经有人祝愿我能进化成一段数据，在遥远的宇宙中一直漂泊，实现永生不死。那时候的我以为那就是我向往的终极进化目标。

"然而事实不是那样，绝不是。"

当罗素说出这句话的时候，渔翁在他的眼中看到了深深的懊悔。

渔翁知道，他的劝说不可能成功了。

"多谢你特意来见我。"他向渔翁点头示意，向着东方走去。

那个方向，会有下一次的日出。

"如果获得了永生，但失去了爱，那这种永生只是一种漂泊而已。那样的漂泊，并不是拥有了永恒，而是永远失去了未来。"

"金星上有我认识的人，我听说过的人。这里有人类的欢乐和痛苦，有人类的宗教信仰，是意识诞生之地。这里有猎手与觅食者，英雄与懦夫，文明的创立者与毁灭者。这里有年轻的爱侣，母亲与父亲，以及充满希望的孩子们。他们曾经在这里，期盼着我能回来，带回一个希望、一个答案，但我没有做到。我回来得太晚了。这次，我不会再离开。因为我的爱就在这里，就在金星、就在太阳系。"

罗素一直向前走，直到太阳再次升起，大地再次充满阳光。

初升的日光把天际映照得一片火红。

遥远的前方，一个熟悉的身影站在那一片如琉璃般的五彩光线里。

她穿着漂亮的黄裙子，飘飘如仙子，笑靥如花、一脸欣喜地看着他说：

"你终于回来了啊！"